評伝 石牟礼道子

渚に立つひと

米本浩二

新潮社

1947年　道子20歳の頃。

右頁上）実務学校の級友と（前列左が道子)、1941年。下）手作りのモンペを着た道子17歳。1944年。左頁上）母・ハルノと。1970年頃。下）杉本一家と。左端が杉本雄、二人おいて道子、ひとりおいて杉本栄子、1983年。

水俣の百間港、左に見えるのは恋路島。昭和初期。ここにのちにチッソ工場の排水が捨てられた。

日は日に
昏《く》るるし
雪ゃあ雪
降ってくるし
ほんにほんに　まあ
どこどこ
漂浪《されき》きよりますとじゃろ

石牟礼道子「糸繰りうた」

【凡例】

①年号は西暦を基本とし、適宜、元号を併記している。

②引用文は、石牟礼道子の作品、詩歌、随筆、日記・書簡、対談の採録などは《　》で示し、石牟礼以外の引用は〈　〉に統一した。また、著者によるインタビューは、すべて「　」とした。

③引用文の典拠は本文中に簡略化して記載し、本書で引用・言及した文献は巻末にリストを掲載した。直接引用をしていなくても、調査、分析に重要な役割を果たした参考文献も示した。ただし『石牟礼道子全集』（藤原書店）は言及にかかわらず収録の作品を示し、書誌にまとめた。

④引用文は読みやすさを考慮して旧字体の漢字は新字体に改め、歴史的かな遣いは原文のままとした。明らかな誤字、誤植は訂正し、適宜、読み方の難しい漢字にはルビを振った。

⑤引用文中の省略についてのみ（中略）、……などと表記し、前略および後略は省いた。また、引用文中の改行は原則として省いた。上記のほかは、引用文は原文どおりとした。

⑥資料には今日からみれば不適切な差別などにかかわる語句があるが、発表当時の社会背景を鑑み、手を加えることはしなかった。ご理解を賜りたい。

序章

「評伝を、私に、書かせていただけませんか」

　石牟礼道子さんに、そうお願いしたのは二〇一四年の初めだった。

　介護施設を訪ねた冬の日、石牟礼さんはビジネスホテルのシングルよりやや大きめの部屋に介護・秘書役のLさんと一緒にいた。

　パーキンソン病の薬の副作用の幻覚や幻聴が二〇一三年秋以来、石牟礼さんを苦しめた。「島原の子守唄」の合唱や「弦楽四重奏」が聞こえるうちはよかったが、「槍を持った男が三人そこにいる」とか「銃口がこちらを向いている」とか「無頼漢に取り囲まれた」など深刻な不安を口にするようになった。あまりにもリアルな幻覚・幻聴は車椅子の転倒など事故を誘発しかねない。そこで、主治医の判断で、いったん薬をやめてしまって、徐々に戻していくことになった。転倒による左大腿骨頸部の骨折が癒《い》えたばかりだ。

　それでも背筋をぴんと伸ばして机に向かい、お気に入りの「天」という文字を書こうとする。ペンが紙に着地し、線が伸び始めると、まるで約束のようにペンが床に落ちる。石牟礼さんは「あら」と宙を見つめる。魚をすくいそこねた少女のように無心に驚いているのだ。できない自分を面白がっている気配すらする。ペンを取り落としても、ああ、もう駄目だ、みたいな悲愴な感じはないのである。

書こうとしては落とし、拾ってまた落とすという動作を、定められた日課のように繰り返す。私の顔を見て、最初石牟礼さんは戸惑ったような顔をしていたが、うつむいたまま、「私のことを。そうですか。私でいいんでしょうかね」と言って、コクリとうなずいてくれた。

決死の覚悟で「評伝」という言葉を口にした私だったが、何か構想があるわけではなかった。足跡をたどるだけならいくつか年譜があるし、渡辺京二さんに「石牟礼道子小伝」というミニ評伝がある。石牟礼さん自身は自伝『葭《よし》の渚』を書いている。私の出る幕はないわけである。しかし、石牟礼さんから直接、話を聞いて、得た言葉を足がかりに、人物論なり作品論なりを自分の言葉で書くことができたならば、何か形になるかもしれなかった。

その前年の一三年夏、私は渡辺京二さんの自宅を訪ねた。このときは渡辺さんの新刊の話を聞きに行ったのだ。渡辺さんは石牟礼さんの仕事のサポートを長年つとめておられる。二人はお互いの仕事に影響を受けながら書いてきた。渡辺さんの文筆家としての歩みを時代をさかのぼって聞いてゆくと、話は自然に石牟礼さんのことになる。「石牟礼さんは四〇代になっても、朝鮮戦争があったことや、イギリスが島国であることを知らなかったんです」と言って渡辺さんは愉快そうに笑った。すぐに真面目な顔になり、ちょっと意外に聞こえることを語り始めた。

「彼女に密着すれば本が書けるんですよ、本がね。ご主人はまだ生きていらっしゃる。息子さんも、妹さんも健在です。小学校、実務学校の同級生もね、生きている人はまだいる。代用教員時代の教え子もまだ元気です。ゆかりの人を全部回ってね、話を聞いたらね、本が書けるんですよ。

僕はとてもそういうことはできませんからね。自分の仕事がありますから。実は以前から、石牟礼さんの伝記を書く人がいないかなと思っているんです。石牟礼さんの親族・縁者を丹念に回って話を聞いて、一冊書けば、後年になって、石牟礼道子を論じる際には、必ずその本は引用されるんですよ。下手な小説書いたりするより、よっぽどいいですよ。しかし、そういう伝記をやろうという人がいないんですね。研究者はいるんです。大学あたりにね」

渡辺さんは、私に、石牟礼道子伝を書くよう勧めているわけではなかった。あくまでも独り言という調子である。しかし、その独り言を聞いているのは私一人であり、私に、書けと言っているのだと判断してもよさそうであった。ぐいっ、とお茶を飲んで、石牟礼道子の文学・思想的盟友と自他ともに認める人の言葉はさらに熱を帯びるのだった。

「石牟礼道子に密着して話を聞く。伝記に尽きるわけだよ。彼女の言葉と、著書の引用、関係者の証言、この際、戸籍調べもして、ノートも未発表原稿も、ほかのなにもかも全部ぶちこんで、伝記を書く。そういう仕事をするには、己《おのれ》を虚しくしないといけませんからね。若いときは、そういうふうに己を虚しくするのはなかなかできない。ほかにいっぱいするべきこと、楽しいことがあって、己を虚しくしようとは思わないでしょう。熱烈なファンはいっぱいいるんだけどね、そこまでやろうとする人はいないね。だけど、まあ、そんなもんでしょう。後世になってやっと研究者があれこれほじくり始めるんでしょう。それはそれで結構なんです。ただ、関係者が生きているうちにね、話を聞けばね、相当面白い本ができると思う。彼女は逸話集ができるから。変わっていますから、すること言うことが。珍談奇談、山みたいにあるわけですからね。ただそれは残さないと消えてしまう。珍談奇談の類《たぐい》は僕も書いていません。イギリスが島国の話はちょっと書きましたけど。彼女らしい面白い話はたくさんあるんですよ。書き残さねばならない。発表しなくてもね。書かないと消えてしまう」

渡辺さんと会ってから数日のあいだ、「石牟礼道子」「伝記」「珍談奇談」などの言葉がこだまのように頭の中に響いた。もともと、ぼーっとすることの多い私だが、ぼーっとする時間が格段に増えた。職場の椅子に、ロダンの「考える人」状態で固まることが多くなった。

そもそも書こうとする石牟礼道子という対象は大きすぎる。輪郭すらはっきりしない、曖昧模糊《あいまいもこ》とした得体の知れぬ広がりは神秘的ですらある。少しでも石牟礼さんの本を読んだ人なら、私のたじろぐ気持ちを分かってもらえるだろう。

『苦海浄土　わが水俣病』をはじめとする作品群は雲を貫いて屹立《きつりつ》する脈々たる山々である。踏破するのは並大抵ではなかろう。ベースキャンプを一つ作るだけで疲弊してしまうのではなかろうか。キャンプから五合目、六合目と頂上を目指し、かろうじて登ったとして、そこで終わりではない。次の山が待っている。アプローチの仕方は前の山と全然違うはずである。また次の山へ。山と山とがどうつながっているかの解明も必須だ。石牟礼道子山脈の基盤そのもののような水俣病と向き合わねばならない難しさもある。そんな気力・体力・知力が自分にあるだろうか。

一方、渡辺さんの言葉は、自分の仕事を省《かえり》みるいい機会となった。まとまったものを書かねば、人の魂を揺さぶるものを書かねば、と思いつつ、不完全燃焼のまま五〇代半ばを迎えていることは事実であった。その辺も渡辺さんは見通していたのかもしれない。もう時間がない。生涯の総決算の仕事をしなければならない。「己を虚しくする」にはいいタイミングかと思われた。当たって砕けても石牟礼さん相手なら悔いはない（石牟礼さんに迷惑をかけてしまうが、どうか許してください)。石牟礼さん本人に評伝のための取材をお願いしに行くまでには、そんな経緯があったのだ。

石牟礼さんのお許しが出たのは渡辺さんの口添えがあったからだろう。「今度、米本というヤツがくるよ。あなたの評伝を書きたいんだってさ。話だけでも聞いてやったらどうかな」というふうなことを言ってくれたにちがいない。

ともかくゼロからのスタートである。十数年前から何度か、石牟礼さんにお目にかかる機会はあったのだが、新刊についてのインタビューなど、いずれも断片的なものを書いたにすぎない。まずは、石牟礼さんに会いに行こう。約束をとりつけて面会させてもらう。それが終わると次の面会の約束をとる。週に一回のペースで私は博多から熊本に通った。

石牟礼さんの話を私は録音させてもらっていたのだが、録音内容を聞き返すたび、これはえらいことになった、と思わざるを得なかった。生い立ち、水俣病闘争、『苦海浄土』三部作……。くわしくは本文を参照していただきたいが、リアルでビビッドで、語り口そのものが晩年の精妙かつ微妙な石牟礼道子の呼吸を伝えていて、つまりは大変貴重だと感じ入ったのである。「評伝」の取材として石牟礼さんに向き合うと、これまでなんと多くのことを見逃してきたのか、過ぎた年月が痛恨極まりなく、その反動からか、一層評伝取材に身が入ることになった。石牟礼さんの片言隻語《へんげんせきご》、「ふん、ふー」という相槌《あいづち》にいたるまで、夜の渚でぴんぴん跳ねる魚のように輝いて見えたのは、多少ともニュアンスが分かる年齢に私が達していたからだろう。

石牟礼さんの仕事場に行くには、熊本市電の終点健軍町《けんぐんまち》でおりて、歩く。大通りをへて、片側一車線の直線道路になる。用水路沿いに進む。椿など季節の花にどれだけ慰められたか。石牟礼さんが住む施設の茶色い屋根がだんだん見えてくる。いつも必ずハラハラドキドキする。何回通ってても慣れるということがない。足がすくむ。通りがかったバスに飛び乗って、熊本城か水前寺公園か、ラクチンなどこかへ逃げてしまおうか、と思案したことも一度や二度ではない。その後、熊本地震が起きて、熊本城はラクチンどころでなく、復旧に何年もかかる甚大な被害を負ってしまったのだが。

足がすくんだあとに何がくるか。「石牟礼道子」の名前の大きさに、不意に気づいてしまって、気持ちが圧倒されてしまうのだ。自分はキツネかなにかに化かされて、とんでもないことをしているのではないか。石牟礼道子？　会う資格がおれにあるのか？　トボトボと歩を進め、正面玄関から入ると、受け付けの来客名簿に自分の名前を書く。スリッパをパタパタいわせて階段を上がり、二階の廊下の行きどまりの石牟礼さんの部屋の前に立つ。勇気をふるいおこして、ドアをノックする。「あらー」。自然体の石牟礼さんに接して、案ずるより産むがやすし、と心底安堵するのだ。それでも、やさしさに甘えてるなあ、と物凄い自己嫌悪に襲われるのはいつものことだった。時折、渡辺さんもやってくる。石牟礼さんと渡辺さんが話している部屋に、私がいる。自分ごときがと、考え始めるといたたまれず、なにか自分はとてつもない勘違いをしていると思い始めると、その思いはエスカレートする一方で、酸素が欠乏した潜水艦の乗組員みたいな苦しい顔をして、部屋を飛び出る。そんなことがあった。廊下に出て、五分、一〇分……。「なにを遠慮している」と渡辺さんが連れ戻しにきてくれたのだが。

私は自信満々で書き進めていったわけではなかった。先にハラハラドキドキと書いたが、ハラハラドキドキはずっとつきまとった。五里霧中の森を行く。手頃な切り株を見つけ、その空間に入り込んで一息つく。内なる力がみなぎるのを待ち、また霧の中に出る。切り株というよりも、今度は大きめの洞《ほら》ともいうべき巨木空間に足を踏み入れる。暗がりのやすらぎに心を落ち着かせて、また霧の中へ。実感としてはそんな感じである。五里霧中の森全体を見渡したいのだが、私の力量では、手の届く範囲をまさぐってみるのが精一杯であった。

石牟礼さんと渡辺さんに自分の書いたものを読んでもらいながら、二人のどちらかに、「これはちょっと」と難色を示されれば、書くのを即座にやめるつもりだった。評伝という性格上、プライベートにもある程度踏み込まざるを得ない。当事者から見れば、歓迎できぬテーマ、不本意な記述も多々あるはずだが、幸い、たぶんお二人の慈悲に恵まれて、作業を重ねていくことができた。

阿川弘之の評伝『志賀直哉』によれば、井伏鱒二は敬愛する志賀直哉にしばしば会いに行った。会って数日たつと、「薬が切れた」とまた会いたくなるのだそうだ。そんな挿話を思い出したのは、井伏の台詞が私の気持ちにぴったりだったからだ。「薬が切れた」ように石牟礼さんに会いたくなる。欺瞞と狡猾の世を生きる者が清浄で無垢な魂にひかれるのはごく自然なことだろう。

石牟礼道子は渚に立つ人である。前近代と近代、この世とあの世、自然と反自然、といった具合に、あらゆる相反するもののはざまに佇んでいる。それは意識的にやっているわけでなく、近代の草創期に水俣に生まれたのが偶然に過ぎないように、いくつもの「たまたま」の結果、半分無意識に渚にいるのである。しかし、生まれ持った才能は常人には分からぬ苦しみをもたらす。境界が定かならぬ渚でなくて、海か陸かどちらかに安住できたらどんなに楽だったろう。石牟礼さんの書いたもの、とくに一〇代二〇代の手記を読むたびに、「才能」は「苦しむこと」の同義語なのかと思う。

石牟礼道子を読みながら、もう一つ思うことは、水俣病にとらわれすぎると石牟礼道子の正体（正体なんてあるのだろうか）を見誤るということである。水俣病はむろん道子の生の核心であり、「正体を見誤る」というのは言い過ぎとしても、常に水俣病に収斂《しゅうれん》する読み方をしていれば、石牟礼文学の豊かな可能性の芽を摘むことになりかねない。ではどんな読み方ができるのか。たとえば、普通に生きることができない人に石牟礼文学は向いている。

「普通に生きることができない人」というのは私自身のことを言ってみたのである。以下のような文章に出合うと、自分のことが書かれていると思わないだろうか。

《たとえば私は、無理矢理自分を洞穴にとじこめ、愛に隔絶された囚人のように思っている。歯が生え髪が生えた闇とまとわりつく羊水、岩に耳をあてながら、三十年も人間の声をききたいと希ってきた（中略）ひとりはこわい。ぽとぽととのぼる気泡のような、ひとりの言葉はつながらない。ひとりの言葉を無理してつむぐ。見たことのない岩壁の向うの囚人たちに語りかける。私の言葉は言葉になっているのだろうか》（「愛情論初稿」）

《何にも結びついたことのない魂の一方の極、そしてまたしても母たちの埋没しつづけた愛、ふたつの極の間で私はうろうろし、子であり兄弟であるということは、わたしはあなたであり、あなたはわたしであるというわたしたち。こんなたくさんのわたしを、ひとり残らずひっとらえて串ざしすれば、どんな悲鳴をあげるのかきいてみたいもんだ！》（同）

一九五八〜五九年ごろの文章だ。石牟礼さんは三〇代前半である。『苦海浄土　わが水俣病』はまだ書かれていない。彼女が住んでいたオンボロ小屋から、にゅっと小さな手が伸びてくる。

手の先から光が放たれている。暗がりにしゃがんでいた私に近づいてくる。道子さんお手製の懐中電灯で、自分でも気づかなかった心の襞《ひだ》を照らしてもらっているようでうれしくなる。「道子はオレのものだ」と叫びたくなるのである。描かれた悲劇を自分の悲劇として読む。太宰治が一部の読者に熱狂的に愛されたような受容のされ方を、石牟礼道子もされてもいいと思うのだ。

集中取材開始から三年がたった。石牟礼さんと過ごした時間は四〇〇時間をゆうに超える。一章書くたびに自分のことを水を絞り尽くしたぞうきんのように思い、「もう書くことがない」と皿が干上がった河童のようにうなだれるのだが、書きたいものを満たす容器には知らず知らずのうちに水がたまっている。無意識下の小人さんたちが、私が眠っているうちに、せっせと汲んでくれたとしか思えない。

《ほら、この小麦女《じょ》は、／団子になってもらうとぞ、／やれ踏《ふ》めやれ踏《ふ》め、／団子になってもらうとぞ。》（『食べごしらえ　おままごと』）

石牟礼さんの母ハルノさんが麦畑で娘の道子に聞かせた即興の歌が耳元で聞こえていたような気もする。やれ踏め、やれ踏め。そんな掛け声のおかげだろうか、行く先々のドアが勝手に開いて導かれる……。評伝を書くために会わねばならない人と、苦もなく会うことができた。天佑、というしかないことが確かにあったのだ。

この評伝は石牟礼さんの記録であるが、その折々の私の息吹が反映しているという意味で、私の記録でもある。石牟礼さんとの出会いで新たな局面に入っていく評伝の各章は、回生の予感に私が息を吹き返すプロセスそのものである。

秀島由己男の仕事場で、1975年頃。

評伝　石牟礼道子　渚に立つひと◎目次

カバー書き文字　石牟礼道子
装幀　新潮社装幀室

評伝　石牟礼道子　渚に立つひと

1　栄町　とんとん村

石牟礼道子は〝石〟と縁が深い。祖父の吉田松太郎（一八七一―一九五六）は神社の鳥居などを作る石工の棟梁だった。のちに道路港湾建設業を営む。道子は、石牟礼弘との結婚が決まったとき、なにより「よかペンネームができた」と思ったという。

〝石〟が牟礼（群れ）るという呪術的なイメージが好ましかった、とも語っている。谷川雁《がん》らの『サークル村』では「石道子」というペンネームを使った。中年期以降、「石橋」など〝石〟がらみの展覧会があると必ず観に行った。鹿児島に近い水俣の高原には石飛《いしとび》という集落があり、道子の盟友ともいうべき赤崎覚が晩年隠棲した。道子も石飛への移住を一時試みている。生涯を通して、〝石〟への執着は深いものがあった。

〝石〟のルーツはどこか。祖父の吉田松太郎と祖母の菅原モカ（一八七五―一九五三）は熊本県天草郡下浦村（現・天草市）で生まれた。天草・上島の下浦は石工発祥の地として知られる。九州で仕事をする石工の大半が下浦出身という。いわば〝石工の里〟なのだ。

松太郎とモカ（おもかさま）が結婚したのは一八九七年八月三一日。松太郎が二六歳、おもかさまが二二歳。小さい村だから顔見知りだったであろう。二人には、國人（一八九九―一九二七）、ハルノ（一九〇三―八八）、ハツノ（一九〇九―二〇〇九）の三人の子ができた。

　一九一九年一月、松太郎の一家は熊本県天草郡下浦村九八二四番地から、海を隔てた水俣町（現・水俣市）浜二七二四番地に転籍している。役所への届けはそうなっているが、松太郎の長女で石牟礼道子の母となるハルノは晩年、「七つくらいのときにこっち（水俣）に来ました」と歴史学者の色川大吉に証言している。転籍届けよりも十年前に水俣に移ったようなのだ。チッソの積み出し港・梅戸の築港工事を請け負うなど事業拡大のため新興地水俣に移り住む必要があった。

　水俣では新参者だったが、松太郎は水俣川上流に持ち山がいくつかあった。移住以前から水俣には仕事の縁があったのだろう。松太郎は水俣に移った当初、水俣川上流の宝河内で石を切り出した。「人は一代、名は末代ちゅうぞ。その場限りのやっつけ仕事はするな。末代まで残すつもりでやろうぞ」と松太郎はしょっちゅう口にした。石の目利きに関しては右に出る者がいなかったと伝えられる。一方、採算を考えない仕事ぶりから「事業道楽」と言われ、資金不足で山を手放すたび、「山を道に食わせた」と揶揄《やゆ》された。

　松太郎率いる吉田組の規模は次第に大きくなる。ハルノによると、最盛期の昭和初年ごろ、住み込みの職人が一〇人、通いの職人と作業員を入れると総勢六〇人にもなった。賄いは全部家で行う。白米一俵が二日でなくなった。

　事業の発展の一方、家族関係に齟齬《そご》が生じ始める。松太郎が妾を持った。妾は子を二人生んだ。妻のおもかさまには衝撃だったろう。最初におもかさまの異常に気づいたのはハルノの兄國人である。「唐天竺……」など文脈不明の独り言が始まる。妄想が嵩じると、おもかさまの独り言は数人と話しているように聞こえるのだ。

ハルノが、母おもかさまの異変に気づいたのは一〇歳のときだ。実母の狂気を幼い娘はどう受け止めたのだろう。ハルノは、おもかさまの面倒を見つつ、炊事、洗濯など家事をこなす。水道やガスなどない時代である。数十人の職人の食事の支度をし、弁当もこしらえる。ハルノは死の一週間前、道子から「おもかさまのお世話がたいへんじゃったなあ」とねぎらわれ、「自分の方が親にならんばと思った」と振り返っている。早く大人にならねば家がにっちもさっちもいかないのだった。

おまけに父の松太郎は無類のぜいたく好きである。珍しい刺身など豪華な酒肴や酒樽を切らしてはならない。松太郎の事業は一九三五年に破綻する。放漫経営の結果である。不幸な出来事のはずだが、ハルノは安堵したという。「もうほんに、ほっとした。酒もはじめのうちは灘の生《き》一本ば樽で取り寄せて、飲ませ放題じゃったが、あとでは続かずに焼酎甕《しょうちゅうがめ》になった。青魚は下魚《げいお》ちゅうて買わせられんし、まかない方は大へんじゃった」と苦労を振り返るのである。

水俣病闘争以来、道子を訪ねてくる客はひきもきらなかった。道子が嫁に行ってからも道子のそばで暮らし、来客に手料理をふるまうのを無上の愉しみとしていたハルノだが、職人集団の食事、酒宴の支度など吉田組の「娘」であり「母」としての仕事の苛酷さは、忍従の一生だった彼女にとっても、ひときわ大きな重圧だったようだ。

道子の父・白石亀太郎（一八九三―一九七〇）は天草・下島の天草郡下津深江村（現・天草市）出身。吉田組で図面書きなどの仕事を任されていた。ハルノは一九歳のとき、家のことを成長した妹のハツノに任せて、静岡県御殿場市の紡績工場に就職している。二年足らずのうちに関東大震災に遭遇したが、ケガもなく水俣に戻ってきた。二一歳のとき、一〇歳上の亀太郎と結婚する。ハルノの声が不知火海総合学術調査団の録音テープに残っている。「亀太郎さんをお気に入りになったのですね」と問われたハルノは、「気に入るもいらんも、仕事を任せとるもんじゃけ、夫婦にならんばしょんなかたい」とやけ気味に答えている。

ハルノは亀太郎と結ばれる。祝言はせず、平服で固めの盃を交わした。「松太郎が反対だから平服の祝言になったのではないのかな」と道子は推測している。芸術家肌の松太郎と実務家肌の亀太郎はウマが合わなかった。仲が悪いのは周知の事実だったが、頭脳明晰で実践・即応力もある亀太郎は事業家の松太郎にとって必要だった。

《〝事業〟のやりくり算段を任せられていたのは、はるのの夫の亀太郎であった。松太郎がおっとりして仏画やお茶をたしなみ、経理には向かないのに対して、この娘婿は謹直で緻密だったが、真面目にすぎ、融通がきかない。「信用貸し」してしまう松太郎は利息も、証文もとらなかった」》（『葭の渚』）

亀太郎には離婚歴があった。ハルノには伝えなかった。亀太郎と前妻との男子、道子の腹違いの兄、白石正晴が第二次大戦中に突然吉田家にあらわれた。一年余り一緒に過ごしたのち、熊本の陸軍部隊に入り、沖縄で戦死した。正晴は松太郎から見れば、折り合いの悪い婿の連れ子であり、しかも突然あらわれたのであるから、最初はとまどったはずだが、意外にも松太郎は「魂が深い」と正晴を絶賛している。「魂が深い」とは水俣では最高の褒め言葉である。苦労人の松太郎をも心服させる人間としての器の大きさを正晴は備えていたようなのだ。ハルノは「神様の子」とまで言っている。そんな正晴を道子は心から慕い、記憶に頼って描いた似顔絵を自分の仕事場に掲げている。似顔絵が遺影代わりである。

なお、ハルノの妹のハツノは美貌と伝えられている。日本領だった大陸の大連に行き、ヤマトホテルのメイドとなった。新聞記者と同棲するなど「ハイカラ」な生き方をした。戦後、帰国して二女を生した。一八歳年上のこの叔母に道子は親しんだ。ハツノは裁縫を好み、道子によれば手製の「裁縫帳」を作っていたという。道子が裁縫に堪能なのはこの叔母の影響が大いにあろう。


吉田道子、のちの石牟礼道子は、一九二七年三月一一日、熊本県天草郡宮野河内村（現・天草市河浦町宮野河内）で生まれた。白石亀太郎、吉田ハルノ夫妻の長女である。仕事先の宮野河内に一家で滞在中の出生だ。このとき請け負っていた道路工事の完成を祈るという意味を込めて、「道子」と命名された。

「赤ちゃんのときから泣き出したら止まらない。火がついたように泣く。泣きやまない。最後にはひきつけを起こす。ほんとにどういう子じゃろうかと思うとりました」とハルノはよく語ったという。

亀太郎とハルノは、当時は珍しくもなかったことだが、入籍を格別の理由もなく先延ばしにしていた。一九五六年にやっと入籍している。結婚式から三一年後である。道子、一《はじめ》（一九二八―五八）、満《みつる》（一九三二―二〇一二）、妙子（一九三九年生まれ）、勝巳（一九四二年生まれ）の五人のきょうだいはいずれも吉田姓だ。入籍が遅れ、亀太郎から認知もされなかったので、道子らは学校の先生に「私生児」とみなされていたという。

戸籍謄本によると、長男の一と次男の満のあいだに、本来なら次男の秋生《あきお》という男児がいる。

秋生は一九二九年九月七日に産声をあげ、五日間しか生を享けなかった。『食べごしらえ　おままごと』に、生まれてすぐ亡くなった子を悼むシーンがある。秋生のことだ。道子の人生初の食べごしらえも記される。産後の患いで寝込む母のため、キビナゴを尾引きした。尾引きとは背を裂いて骨をとること。幼い者には難しい。「道子が襷《たすき》がけで、小《こ》うまか指して、尾引きをつくってくれて。白うなってしもうとるばって、御馳走になろ」と母らは喜んでくれた。この文章で道子は「五歳」ということになっているが、秋生の死亡時、道子は二歳六カ月である。

一九三〇年、一家は水俣町栄町に転居する。道子は三歳だ。チッソ（当時・日本窒素肥料）の水俣進出は一九〇八年。一家が栄町通りにいた頃、アセトアルデヒドの製造技術を確立するなど生産規模を拡大しつつあった。吉田組も港や道路整備などで町づくりに貢献する。水俣はチッソ中心に発展のにぎわいのただ中にあった。

〈矢城の山にさす光／不知火海にうつろえば／工場のいらかいやはえて／煙はこもる町の空／わが名は精鋭　水俣工場〉

日窒水俣工場歌（中村安次作詞、古賀政男作曲。『苦海浄土　わが水俣病』より）。有名な古賀政男が作曲していることからも当時の会社の社会的地位の高さがうかがえる。道子ら昭和初期の学童は《まだズボンもスカートも知らず、膝ぎりの素袷の足を、高々と踏みあげて棒切れをかつぎ、行進曲風にうたいあるいた》（同）という。

私は、道子がこの歌を歌うのを直接一〇回以上聞いている。年齢にしては十分な声量である。「わが名は精鋭……」というサビの部分、道子得意のソプラノが冴える。幼少期の記憶と切り離せない歌なのだ。道子より一二歳下の妹の妙子は工場歌を知らない。聞いたことがないという。

工場歌は昭和初年から数年にかけて歌われ、その後は忘れられていったようだ。

それでもこの歌は道子の魂の奥深く居座って動かない。講演の冒頭でいきなり披露して度肝を抜いたこともある。煙は新興の町を象徴するかのように立ちのぼる。のちに道子は、《工場の煙は、あけがたの村の夢の中に、溶けこんだかにみえていた。／それはまぎれもなく近代産業資本の萌芽が確実に根づいた姿でもあったが、草深い村の心は、処女性のごときは、それを雲や霞のたぐいと見まがえて唄いさえしたのである》（「常世の渚から」）と書く。

「会社《チッソ》ゆきどんがうらやましがられる時代でした。会社ゆきになると靴をはく。ほかの人は地下足袋です。鹿児島流れ、天草流れ、水俣には方々から大勢の人が寄り、活気があった。チッソが来て景気がよかばい、とみんなしきりに言っていました」と道子が回想する。

「わたしの栄町通り」という道子自筆の絵地図がある。「昭和十年ごろまでの記憶図」の但し書きが付く。時代の匂いごと土地の記憶を素朴な線が写し取る。チッソ工場が地図の三分の一を占める。家々には「米屋」「トーフ屋」「鍛治屋」「仕立屋」「小学校小使いさんの家」などの文字。商いの名がそのまま屋号だった。「会社ゆきさん」はチッソ勤めの家。「石屋」の道子の家は石切り場を抱える。石切り職人らが常時七、八人泊まり込み、炊事を受け持つ女衆が三人いた。晩は酒でにぎわう。

《わたしの家から下手には、染屋、鍛冶屋、米屋、船員さんの家、学校の小使いさん、タドン屋、花屋、煙草屋、学校の道具屋、第二小学校と続き、その先の田んぼと溝をへだてて、ひときわ広大な日本窒素株式会社があるのだった》（『椿の海の記』）

栄町の通りを天草方面へ行くと、岸壁を備えた梅戸港に至る。もとはちいさな浦だったのを、

道子の育った栄町の家並み

松太郎が築港工事をほどこしたのだ。コンクリートのない時代、土木工事には石が必要である。港にしても道路にしても堅固さを保つために、基礎工事の石が要る。そうした工事のことを「根石を埋《い》ける」といったという。道子の家の「石屋」は繁盛した。

　道子の家の先隣に「末広」という女郎屋があった。天草から売られてきた一〇代の娘たちが日本髪を結い、紅や白粉《おしろい》をつけ、襟足を広く見せて男に声をかける。道子は末広の女郎らにかわいがられた。女たちは道子を招き寄せ、飴玉を含ませ、温かな膝の上にのせて、稚児髷《ちごまげ》に結ってくれた。

《彼女たちは自分の島に置いてきた妹たちとか、弟たちの替わりにわたしを抱いていたんだろうと思うのです。彼女たちは、島に置いてきた妹や弟たちのために女郎づとめをしているわけでして、その妹や弟たちの替わりに、わたしは抱かれて、おかっぱをお稚児さんに結ってもらったり、飴をもらったりして、厚化粧で変貌していく女たちを、子供心に美しさよと思ってみているわけですね》(「名残りの世」)

　道子は末広の女たちが通う「髪結いさん」の家に上がり込む。「髪結いさんの妹と仲がよかった。髪結いさんの家に入り浸っとったですよ。髪ば結うのをしんから見とった。結えますよ、日本髪。目で覚えている。おしろいのつけかたも。えりおしろいといって首のうしろもぬる。鼈甲《べっこう》のかんざしとか、花かんざしとか、そればみて、手でさわったりしよりました」と道子は言う。

　栄町通りと町中心部の旭町通りが交わる四つ角近くに、銭湯があった。朝、末広の女たちが一番風呂に入る。半乾きの長い髪を背中に流した若い女たちが湯屋から出て来る。彼女たちが一人で歩くことはなかった。いつも二、三人が一緒である。石けんのかおりを漂わせながら末広の向かい側の「髪結いさん」の家に入る。普段はやさしい近所のおかみさんたちが湯上がりの女郎を見ると豹変する。にこやかだった顔がたちまち険を含む。末広の女性らに対して侮蔑の表情を隠さない。後ろ姿に向けて、さも汚らしそうに、ぺっ、とつばを吐く。なぜそんなことをするのか、同じ人間なのに。道子には不思議だった。

《どのようなひとことであろうとも、云う人間が籠めて吐く想い入れというものがある。父が「淫売」というとき、母がいうとき、土方の兄《あぼ》たちがいうとき、豆腐屋の小母さん、末広の前の家の小母さんがいうとき、こんにゃく屋の小母さんがいうとき、全部、ちがう「淫売」なのだ》

（『椿の海の記』）

道子をかわいがってくれた若い女郎が中学生に刺殺される事件が起きた。畳半分が血に濡れた。牡丹色に光るびらびら簪《かんざし》が落ちている。一六歳の女郎は絶命前、「おっかさあーん」と切ない声をあげたのだった。自分を売り飛ばした親を慕う娘の心情に道子の吉田家は泣いた。

「うちでは末広の女の人たちをさげすまなかったですね。貧乏ゆえに売られてきた。困ったもん、あわれと思うとったです。うちにくる石工見習いの若い人、〝あぼ〟ち言いよったです、お兄ちゃんたちという意味ですが、末広の女たちは、あぼたちの親類だったり、きょうだいだったりするでしょう。石工職人になるのもたいてい貧しい家の子ですからね。娘を売る親のこともわかる。末広の女たちに、うちでは同情しとったです。殺された娘の解剖にはうちの父が立ち合った。ほかにだれも立ち合う者がおりませんもの」と当時を道子が回想する。

末広の姉さまたちのものがなしいうなじに心を奪われていた道子は、母に叱られたりすると、着替えの赤いネルの腰巻などを風呂敷に包み、「いんばいになりにいく」と口走って父母を困惑させた。末広の女性たちは、貧しいがゆえに売られてきた。やっとたどりついた場所で懸命に生きて見せても、汚いものを見るかのようにさげすまれる。「淫売になりにいく」とは、侮蔑の対象に自らなろうというのである。相手の身になる、というのは、『苦海浄土　わが水俣病』に端を発した水俣病闘争でも一貫した道子の基本的態度だった。

栄町時代、精神を病むおもかさまと孫の道子はいつも一緒だった。《気狂いのばばしゃまのお守りは、私がやっていたのです。ばばしゃまは私のお守りをしてくれていました》（「愛情論初稿」）と道子はのちに書いている。おもかさまは道子を膝に乗せて歌うように呟く。それは呪いの言葉のようでいて、人生の真実を衝いているという意味で、虚飾を剝ぎとった、救いの言葉のように響く。《どまぐれまんじゅにゃ泥かけろ／松太郎どんな地獄ばん（ばい）／おきやがまんじゅにゃ墓たてろ／どこさねいたても地獄ばん／こっちも地獄／そっちも地獄》（「高群逸枝との対話のために」）

「おきや」とは祖父の隠し妻である。松太郎とのあいだに二人の子をもうけた。おきやの存在がおもかさまの狂気の一因になったことは否定できない。《ばゞしゃまはなして白髪の生えた？／ふふふふふ／松太郎さまのだまかさしたけん》（「おもかさま幻想」）。松太郎にだまされて自分は白髪になった。おもかさまのつぶやきを道子は書き留める。

《ばゞしゃまの目の盲はなして開かんと／つぶれてしまえば見んでもよかち想うたが……あやっどんが来た　あやっどんが来た　ええい　失せろ　失せろ　早よ失せろ／地ごくば見たもんじゃっで》（同）。おもかさまが全身を震わせて叫ぶ。躍り出た祖父が彼女を縁側から蹴り落とす。

《狂えばかの祖母のごとくに縁先よりけり落とさるるならんかわれも》（「愛情論初稿」）

二〇代初めの道子の歌である。身内の悲劇を悲しむというよりも、女性全体の運命を嘆くかのような響きがある。

おもかさまが道子の髪のしらみの卵をとる。道子はおもかさまの髪にペンペン草をさしてやる。おもかさまは綿入れの小袖から綿をちぎって捨てる。道子は綿を拾って人形を作る。盲目の「気狂いばばしゃま」は雪の降る夜は外に出たがった。道子は探しに出る。《夜の隅々と照応しているように》（「愛情論初稿」）雪の中にばばしゃまは立っている。

雪をかぶった髪が青白く炎立つ。道子はおもかさまの手にすがる。しばらくして、ぐいと引く。「ミッチンかい」とばばしゃまはしゃがれ声で言う。遠い風雪の中から伝わってくるようである。「ばばしゃまツメタカ」「ミッチンかい、ミッチンかい」。おもかさまは、男と女はベーつべつ、男と女はベーつべつ、といつもの文句を繰り返し、雪の上に痰を吐く。ばばしゃまは口説のように言葉を並べてゆく。

《重かもんなうしてろ／重かもんか汚穢《きさな》かもん／汚穢かもんはあそこ／汚穢かもんなちーぎれ／役せんもんなしーね死ね／綿入れの綿もうしてろ／男もおなごもベーつべつ》（同）

《底熱い手はじいっと、きつくも軽くもなく密着し、私の中に祖母はおごそかにうつってくるのでした。じぶんの体があんまり小さくて、ばばしゃんぜんぶの気持ちが、冷たい雪の外がわにはみ出すのが申しわけない気がしました》（「妣たちへの文序章」）と書いている。道子ほど劇的でなくとも、《気持ちが》、《外がわにはみ出す》ような感覚はどこかで覚えがある。

結局わかりあえない人間という存在。おもかさまの隣にいる、徹底的に孤独な少女の姿は問いかける。絶対的断絶が人間の生存条件なのか、と。狂気はもう一つのこの世への回路でもある。おもかさま、刺殺された末広の女郎、雇い主に耳輪の穴をあけられたからゆきさん……。ミッチンと呼ばれた少女の隣に、異界が常に口を開けていた。

道子の家でおもかさまは大事にされていた。とくに義理の息子の亀太郎は、おもかさまがこの世でもっとも無垢な存在であるかのようにかしずくのだった。亀太郎の丁寧なもの言いから、家でもっとも魂の位の高いのはおもかさまだ、と道子はかんづいていた。着ているものを引き裂くような激烈な発作のときも、亀太郎が声をかけると静かになるのだ。おもかさまに次いで位の高いのは亀太郎ということになろうか。

一九三一年、道子四歳。国が軍国主義に染まる中、熊本陸軍大演習が行われた。サーベルをがちゃがちゃいわせた巡査らが道子の家を訪れた。「天皇陛下さまが行幸のあいだ不敬この上ないので、本町内の浮浪者、挙動不審者、精神異常者は、ひとりもあまさず、恋路島に隔離の措置をとるという。おもかさまが「不敬をはたらく恐れがある」というのだ。亀太郎は「あやまちのあれば切腹しますけん」と巡査に約束しておもかさまの連行を阻止した。天皇が来る日はおもかさまを家に幽閉し、表戸を釘でうちつけて家中で謹慎した。道子は家を抜け出て、天皇の行列を見物に行った。「むしろを敷いて、みんな土下座しておりました。あずき色のきれいな車がチッソの正門に入ってゆきました」と思い出は今なお鮮やかだという。

末広の女たちはおもかさまにやさしかった。当時の道は舗装していない。水たまりがあった。ばあさま、そこは水たまり、と声をかけてくれる。「おもかさまはとても人間嫌いでしたけれど、末広の女たちにはおとなしゅう手をひかれて、連れられてきよった」と道子は回想する。自伝

『葭の渚』によると、おもかさまが通りかかると末広の奥から、「おもかさま、今日はどこゆきでしたかえ」「今日はご気分のよかばいねえ」などと華やかな声がかかる。おもかさまが発作のため路上で狂乱してしまったとき、風呂上がりの末広の女たちが壊れやすいものを抱えて包み込むように石屋に連れて帰って来てくれた。

「お前方のような心根のよか者には、きっとよか日のくるばえ」

亀太郎は頭を下げて礼を言う。

「小父さまにも、きっとよか日の来申す」

娘たちからみやびな天草弁が返ってくる。


ある日、ハルノや道子らが蓮根と蓮の花を話題にしていると、一時的に正気に戻ったおもかさまが「蓮の花はな」とものやさしい声で家族の会話に加わってきた。亀太郎が座り直す。全員の耳が集中する。おもかさまが言う。

「蓮の花は、あかつきの、最初の光にひらくとばえ。音立てて」

「音立てて、でござりやすか」

「菩薩さまのおらいますような音させて、花びらが一枚ずつひらく」

「花びらが一枚ずつ」

「一枚ずつ、中に菩薩さまがおらいます」

花びらの中に菩薩がいる——。私はおもかさまの言葉から、スイレンの葉に抱かれた赤ん坊を連想した。道子の傑作『あやとりの記』の冒頭近くでビッグバンのように描かれる宇宙シャッフルのシーン。《海の中のような空の端っこに、光を消した赤いお陽さまが、この世とあの世をつくるお胎《なか》のようなぐあいに、とろとろとかかっていました》。空と海と、昔と今が入れ替わる。虚無の中を孤独に漂う赤ん坊は、おもかさまの姿そのものであろう。「生まれてきて、いやーって泣いている。この世はいやーっ、人間はいやーって泣いている。えーんえーんと、ぐずって泣いているんだ。それが石牟礼道子の本質です。ようするに、道子さんは最初から地獄を見た。一〇代の文章を読むと、反抗につぐ反抗でひねくれている。この世に対する反抗。ハリネズミみたいになっている」と渡辺京二は語るのだ。

一九三五年、道子が八歳のとき、一家は水俣川河口の荒神《こうじん》（俗称・とんとん村）に移った。祖父松太郎の事業が破たんし、栄町の自宅が差し押さえられたのだ。

「〝差し押さえ〟という言葉は〝さしょうさい〟というふうに聞こえて、初めて聞く言葉でした。親たちは〝さしょうさいが来る〟と声をひそめた。父は〝さしょうさいを見るな〟と言い、当日、私はよその家に預けられていました。仏壇、おひなさま、書物神といわれた伯父國人の大きな書棚など、一夜にしてなくなった。さしょうさい、は子供心に空恐ろしかった」と道子は振り返る。

とんとん村の新居は小さな藁小屋だった。海に突き出した岬のふところにある。六畳一間きりで襖も障子もない。家の前面五〇メートルくらい先が渚で、家の後ろの土手を行くと火葬場があった。近くには伝染病対象の避病院もあった。のちの「奇病」患者が真っ先に運び込まれたのがこの避病院である。

火葬場では時々寂しい葬式があった。「岩殿《どん》」という隠亡さんがいた。獣の皮のちゃんちゃんこを着て、手足をにゅっと出していた。村の人はみんな岩殿を畏敬していた。葬式があると、人々は「きょうも岩殿がホトケさんば焼いてやんなはる。ホトケさんをよかところにやってくださる」と言った。こちらの岸から向こうの岸へ渡してくれる船頭さんのように岩殿は頼りにされているのだ。

近所の子供は「磯籠」をみんな持っている。海が潮どきになると、ハルノが「ビナ拾いに行こうか」と誘う。干潟の砂の上には貝がいる「いきり」という印があった。マテガイなら目が二つ出たような穴、オレンジ色のアカニシは蓋のある方を砂に向けて埋まっている。先隣の女の子のはるえさんは貝採りの名人。砂の上の「いきり」を見つけ、足の親指でひょいと採る。

《アサリ、ハマグリ、白貝、さくら貝、ぶう貝、ツノ貝、イノメ貝、バカ貝、ニガニシ、真珠貝、宝貝、カキ、緋扇貝、ヨメガサラ、サザエ、スガイ、シリダカ、ネコ貝、コガネエビス、ウノアシガイ、ホーゼ、アワビ、タイラギ、鬼《おん》の爪、マテ貝、カニのたぐい、エビ、形も色も大きさも味もそれぞれちがう海のものをとる楽しさを何にたとえよう》（『葭の渚』）

渚との運命的な出会いである。道子の、渚の愉楽を語る口調が熱を帯びる。老齢の道子が少女に戻っている。「潮だまりにじっとしていると、ボラが面白がって体当たりしてきます。青のりごと叔母が手づかみでボラを獲っていた。巻き貝の丸いのや尖ったのや、原初からの生き物が渚に残っている。耳を澄ますと、ミシミシミシという、呼吸音が聞こえます。潮を吸って生きているアコウという木がある。天気のいい日には砂地にいる巻き貝たちが気根を伝って枝の上で遊ぶ。夕方潮が満ちてくると、ずらっと枝の上に並び、お日様に向かう。潮が満ちる。どぼん、どぼん、と海に帰っていく」

「人類というより生類という言葉で表現したいのです。海から上がってきた生類が最初の姿をまだ保っている海。それが渚です。海の者たちが上がるとき、〝ここが陸地だ〟と思うでしょう。陸地から海へ行くときは〝ここから先が海だ〟と思ったでしょう。海と陸を行き来する。文明と非文明、生と死までも行き来する。人間が最初に境界というものを意識した、その原点が渚です」

父の亀太郎は道子に、渚が食物の宝庫であることを語ってやまなかった。「大きな棒を持って行って、砂地にすとーん、すとーんと落とす。指が入る程度の穴があくんです。穴に塩を落とすと、ぽんとマテ貝が跳び上がってくる。それをすっととる。そういう漁法は父から教わったんですよ。父は、飢饉の時は貝を食べろと教える。飢饉ち、なんな。飢饉ちゅうとは、雨が降らん時期があるじゃろう。そうすると畑が割れるじゃろう。畑が割れると作物ができん。食うものがなくなる。そぎゃん時は海岸に来て貝をとれ。そう言いよりました」

『あやとりの記』は、道子が五六歳で刊行した子供向けの小説だが、幼少期の精神世界を色濃く反映し、『苦海浄土』を除く七つの長編小説中の最高傑作と評価されることが多い。三～四歳のみっちんが主人公。パートナーは全盲で狂気の祖母おもかさま。女乞食の「犬《いん》の子節《せっ》ちゃん」、火葬場の「岩殿《どん》」ら、この世では異端であるしかない面々が脇を固める。幼い頃のとんとん村での見聞が発想のベースになっているのは言うまでもない。雪のドームや木の洞など、もう一つの世界の「あのひとたち」がしつらえた回路に入り込めば、すべてが非日常の装いになる。

因果を超えた波瀾万丈ぶりが痛快だ。《えへん、えへん》。祖母の咳をきっかけに、時空が大変容を遂げる。時の概念も場所の感覚もなくなり、太陽は昇りも沈みもできず、宙づりになるしかない。みっちんは《光を消している異様な陽《ひ》ぃさま》をひたすら拝む。

近代の草創期、道子は日本の辺境九州の、さらにその辺境の水俣に生を享けた。人と自然が融け合う村落が、近代文明に破壊される。村が町に変わる、道子は、その変貌劇のただ中にいた。水俣病はそのドラマの極点にあったのである。

道子の家があったとんとん村の辺りをいま歩いてみると、かつての渚は姿を消し、海と陸はコンクリートで養殖場のように分けられている。渚は本当になくなったのだろうか。

「無意識でやってきたことの意味がやっと分かりました」と道子がある日私に言った。

「水俣の渚から向こう側の天草をながめると、海というものがなんとも不思議で仕方がない。磯のものを採る往き帰り、思いもかけない近さで島が見えることがあります。まなうらの島。渚に立つ。海と山と、天と陸が交歓する。天草の祖たち、生と死の気配が満ちる……」と、まぶたを閉じる。

「渚につづくとんとん村の家、幼い道生をおぶって行商した薩摩の山中、筑豊のサークル村、東京の座り込みの現場……。どこにいても、私は渚に立っていたのです」

2　代用教員

事業が失敗し、栄町の家が差し押さえにあったとき、道子が大事にしていたおひなさまも持っていかれた。不憫に思った父の亀太郎が代わりのおひなさまを作ってくれた。厚紙に綿をのせ端切れをあてがう。《持ってゆかれたのとは段ちがいに素朴すぎる気がしたが、親のせつない心はよくわかり、前のがよかったと思いかけて申しわけなかった》（『食べごしらえ　おままごと』）と自分を責める道子は、一筋縄でいかぬ父を受け止めることのできる人だった。

《「儂《わし》ゃあ、天領、天領天草の、ただの水呑み百姓の伜、位も肩書もなか、ただの水呑み百姓の伜で、白石亀太郎という男でござりやす」》（同）

愛すべき父は道子の文章にしばしば登場する。痩身。威勢がいい。弱者たちへの無限抱擁というべきやさしさがある。精神を病んだハルノの母、道子の祖母おもかさまにも敬意をもって接した。料理、裁縫、洗濯もいとわない。廃材を集めて家を建てる腕もあった。

「おぼえておけよ。この秤が傾かんように地面をば均《なら》して、こう置く。これを基にして、家のつくりの基礎を据えてゆく。わかるかえ。間違えば家の傾く」

父は「水平秤」を地面に置き、小学五年の道子にさとすのだった。

「大工ではなかが、これくらいは解らねばならん」と言う父が教えたかったのは、人生の基本態度そのものであろう。道子の文章の書き方にも影響を及ぼしたのは間違いない。

亀太郎は物事を根本的に考え、考え抜いた挙げ句、頭の中に残った結論のごときものを自らの手で具体化せねば気のすまない人だったようだ。やむにやまれぬ思いでコトをなす男の色気のようなものが所作の端々に感じられる。

亀太郎は若い日をどう過ごしたのか。三〇歳を過ぎて吉田組に入るまでの歩みが茫漠としている。記録が少なくてよく分からないのだ。村では理屈屋のやかまし者《もん》として知られ、青年団長を務めたという。天草北部の炭鉱で働いた経験もあるようだ。父が死の床についたとき、道子は「馬を雇うてでも帰ってみようか」と帰郷を促している。生まれ育った天草が恋しいだろうと思ったのである。《「山の中も山の中……。今どきのお前どもの、ざっとした考え方で、ゆかるるところか。リヤカーのなんの、馬さえ、通りにくしゃしよった道ぞ。簡単にいうな」》と亀太郎はとりつく島もなかった(「まなうらの島」)。

道子は《「今どきのお前どもの、ざっとした考え方」という父の、むしろ言葉になし得ぬ世界をなんとなく感じていた」》と書いている。理解しようとは思わぬ、せめて父の言葉を書きつけることで、言葉の群れが形成した磁場から何事かを感じ取りたい。肉親であっても届かぬ闇を父は抱えていた。

家は没落したが、移った先は目の前に渚があった。《渚は海にも山にも展開し、人間のみならず、葦やアコウの枝にのぼる魚貝や、潮に養われている木々や、そのようなものたちの織りなす世界を往き来する気配たちの物語で日夜賑わっていた》(「『石牟礼道子全集　第五巻』あとがき」)。

人と自然と精霊が渾然と融合する世界が目の前にあらわれたのだ。
《やまもの木に登るときゃ、山の神さんに、いただき申しやすちゅうて、ことわって登ろうぞ》（『椿の海の記』）
《井川《いがわ》ば粗末にするな。神さんのおんなはっとばい、ここにも》（同）
《川の神さんな、たしか、山にも登んなはっとじゃもん》（同）
木々のあいだを駆け抜ける道子を父がいさめる。その声はまるで山と山とが呼び合う谺《こだま》のように聞こえないか。人間が発したというより光や風がつくりだしたもの、父の存在そのものが自然の一部のように感じられる。「言葉になし得ぬ世界」から出てきた父は、「そのようなものたち」、すなわち精霊の眷属ではなかっただろうか。
亀太郎が死んだとき、土葬の手続きに役場の人が来た。ハルノは、亀太郎の生年月日を聞かれて、「わたしはなあんも知らずにおりました」と言うのみだった。夫の生年月日だけでない、ハルノは、自分の生年月日も結婚した日も子供たちの出生日、戸籍も、何一つ知らないのだ。そんなハルノは、近代的な「数字」「制度」とは無縁の、万物と交歓する前近代の民の一人だった。畑に出る。作物に「大きくなったねえ」と話しかける。小豆や夏豆の時期にはこう言った。《ほらこの豆は、団子のあんこになってもらうとぞ、鼠女《じょ》どもにやるまいぞ、小さな子は鼠女どもにやるまいぞ》（『食べごしらえ　おままごと』）。小麦も鼠も人間も、団子もあんこもハルノにとっては同族である。
道子の村には「かんじん殿《どん》」（乞食）がやってきた。道子は「犬の子節ちゃん」という名のかんじん殿によく遊んでもらった。着物のふところに犬の子を何匹か入れている。犬の子節ちゃんが家に来ると、ハルノは「みちこ、みちこ。里芋の葉の、うつくしかところば、二、三枚、とってけえ」と叫ぶ。畑に飛び出る。ハルノは道子がとってきた葉っぱの中からさらにうつくしいものを選ぶ。お釜の底の「三穀めし」（粟、麦、米）のお焦げでおむすびを手際よく三つ作る。葉っぱで包む。大きいおむすびを犬の子節ちゃんに食べてもらう。小さい二つのむすびは道子と弟のものだ。おむすびがないときは、からいも、煮染め、焼いた鰯……などを葉っぱで包んだ。相手が新入りのかんじん殿であっても、道子の家が応接に差をつけることはないのだった。

《私の家だけがそのようにしていたわけではなく、あの頃の水俣の近郷近在では、かんじん殿たちも、地域の共同体のなかを「遊行《ゆぎょう》する人びと」として、なくてはならぬ存在者であったのだ。「かんじん殿」になるまでには、そこに至るまでの深いいわれを抱えてきて、常人と異なるものとなった人びとである、そのことに思いを致して、幼かった頃の町はやさしかった》（「わが不知火」）

道子は大廻《うまわ》りの塘《とも》で狐を探す。不知火海の「ものたち」が寄り合って、祭りをしたり、物事を定めたりしている、それが大廻りの塘である。水俣川が不知火海に合流するあたりの、大きく海辺を迂回した長い土手。《こん、こん、こん、とわたしは、足に乱れる野菊の香に誘われてかがみこむ。晩になると、大廻りの塘を狐の嫁入りの提燈の灯が、いくつもいくつも並んで通るのだと、婆《ばば》さまたちから聞いていた》（『椿の海の記』）

「大廻りの塘の狐は、お月さまば、なごう拝むけん、尻尾のゆらーっと曲っとるち」と道子は近所の親しいおじさんに言う。「お前さま、まさかその、尻尾ば生やしては御《おん》なはらんじゃろうな」「この前、小父さんは、狐の顔つきも声も、所によってちがうちゅう話ば、なさいました」「はいはい。よっぽどわしが話ばしんから聞いてくれとったばいなあ。ちがいますもんでなあ。げんに、みちこしゃんげの家の後ろの狐穴もなあ」（『葭の渚』）

一九三四年、道子は水俣町立第二小学校に入った。七歳。一九二七年三月一一日生まれの道子は本来なら、三三年に入学のはずだが、一年遅れた。入学手続きを促す役所からの通知がなかったからという。その結果、一歳下の弟の一（一九二八年三月二〇日生まれ）と同級生になった。

「先生たちは私と一を双子だと思っていたようです。幼い私には〝ふたご〟の意味が分からなくて、きょとんとしていましたね」

自然児の道子は学校では万能の優等生だった。文字を覚えた。《「つづり方（作文）」というのを書いてみると、現実という景色が、いのちを与えられて立ち上がるのである。つづり方の時間になると嬉しくて、鐘が鳴っても書きやめたくなかった》（『葭の渚』）。文字に触れる。やまももの木に登って、甘酸っぱい実に手を伸ばすときと同じときめきだ。

「この世を文字で、言葉に綴り合わせられることに驚いた。文字でこの世が復元できる。生きて呼吸する世の中をその内部から復元できる。世界がぱーっと光り輝くようでした」と少女時代を回想する。いくつもの傷ついた魂に寄り添い、異界に首を突っ込むのを常としてきた道子にとって、混沌を統合する文字は、魑魅魍魎《ちみもうりょう》が渦巻く魔的幻覚の世界で、かろうじてすがりつくことができる救命ブイのようなものだったのだろうか。言葉によって立ち上がる世界は、結局それは幻とはいえ、夢中になって打ち込むだけの値打ちがあるように思えた。

読み物に目がゆく。「私が最初に読んだ小説は『大菩薩峠』。書物神さまと言われた伯父國人の本でしょうね。漢字には全部ふりがながつけてあったですよ。机《つくえ》竜之助というのが主人公です。あなた、『大菩薩峠』は読みなはったですか。あ、読んどらん、そうですか。最初の方に、竜之助が、巡礼のおじいさんを理由もなく斬り殺す場面がありましたよ。家には若い石切り職人もおりましたから、石工の兄しゃまたちが読んでおられたのでしょう。忍術ものもありました。真田十勇士とか猿飛佐助とか」と道子は言う。

「エンタテインメントですね」「エンタテインメントって何ですか」「大衆小説です」「はいはい、大衆小説。絵本がなかったから。雨降りにゃ、石工の青年たちが腹ぼうて読みよったです。私は青年たちにまじって読んでいた。早熟かな。生活環境がそぎゃんだった。忍術本がけっこうおもしろかったです。絵本は見たことなかったですね。学校へ行くごとなって、男の子から転校するときに、『おやゆびひめ』の絵本ばもらいました」

「手裏剣はつくりましたか」と私は問う。「手裏剣はつくりませんが、飛行機ば折りたたんで飛ばしよったですね。それからお手玉。おままごと。飛行機はしゅっと飛ばす、ただそれだけですけど、雑誌を引き破って。雑誌は『キング』じゃった。『譚海《たんかい》』ちゅうのもあった。必ず破ってあったですよ、便所紙に使いよったんでしょうね」

栄町の通りでは、道子の通う第二小の安藤愛之助という校長をよく見かけた。安藤校長を見かけるたびに道子は家に駆け込む。『小学校読本』を読む。校長に聞こえるように、わざと大きな声を出すのである。安藤校長は「栄町に感心な女子がおります。いつも大きな声で本を読みよる。みなさんもああいう大きな声で本を読むのですよ」と全校児童の前でほめてくれた。第二小の同じ学級に、末広の女郎を殺した中学生の弟がいた。仲良くなり、道端にかがみこんで石筆で絵や文字を書いた。少年は列車の絵が得意だった。三年生になって道子は第一小へ転校した。『おやゆびひめ』はこの少年から餞別としてもらったのだ。

「吉田の前に吉田なし、吉田の後に吉田なし。先生たちも父母たちも、みんなこう言わすとですよ」と一二歳下の妹の妙子が証言する。「吉田」とはむろん「吉田道子」である。優秀さの度合いは飛び抜けており、あとにも先にも道子ほどよくできた子はいなかった、というのである。

「小学校から水俣実務学校まで、姉ちゃんの通信簿は甲乙丙の甲ばかり。こりゃうそじゃというくらい、ずらっと甲が並んでいます。今でいえばオール五。〝神童〟って呼ばれよった。身内が言うのはどうかと思いますが、姉ちゃんができたのは本当のことですから。家庭訪問で先生が来《こ》らすと、教員になれ、教員になれ、としきりに勧められる。優秀だからこそ勧めてくださるのに、姉ちゃんは、絶対ならん、と言う。小説家になる、と言い張ったものです」

　運動会では朝礼台に立ち、小柄な体を弾ませるように全校児童の体操をリードした。運動会は地域のお祭りの場、ハレの日である。

《この季節になると晩に味つけした昆布やごぼうや里芋などは、次の昼まで腐らない。巻き寿司も酢を利かせておくと腐らない。十人分の段々重箱に朝つめる。母の手つきを見ながら鉢巻きをしめて、この日ばかりは早々と登校したものだった。家族は五、六人だったが、十人分より更に、栄重《さかえじゅう》というのにも、ぎっしり卵焼きや寒天が詰めてあった》（「地面のしめった秋の日に」）

　先生たちの道子への期待は大きかったが、「自分の天の邪鬼性を持て余していた」と道子は〝神童〟時代を苦く回想する。教師らが称賛すればするほど、自己嫌悪が募った。《品行方正、学術優等なる生徒と見なされ、賞状をもらうことが多かった。ただ、それが嫌でひそかに破り捨て、捨てどころに困った》（『葭の渚』）

水俣川の長い土手、大廻りの塘。不知火の海辺の「ものたち」が寄ってくるところ。道子は学校をさぼって大廻りの塘で「あん衆」（狐）を探すのが好きだった。ススキの穂の光る土手で「ものたち」の気配を感じながらの彷徨は、この世の端っこに残されていた神話の世界を生きることだ。「品行方正」など世俗的な礼賛は、狐との出会いを夢見る少女の肌に合わなかった。

「おとなしそうに見えて姉は気が強かですよ。私が小学校にあがる前後、馬乗りに押さえつけられて、お灸をすえられたことがある。いまでも腰のところに痕がある。まあー、こげんふとかと焼いてと、見た人はみんな驚きます」と妙子が言う。それを聞く道子は「私が悪かった。やりすぎた。ごめんねー」としょげる。作家になってからは穏やかな印象の道子だが、元来「気が強か」なのだろう、激情にかられる時もあるらしい。四九歳の時、水俣病患者から贈られた皿二〇枚を母が隠して見せなかったというので、すべてたたき割るという出来事もあった。

水俣実務学校（三年制）は現在の熊本県立水俣高校の前身である。「水俣高女というのもあったが、実務を選んだ。親が経済的に苦労していましたので、早く学校を出て働きたいと考えました」と言う。

水俣実務学校入学。一三歳。短歌を作るようになった。石牟礼道子の理解者の作家・池澤夏樹によると、短歌は最小の自然主義文学である。おもかさまのお守りや姉と慕った女郎の死など幼時から魂が引き裂かれるような体験を重ねてきた道子にとって、感情を盛る器がどうしても必要だった。魂が吐血するように、と道子は書いている。

実務学校時代は戦時下である。《二年生になりましたとき大東亜戦争がはじまり、学校は戦時

水俣実務学校２年の頃（前列左端が道子）。1941年。

色が濃くなり、男子生徒たちがすねにゲートルを、兵隊さんたちみたいに巻く練習をしていたのが、今も忘れられません。／女生徒のクラスは家政科で約五十人、ほかはみな男子クラスで、工業科、機械科、商業科、農業科に分かれていました。男子生徒とすれちがうときは、道路であれ、廊下であれ、目が合わぬように一間ばかりはなれて歩き、ものをいうことなどありませんでした。挨拶などもちろん、とてもできたものではありませんでした》（毎日新聞西部本社版「青春・母校・グラフィティー」）

一九四三年、水俣実務学校を卒業し、代用教員として代用教員錬成所に入る。二学期から代用教員として田浦小学校に勤めた。師範学校出の正規の男性教員が片っ端から軍隊に取られ、教師が払底していた。オカッパ頭の一六歳の少女教師の誕生だ。

代用教員になった経緯を母ハルノが語っている。一九七四年に西日本新聞の山本巖記者がインタビューしたものだ。

〈「道子は実務学校（町立）を出たばかりじゃったで、資格はなかったとですよ。あん子もいやがっとったし、私も『会社でん、郵便局でん投《な》っこんでくだはりまっせ』て言いよったっですが、先生が親にも内証で試験を受けさせて……。試験にゃ通ったばってん頭はまあだオカッパじゃったし、洋服でんなんでんなか時分で、親父の洋服を自分で仕立て直して着て行ったですよ」〉（「石牟礼道子の世界」）

以後、四七年に退職するまで約四年間、多感な年ごろの子供たちと交わる。学校の主な行事は、出征の見送り、竹槍の軍事教練など。大陸に赴く報告に来た生徒を教師が椅子に反りかえって高圧的にあしらうのを目撃したりした。道子は軍国主義教育に疲弊する。

　道子は言う。「朝、母が作ってくれた弁当を持って水俣駅に向かいます。汽車が来る。乗らない。登校拒否生徒ではなく登校拒否教師です。教師の仕事が苦しかった。世の中が嫌で、嫌で。思い詰めておりました」

　それでも子供たちと向き合えば惜しみなく愛情を注ぐ。一〇代の若い先生は人気があったようだ。

《「先生、かげにいると肺病にかゝります。お日さまのところではバイキンは死にます。大人も風ん子」と私の口調を真似て窓をゆすぶってはやし立てるやら、果ては座っている椅子を引っくり返すやら、オーバーを引ったくって逃げるやら、矢張り走らされてしまいます》

　錬成所の師・徳永康起に鬱屈した思いを打ち明けた手紙の一節だ。子供と駆け回る道子先生の姿が見えるようである。乗り気がしない仕事だが、校長ら周囲の励ましに《此れはきっと二度と来ない有難さだ、私は其の貴いものを何時までも離さないでつかまえて行きましょう》と徳永に書くなど、前向きな自分を取り戻しつつあった。

「一番チビの私は真ん前の席。道子先生は静かにみんなを見守っておられる。今にして思うと観音さまです。観音さまのように控えめに笑う。普通の先生とは違うな、と子供ながらに感じました」

　鈴木康夫（一九三七年生まれ）は、田浦小学校洲崎分教場三年生の担任だった吉田道子先生の印象を語る。二〇一四年夏、新聞に掲載された道子の代用教員時代の写真を見て、初めて吉田道子が石牟礼道子だと気づいた。石牟礼という作家は知っていたが、恩師であるとは想像もしなかった。「私は七〇年も何をしてたんでしょう。あごが外れるくらい驚きました」と語るのだ。「七〇年たっても歌で心がつながっています」と鈴木は誇らしげに言う。「♪イトヘイハハニハイヘト、はい！」。オルガンを弾きながら道子先生が「野菊」の合唱を指導する。クラスは五〇人。戦時中、「ドレミファソラシド」は敵性語として使えず、「いろはにほへと」で代用したのだった。「先生は声量があって非常に歌がお上手なんです。教室でもしょっちゅう歌っておられる。吉田先生のおかげで、みんな歌が好きになり、合唱ができるようになりました」と鈴木は回想する。

道子の周りには女子児童の人垣ができた。一人一人の左手の甲に青の万年筆で絵を描く。放課後、鈴木少年は「先生、オレにも描いちくれ」とせがんだ。ペンが走る。曲線が輪郭になる。目鼻もできた。女の顔だ。ツノを二本、ひょいひょいと描き足す。「オニババだー」と先生は指を二本立てる。読み聞かせた「酒呑童子」にオニババが出てきたばかり。それを踏まえた冗談である。ひるんだ少年を見て道子が「オニババー」と手をたたいて喜ぶ。

終戦の年の六月二三日、若い女性教員は寺の錬成所に集められた。「この差し迫った世の中に、いまさら何の講習ぞ」と思いつつ、道子は白鉢巻きにモンペで講習にのぞむ。当時の日記に書き残している。《〝沖縄〟〝玉砕〟〝兄〟／御魂はや、このうつしよを去りますか》（六月二六日）《教育者として、如何に此の生命捨つべきか。如何に愛すべきか、如何に生かすべきか》（七月二九日）

通勤の朝、水俣駅で空襲に遭遇した。道子が記憶をたどる。

「空襲警報です。駅で待っていたら、ぶーんと飛行機が飛んでくるんですよ。おや、日本にもまだ飛行機があったばいね、とのんびり見ておりますと、ぶーんと急降下して目の前のチッソ工場に爆弾を落とした。あわてて逃げます。爆風が来る。一段低い田んぼと道のあいだに防空壕があって、そこに逃げ込むんです。先に逃げ込んだ人は〝来るな〟と言うし、後から来た人は〝どけ〟と足を引っ張る。いざというとき、人間はあさましいですね。小さな桜の木があった。枝も少ないから空から丸見えです。木の下にみんなで頭を寄せ合って、なんまいだぶ、なんまいだぶ、と震えていました」

『新・水俣市史』によると、道子が空襲に遭遇したのは一九四五年七月三一日である。爆弾は日本窒素（チッソ）工場内の防空壕を直撃したらしい。当時の水俣町役場の警防課に勤務していた谷川安治郎の手帳のメモに〈七月三十一日（火）　爆弾ニヨリ会社内防空壕デ一名圧死〉とある。一名と記録されているが、実際には二六人が亡くなっていた。谷川は、〈当時の日本窒素は軍需工場で、たとえ町役場の防空係員といえども立ち入りを許されなかったため、大きな被害を知らなかった〉という。

錬成期間中に戦争が終わった。軍国主義からアメリカ主導の民主主義に変わった。教科書に墨をぬる。軍国主義に関するものを校庭で焼く。復員した若い先生が最近まで軍靴だった靴で皇室を象徴する二重橋の写真を蹂躙する。

《日本が燃える、そう思いながら、断じて感傷ではないぞと思い乍ら、泣きました。「マアッ何をなさるッ」そんなことばを押し込めて、静かな怒りが胸の底に燃え続けています》と道子は徳永に書き送る。

一方、死が充満した時代を生き抜いた不思議を、《分教場の一緒の財津先生から見せて戴いた九條武子の「無憂華《むゆうげ》」の中に／大いなる　もの、ちからに引かれゆく　わがあしあとの　おぼつかなしや／と云うのがぴったりこゝろに吸われました。あまりにも今の心境を如実に語ってくれていて、生かされて行く運命の神秘さと云うのでしょうか。こんなにしんみりと生を味わったことはございません》と率直に記す。

《私と同じような若い青年達が一体どんな気持で新聞を視、考えているのか、一人一人に聞いて見たくてたまりません》という。

四六年一月七日に自殺未遂をした。

《いろ〳〵汚いものが胸に溜まりきれなくなって、大した考えもなくてつい悪い薬を呑んでしまいました。けれども運命は必然で、そして私に生を与えました》と徳永に書く。詞書付きの短歌も記されている。《(父・母のひとみを見たりければ)／・自殺未遂われをまもりてよもすがら／明かしてひとみ言《こと》ふりもせず　一月七日》。学校にあった亜砒酸《あひさん》をのんで自殺を試みたのだ。徹夜で娘を見守る亀太郎とハルノの胸中を思えば私の胸も苦しくなる。

四六年三月二八日には汽車の中で戦災孤児タデ子と遭遇している。裸足に薄いモンペ。《同じ人間であるのに、私とおんなじ人間なのに、と、私は早くうちへ連れて行こうと思いました》《とても、その体では歩けまいと思い、背中を向けてせおったとき、また私は泣き出しそうでした。まるで木のかけらか何かのようでございましたもの》(「タデ子の記」)。自宅で四〇日間保護したのち、タデ子を故郷の関西へ帰そうという声が家族から出る。《タデ子も人、我も人、だのに何故、タデ子は放り出されねばならないのか。それでいいのでございましょうか。私は、お金が、モノが沢山たくさん欲しいと思いました。そして私自身のもっともっと強い強い力を欲しいと思いました》（同）。関西方面へ向かう復員列車にタデ子を託したのだ。苦境の人を見過ごせない「もだえ神様」の原点となる出来事である。

母ハルノの回想がある。一九七四年に語ったものだ。

〈「あん子（道子）は自分が哀れでおって、哀れな人のおれば知らん顔はできんとです。わがこつはいっちょでんせんで人んこつばっかり。いまでも本は書きよるらしかばってんお金はいっちょでんウチにゃ入れんとですよ。私の父（松太郎）がそげんふうでしたもん。父の気性ば引いとっとじゃろ」〉（山本巖「石牟礼道子の世界」）

〈「あん子はおかしな子でなあ。教員しよる時分じゃったが、学校から帰って来て『かあちゃん、明日はおにぎりば五つ六つにぎってくれんな。おっどんな食わんでよかけん』ちゅうとですよ。戦争中じゃったろ。そん時分にゃ、駅あたりにゃビワどんじゃゴゼどんがムシロかぶって寝とらしたですもん。そん人たちにやるちゅうておにぎりば持って行ったとですよ。ばってん、人が見るでやれんで、とうとう学校さね持って行って、弁当持たん生徒にやろうと思うたばってん、それも恥ずかしゅうしてやりきらん。ほかの人に頼んでやってもらいよったそうです。そげんことばっかいしよったで、道子は」〉（同）

分教場の授業は四五年一〇月一日に再開した。道子の教え子の鈴木康夫によると、「新しい教育のモデルがない。先生方は暗中模索。道子先生は工夫され、名作の読み聞かせと音楽とを組み合わせた独自の授業を進められた」という。「厨子王恋しや、ほうやれほ。鳥も生《しょう》あるものなれば……」と森鷗外「山椒大夫」を情感たっぷりに読む。山田耕筰の「砂山」など歌曲も披露した。特筆すべきは、学芸会のために構想したミュージカルである。学芸会自体が開かれなかったため、幻のミュージカルで終わったのだが、道子が作詞作曲した貴重なオリジナル曲を鈴木が記憶している。

《ホデリの尊《みこと》は兄様　ホオリの尊は弟御　兄神様は釣りのため　弟神は狩りのため　毎日毎日、海と山　おいでになっておりました》（序曲）《大事な大事な釣り針が　出てきて神様お喜び　痛い痛いと泣いていた　鯛も喜びおめでたい　めでためでたと魚達　みんな舞うやら歌うやら》（終曲）

物語風の柔らかい歌詞は、窮屈な軍国主義的教育に辟易した子供たちの心を、蜜のように包んでいったに違いない。「よく覚えていらっしゃいましたね」と私は鈴木に言った。当たり前じゃないか、と言わんばかりに鈴木の声が大きくなる。「頭の中にインプットされています。七〇年、繰り返し繰り返し反芻してきた。忘れないですよ。忘れるはずがない」

四六年春、田浦小から水俣の葛渡小へ移る。受け持ちは四年生。級長だった古川直司（一九三六年生まれ）が神奈川県で健在である。古川は水俣高から京都大へ進み、旧通産省へ入省。北海道通産局長や大臣官房審議官を歴任した。「言うことを聞かない子供にも声を荒立てることはなかった。じっと児童の目を見つめて穏やかに諭す先生の目には不思議な力がありました」と当時を振り返る。

ある日、「英語を教えて」と子供たちがせがんだ。校庭で軍国主義的なものを燃やすなど教育現場は一八〇度の転換を強いられていた。英語と言われ、道子先生は困った。習ったことがない。後日、「これが英語よ」とローマ字を黒板に書いた。

「私は英語じゃないと知っていましたが、先生を冷やかす気持ちにはならなかった。一字ずつ丁寧に書いてゆく後ろ姿に共感を覚えました」と古川は話す。

道子先生は「直司くんはおどっぱす（わんぱく小僧）だけど、いいところもある」と賞状をくれた。「良寛の絵本をもらうなど懐かしい思い出は尽きませんが、一番印象に残るのは先生の遠くを見つめておられる目です」と古川は言う。

「私の顔を見ているのに、顔を通り抜けて、どこか遠いところを見ておられる。実に不思議だった。後年、先生のお書きになるものを読みながら、そうか、先生はこの世とあの世のはざまにおられた、もうひとつのこの世からこちらを見ておられたのかと、初めて納得することができました」

3　虹のくに

「鉄筆の聖者」「超凡破格の教育者」と呼ばれた小学校教員が熊本にいた。徳永康起（一九一二―七九）。三五歳で校長になりながら、五年後には自ら願い出てヒラ教員に降格。鉄筆を握りガリ版刷りの学級通信を発行。筆まめで知られ、教え子や知人に出した手紙やハガキは二万四千通を超える。

前章で記した通り、代用教員の錬成所で道子を指導したのが徳永である。自分の気持ちを正直に出せる文通相手に道子の精神は高揚しただろう。交わした手紙で戦災孤児タデ子の存在を知った徳永は、タデ子との出会いと別れを文章にまとめるよう勧める。その求めに応じて書いたのが「タデ子の記」である。徳永は、道子の便箋の文字をわら半紙に清書した。それから二〇年以上たち、道子が一九六九年に『苦海浄土　わが水俣病』を刊行したのを知った徳永は、翌年の一九七〇年、得意の鉄筆をふるい、「タデ子の記」をガリ版刷りの一〇ページ余りの小冊子にして、知人に配った。

徳永はその小冊子に〈女学校を出たばかりの若い、二十才そこそこの女教師であった。学校帰りの列車の中でタデ子とのめぐりあいがあり、この手記は私のしつこい依頼でうまれたのである。

／〝苦海浄土――わが水俣病――〟の著者石牟礼道子さんの若いころのうつくしい感覚を再現してみよう。／道子さんは困りますよと文句言うだろう〉と書いている。徳永にとって、自分の教え子が社会的に大きな仕事をなしとげたのは誇らしいことだったに違いない。末尾に〈お読みくださった方はお判でしょうが私宛に私信として書かれたもの。いわば報告であり発表する意図で書かれたものではない事を御了承願います〉と書く。親しい人への報告というスタイルが道子に合っていたようだ。私小説作家が特定の人に語りかける文体を用いるのに似ている。徳永なしに「タデ子の記」は生まれなかった。きちんと保存していたのもこの師ならではであろう。文章を尊ぶ徳永の見識のおかげで、「タデ子の記」は残った。

道子は自分の書いたものを蒸し返すことをしない人である。周囲の人が彼女の発言や書いたものに気をつけていて、〝発掘〟するしかない。長年道子の仕事のサポートをしている渡辺京二が道子との会話の途中、「ちょっと待って。今の話は何？　そういうものを書いていたの？」と気色ばんで道子に迫るのを、私はたびたび目撃している。

一〇代のもろくはかない恋心が投影された「不知火」、高群逸枝への傾倒を示す「森の家日記」……など、石牟礼道子を理解するに欠かせない多くの文献が、渡辺京二の献身的な努力の成果として、〝発掘〟されてきた。「タデ子の記」がなければ、若き道子の心象をうかがう手がかりは失われ、道子研究には致命的な痛手となったはずである。一〇代から二〇代の道子のテキストに共通するのは、書かねばならないから書いた、ということが伝わってくる熱を帯びた切実さである。作歌について、「魂が吐血するように」という形容を道子はしているが、「タデ子の記」なども、まさにそのように書かれたのだろう。道子にとっては「表現」とか「発表」は二の次であり、

「書く」ことが、生きることなのだ。

『苦海浄土　わが水俣病』の初稿「海と空のあいだに」も魂が吐血するように書かれている、と

言ってよい。この作品はさいわい、渡辺や上野英信ら具眼の士の導きで本になったのだが、もし

偶然が重なり、埋もれてしまっていたとしたら、道子は「海と空のあいだに」、すなわち『苦海

浄土　わが水俣病』を書いたことすら忘れてしまったのではないか。手放してしまえばあとは流

れのままの道子にはそんなことを思わせる怖さがある。現に半世紀ものあいだ道子が忘却してい

た「海と空のあいだに」新章原稿が近年反古《ほご》の山の中から見つかっている。だから放っておけな

いのですよ、あなた、分かっておられますか、という渡辺の悲鳴が聞こえてきそうだ。

　近年発掘された資料のひとつに、歌集『虹のくに』がある。『虹のくに』が収録されている単行本『不知火おとめ』（藤原書店）には、渡辺の次のようなコメントが添えられている。〈戦時中から一九四七年までの短歌を収めたもので、小冊子に製本（和綴）され、「未完歌集」と銘打たれている。／作者十六歳から二十歳までの作である〉

『虹のくに』は「美術品」（渡辺）と呼ぶにふさわしい可憐な手作り歌集である。道子は代用教員時代、通勤の汽車の中などで綴じた和紙に短歌を書きつけていたという。私はてっきり、この『虹のくに』がその和紙を綴じた歌帳だと思ったのだが、渡辺によると、持ち歩いていた歌帳は別にあり、それら歌帳から抜粋する形で作ったのが『虹のくに』だという。自伝『葭の渚』に《（一九四七年三月の結婚時）わたしの荷物といえば、手製の手提げに、短冊と色紙、『虹のくに』と題した手づくり歌集……》という記述がある。『虹のくに』は結婚時に既にできていたのだ。

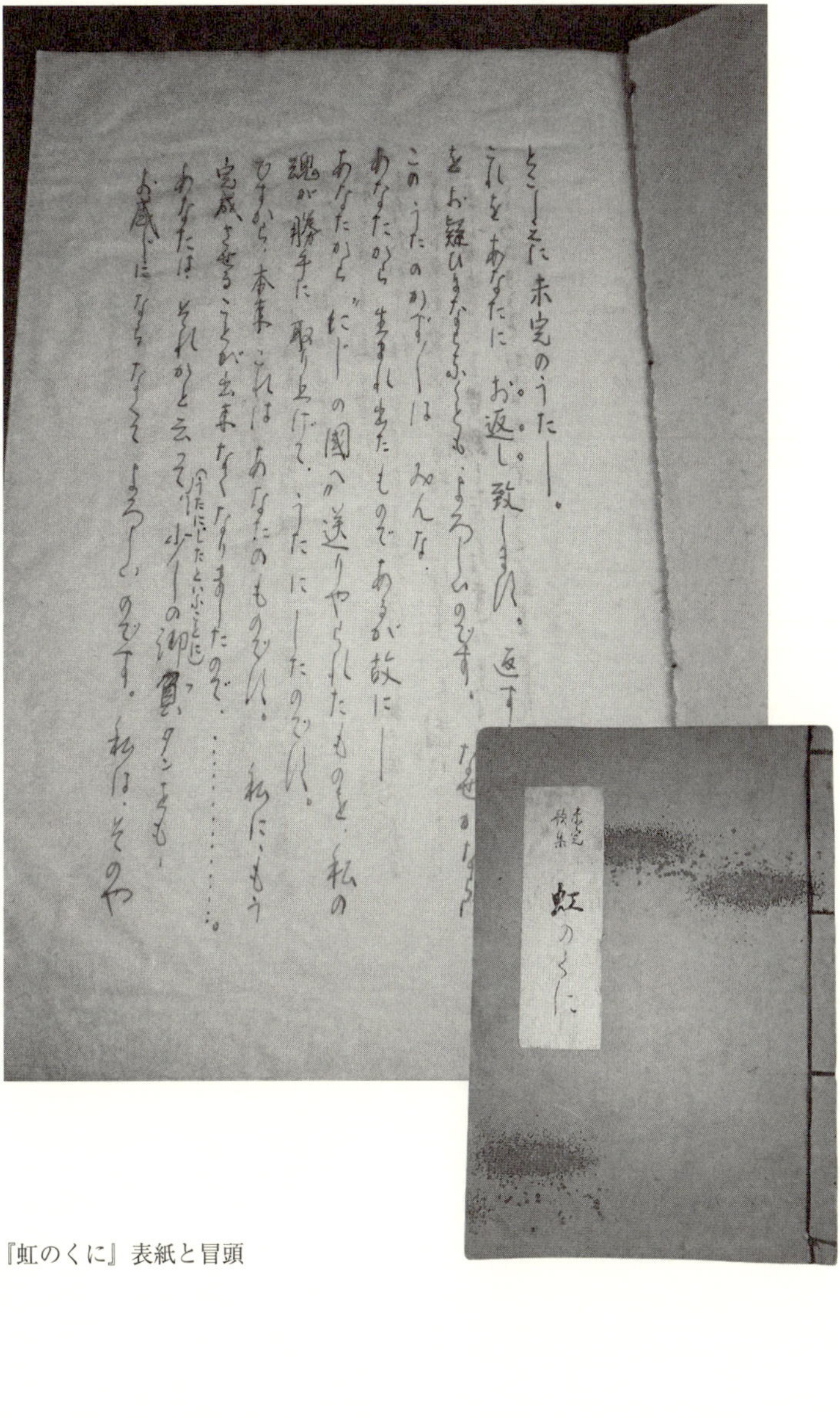

『虹のくに』表紙と冒頭

『虹のくに』冒頭には「まえがき」に相当する散文がおかれている。歌集内の歌がそろった一九四七年、道子が二〇歳のときに書かれたものだ。辞世の句さながら、一気呵成に書いたに違いない。四〇〇字詰原稿用紙で三枚弱。筆者から「あなた」に宛てた書簡スタイルなのだが、読む者は戸惑うだろう。「あなた」とは、ほかならぬ道子を指すのだから。

《とこしえに未完のうた――。／これをあなたにお返し致します。返すという言葉をお疑いにならなくとも、よろしいのです。なぜならば、このうたのかず〳〵は、みんな、あなたから生まれ出たものであるが故に――。／あなたから〝にじの国へ〟送りやられたものを、私の魂が勝手に取り上げて、うたにしたのです。／ですから、本来これはあなたのものです。私に、もう完成させることが出来なくなりましたので、……。》

　このような調子で自分の分身たる「あなた」に切々と語りかける。

《にじの国――。／これは、あくまで非現実的な夢のそのです。／けれどもその国は、どんなに、限りなく美しいものであるか、あなたは御存じですか。／最も美しき園の中に、／あなたが！住んでいて下さるのです。私の中にある美しいものが最上の力を注いで作り上げた園に――》

「私」は現世にいる。「あなた」は〝にじの国〟にいる。両者は不可分の関係にある。にじの国でのうつくしい夢は俗にまみれた現世から生まれる。〝にじの国〟とは現世での体験を詩的体験に昇華するところらしい。「私」と「あなた」のコラボで多くの詩を生み出してきたのだが、《もう完成させることが出来なくなりました》という。

『虹のくに』と同時期の散文を参照してみる。

《青い光を尾引いた芸術といふひとつの光りものが、私を呼ぶのです。夜の中天に一際輝いてゐる星のやうに――。そして私は、夜の底からひとみを上げて深々と吸ひとるやうに双手を上げて、そのひかりものへ伸ばしてみます。然し何とその空間の無限であることでせう》

一九四六年、一九歳の道子が小型の原稿用紙に書きつけた日記ふうの随想「光」である。

《私は、神秘のおきに流れるそのひかりものに届かうとは思はない。又届くものではありません。私は、せい一ぱい背のびすることは出来ても、私の立脚してゐる現実と云ふ土地の引力から一寸も離れることは出来ない》

《土地の引力》。実生活の重い事態をふまえている響きがある。具体的にいうと、「結婚」であろう。道子は四七年三月に石牟礼弘と結婚した。

結婚式直前に道子が詠むのは次のような歌である。

《かばかりの悲しきほこりなぐさめる切なきいたみをうるはしといふや》

《やよひなるこゞもり空の夜の星に歌ふすべもあらずわれをいたみぬ》

『虹のくに』をしめくくる「結婚式」をテーマにした五首の短歌には「四・一」という日付がある。三月の結婚式の直後にできた歌なのだ。

《何とてやわが泣くまじき泣けばとて尽くることなきこのかなしみを》

《道子道子いまはきわまるこの道子われを何びとにやらむとするぞ》

祝いごとなのにこの悲嘆のトーンはどうしたことだろう。道子の実家の吉田家は新興の実業家である。道子が幼いころに没落してしまったが、昔から出入りする人が多く、だれでも親しく迎え入れる自由な雰囲気があった。「ああ、ここは天国じゃ」と昼寝に来る人が絶えなかったという。一方、嫁入り先の石牟礼家は水俣の旧家だ。そこの次男の嫁になる。厳格な家父長制に締め付けられる日々の到来は必至だと、聡明な道子は観念したのであろう。

『虹のくに』中の、《もう完成させることが出来なくなりました》とは、夢をみるような行いは封印せねばならない、詩魂を捨てざるを得ない、ということなのだ。嫁は、起きているあいだは働きどおし、明るいあいだは畑にいなければならぬ、というのが当時の封建的農家の常識である。

のちに水俣病闘争にかかわるようになった道子は、憧憬に似た希求の果ての、夢幻のようなイメージ世界を「もうひとつのこの世」と呼んだ。《私の中にある美しいものが最上の力を注いで作り上げた園》である「にじの国」とは、「もうひとつのこの世」の別名といって差し支えあるまい。「もうひとつのこの世」は水俣病闘争だけが特権的に抱懐したのではなく、道子の生に深く根差したものであるということが、『虹のくに』を読むと納得させられる。道子の生来の資質、生い立ちがもたらす精神的・肉体的苦闘が「にじの国」をたぐり寄せた。その寂寥の思いは、《道子道子吾が名抱きて凍る星にかすかによべば涙こぼる丶》などと詠むしかない。

『虹のくに』の中ごろに、「三原山」と題する短い民謡調の詩がある。《やるせない夜の乙女の夢は／伊豆の大島三原山》という調子である。二〇一五年に八八歳の道子に直接確かめたところ、「三原山には行ったことありません。しかし、自殺の名所として当時非常に有名で、私はあこがれていました」と言う。しばし沈黙のあと、「早く死ぬつもりが八八年も生きた」と呟く。

さて、前述のように、二〇歳の吉田道子は、二二歳の石牟礼弘と熊本県水俣市で結婚して石牟礼道子となった。弘は八人きょうだいの次男である。

《うつむけば涙たちまちあふれきぬ夜中の橋の潮満つる音》

当時の短歌の前書きに「婚礼の行列の土橋の上で」とある。《涙》とはむろん、うれし涙とは違う。

《なべてのひとの耐えてあゆみし道ならむわれもしづけくゆくべしとかや》

婚礼直後に詠んだ歌である。のちに道子は、辛苦を抱え込んで生きた女たちを「妣《はは》たち」と呼ぶ。代々の女が耐え忍んできた道ならば自分も忍ぶにやぶさかでない、という覚悟がにじむ。人間を含めた生類《しょうるい》一切のかなしさを慟哭するかのようだ。

縁談は弘の親類からもたらされたのだった。道子によると、石屋で栄えたが没落した実家吉田家の事情、弘が繊細で壊れやすい弟・一の庇護者となってくれそうな予感——などで結婚を決めたという。

《吉田姓であるよりも石牟礼姓を名乗った方が、ペンネームのようで面白い。石という字はわたしには因縁がある。石の群れというイメージには哲学的にもたいへん深みがある》。『葭の渚』の一節だ。姓のため結婚したと言わんばかりなのが道子らしい。

二〇一四年六月、熊本市の仕事場で道子が話す。一〇～二〇代の回顧はいつもつらそうだ。「結婚せにゃならんとばいなーと思って涙が出た。恋愛感情はなかったですから。嫁に行く感慨もなかった。家族のために、の気持ちが強かった」とはなんと醒めた花嫁だろう。しかし当時も今も、「恋愛」などは棚上げして世間と折り合いをつける人は少くない。結果的に道子は六八年間、弘と連れ添うことになった。

《この秋にいよよ死ぬべしと思ふとき十九の命いとしくてならぬ》

一七～一九歳の短歌には「死」や「命」が頻出する。代用教員だった一八歳のとき、勤め先の田浦小学校の理科室にあった亜砒酸で自殺を試み、吐き出して未遂に終わった。以後、自殺未遂を繰り返す。

三回目の自殺未遂は四七年七月二〇日である。道子のノートから日付が分かる。結婚してから四カ月しかたっていない。ノートによると、死に場所と決めたのは鹿児島県・霧島の山中である。自殺行の宿の隣室には画家が二人いた。

《隣人よ、永遠の美の追求者よ、御身等のその美の中に、わが小さきいのちの終りをも認めて給はるや》

《ふるさと、ふるさと、あゝふるさとのひとびと、われを愛するひとびとよ。御身等にそむきてわれやひとり、をさなき夢をひた抱きて、わが青春を高千穂のふもとに葬らむとす》

高千穂の中腹の小松原。水俣実務学校のセーラー服を久しぶりに身にまとった。むろん死に装束のつもりである。お下げも結った。道子の丸顔にはお下げがよく似合った。亜砒酸の小瓶のふたをとり、小川のしずくをすくう。

自殺は失敗に終わる。四日後の七月二四日、《たった一息といふところなのに、たった紙一重にも足りない生と死とのほんのわずかな一線の前に、私はクタクタになる》と記す。

生と死とのほんのわずかな一線、という言葉を私は何度もたどり直す。もし道子が永遠の眠りについていたならば。

死と引き換えに道子が求めたのは《自由で孤高な境地》である。いわく言い難いのを承知の上で道子は書いている。

《それは刹那に、とらへた瞬間に永遠に消え果ててしまふ肉体のいけにえを条件とする。然かもこの世にたったひとつしかないもの。それでいてそれが欲しくてならないのだ。何物にも束縛されない孤高な、この世からひょいと身をかはして、この世びとたちの手の届かない所から、ゆるやかに笑ひ返される、そんな高い高い透明なこころの具顕を！》

しかし、「死」は道子をとらえて放さない。一九五四年、歌友の志賀狂太の死で、「死にたい」という思いが一挙に募る。

一九五五年一〇月、二八歳の道子は《苦しみのしじまいにうんと苦しい薬をのんでやろうか》とノートに書く。そのあと、「私の遺言」と書いて棒線で消す。それに続いて、《私の書いたもの　とくに短歌などと称するものにつきましては文学作品として私はみとめません。ふたたびかげないで下さい。（アイマイにヨブンに生きた残骸でしかありませんから）すべて追悼のことばなどいりません。花もお経もいりません。（厚意も悪意も邪まなばかりです）》

夫の弘宛ての遺言。《常日頃の言動思い合わして、わがままゆるして下さい。道生《みちお》をたのみます。よいママさんをさがして下さい。この子の出生とともに生きのびましたが、もうたえられません。この四、五日機会をみつけていました。親とも弟妹とも、良人ともまして他人さまとは早く無縁になりたいので、急ぎます》

しかし結局自殺を思いとどまる。

《ひとつの迷路を辛うじて脱け出た。むつかしい術策があった訳ではない。たくましい生の転カンをした訳でもない。子供が病気になったからである。母性はかなしい。所詮、子にだけはつながりを断つことは出来ない》

一人息子の道生の存在が道子をつなぎ留めた。数年後、道子は入院した道生の付き添いで水俣病患者と出会う。

八八歳の道子に三度の自殺未遂について聞いた。「自殺」などの禍々しい言葉は持ち出したくない。しかし聞いておかねばならない。そして、聞かれたら答えない道子ではないのだ。ナスビの出来具合でも聞かれたような調子で、「よっぽど命に縁があったばい」と言うのだ。

「死にたかった。虚無的な気持ちが小さい頃からありました。なぜ死にたいか。ひとつには、この世が嫌でね。今も嫌ですけど。よく我慢して生きてきたなと思う。悲しい。苦しい。それを背負ってゆくのが人間だと思う。嫌でたまらないから、ものを書かずにいられないのでしょうか」

主人、家内……。呼び名がなじめない。結婚は独身時とは違う懊悩をもたらした。

《もともと、「私」と「あなた」の判別は峻烈に〝違います〟というしるしをかかげて名前というものが誕生したものだろうと思うのに、その私とあなたの違いが、異性を所有していますというしるしとして通用するこれら呼名のかずかずは、みみっちくて、みみっちいのは知っていて使わねばならぬのに閉口しているのです》(「愛情論初稿」)。夫婦の掟、男女の愛とは何なのか。

《新婚?　そんな気分の記憶は、私の方にはかけらもありません》

「あんたたちゃ、むつごとばいいおらすちおもうとれば、一体何のこつばあげんおそうまで話とかいな」と近所の主婦が問う。「はい、結婚ちなんじゃろかち話しよります」と答える。相手のおばさんは吹き出して、「あんた、夫婦ちゅうもんな、新婚早々は男は頼みもせんとにたきもん割ってくれたり、外庭はわ(掃)いてくれたりするばってん、三カ月もすれば、おい、こらちゅうてアゴでせせるごつなっとがケッコンちゅうもんたい」と言う。

《いわば私ははじめから妻というものになる気持ちはなく、その相手方を主人というものにする気もなかったようです。多分私は、かの女性ホルモン欠乏性愛情疾患の第二期的病状を呈していたのだと思うのです。愛情って何よと、私はうわごとをいいつづけました》（同）

「生きとるちゅうこた、わかりあうちゅうこつじゃろうもん、わかりあう意志のなからにゃ、もの云うかいのあっとな。自分の中の何で勝負すると？　組織論の原型は生活のどこにあると？」と問う道子に対し、教師の夫は「おっどま、組織は知っとるもん、あんたは組織人になったことのなかけん、妙な支離滅裂なことばかり云うとじゃ」と応じる。《組織論》への言及はサークル活動への関心の高まりを示す。会話を書きつけたあと、道子は《アーア、言葉が通ぜんなあ、わたしはたんのうするまでケンカが出来ない》と記す。

　結婚翌年の一九四八年、長男道生誕生。「道生」という名前の由来について八九歳の道子に聞くと、「覚えていません」と言う。私の推測では、代用教員時代に師事した徳永康起の子息の名前が頭にあったのだ。《道夫ちゃん、もうどの位大きくおなりでしょうか》など徳永宛ての手紙に「道夫」がしばしば出てくる。

《得体の知れぬやわらかい心遣いが、父となり母となったふたりの間に行きかよい、平静がはじめて訪れました》（愛情論初稿）。若い父親は流木などを拾い集めて、三人の小屋を建てた。小屋の生活には一応満足していたが、精神的には満たされない。《自分の目ざしているモラルと、彼の目ざしているモラルがなかなか接近しません。両方のモラルが接近しないというより、私は自分のモラルを満たしてくれない相手を憎みはじめていました》（「愛情論初稿」）

　一〇代の教員時代から、手作りの歌帳を手放したことがなかった。生きる孤独を韻律に託す。

五二年、毎日新聞熊本歌壇に投稿を始めた。歌人の蒲池正紀に見いだされ、蒲池主宰の熊本市の歌誌『南風』会員となる。『短歌研究』新人詠入選など歌人としての将来が嘱望されたが、世界と膜ひとつ隔てられたような、凍てつくような寂寥はいかんともし難い。「歌会から帰られるうしろ姿が、傷ついておられるというか、何も満たされないふうに見えました」と歌友が言う。歌を作ってみても埋め難い孤独があった。

「狂太さんの歌には死にたいという気持ちが出ています」。二〇一四年春のある日、道子がポツリと言った。とっさに私は「志賀狂太さんのことは一冊にまとめないといけませんね」と応じたのだが、道子は不興げに黙った。私などに言われなくとも、自身にとっての狂太の存在の重みはご承知なのだ。軽率なことを言ったものである。この数年、道子は「志賀狂太」の名前をしばしば口にする。狂太は『南風』の歌人仲間である。「志賀狂太」と言うときのただならぬ響きに、道子にとって因縁の深い人物であろうと私は感じていた。

志賀狂太は道子と同年の一九二七年生まれ。熊本県の旧鹿本郡来民町《くたみまち》出身である。本名・善弥。養子に行った家の仕事の都合で朝鮮に渡り、終戦間際に陸軍に入隊。旧ソ連の捕虜となり、約一年二カ月の収容所生活を送った。帰国後は牛乳屋、パン職人、印刷屋など職を転々としている。『南風』で切磋琢磨するうち、〈失意中僅かに保つ誇りぞも未明の街に降るさざれ雪〉〈痩骨に鈍き疼み覚ゆる冬なれや捕虜の日の桎を今にひきゐつ〉などの狂太の歌に道子は同じ孤独を感じ取る。手紙の交流が始まる。狂太が四度目の自殺未遂をしたころである。交流は二年足らず。会ったのはわずか三回だが、歌や手紙での濃密なやりとりはその後の道子の大きな支えになった。

《虚無感をたたえながら、至純さが匂い立つような彫りの深い歌をつくる人だった》と道子は回想している。《この人のように、時代の憂悶をずっしり抱えて、深みのある歌を作った人は、そうたくさんはいないと思う。わたしはこの人に励まされて、表現というものにまたとない示唆を得た》とも述べている（『葭の渚』）。

《さらさらと背中で髪が音を立てる　あゝこんな時女の言葉を聴いて下さい》

道子の歌である。これに対して、狂太はこんな批評文を送る。

〈さアあなたからどんな言葉を聞かして貰へるでせう。悔しいこと？　あなたが持ってゐられる不満？　女の言葉？　また「うつたえ」は何でせう？　人生（冷たい戦いの場）のシッコクから逃れんとする試み＝それは希望、いや理想を求めて——具象化が欲しいですね。特に下の句に〉

《どこへなりともわたしをお連れになって下さい。オレンヂにくづれてゐるあの月の中へでもい い》というかなり破格の、自暴自棄の気配があらわな道子の歌がある。これに対して狂太は、〈アブストラクトの描いた絵のようです。だが、しかし、これはヤケ？　ステッパチ？　危ない！　危ない！　逃避ですか、もう少しリアルに〉と反応している。

「或る女」と題した狂太の詩がある。冒頭の四行。〈クチズケハイヤダトイイマシタ／ダエキヲフケツダトイイマシタ／ホウヨウ　ナンテナオノコト／オトコノニオイガイヤダッテー〉

「或る女」とはむろん道子である。歌を介して急接近する二人。キスを求めると、「唾液が不潔」と女が拒む。抱き寄せようとすると「男のニオイがイヤ」と言う。これでは男はたまったものではない。

狂太は一度、当時住んでいた熊本県球磨郡の神殿原《こうどんばる》という山村から、水俣を訪ねている。道子は五歳の長男道生をつれて湯の児温泉に案内した。夕陽がおちる不知火海を二人でながめる。

〈逢わむというそのひとことに満ちながら来たれば海の円《まろ》き静まり〉

そのときの情景を詠んだ狂太の一九五三年の作品である。道子の「逢いたい」という一言に心が満ち足りて、水俣までやって来たという。狂太は道子に恋心を抱いていたのだ。道子には夫がいる。

〈遂げられぬ恋情なれば初めなる逢ひを得しよりいざ激し来も〉

〈不倫といふ言葉が負へる罪意識吾に来るとき動揺《ゆ》れぬとは言わず〉

歌にこめた狂太の思いを想像する。

一九五四年、狂太は二六歳で服毒自殺した。自殺を五回試み、五度目で目的を果たしたのだ。

《はづかしそうに、初めは小さな声で——さびしいんだよ——とおづおづと寄って来て、今度はもっと微かに——虚しさだけでいっぱいなんだよと云ひ、そしてあなたは一とふんぱつしてぎこちない演技をやってのける。／毒薬のびんをひらひらと振って見せ、／——ひとりで死ぬのはたまらないもんだよ——》

作歌活動に並行してつけられていた道子の「変調語」と題されたノートから引いている。《上球磨の高原に遠い野火が燃え／そこから死んだあなたの消息がもたらされる／もはや住所を書き替えぬでもよいたよりを／青い黄昏に乗せてわたしは投じよう》。道子は「狂太さんと一緒に死のう」と思ったが、実行に移せなかった。「道生がいましたからね」と言う。狂太の死のとき、道生は五歳である。

《わが洞《うろ》のくらき虚空をかそかなるひかりとなりて舞ふ雪の花》

八九年、六一歳で詠んだ短歌だ。いくら年を重ねても心の中に、虚無感を持て余す少女がずっといた。

二〇一四年春、道子は体調を崩し、一時入院した。小康状態のある日、「ずっと私は孤独じゃった」と言って、付き添いのLさんと抱き合って泣いた。

翌年、『石牟礼道子全句集　泣きなが原』を刊行した。題名に「泣きなが原」を入れたのは、道子の、ぜひ、という要請である。表題作の《おもかげや泣きなが原の夕茜》は二〇一四年春の作。「おもかげ」は狂太か?「そうです、この歌は〈逢わむ～〉という狂太さんの歌への返歌です」と道子は言う。二人して水俣の海をながめてから六一年がたっていた。

4　サークル村

道子の父亀太郎は、娘夫婦のために家を建てている。道子の一人息子道生は「掘っ立て小屋でしたが、人がよく集まりました」と回想する。多少手狭でも堅牢な家は新婚夫婦にとってはかけがえのない住処となった。この小屋ができたのは従来、結婚の翌年の四八年だとされてきた。道生誕生の年だ。『石牟礼道子全集』（別巻）の年譜にも〈四八年／水俣市内日当の養老院下に住む〉とある。父が建ててくれた小屋は養老院下にあった。

しかし、渡辺京二の調査によると、〈水俣市内日当の養老院下に住む〉のは四八年ではなくて、五三年ごろだという。根拠のひとつは、小屋の棟上げの写真だ。弘、道子夫妻をはじめ、亀太郎、ハルノ、弟の一、満、勝巳ら、妹の妙子以外の吉田ファミリーが勢ぞろいしている。珍しく笑みを浮かべた亀太郎は、ハレの日に着たというチョッキを身につけている。亀太郎から見て右隣に立つ道生はどうみても五歳前後なのだ。

道子と弘の新婚生活は弘の実家の石牟礼家で始まった。石牟礼家はきょうだい八人の大家族である。南九州の封建的農家の嫁の過酷さを、今の人が想像するのは難しい。嫁入り当時を道子が振り返る。

左から時計回りに石牟礼弘の父、道子、母・ハルノ、弟・勝巳（後ろ）、ひとりおいて弟・一、石牟礼弘、弟・満、父・亀太郎、息子・道生。道子と弘の新居の棟上げ式にて。1953年。

《朝は四時ごろ暗いうちに……ともかく女は明るいうちに寝ていてはいけないわけで、朝星さんから夜星さんが出るまで、星の出るときに起きて星の出るときに寝なきゃいけない、畑にいなきゃいけないんですね。どっか外にいなきゃいけないんです。家の中にいてはいけない。それで、いまのように電化された家ではなくて、ですから明けの明星が出るころ水くみに行きます。それは、こんな一斗入るバケツがあります――一斗と言えば若い人たちにわからない、石油かん一杯と思えばいいんですね、あれは何リットルですかね、そのバケツを前に一杯、後に一杯天秤棒で荷ないますと、こう、ギシイッと音がして天秤棒がたわむんですけど、それを朝二十回くまなきゃならない》（「『わが戦後』を語る」）

《風呂を沸かそうと思えば天びん棒で荷って十回ぐらいで、二斗ずつですね。雨の日も風の日もですが、雨の日がつらいですよね。背が低いからこうぞろびくんですよ。一斗バケツなんてね、前を上げるとうしろがゾロゾロッと地《じだ》こすって、うしろを上げると前が地につっかえて、ともかく昔の女の実働の労働時間ていうのはもうぜんぜん暇がない》（鼎談「『奈落の神々』をめぐって」）

新婚当時の日々を道子は、《夜明けまで毎夜議論しました。となり近所のカミさんたちがぬすみぎきに来て》（「愛情論初稿」）と書いている。親愛の笑みを浮かべつつ、灯りをともした小屋にそっと近づく好奇心丸出しのおばさんたちの姿が目に浮かぶ。

代用教員から出発した弘は組合活動に熱心だった。教員組合の役員なども務めて、夜は疲れて早く横になる。寝ついた弘を「起きて、起きて」と道子がたたき起こす。日本の国とか戦争のこと、無軌道な自分の弟のことなど、夫である弘と「精神的な話」がしたかった。しかし、弘は「男は資本主義の社会では七人の敵と外で戦いよる。家の中ではそんな話したくない」と相手にしない。

話相手のいない道子は「自分との対話」を始める。《自分の内側に向かって、自分との話がまだ足りないのだということに気がつき》（『わが戦後』を語る」）始めたのだ。書くことは好きで、歌作りと同時並行で、いろいろな表題のノートを作って、思うこと、ひらめいた詩、日記などを、《魂が吐血》（『潮の日録』あとがき）したごとく、書きつけていった。《そういう自分のことで精一杯の時期に、それから自分の表現と言いますか、いまは言うことができますけれども、そういう表現を自分なりに持った時期に水俣病が出てまいりますわけで、本当に息つく暇がなくて、より苦しい事態の中に自分から好んで入っていったような感じがいたしますんです》（「『わが戦後』を語る」）

しばらく弘の実家で過ごし、その後、分家として独立。弘の実家にいたのは「二カ月程度」と言う。私が道子から「二カ月程度」と聞いたのは二〇一六年春である。初夏のころ「二カ月ですね」と念を押すと「いいえ、もっと長く」という。自伝『葭の渚』には「半月くらい」とある。現時点では「数カ月」と曖昧に記しておくしかない。

ともかく「数カ月」たち、弘・道子の夫婦は弘の実家から分家した。分家といっても新居は自分たちで用意しなければならない。亀太郎が五三年ごろに小屋を作ってくれるまで、夫妻はどこに住んだのだろう。

道子によると、弘の親戚の家に一時間借りしていたこともあったらしい。しばしば自分の実家吉田家に帰ってもいる。亀太郎が小屋を建ててくれるまでは何カ所かを転々として暮らしていたようだ。四八年に道生を出産したのは道子の実家吉田家の広間である。

道子のこんな文章がある。

《若い父親は流木などを拾い集めて、三人の小屋をたて、もともと貧乏な私はその小屋を、賢治の野原の松の林のかげの、小さなかやぶきの小屋にいてというイメージにあてはめて、ひそかに気に入ってもいたのです》(「愛情論初稿」)

亀太郎より先に、弘が独力で小屋を建てていたようなのだ。亀太郎は長女の新世帯に米麦や唐芋をしょっちゅう持参していた。慣れない家作りに四苦八苦する義理の息子の手助けも大いにしたに違いない。

亀太郎のような前近代の民にとって、自分の住まいを自分で作るのは、至極、自然な行いだった。水俣川河口の村には、流木を積み上げた「寄り木」の山があちこちにあった。各山には各家の名札が立ててある。「寄り木」とは大雨のたびに渚に寄ってくる木のことである。集めておいて乾燥させ、新たに建てる自分の家の材料にするのだ。建築に向かない小枝や枯れ枝は五右衛門風呂の焚き付けに使った。これまでの章で述べたとおり、人と自然と神とが融合した世界に生きる亀太郎は、いわば、不知火の精霊が服を着ているような人物である。自然の理法に照らし合わせ、好みの材木との出合いがあれば、「思いがけんところば、たまがるごつ工夫してあって、とても素人ちゃ思えん。大工よりは上ばいかす」と本職の大工が舌を巻く仕事をして見せたのだった。

〈一日ニ玄米四合ト／味噌ト少シノ野菜ヲタベ／(中略)小サナ萱ブキノ小屋ニヰテ〉

父亀太郎が建ててくれた小さな板敷きの小屋には、道子お気に入りの宮沢賢治「雨ニモマケズ」の詩句が象徴するような清新の気がみなぎっていた。正直者で弱者を見捨てておけない一本気の弘は、困窮した身内にわずかな給料をやってしまう。「給料は今月もなかぞー」とヤケ気味に大声を出して焼酎をのむ。「森の石松」をうなる。食糧難である。コメがない。道子の実家から時々コメをもらってくるが、慢性的に足りない。

道生が赤ん坊のころ、近所のおばさんたちの真似をして、道子は「担ぎ屋」になった。水俣の鰯を鹿児島・大口の田園地帯でコメに換えるのだ。朝五時に一輛の山野線に乗る。車内は担ぎ屋の婦人らがひしめいている。通称「担ぎ屋列車」である。当時、コメは配給制。「闇米」は配給米より値段が高い。警察に見つかると没収される。

大口に着く。ベテランの担ぎ屋から「新しか鰯《いわし》ば持って来ましたが、米と換えてくだはりませんか」と口上を教わっていた。薩摩の土地をゆく道子は火山灰土の大根が気になって仕方がない。大根の太さは水俣にはないものだ。黒々とした土と白い大根のコントラストに見入って、時を忘れてしまうのだ。大根畑の近くの谷には沢ガニがいた。透明な水の中の、淡い紅色の細い手足を持ったカニの行列は大根以上に見飽きなかった。やがて連れの担ぎ屋のおばさんが戻ってくる。「道子さん、売れたの？　あらあ、まだ売らんじゃった」と驚く。「どら、その鰯ば貸してみらんね」とひったくるように魚を手にとる。代わりに農家と折衝してくれるのだ。

道子は赤ん坊の道生をおんぶしている。赤い花模様のねんねこは非合法のコメ袋を隠すのに具合がよかった。ミシンで筋を入れてコメ袋がずり落ちないように工夫する。仲間の担ぎ屋から「わあ、頭のよかね」と賞賛される出来栄えである。しかし、道子は担ぎ屋としては失格だった。

コメをもらうことができない。鰯をタダであげてしまう。

帰りの汽車を待つ間、離乳を過ぎた背中の道生を下ろし、野原でうんこをさせる。草の間から立ちのぼってくる便のにおいは唐芋のにおいだ。

《草の上にちょこなんと、茶きんしぼりのようにすわっている「からいもうんこ」をみながら、まったくメルヘンってとこじゃな、と私は思いました》(「愛情論初稿」)


一九五〇年、道子は水俣第一中の美術教師が開く画塾(無料)に通い始めた。

乳飲み子の長男道生をおぶって水彩画の手ほどきを受ける。当時二三歳。結婚三年目だ。塾で七歳下の秀島由己男(一九三四年生まれ)と知り合う。のちに日本を代表する銅版画家となる少年は当時、母校の水俣一中で用務員をしていた。貧困の境遇を憐れんだ教師らの配慮である。

〈石牟礼道子さんと初めて逢ったのは、この塾でした。石牟礼さんは子供を連れて絵を習いに来ていましたが、それも数回で、あとは姿が途絶え―次に逢ったのが、短歌会の席上でした。入院中に同室の某氏から短歌会に無理にさそわれ、頭かずをそろえるということで、短歌の歌の「た」も知らない私が狩りだされたのです。昭和三十年ころ、石牟礼さんは歌人として水俣でもかなり有名で、彼女の話を聞く会でしたが、これが縁で、のちには唯一の相談相手として、また心の姉として尊敬する人になろうとは、この時までは思いもしないことでした〉(秀島由己男「凧の舟」)

六〇年に及ぶ交友の始まりである。秀島は二〇歳のとき、結核で入院。その病院で同じ結核の歌人、朝長《ともなが》美代子と知り合う。その勧めで熊本市の短歌会に入った。そこに道子がいた。二人は奇遇を喜ぶ。秀島は孤愁から逃れようと絵画に没頭。熊本県水彩画展のグランプリ獲得など頭角を現しつつあった。一方、二〇代後半の道子は心の凍りつく孤絶感に悩まされながらも、生来の言語感覚が冴え、歌人として一頭地を抜く存在だった。

道子と秀島はウマが合った。「さあ、行きましょう」。道子から声がかかる。道子が握ったおにぎりを持参して海岸に行く。道子は幼いころから渚で歌を歌うのが好きである。「ここの山の刈干しゃすんだよ」。童謡から始まり、興が乗ると刈干切唄や五木の子守唄を歌うのだった。「粘り強く、叙情的。歌詞もメロディーも変えているわけではないのに、石牟礼節としか言いようのない独特の深い情感に心をもっていかれます」と秀島は言う。

道子が作家として知られるようになってからも、彼女の歌を間近で聴いた人たちは、声楽のレッスンを長年受けた人のような美声だ、と賛辞を惜しまない。音楽大学や海外留学で本格的に習ったようなソプラノなのだ。壮年になった道子が童謡を口ずさむ。孫娘が感極まって一時間も泣いた——そんな逸話もある。

阿蘇の高原に出かけた折、道子が詠んだ歌を秀島は覚えている。

《ポコポコと高原の空音《ね》をたてよ一本きりのあかい童木《わらべき》》

カルデラの大自然と合一したような愉楽の瞬間に生まれたという、牧歌的だがどこか緊張感を湛えた作品だ。道子は阿蘇を好む。「ポコポコと〜」の短歌は秀島が自分の作品として水俣の短歌大会に応募し、第二位に相当する地賞に選ばれ、地元紙熊本日日新聞で紹介された。

《眠りの方へ脱けるまなぶた撫でにくる子の指しばらく遊ばせてゐし》

乳飲み子の長男道生を詠んでいる。湯に親しんだ湯の鶴温泉では、

《霧こもる谷にかかりし橋の上を濡れて歩みし別れなりけり》

と、男女の別れの歌を作っている。

「食べにいらっしゃいな。毎日でもいいのよ」

道子は秀島をしばしば自宅に招いた。亀太郎が作ってくれたささやかな住まいである。「人がよく集まりました」と道生が回想する、大勢の客のひとりが秀島である。貝を鉄鍋で炊いた料理やコノシロの素朴な煮付けは、そういう料理を日常的に食べていても、決して飽きのこないおいしさだった。

〈孤児気分におちこんでいた私には、かけがえのない家庭的ぬくもりの一刻でした〉(「風の舟」)

年の近い弟の繊細ゆえの無頼に手を焼いていた道子は、孤独に美術を志す秀島が気になって仕方がないようだった。

六一年、短歌仲間の朝長が道子の隣に引っ越してきた。空家になったのを見計らって道子が声をかけたのである。貧窮した朝長は住まいに困っていた。朝長は秀島と並んで、二〇~三〇代の道子をつぶさに知る一人だ。現在も水俣市在住の朝長は「道子さんがこんなに有名な人になろうとは思いもしませんでした。私にとってはなつかしい、やさしい道子さん。今でもあのやわらかなこちらを引きつけてやまない甘い声が、耳元に聞こえてきそうな気がします」と言う。

初夏のころだ。道子が「安売りの布を買ってきたの。カーテンを縫うわ」と緑の布地を見せた。一時間もしないうちに、「変身、変身」と声がする。出てみると、道子が「もったいないから、ブラウスにしたのよ」と得意そうに、ふわっとした緑の衣を広げる。鮮やかな手並である。「私にも型紙を貸して下さい」と朝長は頼んだ。道子は「型紙なしよ。布の上に古いブラウスを載せて切っただけ」と言うのである。

夫の弘の背広は米軍の古いズボンを解体して縫ったものだ。生地を染め直し、ジャンパーやコートまで作った。息子の半ズボンやチョッキも米軍服がベースである。裁縫が堪能な道子に服作りを依頼する人は絶えなかったが、「糸代」しかもらわないので、もうからない。「頼むのなら道子さんがよか。あの人はタダやけ」という評判が立った。行商で化粧品や靴下を売っても、代金を回収しない。「ツケでよかろ」と言われると、いやとは言えない。「道子さんは化粧品を配給して回りよんなる」と不思議がられた。

秀島は三〇歳で用務員の仕事をやめた。絵に専念するのである。熊本市へ移った。版画家の浜田知明（一九一七年生まれ）に師事して才能を開花させた。「霊歌」と名付けた銅版画シリーズで、「この世でもない、あの世でもない、目に見えぬ霊的世界」という自分の表現の核をつかんだ。ポカンと口を開けた人物は秀島芸術のシンボルのような存在だ。自らの半生の「血の滲む絶望と詠嘆と祈り」を筆先に込めたのだという。俳優・砂田明（一九二八―九三）が一人芝居『天の魚』でかぶる面は、秀島の「霊歌」を基にしている。砂田の『天の魚』公演は一九七九年から九二年まで五五六回を数えた。

「霊歌」については興味深いエピソードがある。「霊歌」そっくりのお化けが某グラフの漫画特集の冊子に載った。どう見ても盗作である。秀島は憤然と抗議の手紙を出した。盗作した「S氏」自身が東京から熊本へ詫びにやってきた。〈S氏とは九品寺の家で逢いましたが、話ながら、S氏の左腕がない事に気づきました。画家なのにこの人は隻手――。私の方に責める気がなくなりました〉（「風の舟」）という。

「霊歌」の創造に苦闘した時期は道子の「海と空のあいだに」（のちの『苦海浄土　わが水俣病』）の連載期と重なる。七四年には二人で詩画集『彼岸花』を刊行した。道子初の新聞連載小説『春の城』の挿絵も担当した。六〇年にも及ぶ交流は豊かな芸術の果実をもたらした。

〈一匹の野良猫、一茎の野の花にまで、丁寧な愛情を平等に注ごうとする性質の女性です。水俣病に関する事柄でも、公害がおきたから書いたといった普通の糾弾ぶりを遥かに越えた魂の底から震い立つような烈しい愛と怒りの掲示―そこに彼女の慈愛深い性質が裏打ちされているのが、私にはよくわかります〉（「風の舟」）

《原始と未来との、混然と調和した世界観をめざして形づくられはじめているようにみえる》（「秀島由己男の画」）とは、秀島作品への道子の評だ。そのまま自作に当てはまるのが面白い。

一九八四年、五〇歳の秀島は東京の画廊から東京に住むよう誘いを受ける。師匠の浜田知明は「一度行ってみるがいい」という意見だったが、道子は「東京なんかへ行くぐらいなら、首くくって死んだがましよ」と猛反対だった。秀島は、画廊が用意してくれた東京・下落合の一戸建てに住んだものの、結局、三年で熊本に戻る。秀島は「東京では咳が出た。東京の空気が合わなかった」と回想している。秀島を深く理解していた道子は、東京が秀島に合わないことを分かっていたのだ。

現在、秀島は熊本県玉名郡の古い民家で暮らす。近所に商店はない。坊主頭に白いステテコ、隠者の風情である。二〇一四年七月七日に訪ねて話を聞いた。その四日後、「ひとつ言い忘れていた」と秀島から電話がかかった。阿蘇で道子が「ポコポコ～」を詠んだエピソードはこの電話で教えてくれたのだ。「これで短歌が三本そろいました」と愉快そうだ。「ジャンルは違いますが、秀島作品と石牟礼作品は似ていますね」と話を向けると、当然だろう、という口調になった。

「付き合いというのは、お互いが影響し合うことだと思う。共鳴し合う。波長が合う。なぜ波長が合うのかといえば、同質のものを持っているから。魂同士が呼び合う。相手の欠点を許せて、初めて長く付き合っていけるのではないか。あっ、僕？　僕は道子さんに許されたのでしょうね」

一九五〇年代前半、流木や廃材などで建てた六畳一間の石牟礼家を集会場として「トントンの会」ができた。名称は家の所在地の通称「とんとん村」にちなむ。

メンバーは独身の男女や若い主婦らだった。水俣にいくつかできたサークルの一つである。職業、性などを超えた「精神の共同体」を求める「サークル運動」は戦後すぐ全国で活発になる。

《若い人たちの間から、私の家は交通の便がわるく、とくに闇の夜、家の前の小川に飛びこまぬため外燈をとりつけよ、お湯のみ茶碗をせめて十五ぐらいは常備せよ、はては六畳一間に二畳半の板の間を、増築しろとのヨロンがしきりです》（「とんとん村」）と愉快そうに道子は書いている。

〈「なぜあんなことしてたのかしら。よくわからないのですけど、とにかくうちに集まって、夜遅くまで話し込んだりして……。だれかが『じいさんやら親父やらの来歴を集めれば物語りのできるばいなあ』などと言って『村の歴史』を作ろうなどと話し合ったりしていました」〉（山本巖「石牟礼道子の世界」）と道子は回想している。

「トントンの会」は「精神の共同体」を求めて船出したはずなのだが、航海は容易ではなかった。

〈「夜中に、若いお嫁さんが泣きながら戸をたたいて来て、家出をするにはどげんしたらよかろうかと言って来たり、農家の二男坊なんかが炭鉱に行く相談に来たり……。結局は『よろず身の上打ち明け所』だったんです」〉(同)

理想は現実の前に立ちすくむ。貧しい村ではその日その日を生きるのが精一杯だった。道子が担ぎ屋や化粧品のセールスをしていたことは先に述べた。

〈一つの村を作るのだと私たちは宣言する。奇妙な村にはちがいない。薩南のかつお船から長州のまきやぐらに至る日本最大の村である。(中略)労働者と農民の、知識人と民衆の、古い世代と新しい世代の、中央と地方の、男と女の、一つの分野と他の分野の間に横たわるはげしい断層、亀裂は波瀾と飛躍をふくむ衝突、対立による統一、そのための大規模な交流によってのみ越えられるであろう。共通の場を堅く保ちながら、矛盾を恐れげもなく深めること、それ以外の道はありえない。新しい創造単位とは何か。それは創造の機軸に集団の刻印をつけたサークルである〉

リーダー格の詩人、谷川雁による『サークル村』創刊宣言の一節。一九五八年に結成され、九州・山口の数十のサークルから二〇〇人余りが参加。福岡県中間市の広い一軒家の『サークル村』事務局には、谷川雁、森崎和江と記録作家の上野英信、晴子夫妻が住み、六一年まで同名機関誌を三一冊出した。

『サークル村』結成と同時に道子は入会した。先立つ五四年には水俣で療養中だった谷川雁と会っている。「詩を書いているんですって?」と問う雁に、「詩といえるかどうかわかりませんけれど」と答えた。

《観念の言葉では表現できない大きな沼のようなものを抱えている自覚があった》

《思想の地殻変動が起きつつあったのであろう。歌からはだんだん心が離れて行った》

《『サークル村』に入る前から、わたしの家には日窒水俣工場の青年たちが五、六人遊びに来るようになっていたので、そのことを谷川雁さんに話すと、「君、サークルをやっているのかね」と言われた。わたしはサークルという言葉を知らず、その意味がわからなかった》と、自伝『葭の渚』に書く。

水俣の道子の家は、「サークル村」の南の拠点という位置付けだったらしい。道子は水俣から事務局のある中間まで三回程度出かけている。筑豊は昔も今も交通の便が悪い。列車を乗り継いで道子が来るたび、谷川雁は「家出娘の様相をした娘が水俣から来るから、中間駅まで迎えに行くように」と仲間に指示した。

「うちの道子はどこへ行ったろうか。いつ帰ってくるとやろうか」。水俣では夫の弘が気をもんでいる。道子から「カネオクレ」の電報がくる。電話がない時代。弘はあわてて電報為替で送金する――そんなことがあった。

『サークル村』発刊直前に谷川雁と森崎和江の同居生活が始まっている。それぞれの家族を捨てての同棲である。谷川と森崎は福岡県久留米市の詩人、丸山豊の詩誌『母音』の同人時代からの知り合いだ。

谷川・森崎の家と上野夫妻の家は軒つづきだった。『サークル村』の本格的発足は五八年八月一五日である。その日、両家の共同風呂の屋根に赤旗があがった。無風の真夏の昼空に赤い旗が映えた。旗は上野の家の部屋壁に鋲で留めていたものだ。

谷川雁と森崎和江。上野英信と晴子。二組のカップルが同居した『サークル村』事務局の光景を、英信夫人の晴子が書き留めている。

〈或る時雁さんは私に向かってこう言われた。「いいですか晴子さん、ぼくたちがじっとしていても二十年後には革命がくる。しかしわれわれは、そんな悠長なことを言ってはおられないのです！」（中略）夜昼なく入れかわり立ちかわり若い人々が集まって、熱気が渦巻いていた「サークル村」の拠点、中間市本町六丁目の板壁の家。あの騒々しさの中で雁さんも英信もよく原稿が書けたものだと思う。雁さんの字はほれぼれするほど綺麗だった。原稿を書き上げるや否や雁さんは和江さんを呼び立てて、和江さんが入浴中なら風呂場の前で、炊事中なら鍋の前で、弁慶の勧進帳よろしく読み上げられるのだった〉（上野晴子『キジバトの記』）

「筑豊は炭鉱労働者が一群をなしていた。彼らの話に耳を傾けると、雁さんの影響でしょうか、観念的な言葉をむやみに使うのです。ここでは、こんなふうにしゃべらないといけないのかしら、と最初は思いましたよ。私もちょっと真似してみましたが、どうも似合わんと思ってやめてしまいました。観念的言葉では、自分の一番心の底にある大切な感情が語れないと思いました」

『サークル村』当時の道子の率直な感想である。

結成から一年後の夏、上野夫妻が福岡市に転居した。谷川との別れである。リーダー格の上野と谷川の決別で『サークル村』は機能不全に陥る。

〈互に認め合っていた二人の間に何時から反目が生じたのだろうか。（中略）胆力に於ても知力に於てもひけをとらぬ二人の男は、真正面から対決すべきであったのに、周辺からきこえてくる断片的な情報にのみ反応して不信を増幅させていったようにみえる〉（『キジバトの記』）

谷川は『サークル村』（一九五九年九月号）に「荒野に言葉あり——上野英信への手紙」を書いている。上野夫妻が福岡市に移った直後である。

上）左から道子、息子・道生、上野晴子、上野英信。下）森崎和江（左）と。
いずれも筑豊の上野英信宅、『苦海浄土』出版記念会。1969年。

〈サークル村の一年、すなわちわれわれの十二ケ月はごく平凡にいって、やはりすさまじいものでした。ぼくは言葉、言葉、言葉。そしてあなたは沈黙、沈黙、沈黙〉

理論的指導者で知識人の谷川と、民衆に寄り添う記録文学志向の上野は結局、肌が合わなかったのだ。労働者を「表現」でつなごうともくろんだが、〈結局、『サークル村』は労働者に触れられなかった〉（毎日新聞「中島岳志的アジア対談」での森崎の談話）という結果に終わる。〈参加する労働者も労働者内のエリートだけ。だから反感も持たれて、労働者が夜中に突然、家を襲ったこともありました〉（同）と森崎は当事者なのに運営に不満があったのか、冷ややかに振り返っている。

福岡・中間でのそんな相克を知ってか知らずか、石牟礼道子の目は筑豊の、炭鉱の光景にクギ付けとなっていた。「水俣で長年疑問に思っていたことの答えがここにある」と感じる。

「九州一円から来る炭鉱労働者を見るのはとても興味深いことでした。一家のお父さんが出稼ぎに行く。嫁も出て行く。家が壊れる。農村が崩壊する。生まれ育った所で食べていけなくなった。そういう状況の中で炭鉱に行くと、ああ、みんなここへ来ていたのか、とすごく腑に落ちました。後に知りましたが、水俣病の患者さんたち、川本輝夫さんも田上義春さんも炭鉱に来ていたのです。漁業ができなくなり水俣に職がなくなった。そういうことだったのです」

筑豊の炭鉱に来てみて、世の中の構造を見る思いがした、というのだ。前近代の民を近代の象徴たる炭鉱が吸い寄せる。自分にとって『サークル村』とは何だったのか。道子はのちに考えをまとめている。

《「サークル村」の成立と崩壊は、わたしにとっては、日本近代の成立とその基盤の、人間の生

身による構造を、一きょに読み解くあぶり絵だった》

《サークル村体験はもう一人のわたしとの、激突のようなものだった。わたしから分離したものたちが、闇の底にうろうろしていて、わたしという者の先輩というか分身たちと称んでもよかった。別の言い方をすれば、その衝動はわたしの心の地殻変動に連なっていると言ってよく、その意味で歴史的な風土であった。うらうらと陽の当る田んぼのほとりだったり、地下何千尺も降りねばならぬ坑道の中だったりした。自分が平静であるのか、狂気であるのか、どちらでもよい気分になった》（『葭の渚』）

田んぼか坑道か、平静か狂気か。のちに道子は自らのことを「高漂浪《たかされ》き」であると言っている。一般にはなじみの薄い「高漂浪き」の言葉は道子文学のキーワードのひとつだ。一例として、『苦海浄土』第三部「天の魚」から引く。

《高漂浪きとは、狐がついたり、木の芽どきになると脳にうちあがるものたちが、わが村をいつ抜け出したか、月夜の晩に舟を漕ぎ出したかどうかして、どこそこの浦の岩の陰や樹のかげに出没したり、舟霊さんとあそんでいてもどらぬことをいう》

二〇一四年七月二五日、私は道子を訪ね、改めて「高漂浪き」について聞いた。夏物のシャツを手縫いで改造中の手が止まる。

「水俣では〝高漂浪き〟という言葉があります。〝漂浪《され》く〟という言い方もします」と言うのだ。風呂上りである。冷茶を飲み、「ああ、おいしい」と微笑する。

その後、道子に会いに来る人が、しばしば「漂浪く」と口にするのに接し、なるほど、ごく普通に使われる生きた言葉なのだと納得したのだ。「歩く」を「されく」と読んでもいいくらいだ。「魂への呼びかけが聞こえたとき、その場へ身も心も移動させてしまう。石牟礼さんは高漂浪き。本物の高漂浪きです。家族も友人も納得するしかないでしょう」

女性史家の河野信子（一九二七年生まれ）が話す。女性交流誌『無名通信』を森崎和江らと作り、道子とも『サークル村』の会員同士として切磋琢磨した仲だ。

河野によると、道子は一九五八年、熊本大研究班の水俣病についての報告書を赤崎覚（『苦海浄土』の「蓬氏」のモデル。当時、水俣市衛生課職員でサークル村会員）に見せられ、衝撃を受ける。患者の苦しみを知り、「うけ病み」状態になった水俣の道子の様子を森崎が見てきて、「布団をかぶって苦しそうに寝ているの。なんとかして起こさなければね」と語るのを、河野は覚えている。『サークル村』は民衆の生活や労働の聞き書きを「新しい創造」の柱に据えた。五九年七月号から森崎の「スラをひく女たち」（後に『まっくら』と改題）の連載が始まる。

道子は六〇年一月号に「水俣湾漁民のルポルタージュ　奇病」を発表。水俣市立病院の奇病病棟で知り合った水俣病患者の語りによる記録文学である。水俣病患者の惨苦をまのあたりにし、うちのめされ、布団に潜り込むしかなかった「うけ病み」からようやく脱し、「書いて思いを吐き出さないことには全く前に進めない」という気持ちになっていた。

二〇一四年七月一九日、熊本市の道子を石内都が訪ねた。広島の被爆衣類を撮った『ひろしま』などで知られる写真家だ。「思った以上に、とてもお元気。いい写真が撮れました」と石内は私に語った。被写体を務めた道子は「被爆衣類の写真を見て石内さんに親しみを覚えていました」と喜んだ。

原爆といえば、日本画家の丸木位里（一九〇一―九五）、洋画家の俊《とし》（一九一二―二〇〇〇）夫妻と作った絵本『みなまた 海のこえ』（八二年）がある。道子が詩、夫妻が絵を担当。不知火海で死んだ生き物を悼む祈りの声が通奏低音のように繰り返される。「しゅうりりえんえん」というキツネの呪文がエンドレスで響く。

生類が豊かな生を営んでいた不知火のほとり。「チッソの会社」が来て様相が一変する。絵本には炎の中で生き物が悶え苦しむ、被爆の光景かと見まがう凄惨なページもある。壊滅の混沌の中から、決然と旅立つ舟に道子は希望を託す。

「妖怪に加勢してもらって舟を出す。俊先生が助けてくださらねば書けない世界でした。原爆も受難だという意味で水俣病と共通するものがあります」と道子は感慨深げに振り返る。

〈太陽が音もなく熔けて天いっぱいに拡がった。／やや間をおいて黄金色の巨大な柱が、目のまえに立った。千の鉄拳が男の頭をなぐり、男は目がくらんだ。／男は、気を失いながら、自分が手をひろげてふわりと地をはなれてゆくのを感じた〉

上野英信の自伝的散文詩「田園交響曲」（サークル誌『月刊たかまつ第4号』五七年二月）から引いた。上野は陸軍船舶砲兵として駐屯した広島市宇品で被爆。「あの時ほど驚いたことはない」と後年語っている。爆心地から三・五キロ。戦後、京都大を中退し、福岡県水巻町などで炭鉱労働者になった。唇の端には被爆時のガラスの破片が入ったままだ。

〈夜、男は、さびついた鉄道の枕木をつたって、炭鉱に入った。／男の心は、坑道よりも暗く、空虚であった。（中略）男は旗をたてた。／男は、ここが俺の広島だ、と旗に誓った〉（「田園交響曲」）

「田園交響曲」は単行本や各種選集に収録されていない。作者自身が意図的に封印してきたとみて差し支えあるまい。上野の原点としてよく「炭鉱」が語られるが、「田園交響曲」を読むと、「炭鉱」の前段として「被爆」があったことが分かる。「田園交響曲」の題は、被爆の影響が心配された長男が無事誕生した時に聴いたクラシック曲に由来する。上野は『サークル村』に参加後、六四年に筑豊・鞍手町に「筑豊文庫」を開設した。廃屋を改造した集会所兼図書館である。

「坑夫とは地底の闇奥で進退窮まった人間のことだ」。上野と『写真万葉録・筑豊』を編集した写真家の趙根在《チョウグンジェ》は言った。『サークル村』で上野と出会った道子もまた少女時代から孤絶感に悩まされ、「闇底で進退窮まった人間」ではなかったか。

上野英信と谷川雁は反目したが、上野、谷川の両文学者と道子の信頼関係は終生揺るがなかった。とくに上野は道子の「海と空のあいだに」を講談社に持ち込んで、単行本『苦海浄土　わが水俣病』として世に出した人である。道子には、恩義以上に稀有な理解者という思いが強かったに違いない。上野夫人の晴子も「作家の奥さん」で片付く人ではなかった。男権主義の家の長男として育ち、妻を自分の支配下におこうとする英信に従いながら、押し殺してきた自我の刃を時折光らせる晴子に、道子は親愛と畏敬の念を抱いていた。

「上野家は安息できる数少ない場所の一つでした」と道子は述懐する。何日も泊まり、隣人に「家出娘」と間違われたこともある。六九年の『苦海浄土　わが水俣病』刊行を上野の妻晴子が赤飯を炊き祝ってくれ、「涙がこぼれた」という。付き合いが深まったのは英信の吸引力もあるが、「おおらかにして玲瓏というか、無垢というべきか」と道子が形容する、晴子夫人の魅力が大きかった。

七一年暮れ、川本輝夫が率いたチッソ東京本社占拠（自主交渉闘争）に道子は付き添う。激励に来た上野が「飢餓新年／み民われ生けるしるしありあめつちのほろぶるときに逢えらくおもえば」と墨書した紙を地面に広げ、突如支援のハンストを始めた。

上野はハンスト中、近くにいた道子に問わず語りに礼を言った。「ここに来て、本当によかった。生き方の方向性を確かめ直した」と言うのだ。

ハンストは道子にとっても予想外の行動である。恐縮した道子は、筑豊で留守を預かる晴子に電話した。そのときの晴子の剛毅な言葉にどれほど励まされたか。

《うちの英信はそのようなときのため、かねがね鍛えてございますのよ。せっかく思い立ちましたのですから、落伍せんごとやり抜くよう、いうて下さいませ》（『天の魚』）

歌や散文の豊かな才能を封印して上野を支え、来客に渾身で酒食を提供し、亭主関白の夫を立てた。「英信さんが好き勝手できたのは、晴子さんがいらっしゃればこそです」と八八歳の道子はきっぱりと言う。当時はそう思っていても黙っていただろう。

晴子は道子の来訪を喜んだ。上野夫妻の一人息子の朱《あかし》（一九五六年生まれ）によると、「石牟礼さんを迎えた時は、英信の亭主関白がおとなしくなりました。母は石牟礼さんが来るのを心待ちにしていました」というのである。

一九八七年一一月二一日、上野英信死去、六四歳。六〇歳の道子が読んだ弔辞は次のようなものである。

《（前略）どこか羞らっていられるような微笑みと咽喉の音の清らかなお声で、私どもひとりひとりの心の大切なところへ、ひとしなみに御出で下さっているようでございます。お懐しゅうございます。（中略）山本作兵衛さんのところに連れてゆかれました。ご機嫌よくなった作兵衛さんが坑内唄を唄いはじめられ、かねがね上野さんのご本で知っている唄でしたけれども、肉声でうかがったのは初めてで。／おろし底から／百斤籠かろて／つやでくるサマ／わしがサマ／というのがことにもつよく印象づけられました。表現をみずからは名乗らぬ者たちが地上を追われ地底の穴へ押しこめられながら、生ま身を彫琢されて口にした絶唱と思っています。この唄はそっくり上野さんの御志と生き方を表していると思えます（後略）》

〈「おなつかしゅうございます、上野さん」／それは去ってゆく英信の背中にかける言葉ではなく、むこうがわから迎えにきてくれた人の言葉に聞こえて、母と私はなんだかとても安心したのだった〉（上野朱「迎えにきてくれたのは……」）

5　奇病

道子の実家にはいつも猫が一〇匹はいた。子猫が次々に生まれる。祖父の松太郎が釣り舟で、湯堂《ゆどう》や茂道《もどう》などの漁民集落に届けた。鼠が増えて網をかじるので、漁師らは猫をほしがる。しかし、その猫に異変が起きている、と知人が言う。「茂道あたりの猫は鼻の先がちょろっぱげとるばい。鼻の先で石垣につき当たったり、逆立ちしてギリギリ舞うたりして、海に跳びこんで片っ端から死による。猫踊り病ちゅうとのはやっとる」

胸騒ぎを覚えた道子は茂道を訪ねる。見知らぬ道子の姿を初老の男（のちに網元で水俣病患者の杉本進と判明）がいぶかしそうに見る。道子は「ここらあたりのおうちに、猫の子ばあげよりましたが、死んでばかりおりますもので」と言った。警戒を解いた男は柔和な顔になり、「猫踊り病のはやってな、妙な気分じゃがなあ」と言う。

〈市内月の浦に奇病が発生し熊大長野博士が来水して調査したが小児マヒに似た奇病という診断、目下附属病院に二名自宅に三名寝ていて頭も口もボーとなり熱のないのが特長。／約二年程前から猫がころ〳〵妙な調子で死んで月の浦出月には猫が姿を消していたもので子供に感染、中には大人もやられている〉。一九五六年五月一二日付けの水俣のミニコミ誌『水俣タイムス』の記述である。得体の知れぬ不気味なものに浸潤されつつある土地の不安がにじむ。主食は魚、副食が飯という土地柄である。とりたての魚を一升も二升もペロリとたいらげることを「ナメる」という。「魚の一升もナメきらんようじゃ一人前の漁師じゃなかぞ」「おれは二升くらいはナメるぞ」などと言い合う。《朝の漁の揚りに食べ、昼食べ、そしてまた夜の漁で大漁じゃと云っては御神酒を汲みあって食べ、とれなくて市場に出すほどもないから舌に極楽をさせようといっては食べるわけです。非常におびただしい量の魚を毎日、毎日食べるわけですから、そこに有機水銀みたいなものが秘かに流されていて、しかも蓄積されていくということが何年間も続きますと、そういうものの人体に蓄積する量というものはすさまじいものでございます》(「一升の魚をなめたとき」)

漁民はもともと、近代の利益至上主義とは無縁の、自然の一部としての「すなどるヒトたち」である。《このヒトたちが、海という生命界とともに、絶えない潮のように生きていたことは、おもえば、人類にとって、のこされた豊かさであった。そのような海とヒトを持っていたことは、人類のいのちの系が、生命界に、あの自然界に、まだしっかりと、結ばれていた証拠でもあった。／いまや、わたくしたちの生命の系は、ずるずると溶け去り出したのである》(「常世の渚から」)

一九五九年、一人息子の道生が水俣市立病院に入院した。結核の初期症状である。奇病の患者専用の新病棟ができていた。その奇病病棟の屋上を患者が行き来する。道子はそこで異様な人物を見かけた。黒いメガネをかけて、ふくらんだ後頭部を白い布で包み、ゆら、ゆらと、散歩する。水俣病特有の中枢神経失調性の歩行である。

《屋上の稜線の残光を、分厚な肩で、一歩一歩、消し去るように全身を傾けながら歩くのである。

ノートルダム寺院の、あの主人公よりも、異様で迫真的で、巨大さをもって、こちら側の病棟からみるものたちを威圧していた》（同）

　男はチッソ工場の元工員である。戦時増産のさなか、工場内の事故で頭から硝酸の原液をかぶった。手の甲にたらすと穴があくといわれるほどの猛烈な液体である。男は硝酸で眼や鼻が溶けた。《そういう姿になりましたものですから、もう会社に行く気がなくなってしまいまして、毎日お魚を釣りに行っていたわけです。小さいときから好きであったし、海の上に行けばだれにも顔を見られなくてもいいですから。それで水俣病になりまして……》（「水俣病の証言」）

　手足がふるえだし、口がきけなくなり、失調性の歩行に加え、視野狭窄にもなった。《こんどこそ致命的な受難》（「常世の渚から」）と書く道子は、前近代の民が近代の暴力に蹂躙されることの、象徴的意味を彼の姿に見出していたのだ。有機水銀は素知らぬ顔で日常を侵蝕する。健常者と見分けがつかない患者は大勢いる。世の悲惨をすべて引きうけたような男の姿は、「可視化された極限的な凄惨」として記憶されねばならない。

「みかけは、おとろしかばってん、気はやさしか男ぞ。いつでも来なはる、何でも語るばい」

　屋上で男を見かけてから一〇年後、道子は男と対面している。そのとき男は水俣病患者特有の《ながくひっぱるような、もつれるような、あまえるような》（同）しゃべり方で先のように言ったのだ。道子は幼いころからずっと、どうやっても解消できない〝孤絶感〟という「おとろしか」ものを抱え込んでいた。「おとろしかばってん、気はやさしか」と聞いて道子は心の奥が揺さぶられるほどのなつかしさを覚えたであろう。道子もまさにそうやって生きてきたのである。

「おとろしかばってん、気はやさしか」

水俣病患者であるがゆえに底なしの差別にさらされる。買い物に行ってカネを渡すと汚いもののように相手はカネに触れようとしない。あとで硬貨を煮沸消毒するという。家の前を通っただけで消毒剤をまかれる。

〈この世の生存の構造とどうしても適合することのできなくなった人間、いわば人外の境に追放された人間の領域〉（渡辺京二「『苦海浄土　わが水俣病』解説」）を彷徨する水俣病患者の絶対的孤独は、深い孤絶の谷の住人だった道子には親しいものだった。水俣病患者はなつかしい。自分の姿をみるような思いがする。

〈もともと彼女（道子）自身にこの世とはどうしてもそり反ってしまうような苦しみがあって、その苦しみと患者の苦患がおなじ色合い、おなじ音色となってとも鳴りするところに（『苦海浄土』は）成り立った〉（「石牟礼道子の時空」）と渡辺は指摘する。道子の救いとなる洞察である。「水俣病闘争」の章でくわしく述べることになるが、渡辺にも〈この世とはどうしてもそり反ってしまうような苦しみ〉があったに違いない。道子を理解するには、道子の身になることがどうしても必要だからだ。

水俣詩話会で知り合った水俣市役所職員の赤崎覚から、しばしば水俣病の情報がもたらされた。熊本大学医学部の医師らが湯堂、茂道で検診をすると聞くと、道子はその会場に出かけて、集まってきた患者や付き添いの人に紛れ込み、患者同士の会話に加わった。水俣病認定患者第一号の溝口トヨ子（一九五三年、五歳で発病、八歳で死去）の母とはそうやって知り合った。水俣病第一次訴訟の結審時、「ああ！ああーん、トヨ子ば、トヨ子ば、返して、返して呉れんなあー、あんた」と大声で泣きながらチッソの幹部の胸にとりすがった人である。八歳のトヨ子は死の床から這い出て、遠い桜を見た。「ああ、母ちゃん、シャクラの花のシャイタ、シャクラの花の……うつくしかなあ」

湯堂の突端には大きな古い共同井戸があった。道子はそこで女房衆から話を聞いた。坂本きよ子の母トキノ、江郷下《えごした》和子の母マスらとこの井戸端で親しくなった。坂本きよ子は溝口トヨ子と同じように桜を愛した。死に際に庭におりて曲がった指で桜の花びらを拾おうとした。マスは熊大で解剖された和子の遺体を引き取って、水俣駅から自宅まで背負って帰った。井戸から悲嘆と哀切の物語が湧き出る。

《湯堂の共同井戸には、天草の漁民たちが沖の船から水を汲みに来た。春にはひときわ大きな桜の木を目印にしたそうだが、それは坂本清子さんの家の桜だった。思えばわたしは、そういう村の深い歴史を刻みこまれた井戸端で、想像もつかぬ災禍に襲われた村の証言を聞きとっていたのである》(『葭の渚』)

『苦海浄土　わが水俣病』冒頭に出てくる《古い、大きな共同井戸》がまさに、道子がトキノらの話を聞いた井戸なのだ。湯堂湾。《こそばゆいまぶたのようなさざ波》、小さなゾナ魚《め》、赤く可憐なカニ、やわらかな味の岩清水、入江の外は不知火海である。水の流れに導かれるように水俣病患者の苦患が語られてゆく。書きつける言葉から次々に連想がふくらんで、それこそさざ波のように世界が広がるのが道子の文学である。女房衆が水をくみあげる。道子もまた井戸からイメージや情念をくみあげる。桜を愛した娘らの声に耳をすませながら、自らの代名詞となった傑作『苦海浄土　わが水俣病』を紡いでいったのである。

胎児性水俣病が公式確認されたのは六一年。胎児性患者の存在立証に貢献した医師、原田正純はある女性を検診会場でしばしば見かけた。〈気になってしょうがありません。最初は、保健婦さんかな、と思っていました。だって、私らが患者の家を回るのについて来るというのは、水俣病に関心のある人ですから。しかし、それにしては家の中に入ってこないのです。戸口のところで静かに立っていて…。優しい目つきをして、にこにこして。何にも言わないで、じっとただ見ておられるんです。この人は何だろう、と思っていました。それが実は、石牟礼道子さんだったのです〉（原田正純「水俣病と石牟礼道子」）

当時の若き医師、原田の印象を道子に聞いた。道子は「検診会場ではいつも子供たちと遊んでおられましたね。どんなときも常にニコニコして怖い顔を見たことがありません。水俣病の子も健康な子も、みんな原田さんの白衣の裾をつかんではなさない。なつかれる。大人の患者に対しても、みんなに平等に親切です。いいお医者さんだなあと感心していました」と言う。検診会場での出会い以後、道子は表現者、原田は医療者として、最前線の塹壕で手をつなぐように、半世紀以上も、患者救済に奔走することになる。

余談になるが、米国の写真家ユージン・スミス（一九一八―七八）と妻のアイリーン（一九五〇年生まれ）は一九七一年から七四年まで水俣市で暮らした。桑原史成（一九三六年生まれ）の写真で水俣を知ったという。水俣における表現者第一世代（道子も含む）の桑原から約一〇年おくれての水俣入りである。

スミス夫妻の住まいとなったのは、水俣市月ノ浦の溝口トヨ子の家が所有する家屋である。水俣病認定患者第一号のトヨ子の家を借りたのは偶然だった。居間には八歳で死んだトヨ子の遺影が飾られていた。食事をする外国人夫妻を、溝口家のきょうだいの中でもとくに利発で美貌だったおかっぱの少女が見守る。ユージンはこの家を拠点に「入浴する智子と母」「排水管から流れ出る死」など歴史的なショットを残した。

二〇一五年のノーベル文学賞をベラルーシの女性作家、スヴェトラーナ・アレクシエーヴィッチ（一九四八年生まれ）が受賞した。〈同時代の苦難と勇気の多声的表現〉（授賞理由）を生み出したのが「聞き書き」という手法である。アフガニスタン侵攻、チェルノブイリ原発事故などの関係者、無名の人々の声をできるかぎりそのままの形で記すことで事態の全体像を浮かび上がらせようと腐心する。弱者にひたすら寄り添うその姿勢は石牟礼道子や森崎和江を連想させる。

道子や森崎が文学上の拠点とした『サークル村』は「集団創造」を理念とした。その実践として「聞き書き」があったのだ。森崎和江「スラをひく女たち」、石牟礼道子「水俣湾漁民のルポルタージュ　奇病」（以下「奇病」と記述）などが「聞き書き」による代表的な作例である。

森崎和江は戦前の朝鮮半島で育った。「植民地で生まれた者が日本を郷土とするのにはたいへんな苦悩がありました」と森崎は取材に来た私に言うのだった。全国を「郷土探し」して、筑豊の炭鉱の労働者に「ここにこそ、母の国あり」という輝きを見いだす。炭鉱労働者の方言に豊かな人間性を感じた。閉塞状況を打開するカギはコミュニケーションだ。「聞き書き」は方言を生かすことであり、他者に全面的に身をゆだねて「個」を超えた表現を招き入れることだった。

のちに森崎は海外に売られた女性の回想に炭鉱の女性と同じ輝きがあるのに気づく。森崎は風土から生まれた「からゆきさん」という言葉を愛した。「もう少し深く、日常性の中へ、民衆の中へ」と願いつつ書いたのが森崎の代名詞になった『からゆきさん』（一九七六年）である。

一九六七年一一月一五日、道子は谷川健一から「『からゆきさん』のきき書きをとりなさい」と勧められている。道子はこの日の日記に《からゆきさん。前々から心の中であたためていたのだが》と書いている。幼い頃から身近にいた「からゆきさん」は道子にとっても切実なテーマだった。

森崎は「スラをひく女たち」連載六回分に加筆し、『まっくら――女坑夫からの聞き書き』（一九六一年）という単行本にまとめた。坑内労働を経験した老女の方言による語りから成る全一〇話である。〈四つん這いになって、レールを手でしっかり握って石をいっぱい積みこんだスラをね、滑りおちんように頭でささえてばい、三十度以上ある傾斜をじりじりあとずさって持ってさがるとばい。口にカンテラをくわえてな、下に函（炭車）がおいてあるけん、切羽からそこまで持っておろさにゃならんと〉。地中で決死の労働をする女の四囲の状況が見えるようである。方言の語りは奔放でありつつも、一定の節度がある。作中に作者自身が「私」として登場し、老女の語りに盛り込めない炭鉱の歴史的事実を詳述するなど、作品世界と作者が混同されることのないよう工夫が凝らしてある。「森崎和江が、炭鉱を経験した女を主人公に、炭鉱の物語を書いた」ことを明確にしているのだ。

《ここではすべてが揺れている。ベッドも天井も床も扉も、窓も、窓、窓の向うの山もそれは揺れる気流だった。生れて四十年、ゆきの生命を起点によなく親しくつながっていた森羅万象は、あの日から、あの昼も夜もわからない痙攣が起きてから、彼女の身体を離れ去り、それでいて切なく、小刻みに近寄ったりする。絶え間ない小刻みなふるえの中でゆきは少し笑う。／（う、う、うちは、こげんなって、し、し、もてから、一そう、じ、じいちゃんが、いとしかとばい……）》

描く対象が全く異なるので安易な比較は慎まねばならないが、同じ「聞き書き」でも道子のそれはかなり様相が異なる。道子の「奇病」は、女主人公の「ゆき」が語りの中心である。四〇〇字詰原稿用紙約五〇枚。水俣病という得体の知れない怪物的状況と対峙する高揚と緊張が行間ににじむ。水俣市立病院の奇病病棟で知り会った天草出身の女漁師川上タマノが「ゆき」のモデルである。〈ゆきというのはこの時期の彼女（道子）の小説風断片の主人公の名としてつねに用いられ、われわれはそれを著者と読みかえてさしつかえない〉（『潮の日録』渡辺京二解題）。

「奇病」はのちに「海と空のあいだに」のゆき女の章になり、改稿と加筆をへて、『苦海浄土　わが水俣病』となる。完成形である『苦海浄土　わが水俣病』には「わたし」「私」「わたくし」と、作者石牟礼道子を思わせる一人称が複数登場し、実在の人物（石牟礼道子）の物語空間への果敢な介入で関係性に深みが出るよう構想されている。さらに、患者の独白や医師の報告書が随時挿入されるなど、エピソードがエピソードを取り込み、一筋縄でいかない構造なのだ。

「奇病」の「ゆき」と作者は最初から別々だ。それなのに、作中人物「ゆき」との根源的な同化を感じさせる記述が続くのはどうしたことだろう。迫真が度を超えているのだ。実際、道子は「ゆき」の語りを追いながら、「ゆき」の語りに自分がしっくりとはまってしまっていることが不思議でならなかっただろう。ある瞬間には、自分が患者として水俣病の惨禍を実際に経験したような錯覚に落ちたのではないか。いや、もしかしたら錯覚ではないのかもしれない。自分は水俣病患者としての自分の経験を赤裸に語っているにすぎない。そうではないか、と何度も自問したはずである。

《毒の茶碗があろうがな目の前すえて（中略）誰も飲みゃあせん。たれも悪人面してすすめた者はおらんじゃった。うち達は知らずに飲んだとよ。ゆっくりゆっくり、噛んで、食べて、骨のずいまで、毒が行き渡ってしもうとるとじゃろう》
《ほんなこて、替って奇病になろうち思うとらすやろか。（中略）そげなことというお人達は魚食わんでも、卵や肉食えるから、奇病にかかりとうてもかかりゃせんじゃろ。うちみたいに五年も躰中ふるえ通しで、下のものとってもろて、下帯も結べず我が髪もとかれず、ざんぎりにしてしもうて、会社の上のお人達のきれいな奥さん達がそうなってもよかやろか》
洗練とかお行儀とか、そんなもの構っておられるか、書かずにおれないから書く、と言わんばかりのゴツゴツした筆致が痛快である。
《お、お、おやさま、に、は、働らいて、く、くえと、頂い、た躰じゃ、う、うちは、もう一ぺん、じ、じぶん、で、は、働いてい、生きたあ、か、と（中略）う、ちは、く、口が、良う、も、もと、らん。案じ、加え、て聴いて、は、はいよ。海の、う、上は、ほ、ほん、に、よかった／じいちゃんが艪櫓ば漕いで、うちが脇櫓ば漕いで……》
文字にするとぎこちないが患者はしゃべらなくとも、道子は心の声を聞き取った。聞き取るというより、自分の口から悲惨な身の上話を語っていたのである。
二〇一四年八月三一日夕、道子は作家の池澤夏樹と熊本市の居室で向き合った。
「世界で一番小さな書斎です」
池澤の声に力がこもる。
「そうですとも」

わが意を得たとばかり道子がうなずく。

「そんな小さな場所からあんな大きなもの（『苦海浄土』）が生まれたのですね」

「大きなものだなんて……そんな」

照れた道子が身を縮める。消え入るような小さな声だ。

「私のような者を『世界文学全集』に日本からただ一人推していただいた。不満をお持ちの方もいらっしゃるのではないですか」

意を決して道子が聞く。

「一人でやったからできたのです。石牟礼さんがただ一人選ばれて、そうか、そうだったのか、とみんな思ったようですよ」

即座に池澤が答えた。キツネと遊んだ大廻りの塘、水銀の残渣に満ちた八幡プール……。上流から流れてくる廃材を利用して道子の父が道子夫婦の家を作った話になり、話題は道子の書斎に行き着いたのだった。

世界で一番小さな書斎……。そう、たしかに小さな書斎だった。それが「書斎」と言えればの話だが。しがらみばかりの村の中での、余裕のない暮らし。文机に夢中でかがみこんだ日々はついきのうのことのようだ。

《もう本当にみんなが寝静まって、そういうつくろい済ました後で電気を小さくして……。私の生まれた家は電灯が引けなくて、私の実家も、分家して世帯持った家でもそうですが、村で一番最後に電気を引いたんです。引くまでには小灯と言いまして、こんなちいさなお皿に種油をいれまして、そん中に糸くずを入れましてね、そして出たところに火をつけますと明かりになります。

ろうそくは明るいですけれども高いですから、なたねの油で灯心をつくって、小灯という、そういう明かりで、みんなが寝た後で水俣病のことを調べに行ったこと――調べに行くことも雨降りなんかしかできないわけで、雨降りにはどんなに休んでても、何をしても村で許される休みの日ですから、そういう休みの日に水俣病のこと調べに行って、書きつけるのはみんなが寝静まった夜中で、よくまあ体がもてたと思うんです》(「『わが戦後』を語る」)

弘と道子の世帯は一九六三年、水俣市日当猿郷に転居した。道子の実家吉田家のすぐ隣である。納屋を改造する形で、父亀太郎がふたたび娘夫婦の家を作ってくれたのだ。その家で道子は寸暇を惜しんで書いた。

一九六五年秋、石牟礼家の〝書斎〟の印象を熊本市在住の渡辺京二が『苦海浄土　わが水俣病』解説に記している。

〈それは書斎などであるはずがなかった。畳一枚を縦に半分に切ったくらいの広さの、板敷きの出っぱりで、貧弱な書棚が窓からの光をほとんどさえぎっていた。それは、いってみれば、年端も行かぬ文章好きの少女が、家の中の使われていない片隅を、家人から許されて自分のささやかな城にしたてて心慰めている、とでもいうような風情だった。座れば体ははみだすにちがいなく、採光の悪さは確実に眼をそこなうにちがいない。しかし、家の立場からみれば、それは、いい年をして文学や詩歌と縁を切ろうとしない主婦に対して許しうる、最大限の譲歩ででもあったろう。『苦海浄土』はこのような〝仕事部屋〟で書かれたのである〉

『苦海浄土　わが水俣病』全七章のうち『熊本風土記』掲載分は第四章「天の魚」までである。

五〜七章は書き下ろしだ。坂上ゆき、江津野杢太郎ら作品を象徴する登場人物は四章までに登場する。前述したように、「奇病」は加筆・改稿をへて、『熊本風土記』第七号（六六年六月）と第八号（六六年七月）に掲載され、二回合計六五枚が『苦海浄土　わが水俣病』の第三章「ゆき女きき書」となる。

渡辺京二は編集者として道子と会い、ここから半世紀以上に及ぶ交流が始まる。当時は活版印刷。赤ペンで活字の大きさなどを指定し、印刷所に入稿する。渡辺は「もう仕上がっている原稿を、次々に清書して送ってきている印象でした。ただし、原稿用紙の使い方を知らない。段落の最初は一字あけることをご存知ない。マルなのか読点なのか、改行するのかしないのか。初歩的な手ほどきは私がしました」と振り返る。

第一回は少年の水俣病患者、山中九平の章。《……この少年が年月を経るにしたがって、奇怪な無人格性を埋没させてゆく大がかりな有機水銀中毒事件の発生や経過の奥に、すっぽりと囚われている……》。渡辺は初読の印象を「天才ですよ、少なくとも並の才能ではない。単に上手なのではなくて、この人じゃないと書けないという、独自性がはっきり出ている。そういう人はめったにいないんです」と言う。

七〇〇人の読者がいた『熊本風土記』は資金難などで廃刊を余儀なくされる。その後、渡辺は道子の要請で水俣病患者の支援運動に身を投じる。その一方で、原稿清書、資料整理、手紙の代筆など、道子の文学活動を今日までサポートすることになる。

二〇一四年三月上旬、私は道子に「水俣病の公式確認から今年で五八年。いつまでも水俣病問題が解決しないのはどういうことでしょうか」と尋ねてみた。道子は首を振る。

「公式確認というが、もっと前から水俣病はおこっていた。しかし、それを語るにはいま私に体力がありません」

そう語って目を閉じてしまった。入院中である。幻覚、幻聴対策でパーキンソン病の薬の調整を行っている。肉体、精神とも数年前より鈍麻した感は否めない。発作は避けられない。いったん起こってしまえば、台風をやりすごすように身を縮めているしかない。肉体のみならず思考回路までも硬直してしまう。口をきくのも大儀そうだ。

しばらく黙っていた道子が口を開く。

「患者さんの症状が一人一人違うでしょう。熊大研究班が、原因物質として有機水銀にたどりつく前、セレンとかタリウムなどの化学物質が取りざたされています。有機水銀だけではない。水俣病は複合汚染なのではないでしょうか」。同様のことを道子は再三書いている。水俣病事件を最初から知る人らしい説得力のある説である。

一九五六年五月一日、新日本窒素肥料水俣工場付属病院が「原因不明の中枢神経疾患が発生」と保健所に報告。水俣病公式確認の日となった。

医師、原田正純は「水俣病はその日突然おこったものではない。それ以前にも長い潜伏期があった」という言葉を残している。原田の言う「長い潜伏期」の状況を、道子は『苦海浄土　わが水俣病』に書き留めている。

《網の目にベットリとついてくるドベは、青みがかった暗褐色で、鼻を刺す特有の、強い異臭を放った。臭いは百間の工場排水口に近づくほどひどく、それは海の底からもにおい、海面をおお

っていて、この頃のことを、漁師たちは、／「クシャミのでるほど、たまらん、いやな臭いじゃった」／と、今でも語るのである》
《百間の排水口からですな、原色の、黒や、赤や、青色の、何か油のごたる塊りが、座ぶとんくらいの大きさになって、流れてくる。そして、はだか瀬の方さね、流れてゆく。あんたもうクシャミのでて》
ネコ実験の結果をひた隠しにするなど水俣病事件の隠蔽に走ったチッソ本体と対照的に、原因究明に積極的だったチッソ付属病院の細川一院長による水俣病多発地区の調査の結果も記されている。《確認せられた患者数は、（昭和）28年1名、29年12名、30年9名、31年32名……》（『苦海浄土　わが水俣病』）。公式確認（昭和三一年）の何年も前から異変が起こっていたことを裏付ける。
水俣病の被害を記録する一方、無垢な不知火海の輝きがしばしば語られる。
《清水の湧き出る岩床のつづきの、そこここの大きな窪みが池のようになっていて、干き潮にとり残されたきれいな小魚たちが、窪みに生えた藻をくぐって遊んでいて、まだ渚の方に降りられない稚な児たちの相手をするのだった》（『椿の海の記』）
《「おーい、魚のたおるるぞうー」／網子たちは男も女も家を出て呼びあいながら駈け出して、部落じゅうが舟を出す。小魚の群が波の表を染める時は、沖の深みに小魚を追ってきたタチや、サワラや、コノシロの大群が潜行しているのである。年寄りも子どもも舟の持ち場につく》（『苦海浄土　わが水俣病』）
その海が利益最優先の近代企業に踏みにじられた。渡辺京二は〈自分が本質的に所属し、心から愛惜しているものが、このように醜悪で劇的な形相をとって崩壊して行くのを見るのは、おそろしいことであった〉（「石牟礼道子の世界」）と指摘する。〈近代と遭遇することによって生じる魂の流浪こそ、彼女の深層のテーマをなしている〉（「石牟礼道子の時空」）。受難の一方で道子は真に書くべき主題を手中にしたのだ。

「死ねばうちも解剖さすとよ」とゆきは言う。「大学病院の医学部はおとろしか。ふとかマナ板のあるとじゃもん、人間ば料《こさ》えるマナ板のあっとばい」とも口にする。道子は執筆にあたって、熊本大学医学部の武内忠男教授に頼んで、解剖を間近で見ている。のちには原田正純に医学用語を解説してもらっている。

〈今水俣で起こっていること、患者が置かれているところ、これらを、全部じっと暖かい目で見て、そしてその患者が亡くなって、そして大学に運ばれて解剖台に乗るところまで、ずっと見続けているのです。（中略）肋骨の真上から臍の下三寸までを、「臍の下三寸まで」では、どうもすわりが悪いので、何かいい言葉はないですかと言われて、その時私が「恥骨上縁」という言葉がよいのではと言った。他にもいくつか医学用語で、わからないものを聞かれたことがありました〉（原田正純「水俣病と石牟礼道子」）

《肋骨のま上から「恥骨上縁」まで切りわけられて解剖台におかれている女体は、そのあざやかな厚い切断面にゆたかな脂肪をたくわえていた》（『苦海浄土　わが水俣病』）。突如挿入される医学用語はその異物感で文章全体を弾ませる。「恥骨上縁」が「臍の下三寸まで」だったなら印象はかなり違う。

《死につつある鹿児島県米ノ津の漁師釜鶴松にとって、彼のいま脱落しつつある小脳顆粒細胞にとってかわりつつあるアルキル水銀が、その構造が CH_3—Hg—S—CH_3であるにしても、CH_3

—Hg—S—Hg—CH_3であるにしても、老漁夫釜鶴松にはあくまで不明である以上、彼をこのようにしてしまったものの正体が、見えなくなっているとはいえ、彼の前に現われねばならないのであった》（同）。「恥骨上縁」と同様、化学式の挿入が効果をあげている。純日本風の釜鶴松という名前と化学式の対比がいかにもグロテスクであり、あってはならない異常事態の出来《しゅったい》を暗示するのだ。

異変は拡大する。五八年九月、チッソはアセトアルデヒド工場の廃水排出先を水俣湾内の百間港から、八幡プールを経由しての水俣川河口付近に変更する。「こっちの海もあぶなか。もう海にゃゆくな。会社の試験でも、猫は、ごろごろ死によるぞ」と、道子の村の日窒従業員らは家族にこっそり告げるのだった。以後、河口付近や北側に患者の発生が相次ぐ。《八幡排水口付近にこの前々年夏にかけられた「大橋」の上は、この頃、新しい橋と、「奇病魚」を見物にくる人びとで賑わった》（『苦海浄土　わが水俣病』）

道子は橋上からの光景を今も覚えている。実況中継するようなリアルさである。

「水俣川の一番下流の、水俣大橋の渡り初めを見に行きました。三代夫婦らが渡ってお祝いするのです。対岸の八幡舟津側から渡ってくる。こちらからも渡る。向こうから来る人たちが橋の下を指さして騒いでいる。魚どんがでんぐり返ししよる。でんぐり返りよると大声で言う。水しぶきがいくつも上がって、魚の腹がきらきらしている。なんだ、これは。じっと見つめてみんな動かない。渡り初めはそっちのけになりました。橋のたもとに排水のドベがたまる八幡プールというのがあった。小さな湾の中に釣り船が泊まる八幡舟津の港から、ドベが流れよるんです。（魚の異変の原因は）それじゃろう、とみんなで言いました」

「そのころ、魚たちが川に戻ってくることがよくありました。沖にいるボラ、アジ、チヌが、河口の枝川である私の家の前の溝川にまで上がってきた。簡単に両手でつかまえることができるから、子供たちは大喜びでとります。私の息子もとっていました。母親たちはでんぐり返りするたくさんの魚を見ていますからね、気味悪がって、捨てさせました。この頃、海岸線がにおうとみんなしきりに言っていた。河口から広がる干潟の貝が死んでいる。死臭が排水口の異臭といりまざってにおうんです。カラスどんが落ちる。水鳥が落ちる」

水俣川河口近くの大崎鼻《うざきがはな》の沖合は白濁した海水から正体不明のガスがもうもうと立ちのぼった。〈廃水を水槽に汲んで一〇〇尾の魚を投げ入れたら、五分間と生きていなかった〉（「熊本県漁連情報」一九五九年一一月）と記録されている。

作家の水上勉（一九一九―二〇〇四）は一九五九年春、東京から水俣を訪れた。一九七〇年に行われた道子との対談によると、水上はＮＨＫテレビ「日本の素顔　奇病のかげに」（一九五九年放送）で奇病の実態を知る。〈コップの水さえ呑めぬほどにふるえている老人。地獄草紙をみるような光景に、すぐ熊本ゆきを思いついて……。奇病などというものではなく、これは白昼下に起きている企業殺人だった〉（『水上勉全集』第二三巻あとがき）

水上は安からぬ旅費を工面して水俣入りし、一五日間、水俣を歩いた。患者多発地帯の湯堂へ行き、一人の男性患者から懇切に奇病の話をしてもらう。のちに判明したことだが、この人は水俣病第一次訴訟の原告団長を務めた渡辺栄蔵だった。

「おまえさん、まあ百間港へ行って土管を見ておいで。（中略）あすこば見りゃあ、わかるんだ」栄蔵は言う。さらに、

「水俣湾の百間湾は、ドベば三メーター水銀ばあ混じっとるでえ」と、ぼそっと言うのである。

　水上は百間港に行く。

〈湾のど真ん中に軍艦が停泊したようにグワッと工場が出ておるわけでございます。そして、駅降りたときから、すえたような、すっぱい変な匂いがしてました〉

〈軍艦がグワッと出ばったところに湯堂の村のほうに向けて、キューッと胃袋のようにえぐれた湾がある。そこのところへ向けて、大きな土管が一つ、口をあけております。米のとぎ汁みたいなものが出た跡が、ひからびて、こうなっておるんですねえ。まだ濡れておりました。門前に鉄条網のあったのも「頼むから、もうよごれた水を捨てんでおいてくれ」言うて、漁師の人らが頼みに行くもんやからでしたが、あんまりうるさいので、工場ではときどき止めておられた〉

「百間湾のドベは、三メーター水銀だらけじゃ」という栄蔵の言葉が水上の頭に浮かぶ。土管の位置を考えれば、百間湾に近い湯堂に患者が多いのは当然のような気がした。その後、水上は水俣の奇病をテーマに『海の牙』を書く。講演の機会があれば、水俣の奇病について話したが、反応はいつも芳しくないのだった。

〈水俣は、日本のある局部の、ちょうど人間で言いますと、足の辺の裏にできたできもんのような感じで、まあ見忘れられ、見捨てられていたような感じが深こうございました〉と言うのである。

　一九五九年七月、熊大研究班が有機水銀説を公表し、不知火海の漁獲物が売れなくなった。怒りはチッソに向かう。一一月二日、漁民は工場に乱入した。施設三十数棟で暴れ回り、電算機や電話、ガラス窓の鉄の枠などを破壊した。水俣民衆史に刻まれる「漁民暴動」である。

群衆の中から破壊行為を目撃した当時三二歳の主婦の道子は〈「何しろ物音が、すさまじい。石投げる音とか物壊す音とか、殺せ、とか何か、もう怒号ですね。双方の怒号。市民たちが、あらあらあら、という、なんかそういうようなのがもうわんわん、あの辺わんわんいうのが夕方まで続きましたね」〉(色川大吉編『水俣の啓示(下)』)と証言する。


方言は、「近代」と対峙してきた道子の、大きな武器となった。

「方言を書く時はいつも『近代』が念頭にあった。聞き書きの、自然発生的な方言だと思う人が多いようですが、方言はわりと意識的に使ってきたのですよ」と八八歳の道子は言う。《方言のままでは書けませんけれども、方言を新しい語り言葉として甦らせてゆけば、水俣の現実をいくらか書けるかなと思って書きはじめたのです》(『週刊金曜日』二〇〇六年九月一日、六二〇号)というのだ。方言といっても道子の書く方言は水俣弁とも肥後弁とも微妙に異なる。その独特の言葉の連なりは〝道子弁〟というのがふさわしい。

「水俣病が起きる前史というものがあります。前史は庶民の生活。生活感情です。それがどう変化していくか、標準語で書いても伝わらない。前史からの流れを表現するためには、方言を生かす以外にない。精霊や魂という言葉は生きています。水俣辺りでは、年寄りが子供に『魂の深か子』と言うと、大変なほめ言葉になる」。道子弁は肥後弁や水俣弁がカバーできない領域まで踏み込む。

『苦海浄土　わが水俣病』の一節を引く。

操業できなくなった不知火海沿岸の漁民2000人が、水俣市立病院で国会議員団に対策を陳情し市内をデモ行進、チッソ工場に乱入した。1959年11月。

《かかよい、飯《まま》炊け、おるが刺身とる。ちゅうわけで、かかは米とぐ海の水で。／沖のうつくしか潮で炊いた米の飯の、どげんうまかもんか、あねさんあんた食うたことのあるかな。そりゃ、うもうございすばい、ほんのり色のついて。かすかな潮の風味のして》

年老いた漁師が海の愉悦を語る。人知を超えた超自然的存在の声が海の底から聞こえてくるような心地がする。「方言をポエム化した」と道子がいう徹底した彫琢の成果である。

《二《ふた》馬鹿半のおとことおなごの夫婦《めうと》でおって、一人前の奇病面《づら》して銭貰うて。当り前の人間かお前どもが。（中略）奇病のもんばかりが苦労ば荷負《かろ》うとるごつ思うな。オレ共がふところも、どれだけ傷むか。アカの他人の有難くも思わんもんどもの為に》

公的補助を受ける患者への悪罵だ。神話的光彩に充ちた《かかよい……》の語りとなんと対照的だろう。暴力的、差別的側面も含めて方言なのだ、と気づかされる。清濁あわせのむ石牟礼作品の方言は地の文にも浸透し、優等生的な標準語に異議申し立てをする。風土に根ざした呪術的言葉を駆使することで近代の枠組みそのものを揺さぶる。

福岡・筑豊の上野英信は小冊子『熊本風土記』に連載された「海と空のあいだに」を読んで決心する。「これをぜひとも本にして、できるだけ多くの人に読んでもらえれば、もうそれで、自分は生きていたかいがあったのだ」と思った。上野は上京し、「海と空のあいだに」八回分の原稿を東京の岩波書店に持ち込んだ。「ぜひ岩波新書の一冊にしてほしい」と頼んだ。半年以上たっても返事がない。ふたたび岩波書店を訪ねると、「本として出すことはできない」という。当時の岩波は複数の編集部員が賛成しなければ本にしない。道子の原稿について「評価する編集者入れなかった。

が一人もいなかった」というのだ。世間的には〝進歩的〟とされる岩波ですら道子の原稿を受け入れなかった。

《「私の書くのはなにかやっぱり非常におかしいのですよ。スーッと入りにくいところがあるのでしょうね。私自身が自分でもなにがなんだかわからないみたいなところがありますし、文体もこの世になじまないのです」》

『苦海浄土　わが水俣病』刊行から四年後、上野との対談で道子は述べている。上野が「石牟礼さんの書かれたのは、うわの空の文学というかな、ぜんぜん魂はそこにない。文学こそわが命、なんていうような気持ちは少しもないわけでしょう」と応じているのも面白い。上野は岩波を断念し、講談社に話を持って行った。

一九六八年六月二一日、水俣の道子に筑豊の上野英信から電報が届いた。〈コウダンシャシュッパンキマツタ〉というのである。

この日の道子の日記。《二一日　はれ。／朝からなんだか気分うきうきして、しきりにはづんでいる。このようなときには、なにかきっとよいことがある。気に入った友人が遠くからくるとか――。／ああ、今日はなんだかよいことがありそうだ、と口に出してなんべんもいう。／そしてうれしい気持でイスでカーテンひいて午すい／デンポウヤさんの声でめざめ。デンポウヤさん帰りかけているところ。フクオカクラテという文字。ああ、上野さんだ、とおもう。や、いらっしゃるのかな。「コウダンシャシュッパンキマツタ」オメデトウ　アンシンコウ　ウエノ　とある。／あれ、きまっちゃったのかしら、とおもい、ああ、上野さんに気落ちさせないですんだ、よかった、とホッとする。／しばらくぼんやりしている。ねぼけているらしい。これは一体どう

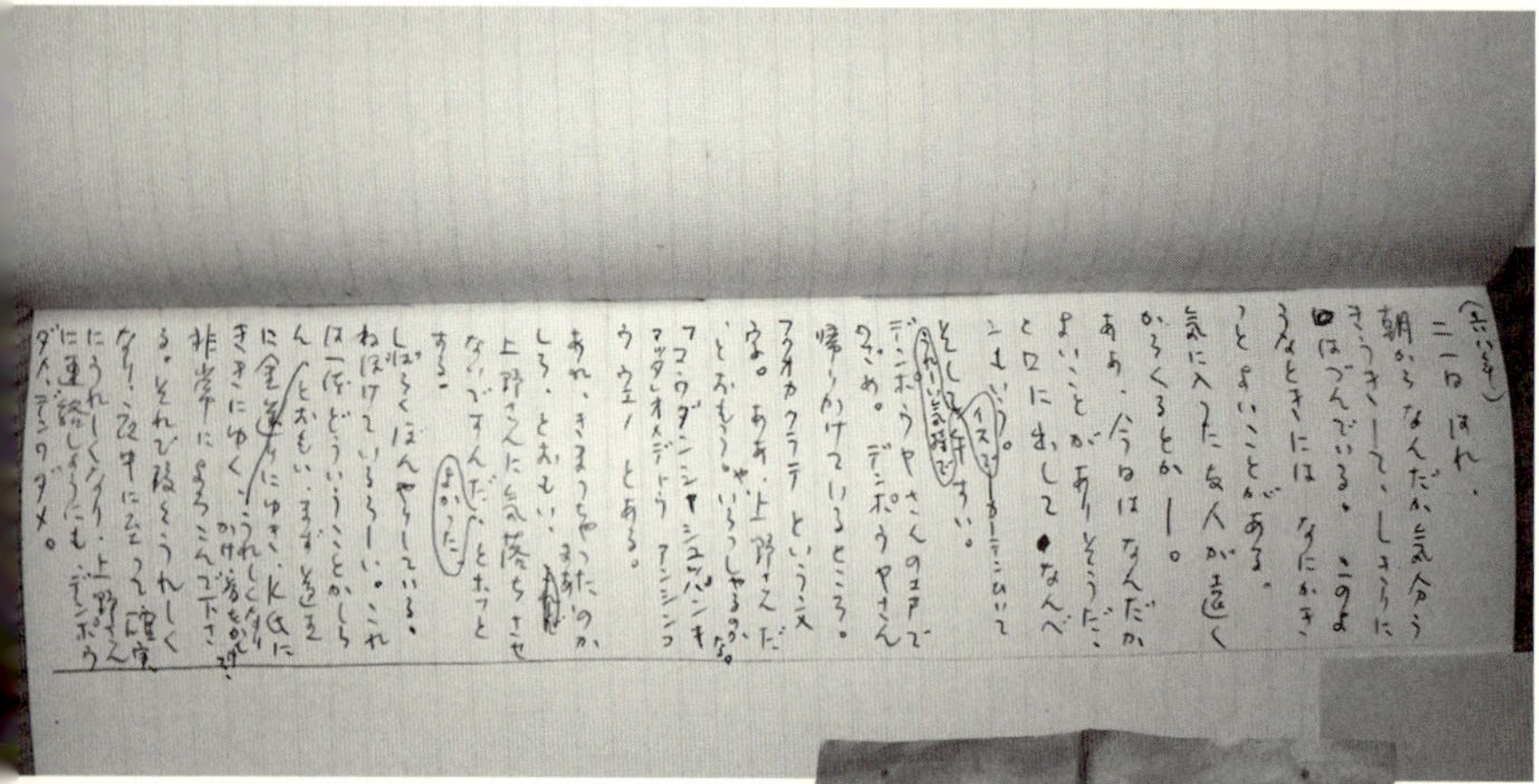

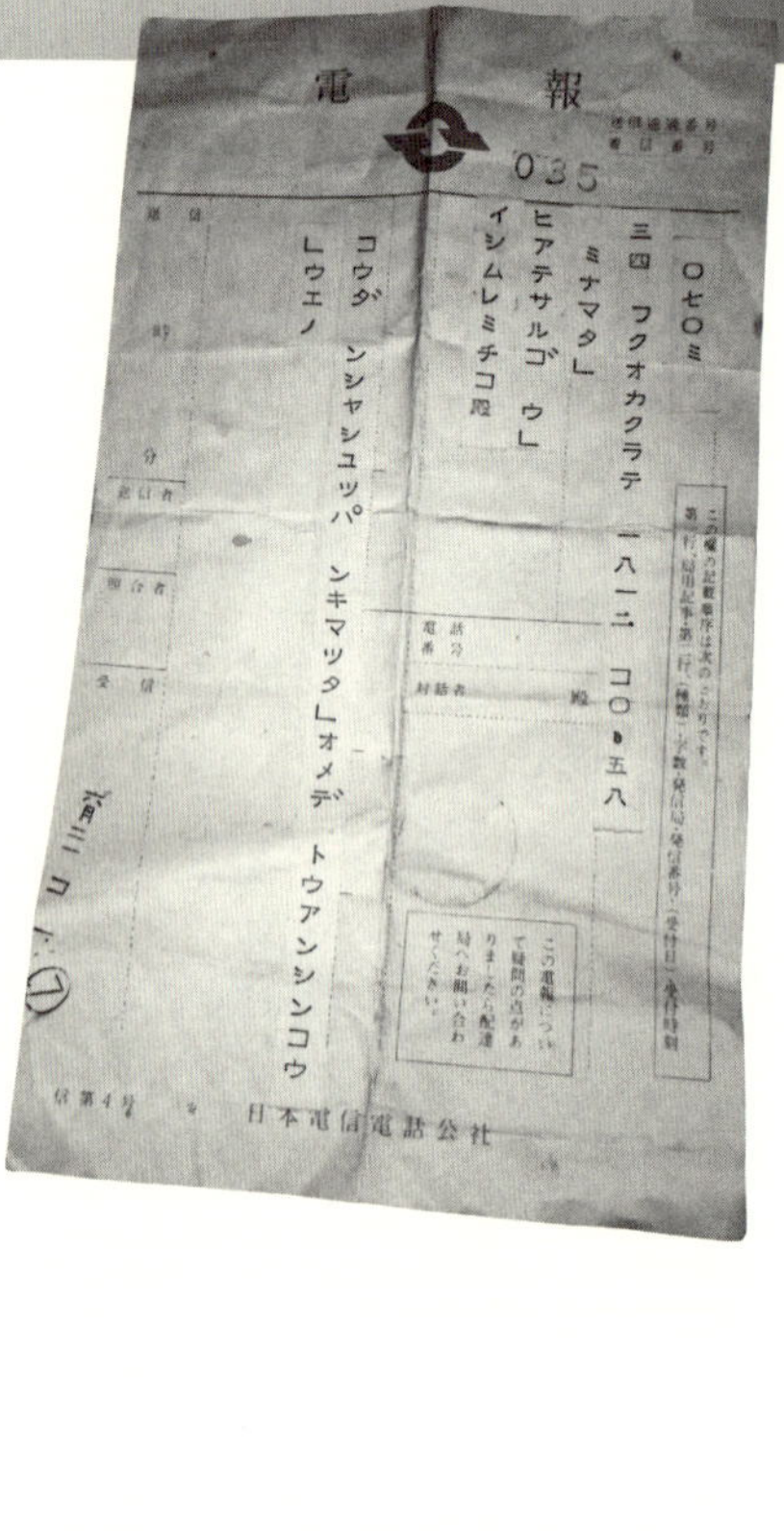

上野英信から届いた、『苦海浄土』刊行決定を知らせる電報と、道子の日記。1968年６月21日。

いうことかしらん、とおもい、まず道生に金送りにゆき、K氏にききにゆく。非常によろこんで下さる。それで段々うれしくなり、夜中に至って確実にうれしくなり、上野さんに連絡しようにも、デンポウダメ、デンワダメ》

道生は長男。名古屋の中京大学に在学中である。「K氏」とは橋本憲三である。逸枝を看取ったあと、故郷水俣に戻って、『高群逸枝雑誌』の編集に専念していた。「海と空のあいだに」の書籍化は憲三にも吉報だった。渡辺京二が出版決定を知るのは一週間後である。

電報から二日後、上野英信から手紙が来た。

講談社が「海と空のあいだに」の出版を正式に決めた。そのことを手紙で、電報よりもくわしく知らせてくれたのだ。全文を引こう。英信の手放しの喜びようが伝わってくる。

〈石牟礼道子様

昨日はなんとも嬉しい日でした。町田行幸さん（講談社学芸二課）から電話がかかって「いま企画会議が終ったところです。出させていただくことに決まりました。もうかっても、もうからなくても、とにかく出すべきものだからという重役の意見で」という報知。嬉しくて嬉しくてさっそく真っ昼まからビールで乾杯。飲んで飲んで飲みつづけ、夜には千々和英行さんも呼んで祝賀会。今日は二日酔いの気味です。来週には町田さんから詳しい連絡の手紙がゆくと思いますが、少し枚数がたりないそうですから、市民会議のことなど、少々「運動」面にふれた部分をかきこんで一応のまとめの章にしてはどうかと思いますが。万事よく町田さんと打合わせて、一日もはやく出版になるよう、最後の努力をしてください。とにかく、こんな大切な記録はないのですから、一人でも多くの人に読んでもらいたいものです。早くご両親さまの手にとどけられるよう、祈っております。そのうちまた、一度お会いして、よく話合いたいと思っております。／先生にはくれぐれもよろしくお伝えください。なにもかも大先生の理解と協力のたまものです。おろそかにするとバチがあたりますぞ。

六月二十二日　　英信〉

「千々和英行さん」とは英信の親友である。後半出てくる「先生」とは道子の夫、弘のことだ。当時は中学教師。道子の文筆活動は弘の理解と協力で成り立っている。そのことを深く理解した上での言葉である。「大先生」などと親しみを込めた文面から、英信は道子だけでなく弘にも好意を寄せていたことが分かる。

《筑豊と東京は遠かろうに（東京へわたしはそれまで往ったことがなかった）まあ、どこどこの道を、どうやって、講談社にまでゆかれたのだろうか、とわたしは恐縮した。そして思った。『熊本風土記』まではごく少数の方が読んで下さるだろうけれども、本になって世に出るとなると、これはいよいよ覚悟をきめねばならない》（「上野英信――いのちのつやとは」）

「覚悟」というのは、チッソが圧倒的な力をもつ水俣で、水俣病を告発する本を出した場合の、孤立を慮ってのことである。筆者の道子はもちろん、患者らは一層追いつめられるだろう。患者救済のため心を砕く同志をすぐに集めなければならない。

「少し枚数がたりない」ことから道子は加筆をした。「市民会議のことなど、少々『運動』面にふれた部分をかきこんで一応のまとめの章にしてはどうか」という要請に応じて書いたのが『苦海浄土　わが水俣病』五～七章である。大宅壮一ノンフィクション賞選考委員の開高健は加筆した五～七章を評して、〈にわかに足が浮き、密度が稀薄になるのが惜しい。いっそ患者の記録だけにしてしまったほうがよかったのではあるまいか〉と述べている。文章の練達者の言として傾聴に値する。「密度が稀薄」なのかどうかはさておき、雑誌連載の一～四章と書き下ろしの五～七章は微妙にトーンが違うのは確かなのだ。

道子は「海と空のあいだに」を途中でやめるつもりはなかった。発表媒体の『熊本風土記』がなくなったから分量足らずになってしまったにすぎない。『熊本風土記』が存続していたなら、渡辺という気心の知れた編集者の導きのまま、九回、一〇回、一一回と回数を重ねていったはずで、「にわかに足が浮」くこともなかった、と想像する。『熊本風土記』が続いていたなら、現在ある『苦海浄土　わが水俣病』とは後半が異なる別の『苦海浄土　わが水俣病』ができていたはずなのだ。

とにかく道子は五～七章を書き足した。分量はこれで十分である。講談社から校正刷を送ってきた。道子は《「こうして本になりよる」というお知らせかと感心し、読み返しもせず、分厚い校正刷をほったらかし》（「上野英信――いのちのつやとは」）にしていたらしい。半年余りたって、いぶかしがって様子を見に来た英信は校正が手つかずなのに驚いた。

《「こりゃおおごと、田植の加勢です！」／そうおっしゃって、きょとんとしているわたしに校正のやり方を教えられた。森崎和江さんも加勢に来て下さった。上野さんから「なあんも知んなさらんでおらすですよ」と緊急通信が行ったのかも知れない。森崎さんによると、わたしは押入れに這入っていて、出て来なかったりしたそうだが、おぼえがないのはなんとしたことだろう》（同）

『苦海浄土　わが水俣病』は一九六九年一月、講談社から刊行された。表紙には桑原史成が撮ったチッソ第二排水口八幡プールの写真を使った。カーバイド滓堆積のひび割れである。道子四一歳。

「『苦海浄土』という題はどなたの命名ですか」と道子に尋ねると、「私と上野さんとウチの先生（夫の弘）の三人で決めました。上野さんが〝苦海〟を提案し、〝苦海であれば浄土はどげんや〟とウチの先生が言う。面白い。決まるのに五分もかかりませんでした」と言うのだ。

校正刷の騒ぎを道子の母ハルノはのちのちまで語り草にした。

《「上野さんの、田植の加勢ちゅうて、わざわざ来て下はったがなあ。わかっとんなはる人じゃなあ」》（同）

6　森の家

一九六〇年に「奇病」を書いた道子は一挙に水俣病の世界に飛び込んでいったのではなかった。「奇病」に続いて道子が書いたのは「深川」（六二年）「曳き舟」（六三年）「曳き舟」「有郷きく女」の各一部（六四年）「曳き舟」「有郷きく女」「男さんのこと」の各一部（六八年）。「深川」以下四編はのちに書かれる「いくさ道」など数編と一緒に南九州の民衆史『西南役伝説』（八〇年）としてまとめられる。

『西南役伝説』は西南戦争を経験した天草などの古老数人の聞き書きである。キリシタン処刑のシーンを描いても、民話的なユーモラスなトーンを失わない。処刑の前にうどんを食べた豪胆な男。《一太刀ずつ、あっちから斬りこっちから斬り、とんと計った如《ごつ》はいかんが、骨残して、ナマスのごつ斬りこんだそうです。そしたら斬った切り口から脈の打つたんび、わっく、わっく、わっく、わっく、長なりになって、うどんの出て来て動きよったち、年寄りたちが云いよりました》（「いくさ道」）

『苦海浄土　わが水俣病』とは隔たった世界と受け取る人がいるかもしれないが、日本民衆の近代経験の叙述という点で両作は共通する。道子みずから「姉妹作です」と言うほどだ。「深川」

発表直後に読んだ渡辺京二は〈知識人的世界把握の身についた私どもには思い及ばぬ発想で、方角違いのところから、奇妙な色の光があふれて来たような感銘を受けた〉と述べている。〈私どもにとっては、石牟礼道子は「苦海浄土」の作者である以前に、「西南役伝説」の作者として伝説的だったのである〉

『苦海浄土　わが水俣病』と『西南役伝説』といった民衆史に没頭する一方、「性」や「家」など道子の人間存在を揺るがす煩悶、思想上の苦闘は依然続いていた。道子が一〇代後半から延々と書いてきている私小説ふうの文章群がある。『潮の日録　石牟礼道子初期散文』（七四年）収録の「愛情論初稿」「南九州の土壌」「とんとん村」など。二〇一五年に道子の資料の中から発掘された、一八か一九歳のときに書いた小説ふうの散文（道子本人は日記と呼ぶ）「不知火」も含む。

《あなたの所有物、――／そういうふうに人も考えあなたも考え、曾ってあたしも考えた事があるんです。でも其処に何かこう、モヤモヤッとからんでいるものを感じて、手足をばたつかせて見たい気になるんです》

主人公「道子」は夫に語りかける。二〇歳での結婚後四カ月で書いた道子初の小説「不知火をとめ」（四七年）の一節。これも二〇一四年に道子の部屋の資料の束の奥から渡辺が見つけたのだ。

《運命又は生命そのものへの倦怠をどうすべきかというんです》

《世人が幸福として素直に抱き得るところのものを拒否するあたしの人生は、狂ったものであるのか》

などと憂悶の記述が続く。

結婚は、現実的に大きな生活の改変を道子にもたらした。それまで内側に抱え込んでいたものが一挙に噴き出た。道子の思想上の〝ビッグバン〟と言っていい。この私が、不知火海のほとりで初恋に悶々としていた私が、きのうまで他人だった男の「所有物」とはどういうことであろう。不思議なのは、個性を尊重してくれたはずの実家の親たちでさえ、「結婚」の前にひれふしてしまうことだ。話のわかる人でさえ黙らしてしまう「結婚」、そして「家」。村全体を見ると、よそのお嫁さんも夫や家の所有物であるかのような不当な扱いを受けている。「そういう言葉はまだ意識にのぼってはいませんでしたが、家父長制、昔ながらの婚姻制度……女の歴史、人間とは何か、という問題に、結婚して初めて、切実に向き合うことになりました」と道子は振り返る。

水くみ、畑仕事……。麦の干し方にさえ隣近所の目が光る。拾った新聞を読んだだけで「あの嫁は朝から新聞を読んどった」と悪罵のタネになる。自分のものなのに自分のものでない理不尽な日常。雨が降れば、家事労働も畑仕事も休みになる。働きづめでは体がもたないから、雨で休むのは理にかなっている。天から救けの手が伸びてくるような慈雨の日は、水俣市立図書館に行った。興味を持ち始めた西南戦争の資料などもここで探した。

一九六四年の梅雨時分、三七歳のとき、劇的な出会いがあった。雨の日、館長の中野晋が道子を特別資料室に案内した。「東京では知られていても、故郷熊本では知られていない方の資料があります」と言うのである。道子は新鮮な気持ちで部屋を見回した。夕日が壁の穴から入ったのだろうか、あの光の輪は何だろう……。「本に光が差していた、と言うと作り話のようですが、本当なんです」と言う。光に包まれていたのは高群《たかむれ》逸枝『女性の歴史　上巻』である。初めて接する著者だ。頁をめくる。美女観の変遷や天然との調和などが記されている模様だ。一方的に論じるのでなく、対話を求めるような一種たどたどしい文体が好ましかった。「私のことが書いてある」と時を忘れて読んだ。

熊本地震から一カ月後、私は、道子がセピア色の冊子を読んでいるところに出くわした。過去のノートを渡辺京二がコピーして小冊子のように綴じて道子に渡したのだ。「高群逸枝」という文字があった。逸枝にかんする記述である。《はじめて、高群逸枝の『女性の歴史』(性の牢獄)を偶然にひらいてみたのは、彼女の死の三カ月前である》という書き出しだ。

《読むというより、一〇頁くらいなぞったばかりだった。／私はかつてなかったほどの衝撃を受けて、それが何の意味かを考えるために、あとの頁を伏せたまま、得体の知れぬ衝迫に居ても立ってもおれぬ気がして、彼女あての手紙を書いては消していた。彼女の死のことが、予想通りのように受けとれた。私は、谷川雁さんの思想を、自分の最終の思想にしてしまってもよいとそれまでおもっていたが、しかし、本来の、生れながらの私が承服しかねているのを、もっとはっきりさせてみたい欲望もあった》

渡辺がコピーしたのは、道子の、高群逸枝研究ノートの中の「〝隠れ〟の思想と、壮大な自己復権」(一九六四年七月)の一部である。《谷川雁さんの思想を、自分の最終の思想にしてしまってもよい》というのは、〝男性中心社会の出来合いの思想に安住する〟というほどの意味である。逸枝との出合いがきっかけとなって、出来合いの思想では満足できないと思うようになった、というのだ。

道子は谷川雁の《角裂けし　けものうつむく　地平まで》という句を《角裂けし　けものあゆみくる　みずおちを》と作り替えた。雁の句が知識人の自他の区別が揺るがぬ静穏な心境を反映しているのに対し、道子の句には《角裂けしけもの》という制御不能の他者が自らの中に突如生まれ落ち、腹を突き破って出てくる、という自己と他者の区別そのものの粉砕をもくろむ激しさが充満する。

道子は《角裂けし　けものあゆみくる　みずおちを》をみずからの「白骨の御文章」にしたという。「白骨の御文章」とは親鸞の教えを伝える蓮如の消息風の法語のことをいう。道子の場合は「今後のみずからの生きる指針」という意味合いで使っている。実際、道子はこの句を句集『天』（一九八六年）で最初から三番目に据えた。軍勢（道子の文学）の先頭にひるがえる旗印のようなものである。内なるけものが感じ取る違和に忠実に生きることで、《この世ならぬところで相逢う妣《はは》》である逸枝との、もうひとつのこの世での邂逅を念じたのだった。

高群逸枝（一八九四―一九六四）は熊本県豊川村（現・宇城市）生まれ。一九一九年に憲三と結婚。一九二〇年に上京して平塚らいてうらの婦人解放運動に参加。一九三一年から自宅にこもり、女性史研究に没頭した。家父長制下の家族制度に必然性がないと論証するなど、女性史学の創始者として知られる。「汝洪水の上に座す／神エホバ／吾日月の上に座す／詩人逸枝」という詩句の作者としても知られる。

夫の橋本憲三（一八九七―一九七六）は水俣市生まれ。家事一切を引き受け、『高群逸枝全集』一〇巻などの「専属編集者」として執筆や研究をサポートした。妻の死後は、隠棲の地水俣から『高群逸枝雑誌』を出し続け、逸枝の仕事の顕彰に残りの力をそそぎこんだ。

六四年四月、道子は逸枝に手紙を書いた。自らの生の核心に届く言葉に出会った喜びを正直につづったのだ。二カ月後に逸枝は亡くなる。間に合った。逸枝は手紙を読んでくれた。六五年秋、

「森の家」の前に立つ橋本憲三と道子、1966年。

橋本憲三が水俣を訪ねてきた。

憲三は「あなたの手紙のことを逸枝と二人で何度も話しました。水俣に行けば石牟礼さんに会える、と逸枝は言っていた。ぜひ逸枝の〝森の家〟を見てほしい。彼女の勉強した跡を、ぜひ見てほしい」と言うのだ。道子は夢かと思った。逸枝の伴侶から直々に声をかけられたのである。「ものすごい出来事です。私はそういうこと、全然予想していませんでした」と今でも道子の声がうわずる。

一九七六年、初対面の石牟礼道子の印象を、死去直前の憲三自身が語っている。聞き手は道子である。〈秋晴れの日でしたね、あなたのところに行ったのは。僕は急に、これは僕の方から行った方が早いと考えて、くるりとあちら……。するとあなたが、あの古典的な家にいらっしたんです。僕は似ているんでびっくりしました。全体がですね、たたずまいがですね、生活全体がですね、やはり、世の中に容れられない、下手をすれば世の中との確執に敗れてゆくひとりの女の姿を見ましたね。約婚したときの彼女とくらべたら、よほど豊富ですね。そこに時代が三十年ほど流れていたんですね〉（「橋本憲三先生談『婦人戦線』のころ」）

道子はのちに《写真で見ても逸枝さんは眸《ひとみ》がひときわ美しい方である。わたしは少しも似ていないが、しいていえば気分がやや似通っていたのだろうか》（「歴史の呼び声」）と謙遜しつつ、似ているといわれた喜びを控えめににじませている。

「森の家」とは東京・世田谷の森の中にあった逸枝の自宅兼研究所である。逸枝は自伝『火の国の女の日記』で、森の家について〈細長い樹木地帯の南端に位置し、南はまるで人通りのない並木道をへだてて畑地、北は森、この森の先は植木園をはさんで稲荷の森につづく。東も森、西は軽部家の一町にあまる広い畑。その遠近にも森や雑木林が点在し、その間から富士がちょっぴり頭をのぞかせている〉と書いている。森の家のあったところは当時、純農村地帯だった。

二〇〇坪の敷地に二階建ての洋館。それが森の家である。建坪は約三〇坪。上下に各三室あった。家の周りにはクヌギやクリの木、スギ、マツ、ヒノキなどの常緑樹も茂っていた。三七歳の夏から逸枝はここで女性史の研究・執筆に打ち込む。

残念ながら、道子が逸枝に宛てた手紙は残っていない。しかし、その内容は同じころ書かれた『現代の記録』の創刊宣言を敷衍したものだという。創刊宣言は道子が書いた。『現代の記録』とは、道子が赤崎覚、秀島由己男、松本勉らと語りあって六三年一二月に刊行した小冊子である。書家、渕上清園の毛筆による表紙はシンプルで飄逸味がある。発行所は「記録文学研究会／水俣市浜三九〇一（日当）／石牟礼道子方」。「石牟礼」と署名された「編集後記」は次のようなものだ。

《最終原稿をめくっている時、三池のニュースが入った。労働者達の中には、スクラムを組んで座ったまま、こと切れていた姿があったという。何たることか。／彼らの声を遮断した闇をかきわけて、わたし達が今、彼らと交しうる対話とは何か。全ての運動の内部にむけて問いかけられている彼らの言葉をききわけられるか。／見えざる三池がなんと数知れず埋没しつづけて来たことか。／ローカルテレビ局のニュースは、遺影をかかげ激昂して走り寄る遺族達の集団に、一言の挨拶もせず、選挙遊説先にむけて逃れ去る首相の後姿を、刻明に写し出したが、三十分後のNHKニュースではみごとにカットされもっともらしい哀悼声明が発表された。わたし達の間に深化し、潜行しているアウシュビッツがある。／豚小屋の匂いのこもる編集小屋にへばりつきなが

ら、状況を刻みつけ得ない無念さをこめて、九月に出す筈だった創刊号を出す》

「三池のニュース」とあるのは、一九六三年一一月九日、福岡県大牟田市の三井三池炭鉱三川坑で発生した爆発事故である。死者四五八人、一酸化炭素中毒患者八三九人を出した戦後最悪の炭鉱・労災事故だ。高度経済成長のただ中で見聞する社会の行き過ぎや矛盾を道子は見逃すまいとしていた。『苦海浄土　わが水俣病』では次のように、ややシニカルに『現代の記録』に言及している。

《水俣はじまっていらいのチッソの長期ストライキ、その記録である。天草のおじいさんからきいた西南役と水俣病の話を入れる。続刊したかったが雑誌づくりというものは、えらく金のかかることを知り、一冊きりで大借金をかかえる》。『現代の記録』は三号雑誌ならぬ一号雑誌に終わる。道子が逸枝に出した手紙のベースになったという創刊宣言は以下の通りである。「レッドパージ・安保」「経済高度成長」「棄民政策」など用いられる言葉が時代を反映して面白い。全文を掲げよう。

《戦後史の曲り角をレッドパージ・安保とたどると、そのあと渦を巻いて内側に屈折してゆく反体制の隊列の最初の点、に〈地方〉がある筈であった。／廃藩置県によって、九州は急速に臍の緒のような天草あたりから、流民の移動が始まり、一九〇〇年初年頃から紡績産業に参加しはじめた女達を先陣に、この地を出た底辺労働者達が、多様な思いをこめて〈故郷〉の概念を抽出しはじめてから、たかだか六〇年の年月しか経ていない。出稼ぎ地帯と故郷には断ち切る事の出来ない直線が結びあい、それはこの国の二重構造にせめぎあう主旋律をもなして来たのである。近代の底辺、いわば母胎としての前近代、と規定することが、——故郷（地方）——を荷なう者達の光栄であった。／マイナスの値いを逆算しつくす哲学の中に、わたし達は故郷のエネルギーを見ようとして来た。／今わたし達の手の中には、様々な、こゝ二、三年間の「経済高度成長」政策の、ネガがある。／わたし達の列島がその為に黒々とふちどられている米原水爆基地。その地図の中に壊疽のような速度で拡がりつゝある象徴的な筑豊ゴーストタウン。そしてわたし達自身の中枢神経に他ならぬ水俣病等々。意識の故郷であれ、実在の故郷であれ、今日この国の棄民政策の刻印をうけて、潜在スクラップ化している部分を持たない都市、農漁村があるであろうか。このようなネガを風土の水に漬けながら、心情の出郷を遂げざるを得なかった者達にとって、もはや、故郷とは、あの、出奔した切ない未来である。／地方をでてゆく者と居ながらにして出郷を遂げざるを得ないものとの等距離に身を置きあう事が出来れば、わたし達は故郷を媒体にして民衆の心情とともに、おぼろげな抽象世界である〈未来〉を共有する事が出来そうにおもう。その密度の中に彼らの唄があり、わたし達の詩《ポエム》があろうというものだ。さしよりそこで、わたし達の作業を、記録主義と称ぶことにする。／一九六三年十二月》

道子は六六年六月二九日から一一月二四日まで、森の家に滞在する。逸枝死去から二年。彼女の評伝「最後の人」の構想を抱き、序章として憲三を書くつもりだった。憲三みずから「男の一生を棒に振って女房につくした」と言っている。「面会お断り」の札を玄関に掲げた森の家は「（家父長制に依拠する）日本の家というものを爆破する」（憲三）拠点として当時、神話的光彩を帯びていた。『苦海浄土　わが水俣病』初稿「海と空のあいだに」の連載が前年、始まっていた。

《水俣を取るか、高群ご夫妻を取るかという決断と覚悟を迫られながらも、どうしようもない何かの力に背中を押されて書いていた。／水俣のことも、高群ご夫妻のことも、一本の大綱を寄り合わせるかのごとき質の仕事であった。二本の荒縄をよじり合わせて一本の綱を作る。人間いかに生きるべきかというテーマを、二つの事柄は呼びかけていた》（『葭の渚』）

道子は森の家に入る。憲三が書棚を見上げている。《壁面という壁面は天井までぎっしり、書籍で埋められていた。木製の本棚はすべて憲三先生の手づくりで、釘を使わず、書籍の大小に応じて棚はさしかえられるように出来ていた。／「大工さんには任せられないのです。書籍の大小に分りませんから。釘一本使ってないのですよ。本棚は随時、書籍別に仕分け替えますのでね、よく出来ているでしょう。彼女はここに座って、本たちと呼吸しあっていたんだがなあ」》（「ご命日」）

森の家の日々。「魂も女体も少女のようにつつましくきよらかで、完ぺきでした」などの憲三の言葉や、逸枝の蔵書や遺品が創作欲を刺激してやまなかった。《わたし（道子）は彼女（逸枝）をみごもり／彼女はわたしをみごもり／つまりわたしは　母系の森の中の　産室にいるようなものだ》と道子は「森の家日記」に書く。《自分の精神の系譜の族母、その天性至高さの故に永遠の無垢へと完成されて進化の原理をみごもって復活する女性》である逸枝との出会い。世俗に窒息しかけていた道子は森の家で《のっぴきならぬ後半生へと復活》を遂げたのだった。

道子は筑豊での「サークル村」運動にも積極的に加わり、上野英信、森崎和江らの「聞き書き」の手法に得るものはあったが、サークル村会員らとのやりとりでは失望させられることが多かった。「革命」を語る男性も女性に向き合うと「体制」そのものにしか感じられない。既成の思考様式を疑おうとしない「鼻毛氏たち」を心底不思議な思いで眺めた。《男たちの言葉は権力語となって、発せられるとたんに死滅して、私の目の前にこぼれおちます。それはみるにたえない光景でした》（「高群逸枝との対話のために」）と回想する。《いまだ発せられたことのない女の言葉でもってこれにこたえられないものか》（同）。その望みが森の家で実現できそうだった。
《「僕はね、彼女の世界を全てとして、介助することを通して、日本の家庭爆破にね、いささかの貢献をしようと思っただけなんですよ」》。ある日、憲三が道子に言った。森の家で憲三は秘書や編集者の仕事はむろん、炊事、洗濯、掃除など家事もすべて一身に担ったのだった。憲三は続けて言う。《「救い難いですからねえ、日本の家庭の男たちは。空威張りと、偽善で成っていますからねえ」》《「彼女が、ひとりで苦闘している姿を見ますと、気の毒で見ておれないんですよ」》（「日月の愁い」）

逸枝と憲三が最期に交わした会話は次のようなものである。道子が「最後の人」に『火の国の女の日記』を引用している。《私（憲三）――／「私はあなたによって救われてここまできました。無にひとしい私をよく愛してくれました。感謝します」／彼女（逸枝）――／「われわれはほんとうにしあわせでしたね」／私――／「われわれはほんとうにしあわせでした」》《七時十分に付添いさんが帰室したのちも九時までいたが、いよいよ帰りのあいさつのとき、逸枝はかたく私の手をにぎり、／「あしたはきっときてくださいい」／とつよいことばでいった》

尊敬する憲三から逸枝の後継者として期待され、森の家に滞在しているあいだ、道子も「ほんとうにしあわせ」だったに違いない。《「水俣病」八回できあがり》。道子の「森の家日記」にはそんな記述がある。「海と空のあいだに」八回目脱稿という意味である。ノートに書きためた文章を原稿用紙に清書する。水俣の惨禍を客観視できる東京は、思考を突き詰めるには絶好の場所だった。日本の近代はどのように生まれ、具体的にどうなりつつあるのか。考えていたことが言葉になった。逸枝の気配が濃厚な空間で、「あなたは逸枝と瓜二つだ」という憲三の言葉に励まされ、逸枝の仕事を継承することへの浮き立つような気持ちを抑えつつ、一語一句を研ぎ澄ませていった。

《『苦海浄土』のかなりの部分は、東京世田谷の朽ち果ててゆく森の家で、お励ましにうながされて書き進められた。当時そこしか、わたしの身を置く場所はなかった。逸枝の霊に導かれている気持であった。チッソ東京本社座りこみの心の諸準備も、森の家でなされた》（「朱をつける人――森の家と橋本憲三」）

「最後の人」は憲三と道子が編集した『高群逸枝雑誌』の一九六八～七六年に一八回にわたり掲載された。一〇年がかりの仕事である。全精力を傾注した水俣病闘争のさなかにやりとげたところに逸枝への並々ならぬ思いが感じられる。思いの込もった作にもかかわらず単行本化の機会がなかった。その後やっと、『石牟礼道子全集』第一七巻（二〇一二年）に収録され、単行本『最後の人・詩人高群逸枝』（二〇一二年）にも収められた。道子は「慎んでいたいという気持ちです。逸枝さん、憲三さんとの奇跡のような時間をひけらかしたくなかった。それと、未完のような形になってしまったので、もう少し書き加えたかった。連載終了当時はそのひまがありませんでした。そのうちだれかが見つけて読んでくださるだろう、そう思っていました」と明かす。

「最後の人」は評伝であるが、道子が書く以上、普通のスタイルの評伝にはならない、というのは暗黙の了解事項であろう。憲三から、伝説の森の家に滞在を許されたのは評伝作者にとって天佑にひとしい有利な状況であるのだが、道子は、取材するつもりで行ったわけではなかった。直筆の原稿や写真など逸枝ゆかりの品はあったが、評伝を書くにあたって道子はそんなものは当てにしなかっただろう。直接的な材料よりも、憲三なり逸枝に「憑依」すればなんとかなると思っていたはずだ。「憑依」しさえすれば、もっともらしい細部など、あとからいくらでもついてくる、と道子は確信していた。

「海と空のあいだに」でゆき女ら水俣病患者になりかわって語ったように、今度の「最後の人」では、道子は橋本憲三になりかわって語るのだ。憲三は逸枝をもっとも近くで、もっとも深く知る人物である。あまりにも近すぎて、ある意味、もうひとりの逸枝と呼んでもいいのかもしれない。亡くなったとはいえ、逸枝の気配は家の中に満ちている。そのただ中に飛び込んで死者も含めた声に耳をすます。憲三らがかもしだす創造的な風に後押しされるように、筆は動く、という予感があった。進行中の「海と空のあいだに」もまさにそうやって書いているのである。

「最後の人」第一章は、森の家の日々の記録で始まっている。一九六六年六月二九日〜一一月二四日の出来事を日記ふうにつづるのだ。「最後の人」は、その第一章と、憲三の視点の「ぼく」の語りで構成した第二章など合計四章から成る。語り手がランダムに交代し、過去と現在がワイルドに入り混じる構成は読みやすいとは言い難い。そのゴツゴツした外見は、米国のノーベル賞作家、ウイリアム・フォークナーの『響きと怒り』など実験的諸作を思い起こさせる。渡辺京二によると、フォークナーは意識的に企んだ前衛作家なのだが、石牟礼道子は天然の前衛なのだ。

日々の出来事が積もる第一章は、飛行機が離陸するための滑走のようなものである。飛翔のための滑走路を作るには、具体的な、あくまでも具体的な叙述が必要だ。具体的に事実を積み重ねていって、心理的、情動的に、臨界に達したところで、初めて機体は浮き上がる。別次元へのステップアップが可能となるのだ。

《虫の死にだって慟哭の心を持っていたひとだった》など道子は憲三の言葉を織り込んでゆく一方、『招婿婚の研究』などの著作や手紙、詩、日記からの引用で逸枝の思想空間の再現に意を尽くす。引用は長めである。要約などせず、読者の前に〝ごろん〟と投げ出す。唐突ともいえる引用の数々は、『苦海浄土』における医学雑誌やカルテからの引用を思い出させる。異質なもの同士の衝突・結びつきが詩的リズムを喚起するのだ。

道子の「森の家日記」によると、上京前日の六月二八日、《橋本家へあいさつに行った。「うちのセンセイ」をつれて行ったのはひとまず進行したといえる》とある。橋本家とは水俣にある橋本憲三の実家である。当時憲三の妹の静子がいた。「うちのセンセイ」とは夫の弘のこと。まずは円満に東京に出てきたのだった。

逸枝不在の家。道子は憲三のための料理を作る。牛乳を温める。憲三は、逸枝のいない家を引き払って故郷の水俣に戻るつもりだった。家や蔵書の始末は痛みを伴った。逸枝の蔵書が三軒の古書店に引き取られてゆく。「ああ、これらの本をぜんぶ、彼女は読んだのですよ」。消沈する憲三。森の家は、憲三が去ったのち、解体され、公営の公園になる。俗な役人との交渉。憲三は逸枝の遺影に《きみ、われわれの家ももう、なくなってしまうことになりましたよ。うん》と報告する。憔悴した憲三のために、道子は逸枝をしのんでシイタケご飯を作った。

「あの、私、テープとりのおけいこをしたいのですが」と道子は憲三に彼の語る言葉の録音を願い出た。本人はいたって真面目に決死の覚悟でそう言ったに違いないが、憲三は、あまりにも無防備な、純粋無垢のもの言いにぷっと吹き出す。逸枝に似ているると思ったのかもしれない。憲三は「あなたがテープを扱うとは画期的大事業だなあ」とひやかし半分、激励している。

森の家滞在中、平塚らいてうと会う機会もあった。憲三のお伴で二回会ったという。ある日、《鉄色無地の和服を着ていられて、後姿の立居のとびぬけて優雅な人》であるらいてうから玉露の茶を淹れてもらう。《ひょっとして、猛々しいところのある人かと思っていましたけれど、実際お目にかかってみたら、たおやかな女性で、とても好意をもちました》と感想を記す。

「最後の人」第一章が終わる。文学的飛翔のための準備は整った。乗り物に例えていえば、ギアがカチと入り、エンジンの回転数が上がる、という状況である。第二章の自由奔放な語りは道子の独壇場である。

《あなたの感触は、ぼくの肩と舌の上に、のこっています。／逸っぺ、あなたよ。なんて、やわらかい舌をしているのでしょう。ぼくはほとんど、身ぶるいが出ました。とても甘美でした》

憲三の女との交渉はとことん奔放である。「ほんとにこのように憲三は語ったのですか？」と聞く人がいれば、道子は『苦海浄土　わが水俣病』における患者の語りと同様、「だって、あの人が心の中で言っていることを文字にすると、ああなるんだもの」と照れたように言うのだろう。憲三に憑依した石牟礼道子は、逸枝への思いをとめどもなく語る。エロスに傾斜した言葉が、夏の日のカナブンの背中のような剝き出しの生命の輝きを伝える。

《闇の中で、ぼくとあなたは、一対の静かな虫のようになって、あなたのベッドは微光を放っていた。そのようなとき、あなたの生命活動は、きれいな血のようにめぐりつづけて、この森をさ

え、よみがえらせることができる》

「最後の人」というタイトルは「こういう人はもう出てこない」という畏敬の念を込めて「逸枝の夫たる憲三を指す」という。「逸枝のことでもあります」と道子は付け加える。逸枝の評伝のはずだが、その伴侶の憲三が題名になる不思議。憲三が逸枝そのものであるとでもいうのか。道子のこの深みのあるタイトルについて憲三は「最後の人としたのですか。なるほど、うん。よい題だなあ」と感想を述べている。

道子記す憲三の独白。《「僕は彼女とは、有頂天ですごしました……。一日も飽きるなどということはありませんでした。影？　僕が彼女の影になってですか、うーん。一日、一日、それは素晴らしい日々をすごしたのです。いや、僕でなくとも、他の男性であったとしても、彼女はきっと至福を与えずにはおかなかったような女性でした。……そりゃ見かけは、奴隷のごとくも見えるんです。すっかり奴隷なんです。矛盾撞着のかたまりなんですよ》

《氏はなぜみずから影の人として在りつづけたのか。それこそが醇乎たる男子の志というものではなかったか》。機が熟すのを待っていたかのように道子は書く。憲三が逸枝に尽くしたように、道子も渡辺京二という編集者を得て、清書や資料整理だけでなく、のちには台所も任せることになる。道子は、逸枝を慕う憲三の言葉を書き記す。

《「彼女はまるでサービス奴隷でした、ほうっておけば。僕にはそれはいたましかった。今でもいたましい。いいですか、そのような姿をとっている彼女を全として、すべてとして、そこで僕はうごいたのです。僕をうごかしたのは彼女なんです。そこがむずかしい。彼女は要求はしないのです。彼女は自立してました。居ながらにして」》

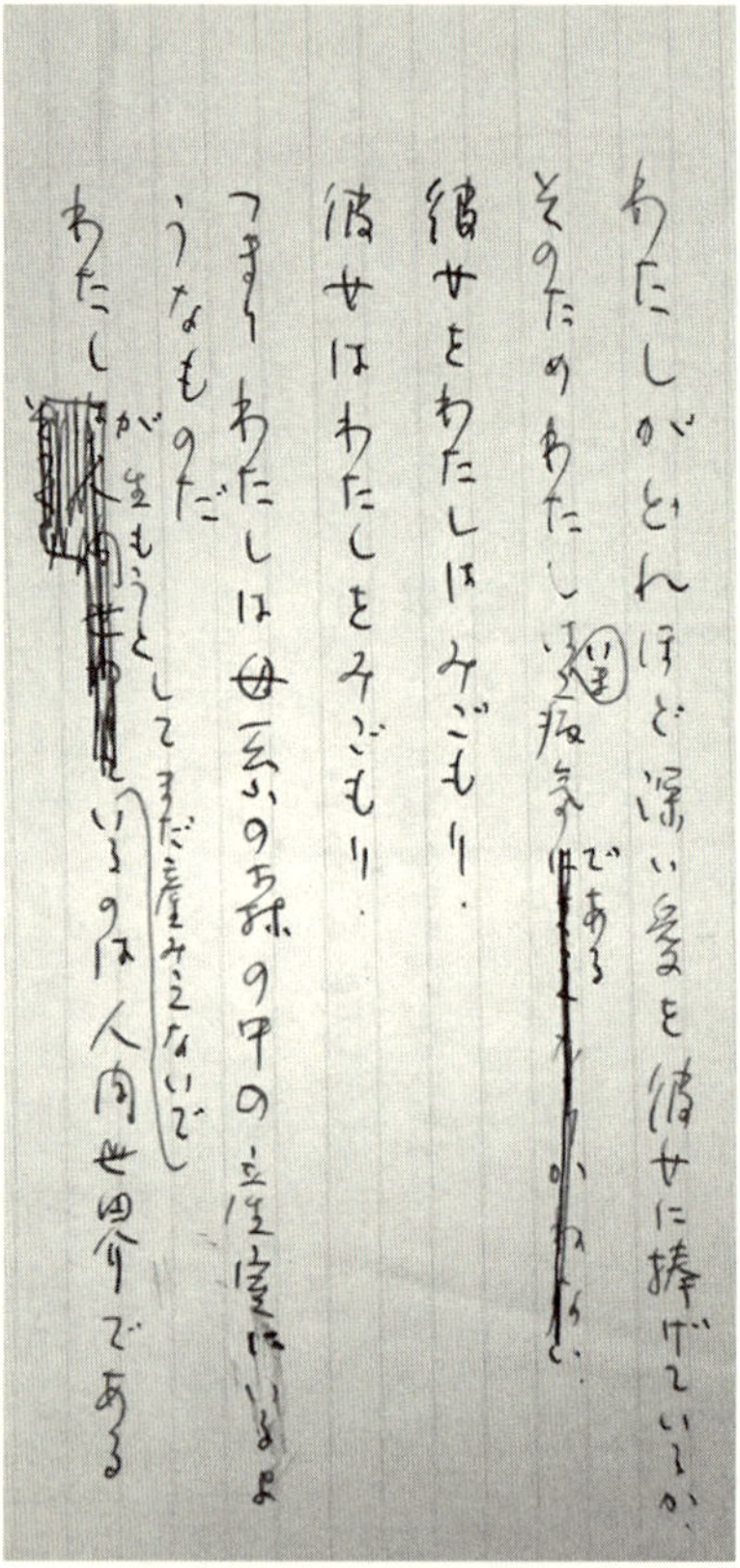

道子の「森の家日記」（1966年）に
記された、高群逸枝に寄せる思い。
……彼女をわたしはみごもり
彼女はわたしをみごもり……

「最後の人」は逸枝の評伝の体裁をとっているが、本質的には逸枝と憲三の愛の物語である。「森の家日記」「『最後の人』覚え書――橋本憲三氏の死」「朱をつける人――森の家と橋本憲三」など「最後の人」を補足するように書かれたものも含め全体を、〝森の家サーガ（物語）〟と呼びたい誘惑にかられる。サーガ全体を、ひと組の男女の魂の合一という主題が貫いているのはたしかであろう。逸枝と憲三。自分に似た影を追いかけていた道子は、いつしか破格の、みずからの行き先を予告するかのような物語を書いていたのだった。

「森の家」は世田谷区桜二丁目七の三の区立児童公園「桜公園」になった。一九六九年六月七日、公園内で「高群逸枝住居跡の碑」の除幕式があった。碑には逸枝自筆の詩句が刻まれている。

〈時のかそけさ／春ゆくときの／その時の／時のひろけさ／花ちるときの／その時の〉

一九六六年晩秋、森の家から熊本に帰った道子は、弘に別れ話を切り出した。息子の道生は「お父さんがかわいそう」と母をなじった。父は母の仕事のよき理解・協力者であり、母不在の家をしっかり守っている。それなのになぜ別れなければならないのか。

道子は森の家で高群逸枝の深甚な影響を受け、「女性史を書きたい」と痛切に思った。「勉強したい、家を出たい」と考えた。熊本市で就職したかった。バーかキャバレーに行こうと思った。キャバレーの求人ポスターには「麗人募集」と書いてある。「私は麗人じゃないからだめだ」とキャバレー勤務を断念した、という笑い話のようなエピソードがある。別れ話は立ち消えになった。

一九六七年晩秋、水俣の家で目覚めた道子の頭に二つの言葉が浮かんだ。「男は女の階級敵である」「いちどこれを総去勢せねばならん」

近くに住む憲三に打ち明ける。じっと聞いていた憲三は「まったくおっしゃるとおりです」と大笑いした。相変わらず逸枝とそっくりだ、と思ったのかもしれない。道子はこの日、《H氏にはおきのどくながらさらに分析、いつか文章にすべきである》と日記に書きつけた。「H氏」とは夫の弘のこと。まったく、とんだ女を女房にしましたネ、という道子の苦笑が目に浮かぶようである。

六九年刊行の『苦海浄土　わが水俣病』あとがきに道子は《（執筆に要した）この間わたくしの家人たちはようしゃなく放置されたが、いたしかたもないことである》と書く。そう書きながら、ほぼ同時期の「森の家日記」には息子への断ちがたい思いを記す。「最後の人」のモチーフのひとつになった「森の家日記」は滞在時の備忘録である。サポート役の渡辺京二がのちに〝発掘〟したときには「東京ノート」の題だった。逸枝や憲三に関する記述の合間に時折、一人息子の道生に関する文章が顔をのぞかせる。列挙してみよう。まるで恋文である。

《道生に逢いたいこと切なり》

《道生へ手紙、よく考えて書く。婚約したという。道生十八歳。昔なら二十歳か。大学卒業したら結婚するという。いやはやしかし、びっくりした。彼の純情をほめて激励の手紙》

《道生にどうしても逢いたし。泣けてくる》

《道生の手紙また読む》

《道生どうしているかしら》

《道生に逢いたし。東京に受験に来るのかしら》

森の家から水俣に戻った後の日記にはこんな記述がある。

《道生に奥さんができたら、その奥さんには敬語を使うようダンコとして、母親の私は主張しよう。道生もテイシュカンパクの素質、充分であるから。女の人にはたとえその人がドロボーであろうと、敬《うや》まいあつかってほしい、というのが、私のねがいである》

道生は、水俣から中京大学に進学し、そのまま名古屋で就職した。名古屋市在住。妻と二人の娘がいる。主婦作家のころの母親の思い出を語る（ＮＨＫ・Ｅテレ「知の巨人たち・第六回　石牟礼道子」）。

「書き出すと、やさしい母が豹変します。本人は気づいていないでしょう。こんなことがありました。かまってくれないので、母が書いた原稿を私が破り捨てたことがあるんです。なにするのと、怒りますよね。私の持っていた『子供の科学』を仕返しに母に破られてね。お互いに泣けてきて、二人で泣いたおぼえがあります。泣いたあと、くしゃくしゃに私が破った原稿を母が拾って広げているのを見て、申し訳ないことをしたと、ごめんなさい、ごめんなさいと、泣いてわびた」

道生から次のようなメールをもらった。どんなお母さんでしたか、と聞いてみたのだ。思いをストレートに表白するところは道子譲りである。

〈惜しみなく溺愛してくれた幼い日々が過ぎ高校卒業の頃に母は家を出ました。その間、父も私も捨て置かれました。足腰を弱めて気持ちが多少こちら側に帰って来たのはつい最近のことです。今、目の前に起きている現実を凝視して激しく突き動かされるその想いを言葉に託して伝えたい。次々にまなうらに寄せ来る感情のたぎりを、自分の文章で書き記しておきたい。しかも集中して書ける場所を、と言い出したのです。その衝動と決意は父も私も到底、止められることではありませんでした。

『苦海浄土』に触れた時、私は息を詰まらせる思いでした。初めて読んだ講談社の単行本に打ち震え、抜け殻状態でした。これは大変なことが書いてある、と。このような感想を母にはこれまで一度も話したことはありません。このころから母の書き物には口出し出来ませんでした。母は父の求める妻としては早くにその役目を自ら放棄していました。母と父との思いの違い。両親のそれぞれの葛藤は物心ついたころから目の当たりにしておりました。静かで優しい父は黙認しました。良き妻ではなかった石牟礼道子ですが、父は良き夫の役割を果たしてきたと思います。ものを思うと取り憑かれたように書き始める。何を言っても通じない。囲碁や魚釣り庭いじりを好み、知人や親戚の面倒見が良く人柄の良い学校の先生だった普通の父です。そんな母と距離を置きながらもよくぞ支えてくれたと思います。母もそのことは十二分に理解はしています〉

『高群逸枝雑誌』第二号に当時大学生の道生の文章「母への手紙」が掲載されている。憲三夫妻の深い結びつきへの感動を若者らしく率直に述べたものだ。末尾に母へのオマージュともいうべき詩行がある。その道生の詩を引用しよう。

〈なにもかも／あなたがしっているところのものは／すべて超越していて／そんなことをさりげなく話すあなた／そしてときには／まだなんにも知らない／幼い少女の澄みきった心のように／でも恥らいながら知ろうとして／またためらう娘のように〉

家族を捨てた母に絶望しつつ、その文学には畏敬の念を抱かざるを得ない——そんな屈折・矛盾した心情が素直に表れている。

七一年の水俣病闘争・チッソ東京本社占拠の際、母から突然連絡があった。「息子のお前が座り込みの場にいないのが恥ずかしいのよ」と言う。駆けつけた。「体育会系ノンポリ学生としての自分の生き方と、静かなる気迫で座っておられる方々との落差に身の置き所をなくし、数時間後にはその場を去った。息子の私は天下の卑怯者です」

私は道子に「お母さんとして道生さんをどう思いますか」と尋ねてみたが、「平凡な人です」と多くを語らない。だが、二〇一四年春、一時体調が悪化したとき、「道生が来た」と、実際にはいない息子を探すことがよくあった。「放置」した息子は離れがたくそばにいる。

7　水俣病闘争

一九六九年四月一七日午前一〇時、熊本県水俣市のチッソ水俣工場正門前で、二人の男が座り込みを始めた。畳半分くらいのプラカードが一つ。途中、チッソの社員が「説明いたします。事務所へおいでください」と言いにきたが、ゴザの上で二人とも石のように動かない。

座り込んだのは渡辺京二、小山和夫の二人。小山は渡辺の英語塾を手伝っていた。渡辺は二日前、手刷りのビラを熊本市内で配り、座り込みをしようと呼びかけた。

「水俣病闘争」という言葉を広い意味での患者支援運動ととらえるなら、水俣病闘争は現在も継続中である。しかし、一般的には「水俣病闘争」とは、一九六八年一月の水俣病対策市民会議結成から水俣病第一次訴訟後の交渉が一段落した一九七三年七月までの五年半を指す。闘争活発化の端緒となった渡辺の書いたビラは次のようなものだ。

〈……水俣病問題の核心とは何か。金もうけのために人を殺したものは、それ相応のつぐないをせねばならぬ、ただそれだけである。親兄弟を殺され、いたいけなむすこ・むすめを胎児性水俣病という業病につきおとされたものたちは、そのつぐないをカタキであるチッソ資本からはっきりとうけとらねばならぬ、この世は闇である。（中略）血債はかならず返済されねばならない。（中略）

たとえ実効をもとうがもつまいが、独力で最後の交渉に入った患者・家族を支援し、その志を黙殺するチッソ資本に抗議することは、一生活大衆としてのわれわれの当然の心情であるとともに、自立的な思想行動者としての責任であると信じる。われわれはその意志をもっとも単純な直接性において表現しようと考える、すなわち、われわれ、この文書の署名者ふたり（渡辺京二、小山和夫）は、／四月十七日午前十時より、チッソ水俣工場の正門前で、八時間の抗議すわりこみをおこなう。／この抗議すわりこみに共感されるかたがたは、どうか当日、われわれと肩をならべていただきたい〉

　座り込みにＮＨＫ職員の半田隆も加わった。ビラを読んで熊本市からやってきたのだった。座り込みには夕方までに道子の長男道生、熊本日日新聞記者久野啓介の二人が加わり、合計五人。数は少なくとも、道子によれば、《まったく無名の市井人が、個人の資格をもってチッソ工場前に抗議行動を起したのははじめてのこと》（『神々の村』／『苦海浄土』第二部）であり、闘争開始の意志を世間に示すには十分だった。

　渡辺の主導で約三〇人の「水俣病を告発する会」が熊本市で発足したのは三日後の四月二〇日だ。前年から道子が「水俣病裁判闘争を全国に発信するグループを熊本市に作ってほしい」と渡辺に懇請を続けていた。六八年一月に道子は《ひとりの〈黒子〉になって》「水俣病対策市民会議」（のちの「水俣病市民会議」）結成に尽力している。

　道子の当時の心境をよく示す文章を『神々の村』から引用する。文中の「わたし」とはむろん道子のことである。《市民会議の力の限界を補強する、もうひとつバネのきいた行動集団を、いよいよ発足させねばならぬ時期になっていた。組織エゴイズムを生ましめない、絶対無私の集団を。その集団は、澄明な水のような法則を持って、流れてゆかねばならない。流れの上に患者たちの「いっ壊《く》え（沈没しかけの）船」を乗せ、その船のみを浮上させねばならぬ。支援者たちは、船ばたに隠れてみえぬ舟子《かこ》たちでなければならぬ。いっさいの戦術は、この国の下層民が、いまだ情況に対して公けに表明したことのない、初心の志を体し、先取りしたものでなければならぬ。水俣病事件の全様相は、たんなる重金属中毒事件というのにとどまらない。公害問題あるいは環境問題という概念ではくくりきれない様相をもって、この国の近代の肉質がそこでは根底的に問われている。これにかかわるとすれば、思想と行動とは、その人間の全生涯をかけたある結晶作業を強いられる。そのような集団をつくれるだろうか、つくらねばならぬ、とわたしはおもっていた。（中略）『熊本風土記』の編集者とその同人たちに、いっさいを報告し、わたしはその心をたたいていた》

私は、たった五人の座りこみに、高杉晋作の功山寺挙兵を連想するのだ。幕末、保守派に席巻された長州藩で晋作が起こした決死の行動。功山寺で立ち上がったのは晋作ら八四人にすぎなかった。無謀といわれた挙兵だったが、戦いを重ねるうち、義勇兵も加わり大勢力となって晋作は藩の実権を握る。功山寺が維新の起点のひとつとなったのだ。

現時点で功山寺挙兵を振り返れば、日本の歴史の重要な結節点ということになるが、挙兵のとき、晋作に勝算はなかった。思慮を欠いた暴発として歴史の闇に埋もれる可能性は大いにあったのだ。晋作は死ぬつもりで渦の中に飛び込んでいった。渡辺の座り込みにも同じことがいえる。当時、チッソの存在は強大だった。数人で座り込みをしたところで事態が動くとはだれも思わなかっただろう。

少し脱線する。渡辺を高杉晋作に例えたが、渡辺は不本意であろう。私が晋作の評価を聞いたとき、「晋作はいい意味のナショナリストです。今の日本をつくった人です。ナショナリストには興味がありません」とけんもほろろだった。渡辺が興味を示すのは横井小楠や西郷隆盛ら「世界普遍主義者」なのだ。

「座り込みの前の晩から水俣に行きました。石牟礼さんの家に行った。それから、そうだ、〝ブリッジ〟というバーで飲んだ。飲んだあとで、小山と一緒に座り込みに行ったのでした。直接性？　そういうおおげさなことよりも、自分で手本を示すということです。告発する会をつくるのだから、つくる前に自分でやってみせるという気持ちでした。座り込みが一番直接的に自分の気持ちを表現できることでしたから」。八四歳の渡辺が座り込み当時を振り返る。

水俣病患者救済に尽力したNHKアナウンサー宮澤信雄（一九三五―二〇一二）の「水俣病日誌」によると、チッソ門前の座り込みで闘争の狼煙を上げようと決意した渡辺は、座り込みの前に宮澤らに声をかけている。渡辺は座り込みの前年、「自分はこの問題にあまり深入りしたくない。（中略）水俣や原爆だけが悲惨な犠牲の状態だというわけでなく、むしろわれわれ皆のおかれている状況そのものが、人間性を否定するようなものであることが問題である。自分は石牟礼さんひとりにこの問題をやらせていたということから、彼女への免罪として一口乗りはするが、あまりわずらわしいことはやりたくない」（「水俣病日誌」）と率直な思いを宮澤に伝えている。水俣病とは一定の距離をおく、というのが渡辺のスタンスである。それなのに突然の座り込み宣言なのだ。〈（京二さんの）『坐りこみ』という行動への変化がよくわからない〉（同）と宮澤は首をかしげている。

渡辺京二は、理知や明察よりも、義理と人情の人である。渡辺が動くには、《人が関与する機微》(「現実と幻のはざまで」)としてのプラスアルファが必要である。渡辺を動かしたのは道子だ。道子は、人と自然が融合した水俣が有機水銀という「近代」の暴力で破壊されるのをまのあたりにした。渡辺は「近代」の申し子のように先進都市、中国・大連で育つ。近代化の成果を無条件に享受してよいはずだが、結核療養所で目撃した母娘の理不尽な死、政治運動の敗北などによって、「近代」や「命」の自明性に違和感を覚えるようになっていた。

『熊本風土記』『暗河《くらごう》』『道標』『アルテリ』……。渡辺京二はリトル・マガジンと共に歩む人である。『新熊本文学』に属していた渡辺は一九五七年、藤川治水、上村希美雄と思想的同人誌『炎の眼』を創刊する。渡辺の文学・思想的原点となった「小さきものの死」は『炎の眼』に載った。親友熱田猛(一九三一―五七)の追悼特集も『炎の眼』でおこなった。一九六一年に『炎の眼』と高濱幸敏らの熊本県庁文学サークル『蒼林』が提携して、谷川雁命名による『新文化集団』ができた。その会合で道子と顔を合わせた。一九六二年秋である。道子は三五歳、渡辺は三二歳。『サークル村』の才女の一人として道子のことを知っていた渡辺は、「ああ、この人か」と思ったというが、格別親しくなるわけでもなかった。道子は『新文化集団』に加わったものの、《辺境で一匹のむじなのように暮していた私は、新文化集団に近づくまで、「炎の眼」という集団があることは風の便りに知っていたが、どのような主義主張を持ち、どのようなメンバーで構成されているのか、とんと知る機会がなかった》と書くなど、知識人の集団になんとなくなじめないものを感じていた。

一九六二年一月から上京していた渡辺は一九六四年春、『日本読書新聞』を辞め、六五年春、

渡辺京二とNHK熊本の前で、1972年。

熊本に帰ってきた。熊本・三年坂の書店で三カ月ほど書店員をした。その後、姉が出してくれた三〇万円を資金にして、地方文化雑誌『熊本風土記』を創刊する。六五年一一月〜六六年一二月、合計一二冊を出した。上村希美雄、藤川治水、松浦豊敏ら『新文化集団』の書き手を起用。道子にも寄稿を頼み、快諾を得た。道子の側も赤崎覚らと出した『現代の記録』が創刊号だけで終わってしまい、新たな発表媒体を求めていたという事情があった。既述の通り、八回にわたって掲載された「海と空のあいだに」は『苦海浄土　わが水俣病』の初稿となる。

渡辺が一九六五年に道子の「海と空のあいだに」を読んだ段階で、二人の運命は決まったといっていい。近代と前近代の相克をテーマとした作品世界を媒介に、水俣病患者の魂の行方について思いをめぐらすうち、渡辺と道子、お互いが「引き裂かれた魂」の持ち主だと気づくようになった。生育環境も資質もまったく違うのに、同じニオイがしたはずだ。渡辺がいう〈個々人の人事的偶然〉(「現実と幻のはざまで」)である。道子と向かい合うことで渡辺も自分の人生の意味を深く理解できるように思うのだった。「魂の同族」という親近感があったからこそ、道子は渡辺の《心をたたいていた》のである。

腹を割っての話し合いや、話し合い以上に真情を吐露した手紙のやりとりがあって、いつのまにか二人のあいだに恋愛感情にも似た陶酔感が醸成される。あなたとともに破滅することはすでに覚悟も用意もできている。あなたとならいつほろんでもいいのだ。あまい、あまい、死へのいざないである。「近代」に滅ぼされる側の「基層民」の側に立ち、道子が求める「もうひとつのこの世」――〈それはだれも見たものがないゆえに、だれも説くことはできない。しかし、彼ら〈前近代の民〉はそれがあるべきことを予感し、自己の存在をもって告知している〉――を求めていくという了解ができたとき、闘争のバリケード上で一緒に死ぬ、という幻を共有することができた。

道子は一九六七年一一月、日記に次のように書きつけている。「海と空のあいだに」の連載を終えた翌年である。《渡辺さんの神風連についての原稿出来あがり。彼、神風連の最後を「非常にうつくしいですもんね。歌ぶきをみているようなんだ」という。しきりに隠とんしたいと発言。その言の切なることをいたく理解す》。一八七六年に起きた神風連の乱とは、熊本敬神党が県令宅などを襲撃し、一時は砲兵営を支配下においたものの、政府軍に鎮圧された事件である。滅びに向けて踏み出すことを渡辺も道子も予感していたのだろうか。

《水俣の風土は、ここを逃れ去ることかなわぬという意味において、わたくしには、愛憎ただならぬ占有空間である。ここを犯すものをわたくしはゆるせない。チッソはわたくしの占有領域を犯し去ろうとしたのである。たぶんわたくしは最後の先住民のひとりではあるまいか》

このように道子は闘争のさなかに書きつけている。「最後の先住民」とはむろん、近代化以前の水俣のムラの、という意味である。前近代の民のひとりとして育った道子だが、一方で文字文化に深甚な興味を示すなど、地域の異端者、追い出されるようにして近代に足を踏み入れた者のひとりでもあった。近代でもなく前近代でもないという道子の独特のありようが、だれも及ばぬ明察を可能にする。道子は同時代の市民運動家らが偏愛する「市民」という言葉を忌み嫌う。「市民」は「近代」を前提にしている以上、道子が拒絶するのは当然であろう。

《市民、といえば、まぎれもなく近代主義時代に入ってからの概念だから、わが実存の先住民たちは、たちまちその質を変えられてしまうのである。まして水俣病の中で言えば「市民」はわたくしの占有領域の中には存在しない。いるのは「村のにんげん」たちだけである。このにんげんたちへの愛怨は、たぶん運命的なものである。／死民とは生きていようと死んでいようと、わが愛怨のまわりにたちあらわれる水俣病結縁のものたちである。ゆえにこのものたちとのえにしは、一蓮托生にして絶ちがたい》

患者をはじめ、道子も渡辺も、支援者らもみんな「死民」である。裁判所などで支援の学生らが体につけた「死民」のゼッケンは芝居じみた大仰さとおどろおどろしい「死」という文字が人々を震撼させた。道子にしてみれば、「死民」の文字は世間の注目を集めるための「アイディア」の産物ではなく、患者に寄り添ううちに、実感が自然体で文字にあらわれたに過ぎないのだ。チッソ株主総会の患者の純白の巡礼姿も、闘争の象徴となった「怨」の吹き流しも道子の発案である。「怨」の吹き流しは墓地に向かう地元民の葬列から思いついたという。《風にやさしく吹き流れるやるせない黒い布に、わたしは化身する》（『神々の村』）

黒地に「怨」と染め抜かれた吹き流しから私が感じるのは、正体不明の異物と向き合う生理的、根源的な恐怖である。元寇の記憶として「ムクリ（蒙古）コクリ（高句麗）」という言葉が北部九州の民に語り継がれている。異形異相の怪物（としか呼びようがない）を「ムクリコクリ」として記憶する。「怨」の吹き流しも、「ムクリコクリ」と同じような神話的な怖さを喚起したのではないか。

《黒い吹流しの死旗は、首都に漂う不吉を顕在化し、象徴するために捧持された。発祥地の痛苦と尊厳とを焚きこめて》（『神々の村』）。古代的な精霊の一揆を思わせる「怨」の吹き流しは、記憶の古層を攪拌することで、常識的、平準的な思想に染まった近代人を心底畏怖せしめることになったのである。

一九六八年九月、当時の厚生省は水俣病を「公害」と認定。患者は加害企業チッソに補償交渉を求めるが、チッソは直接交渉を拒み、厚生省は第三者の仲裁機関の設置を提案。「結論には異議なく従う」との確約書を患者から取るなど、早期幕引きを図る。

第三者機関に一任するか、訴訟に踏み切るか、水俣病患者家庭互助会は揺れる。市民会議は訴訟派を支援し、法廷闘争の準備に取りかかる。

《「つぶすつもりか会社ば。／会社が倒れるちゅうことは水俣市がつぶるることぞ。水俣市民四万五千のいのちと水俣病患者百人あまり、どっちのいのちが大切か」》（『神々の村』）。孤立した患者を取り巻く声を道子は書き留めている。地元世論は必ずしも被害者に好意的ではなかった。好意的でないどころか、地元経済の基盤を打ち崩す者とみなされ、「水俣病患者は二度殺された」と道子が嘆くほどの、有形無形の恫喝、誹謗、中傷に患者や家族はさらされることになったのだ。

一九六九年六月一四日、訴訟派二九世帯一一二人がチッソを相手に総額六億四〇〇〇万円の慰謝料請求訴訟を起こした。提訴の日の、告発する会の本田啓吉代表のあいさつが会のありようを端的に示している。

「弁護士さん達は私怨を捨てて裁判に臨めと言ったがわれわれはあくまで仇討ちとしてこの裁判をとらえる。われわれの態度は義によって助太刀いたすというところにある」

「私怨を捨てて」とは「全国の公害をなくすために」との大義名分で審理にのぞみ、法体系にのっとり裁判闘争を進めていくことをいう。一方、「仇討ち」や「義によって助太刀いたす」とは理屈抜きに患者に寄り添い、近代的法体系とは無関係な次元で前近代的な闘いを行ってゆく覚悟の表明にほかならない。

実際、告発する会は、戦後の大衆・革新運動のどの組織とも違っている。代表は決めているが、他に役職や肩書はない。会員名簿もない。「自分は会員だ、と思えば会員ですか」と渡辺に聞くと、「そうです」と答える。会則や行動規則もなかった。それゆえに、渡辺が書いた座り込みへの呼びかけ文が告発する会の事実上の〝憲法〟になった。そこまで先を読んで渡辺は呼びかけ文を書いたのであろうか。

活動の柱となったのは機関紙『告発』の発行である。編集長は渡辺。三号から「定価三〇円」と表示したが無料配布である。カンパを運動資金にした。二号によると、二〇日間で一二万円集まった。発行部数は一年後に一万部に達し、最盛期には一万九〇〇〇部になった。会の実質的な活動は四年半だが、「その間に一億円以上集まった」（渡辺）という。

「石牟礼道子の考え方、理念が『告発』の考え方、理念になった」と渡辺は振り返る。『苦海浄土　わが水俣病』は水俣病の悲惨を描くとともに、近代的価値観とは無縁の場所で充実した生を営む前近代的生活民に光を当てた作品である。『苦海浄土　わが水俣病』が運動の源泉である以上、「仇討ち」「義によって～」の言葉は出るべくして出てきたのだった。渡辺は日本読書新聞社を退職後、山本周五郎の文学に耽溺したという。周五郎は「義理人情」を日本人の琴線に触れるシチュエーションで描き出した作家である。〈義理人情とは日本の伝統的な民衆の共同性への見果てぬ夢〉（渡辺）なのだ。

水俣病患者家庭互助会（のちの水俣病患者互助会）初代会長で、第一次訴訟の原告団長を務めた渡辺栄蔵の裁判に踏み切ったときの声明は次のようなものだ。
「今日ただいまから、私たちは国家権力に対して、立ちむかうことになったのでございます——この提訴の日を前にして、厚生省は患者の治療費を打切ると発表しました。国が打切れば県も打切る。すれば患者は、訴訟派は孤立するだろう、こういうチエでございます。国としてはまことにマズイやり方で、ヘタでございます」
道子は『告発』第六号（六九年一一月）に第一回口頭弁論の傍聴記を書いている。原告側最前列。父親に抱かれてきた一三歳の女性胎児性患者、上村《かみむら》智子がうなじをがっくりあおむけに垂れたまま、言葉にならない声をあげはじめる。
《抑揚のない、アー、アーという声。けだるそうな、無心な、哀切な発声。微妙な、さざなみのようなみえないざわめきが、生ける屍《しかばね》といわれている彼女の声によってひきおこされる》
智子の母親は回想する。《目には見えないといっても明るさは感じているのでしょう。夜でも真暗にしてしまうと泣き出します。抱いてねないとすぐ泣き出します。これは日中も同じことで私達夫婦はいつも智子を抱きどおしです。朝私が御飯をつくっていて、主人がこっそり起き出して顔を洗い終るころ、もう智子が泣き出してしまいます。朝ごはんは主人が抱いて食べさせます。智子はいいたいこともいえず、聞きたいことも聞えず、それでも父親が帰ってきたのは一番先にききつけて、キャッキャッよろこぶのです》
裁判長は父娘に退廷を命じる。法廷の秩序を乱すという理由である。しかし、胎児性患者のその声その姿こそ、水俣病患者の置かれた状況を示しているのではないか。この現実に触れずに、法廷は何を裁こうというのか。道子は続けて書く。

《唄だったかもしれぬ。泣き声だったかもしれぬ。水泡のごときものだったかもしれぬ。まぎれもなくそれは、この法廷にふさわしく、「生きとるまんま、死んだ人間」の声でもあったのに》

一九七〇年が明けた。「水俣病を告発する会」の機関紙『告発』は、悪名高いチッソの「見舞金契約」（五九年）にしきりに言及する。補償というより見舞金的な性格を持ち、金額があまりに低い。「過去の工場排水が水俣病に関係があるとわかっても一切の追加補償要求はしない」という条項まで付いていた。道子は《おとなのいのち十万円／こどものいのち三万円／死者のいのちは三十万》と呪詛のように『苦海浄土　わが水俣病』に書きつける。

『告発』はなぜ過去の見舞金契約をクローズアップするのか。一一年ぶりに見舞金契約が再現されかねない情勢となってきたからである。早期幕引きを目指す旧厚生省は第三者機関「水俣病補償処理委員会」を設け、水俣病患者家庭互助会の一任派に対して補償の斡旋をする、というのだ。七〇年五月二五日にその案が示される。

補償金額は死者で三〇〇万円程度であることが新聞記事などで予想されていた。同時代のガス爆発事故の死者への補償金一九〇〇万円などと比べると著しく低い。〈補償処理委は第三者機関であるどころか、まったくチッソの代理人にすぎず、その補償処理はチッソのためのそれであった〉（富樫貞夫、当時・熊本大助教授）という。

「義によって助太刀する」告発する会が動く。渡辺の提案で、処理委会場の占拠を決めた。近代法体系など飛び越えて、理屈抜きに、患者のために。〈われわれは自分の直接的存在をそこにこたえることによって、処理委の回答を阻止する〉（『告発』第一一号）

「小賢しいことを言うな。これは浪花節だ」

福岡市の出版社「石風社」代表の福元満治（一九四八年生まれ）は、渡辺に一喝されたのを覚えている。五月下旬。告発する会の補償提示直前の戦術会議。「全存在をかけて処理委の回答を阻止する」という発言に対し、全共闘の熊大法文学部副委員長だった福元が「全存在をかけるなんてできるわけがない」とかみついた。直後に渡辺の言葉が居合抜きのように一閃したのだ。

《行動に参加するための上京費用と事後の責任、たとえば逮捕された場合に生じるであろう事態などについては、一切自らが責任を負うという確認のようなものが、暗黙のうちに了解されていた。職についているものはひそかに免職を考えていたし、自営業のものはそれが崩壊するかもしれなかった》（『神々の村』）

告発する会のメンバーだった当時毎日新聞記者の三原浩良（一九三七―二〇一七）は五月二〇日過ぎ、勤め先の九州から上京した。背広のネームをカミソリで切り落とした。逮捕に備えた措置である。同僚には「もしパクられたら、年休届けを延長しておいてくれよ」と言い残してきた。突入前日、渡辺や道子らと顔を合わせ、いよいよだな、とみぞおちが痛くなるほどの緊張を覚えた。突入の朝を迎え、渡辺から「お前は（突入をしなくて）いいよ」と伝えられた。

五月二五日午前八時、東京・日比谷公園に約一二〇人が集結した。熊本や東京の患者支援者らである。水俣病患者の大きな遺影を掲げた道子や、本田啓吉・告発する会代表を先頭に厚生省を目指す。デモを察知した厚生省はすべての出入り口を封鎖した。

しかしデモはおとりだったのである。午前九時、東大で自主講座「公害原論」を主宰する宇井純、のちに映画「水俣」を撮る土本典昭、福元を含む学生ら一六人が厚生省裏の門を乗り越えた。

厚生省前で座り込みデモ。1970年５月25日（撮影・宮本成美）

五階の、処理委の会場を目指し、階段を駆け上がる。

突入すれば逮捕される。学生らは、共に走る渡辺の姿に奮い立った。二階、三階……。一刻も早くと気はせくものの、結核の手術をした当時三九歳の渡辺は遅れがちになる。最後尾であえいでいると、学生二人が両脇をつかんで引き上げた。

「われわれは処理委の会場を占拠したぞ！　われわれは占拠したぞ！」

宇井と土本が窓から身を乗り出して叫ぶ。会場に突入した一六人はスクラムを組み二列で座り込む。午前九時四五分、警官隊が導入され、一三人が逮捕された。

「君たちは遠い水俣で起きていることを知っているのか！　見舞金契約を繰り返させぬ決心でわれわれはやってきたのだ！　チッソを擁護し、患者をなぶるお前たちは何だ」

厚生省正面で本田代表が声をからす。〈石牟礼道子さんが東京の仲間たちといっしょにビラを配る。それを報道陣が追いかけまわす。／「私たちは無力です」／石牟礼さんのこらえていた涙がふき出し、吐き捨てるようにひとこと。／名古屋から駆けつけた息子さんの道生君もゼッケンをつけ坐り込んだ〉（『告発』号外、七〇年六月一四日）

のちに道子は書いている。《厚生省に乗り込んだ時、私の息子も名古屋の学生であったが、その場にいた。本田先生が厚生省の扉によじ上って、省内の職員たちに向かって、大音声で呼びかけられた姿を見ていて、／「荘厳なお姿じゃったなあ。ああいう人を生まれて初めて見た。獅子の王ちゅうような姿じゃった。一生忘れん」と言った。先生の呼びかけによって、厚生省内部から職員たちが、その日のうちに反乱のビラを出したことは、後々の語り草となった》（「奥さまのご苦労は」）

毎日新聞など主要紙は一面、社会面の大展開で早朝からの一部始終を報じた。「緊迫の中、激しい抗議」（毎日）など大見出しが躍るが、どの新聞にも突入劇についての非難めいたトーンは見当たらない。《世論をこの場所に注目させ、体をそこに置いて事柄の非人間性を訴えるというこの日の行動は、ほぼ成功したといえる》（『神々の村』）

補償額は三日間の折衝をへて「死亡者一時金一七〇〜四〇〇万円」「生存者一時金八〇〜二〇〇万円」などで決着。一任派とチッソの和解が成立した。低額補償を受け入れざるを得なかったものの、近代社会の規範を破ることで水俣病患者の積年の怨恨を示そうとした支援者の浪花節的行動は、そのむちゃさ、公明正大な大ばか者の愚直さで、一定の支持を得たのだ。占拠後、京都、大阪、名古屋、福岡など各地に告発する会ができた。

二〇一四年春、熊本市で長年、水俣病患者の支援拠点だった喫茶「カリガリ」のお別れの会が開かれた。会のあと、渡辺は福元と二人だけで熊本城沿いを歩いた。夕刻である。一緒に突入した学生らは水俣から離れていったが、福元は編集者として道子、渡辺と半世紀近く関わることになった。福元が編集した『はにかみの国――石牟礼道子全詩集』は芸術選奨文部科学大臣賞を受賞した。「人はそれぞれ考え方は違うけれども、いとおしいものなんだよ」と渡辺が静かに言う。柔和な横顔の中に、道子の参謀として水俣病闘争を指導した闘士の面影を探すのはむつかしかった。うなずいた福元は、こうして一緒に歩くのは何年ぶりかと思った。

《あの貝が毒じゃった。娘ば殺しました》

『神々の村』における水俣病患者家族、坂本トキノの独白である。子供九人のうち一番上のきよ子を水俣病で亡くした。朝晩雑巾がけに励んだ働き者のきよ子の思いがけない発病。《腰があっちゃこっちゃに、ねじれて。足も紐を結んだように、ねじれとりましたばい》。《指先でこう拾いますけれども、ふるえの止《や》まん、曲がった指になっとりますから、地面ににじりつけて。桜の花びらの、くちゃくちゃにもみしだかれて、花もあなたかわいそうに》。かなわぬ手で花を拾ったきよ子は一九五八年、二八歳で亡くなった。病床から桜の花を見る娘の遺影を胸に両親は裁判を闘った。

「アサリよりおいしゅうございますねえ」「岩という岩が、ぎっしりムラサキ貝で成ったように殖えますからな」。七〇年一一月二四日、水俣病患者高野山巡礼団一九人が熊本県・水俣駅を出発した。大阪でのチッソ株主総会に乗り込もうというのだ。道中、有機水銀に汚染される前の不知火海に話が及ぶ。

「岩の裂け目にそってはりついているムラサキ貝をツルハシのごたっとで掘り起こす。身が太って梅雨時が一番おいしかと言われよったです。味噌汁に入れるとよか、採りやすかちゅうて母が大崎鼻の先から採ってこらした」

二〇一五年一月九日、熊本市の仕事場で話を聞いた。道子は貝に象徴される渚の至福を語ってやまないのだった。定住性のムラサキ貝は水銀がたまりやすい。「奇病」患者の相次ぐ発生とともに、猫実験用に大量に採取されることになる。「あの貝が毒に……」と道子は宙をにらむ。

《――水俣病のなんの、そげん見苦しか病気に、なんで俺がかかるか》

ぶえん（無塩のとりたての魚のさしみ）を愛して古武士のように死んだ仙助老人の例をあげるまでもない。壊れるはずのない自然が壊れた。異次元に滑り落ちたような、周辺の景色がポジからネガに反転する恐ろしさだったろう。人と自然と神が共存した前近代的世界を水銀が蹂躙したのだ。

六九年六月一四日、水俣病患者二九世帯が慰謝料請求訴訟を起こす。《国の人ならばわかるじゃろうもん。国ならば》と期待していた患者らは、いざ裁判が始まってみると、加害企業に直接ものを言うことが許されない近代法の法廷の窮屈さに戸惑うのだった。《「慰藉料請求」(この法律用語とて、じつのところみんなには、「何か足らん感じ」をあたえていた)》(『神々の村』)

七〇年七月、「東京・水俣病を告発する会」会員の後藤孝典弁護士が「一株運動」を提唱する。株主になれば株主総会に出席することができる。「社長に直接ものが言えますか」と互助会初代会長で訴訟派会長の渡辺栄蔵が弁護士に訊ねた。「言えます」との返事に、「それならやりましょう」と言明した。病苦に加え、いわれなき差別で孤独の淵に追いやられてきたのである。怨みは直接対決でしか晴らせない。《自分たちで、自分たちの仇ば討ちにゆく》時が来た。

七〇年一一月二八日、大阪厚生年金会館で開かれた株主総会。患者一行は菅笠に白木綿の手甲脚絆。輪袈裟の代わりに「水俣病患者巡礼団」と墨書した白い襷をかけていた。大企業の一大セレモニーに異様な集団が闖入したのだ。

二階中央に巡礼団は陣取った。

《人のこの世は永くして／かはらぬ春とおもへども／はかなき夢となりにけり／あつき涙のまごころを／みたまの前に捧げつつ／面影しのぶもかなしけれ／しかはあれども仏に／救はれてゆく身にあらば／思ひわづらふこともなく／とこしへかけて安からむ／南無大師遍照尊》

患者らはご詠歌を斉唱した。この日のために稽古を重ねてきたのである。

「水をうったようにシーンとなったんですね。ご詠歌を聞いていて、妙に気持ちが静かになった。私なんかも涙が出てきました。会場の大半の連中が涙を流していたのです。一種浄化されたような気分になりました」

先の福元が回想する。右翼や総会屋から患者を守る「防衛隊」として会場に詰めていたのだ。道子は翌年、《まぼろしとうつつのあわいにめぐり来たった風のぐあいで、そこに閉じこめられていた永劫の景色をかいま見た》（「わが死民」）と書くのだが、株主総会でのこのご詠歌こそ、近代と前近代をつなぐ「風」だったろう。

告発する会の会員、患者らが会社幹部が居並ぶ壇上に殺到する。「飲め、水銀ば飲め！」「親さまでございますぞ！　両親でございますぞ」

両親を水俣病で亡くした女性患者浜元フミヨが二つの位牌を社長に示す。前日にはチッソ大阪事務所で「おる家《げ》の海、おる家の田畠に水銀たれ流しておいて、誠意をつくしますちゅう言葉だけで足ると思うとるか」と怒りで全身をふるわせた。

「どういう死に方じゃったと思うか……、親がほしいっ！　親がほしい子供の気持ちがわかるか、わかりますか」

被害者が加害者に直接怨念をぶつけたのは水俣病史上初めてだった。水俣病が「公式確認」されて一四年がたっていた。

「浜元フミヨさんは、ご両親をなくされまして、長い間……」

マイクを持った道子が語り始めた。

「会場のみなさんも、マスコミの方々も、今日のことはよくよく報道くださいますように。患者さんの気持ちも、よくお聞きして、分かってくださったと思いますので、これで患者さんがたは、自分の席にかえられまして、あとは、天下の目が、裁いてくれると思いますので、あの、帰りましょう」
《人びとが無言で、醒めぎわの夢の中を横切るように壇を下りはじめた。／「私たちは水俣へ帰りましょう」／水俣以外のどこへ、帰れるところがあっただろうか》
「昨日は、狂うたなあ、みんな」
「――ほんに……。思う存分、狂うた……」
株主総会の翌日、高野山に登った巡礼団は一時の安堵感に身を委ねる。花を慕う娘を亡くしたトキノが大阪で見た夢は次のようなものである。《蝶々がですね、舟ば連れて、後さきになってゆきよるのでございます、花びらのようでもありました。光凪で、おしゅら狐が漕いでゆきよりましたがなあ、影絵でしたけど》
蝶々や狐のイメージは、まぼろしとうつつのあわいに浮かぶ「永劫の景色」にほかならない。道子はトキノになり代わって書くだろう。
《花の供養に、どなたか一枚、拾うてやって下はりますよう願うております。光凪の海に、ひらひらゆきますように》
ご詠歌を歌った一九人の白装束の患者の中には一七歳の田中実子もいた。ご詠歌の師匠を務めた田中義光が初めて娘の実子を外に連れ出したのだ。大阪行きの直前、義光がもらした言葉を道子が手帳に書き留めている。

《わしはひとりではない。おいはいを背負うてゆく。死んだひとたちを中に入れたい。入れてください。入れて下さったお礼に、ここで霊をなぐさめるためにご詠歌を、仏さんたちをつれてきて、仏さんの身になってゆくわけですから、入れて下さらない筈はありません》

義光は「実子をチッソ社長に抱かせて、わびを言わせたい、と前から思っていた」と言う。株主総会当日は支援者が二人、実子をかかりきりでサポートした。

義光の言葉が書きつけられた手帳は、大阪のチッソ株主総会参加の直前、いわば〝決戦前〟の怱忙期に書き留められたものだ。旅に持参する着替え、歯ブラシなどの品々、日々の予定などが記されるこの手帳に不意にあらわれる詩句がある。

〈遠き日の石に刻み／砂に影おち／崩れ墜つ　天地のまなか／一輪の花の幻／原民喜〉

詩人・作家の原民喜（一九〇五―五一）は広島市生まれ。被爆体験を描いた「夏の花」、亡妻を追慕した「美しき死の岸に」、死者の声が満ちた「鎮魂歌」などの作品があり、鉄道自殺で四五年の生を終えた。

「碑銘」と題されたこの詩は原爆ドーム近くの碑に刻まれている。民喜が年下の友人遠藤周作に宛てた遺書にも記されていた。「石」「天」「花」「幻」といった道子が好む語がちりばめられていて、道子の作といわれてもなんら違和感がない。

作家のいとうせいこうと政治学者の中島岳志が民喜をテーマに対談（『三田文学』二〇一五年夏季号）し、死者からの言葉を多層・多元的に描く点で民喜と道子は共通していると述べている。

〈もともと持っている水晶体は二人とも同じという感じだね。そこにどう分光するかが違うだけ〉（いとう）

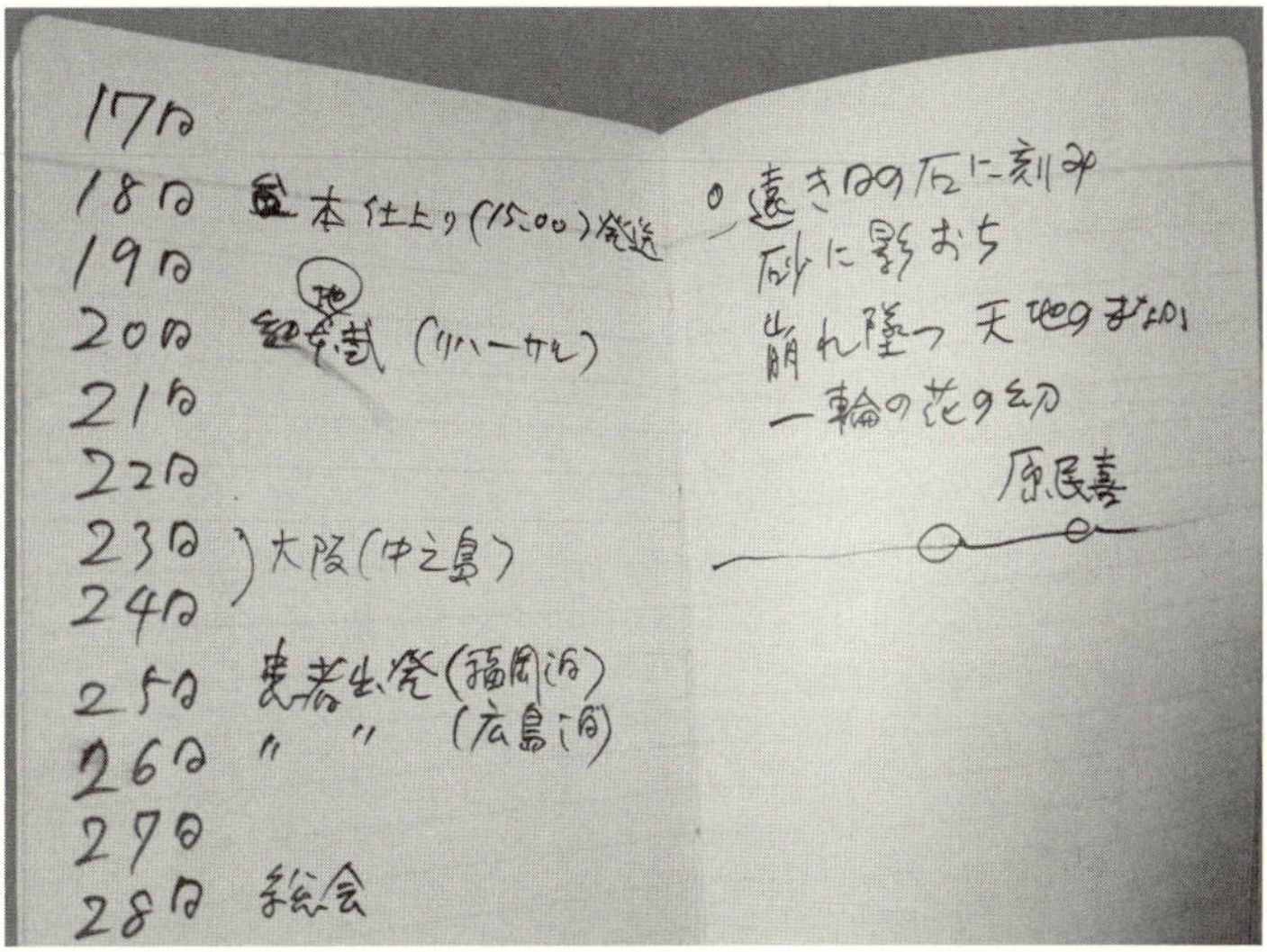

日々の覚書などの合間に書きとめられていた、原民喜の詩「碑銘」。1970年11月。

死を慕う者同士の共感か、惨苦の中、生きる支えを求めたのか。水俣病闘争の軸になった道子が、闘争のさなか、手帳に民喜の詩を書きつけた事実を、私は記憶しておきたい。

一九五六年五月一日は水俣病の公式確認の日だ。この時の患者の一人が当時二歳の田中実子（一九五三年生まれ）である。最初に診察した医師のカルテがある。

〈三十一（一九五六）年四月二十三日、足許がフラフラし、歩くのが不自由になり、手の運動がまずくなる。同時に言葉が不明瞭になり、右膝、右手の指に痛みを訴える〉（原田正純『水俣病』）

ご詠歌の稽古は義光宅で行われた。「おばあさんたちが、はかなき夢となりにけり、のところを、はかなき恋になりにけり、と歌う。師匠は、〝ばかどんが、なして、はかなき恋ち歌うとか〟と本気で怒りよりました」と道子は微笑する。稽古には一〇代の実子の姿もあった。「座ってはいるのですが、いつも、からだがゆらゆらして。きれいな形の口のはしから、透明のよだれがつーっと出て、痛ましかったですね」

実子は六人きょうだいの末っ子。『苦海浄土』第二部の「実る子」の章に登場する。父の義光は《真実にして虚ならずとは、実子の姿じゃ、虚の一かけらもない真実じゃ》と言う。姉の静子は五歳で発症し、八歳で亡くなった。水俣病市民会議の「被害調査録」に母アサヲの証言がある。

〈三女静子は朝、目がさめると、母ちゃん、潮が引いたかなー、まだまだ潮は引かないよと私がいいますと、母ちゃん、潮が引かんでもカキ取りに行くとばい、と早く起きる子でした。カキ取って上手な六歳（数え年）の娘でした。そのとき四女の実子は三歳（同）。仲良く遊びおりました。そのころ、三十一年ごろは食べ物が不自由でしたから、潮干がりとなると、田舎の百姓様たちも、ムラサキ貝の味噌汁を取って行って、みんな食べたものでした。海の品物は良く味がついております。ビナとかカキを、メゴ（籠）で肩でイナッテ（かついで）取って行って、何回でも食べたのですよ。ちょうど、村カラスが浜におりているのではないかというくらい、人が真黒に群をなして、取って食べていました〉

二〇一五年一〇月五日、毎日新聞は「公害の悲劇　克服できたか」と題する全国版特集記事を組んだ。公式確認から六〇年目。実子の現状を〈布団に横になったまま一点をじっと見つめていた。話すことはできない〉と記す。

八七年、義光、母アサヲが死去。実子の病状が悪化した。以来、実子を介護するのは姉とその夫である。「うちよか早よ、死んでほしい」。介護する姉は言う。重度障害の妹を一人残して死ねないというのだ。

道子は年齢よりも若く見える特集記事の実子の写真をじっと見つめる。「（行政は）水俣病の基礎調査もしとらんですもんね。徹底的に一軒一軒調べれば、今なら分かっとですよ、病人の出た家。川本（輝夫）さんの二、三軒隣に、よだれを流した人がふらふら出てきた家があった。家族全員が（同様の症状を呈するように）なんなはって、そのうち水俣におらんごとなりなはった。川本さんはそげん言よらした。調べようと思えば調べられるはずです」

道子は「患者さんが大勢おることを実証するために、私は、一軒一軒訪ねていこうかと思っとですが、（パーキンソン病発病で）行かれんごとなりました。きつくて、体がふるえ、歩くこともままならない。水俣病の症状にそっくりなんです」と言うのだ。

二〇一六年、道子の未発表原稿「もうひとつのこの世とは　仮称水俣病センター設立のはじめに」が見つかった。水俣病センター相思社の設立（一九七四年）のため、一九七二年一〇月一一～一四日の水俣病第一次訴訟の結審時に書かれたものだ。顔の見えなかった被告企業を公開の法廷に引きずりだして、有機水銀による責め苦を受けた積年の怨みをぶつけるつもりだったが、法体系にのっとった裁きの場は原告と被告との直接交渉を許さなかった。結局、おカネの話に終わりそうなので患者らは苛立った。

告発する会代表の本田啓吉は結審初日の模様を次のように『告発』に書く。

〈四十三名の原告は、つぎつぎと、「カネはいらん、死んだ親をかえせ／動かなくなったからだを元通りにしてかえせ、不知火の海を毒によごされぬ海にしてもどせ」と叫び続けた。補償金請求の裁判をしている原告が、「カネは一銭もいらん」と主張する自己矛盾、法廷は生活民が敵チッソを引きずり出すために止むを得ずえらんだ場にすぎぬという、この裁判の本質を、それはまざまざと示したのである。（中略）三年四ヵ月、出張尋問もふくめると六十日をこえる審理に毎回通いつめながら、「（法など介在せぬ）あいたいの話し合いの中にしか真実は成立しない」という生活民の感覚と論理を、みじんも変えはしなかったのである〉

法廷ルポともいえる道子の「もうひとつのこの世とは」は目の前の現実を渾身で写し取る。「作品」としてではなく、センター設立の力になる「記録」として書いたようだ。何かテーマを決めて象徴化しようなどとは考えず、あえてそのままといった風情である。レンズを通さず直接事態を目にしているような迫真性がある。

《……法廷天井の四台の扇風機はこの朝止まり、患者たちはふるえ出す足と手を膝の間の杖に託してうなだれたりしていたが、「見舞金で和解は成った」というあたりになると、やがてその足を必死にのばし、手をさしのべて叫び出した。／「お前のぉっ、命を買うたぞおっ！良かかあっ！皆んなあっ、そいつの命を買うぞおっ！見舞金の値だんで、買うたぞおっ！」／「買おたぞおっ！腕ば買うぞおっ、足ば買うぞおっ！水俣さね連れてゆくぞおっ！」／「よかか、よかかっ！切れば血が出るか、出らんか、返事せろ、返事せろっ！」／齋藤裁判長が、その状景に／「わかった、わかりました」とうなずきながら閉廷を宣するや、わたくしの隣にいてあえぎ続けていた故溝口トヨ子の母が、体に巻きつけていたコート類を、はらり、はらりと落ちこぼしながら、足元も覚つかなく両手を泳がせながら、土屋総務部長（チッソ）の方へ歩み寄って行った……》

全存在をかけた魂の対話を求める原告患者側と、法体系にのっとったクールな交渉をのぞむ被告側との断絶が、水俣弁の絶叫とともに描出されている。坂本眞由美・しのぶの母、平木トメ女、坂本きよ子の母、溝口トヨ子の母ら被害者の親族が「ああ！ああーん」と泣き叫ぶ。魂のやりとりをしようにも、チッソの側の背広の男は魂の抜けた土偶人形のように無表情のままだ。彼我の違いはあまりに大きい。違い、というより、人間はわかりあえないのか、という深い絶望感に患者を誘う。《魂はすぐにあらぬ彼方にさまよい泣きをするのである》

「病人も泣く、私も泣く、無念泣きじゃがな」

患者家族の陳述が虚しく響く。判決が半年後に迫る。

〈「渡辺栄蔵、千百万円および内金……」「上村智子、千八百九十二万五千四十一円……」――その一瞬、両親に抱かれていた智子さんはカッと両目を開き、のけぞるように天井を見上げた。そして、言葉にならない、声を発した。「アーアー」〉

一九七三年三月二〇日、熊本地裁で水俣病第一次訴訟の判決が出た。毎日新聞の同日夕刊は判決の瞬間の傍聴席の模様を伝えている。患者側の勝訴。チッソの責任を認め、総額九億三七三〇万円余りの補償金の支払いを命じた。胎児性患者の智子が第一回の口頭弁論で「アーアー」と声を上げて裁判長から退席させられてから三年半がたっていた。

一面から社会面まで水俣病裁判一色の紙面で異彩を放つのが判決を受けての石牟礼道子の寄稿「生き供養」である。水俣病患者杉本栄子の「魚の供養」や「生きとるもんの供養」など水俣の日常を淡々と記すのみで裁判の結果にストレートに反応していない。地裁の判決は水俣病闘争の大きな節目であるのにかかわらず、である。流星群などの異変に人々が大騒ぎして一斉に空を見上げているのに、おかっぱの少女だけがひとりしゃがんでうつむいた姿勢のまま狐や魚と戯れている――そんな風情なのだ。

「水俣だって補償金は勝ち取りましたけど本質はつぶされています」。七三年、荒畑寒村(一八八七―一九八一)との対談で道子は述べている。もとより「絶対負荷」の闘いである以上、「勝利」も「決着」もないのは分かっていた。加害者と被害者の相対という仕方で魂のぶつかりあいをしてみたかったのだが、近代の司法制度はそれを許さず、金銭の交渉事に終わってしまった。

判決後、原告患者は上京し、自主交渉派と合流して「東京交渉団」を結成する。七〇日間に及ぶチッソ本社占拠の末、七月九日、判決の補償額をベースにした補償協定書に調印した。傍若無人な「近代」のふるまいにノーをとなえた闘争の事実上の終焉である。〈水俣病闘争についての様々な幻想が打砕かれてゆく過程であったともいえる〉。告発する会の会員、松浦豊敏は『告発』終刊号に総括を書いている。前近代を色濃くとどめる患者の生活と情念に寄り添うことで、近代の枠組みを内側から食い破ることを目指したのだったが、結局それは幻想にすぎなかった、というのである。

《永遠に空転している感じです。運動へのかかわり方自体もやっぱりうわの空で（中略）文学と運動との間が破綻する。ひきさけてくる。これも宿命（中略）日本近代化の死に花を咲かせて水俣が死ぬ（中略）実質はあるといえばあるのですが、一種の定かならぬ虚構の抱いた、虚構の運動だったという気もするのです（中略）永遠の徒労みたいなものに向かって進む第一歩が、またそこからはつづいていく……》。道子は七三年、上野英信との対談で率直な思いを吐露している。

道子の要請で告発する会を組織し、闘争を主導した渡辺京二は「自分の全身をそこに投入していくことは一種狂気がないとできないことですよ。前近代的なものをひきずっている漁民たちとまったく都市の人間、学生や知識人が闘争の場で一緒になる。全然別世界の人間がひとつの世界を共有できるのではないかという幻、もしくはビジョンが闘争の原動力だった」と闘争を振り返る。

闘争のさなか、渡辺は書く。〈裁判は彼ら（患者）の欲求の仮装形態にすぎない。真の欲望の表現形態を求めて、にじり寄る一歩にすぎない。／彼らは何を求めるのか。何を表現したいのか。私の考えによれば、それは石牟礼道子氏の「もうひとつのこの世」という言葉の指示するものにほかならぬ〉（「現実と幻のはざまで」）。存在をかけた思想の問題であるというのだ。

道子にとっても水俣病闘争は「人間存在が背負っている深い未知の中に降りてゆく」ものにほ

かならなかった。道子は渡辺に呼応するように、「私のゆきたいところはどこか。この世ではなく、あの世でもなく、まして前世でもなく、もうひとつの、この世である」というのである。「もうひとつのこの世」とは、たゆまぬ希求の果てに訪れる天啓のようなものだ。意識的に招き寄せることができない、夢幻のごときもの。しゅり神山の狐おぎん、ぽんぽんしゃら殿、ゴリガンの虎といった者らのいわば夢の尻尾を道子は追いかけてきた。

道子のサポート役は一貫して渡辺である。

「(浮世離れした道子を) 放っておけないからね。縁です。私にとっても石牟礼さんとの出会いは大きかった。彼女の世界に接し、歴史・思想家としての自分の表現の仕方が分かってきたのです」と渡辺は言う。知識人と非知識人。道子は「正反対だから合うのでしょう。私は常識を知らないんですよ。この世から外れている。渡辺さんがつないでくださっています」と話すのだ。

二〇一五年春、道子は写真家の桑原史成と電話で話した。水俣病が「奇病」といわれていたころからの知り合いである。患者家族から「学生さん」と呼ばれて親しまれた。

「あなたが撮った上村智子ちゃんの写真をちょうど今、見ておりましたよ」

晴れ着の智子を支援者らが囲む。道子の夫の石牟礼弘、義弟の西弘（一九四〇―二〇〇一）の顔もある。

「ずいぶんお久しぶりです。あといっぺんくらいお目にかかりたいですね」

道子は写真集の患者の顔をひとりひとり慈しむように撫でている。いいお仕事をなさいましたね、という意味のことを桑原は言ったようだ。

「いいえ、まだ足りません。肝心なことをまだ言い得ていないような気がいたします。足りないですよ、書きます、水俣のこと」

ドイツ文学者、臼井隆一郎（一九四六年生まれ）の『「苦海浄土」論』は二〇一四～一五年の冬、道子の愛読書になった。一四年夏の刊行後、渡辺京二が「これまで書かれた石牟礼論の最高峰」と激賞。道子にしきりに推奨し、道子も、渡辺がそこまで言うなら、と読む気になったようだ。

二〇一五年一月のある日、道子が「ハハハ」と愉快そうに笑った。夕方になると目がかすむ道子のために私は『「苦海浄土」論』を大きな声で読み上げていた。本の後半の〈血統書付きの狂女〉という言葉にくすぐられるように道子は反応したのだ。

〈（石牟礼道子は）幼少時から狂女の祖母と心を通い合わせ、しかもその祖母との間で魂が「入れ替わった」血統書付きの狂女である〉

「狂」は石牟礼文学のキーワードの一つだ。道子が幼い頃、盲目の祖母モカは神経を病んでいた。初期エッセイの「愛情論初稿」に《気狂いのばばしゃまのお守りは、私がやっていました》とある。《三つ子の魂と、八十くらいのめくらさまの魂とが、入れ替わったのです》（「あやとりの記」）

神経病みの祖母だけではない、道子の日常は、酒におぼれる弟、耳たぶに穴があいたからゆきさん、中学生に刺殺された遊女――ら、《社会の中の一番深いわれ目》（『潮の日録』）ともいうべき存在といつも共にあった。《魂が吐血した》（同）ように道子は和綴じの手帳に歌を書き留める。

《いつの日かわれ狂ふべし君よ君よその眸《め》そむけずわれをみたまえ》

水俣での主婦時代、記録作家、上野英信の夫人晴子に「あなた、こんな所に何十年もいて、よく発狂なさいませんでしたねえ」と言われ、道子は「いいえ、もう発狂してるんですよ」と答えている。《自分の中に狂気の持続がある》という自覚があった。《妖異の方角へわけ入ってみたい本音》をもてあましていたのである。

一九七〇年五月二五日。水俣病患者支援者が厚生省を占拠し、世間の耳目を集めた。この日、道子からビラを受け取ってすぐに握り潰した背広の男がいた。ビラには一三歳で亡くなった胎児性患者の田中敏昌の写真が印刷されていた。

《どうしてもいやされぬ痛覚によって、わたくしは、ひとりのにんげんを追い求め続けている》《骨が小さくなっているのよ。おねがいだから、握り潰さないでよ、小さくなってんだからほんとに、助けてよ！　ア！》（「絶対負荷をになうひとびとに」）。実際には追いかけて詰問したわけではないのだが、道子は死んだ胎児性患者になって、心ない男を追い詰める。《「なんだ？　たかが写真じゃねえか」「おめえ、ガンつける気いか」》。現実にはなかった相手の男の台詞も書く。《知るか、そげん田舎の、えしれぬ病気ば。こっちは大忙しの東京の人間ぞ》と男の長い言い分まで代弁するのである、水俣弁で。

近代の枠組みに収まりきらないものを健常な人たちは狂気と呼ぶのでしょう。無垢な存在を平気で握り潰すのが正気ならば、わたくしは堂々と狂気になる。握り潰した男の背にどこまでもへばりついてまいります。覚悟なさいませ——ちょっと鼻にかかった道子の甘い声が聞こえてくるようだ。

《ごかんべんじゃなか。はい、あんた指を切って。わしが書く。（中略）そんかわりあんたの指をわしが切る、いっしょに。はい、返答を、返事を書いてもらう血書で。おなじ苦しみならよかたい、人間としていっしょに。いっしょに苦しもうじゃなかな》（『天の魚』）

一九七一年一二月八日、約二〇〇人の告発する会会員は東京・チッソ本社応接室を包囲した。患者と会社首脳との直接交渉を支援するための実力行使である。川本輝夫ら七人が社長と向き合う。同年秋、川本らは新たに水俣病患者として認定された。「一律三千万円、年齢・症度による差別は許さない」。水俣病史上初めての直接自主交渉。机上であぐらを組んだ川本は涙を流しながら社長に「血書を」と迫る。社長は「ごかんべんを」と繰り返す。

〈ただ印鑑ついたけんちゅうて、そぎゃんことでごまかさるるか、人間の苦しみが。胎児性の患者はどげんしとるか、おまえ。今まで、おまえ、どれだけ……きのうからこうやってずうっとおなじようなこと聞いて来たぞ。そんなものは聞き飽きた、もう〉（『水俣病闘争　わが死民』）

この場には道子もいた。報道写真や映像が伝える道子の忘我の表情から《妖異の方角》へわけ入ったのは明らかである。胎児性患者となって不実な男を糾弾したように、《あんた指を切って》と書く道子は川本その人だ。カミソリを持つ手まで同じかもしれない。法律や契約で処理することに慣れた大企業幹部には、「指を切れ」という要求は狂気以外のなにものでもなかっただろう。

《患者さんが死んでゆかれるのに立ち会うことになってしまいまして、こういう人たちが、チッソの社長や幹部の人たちと向きあう場所に度々居り合わせたのですけれど、その向きあいますときに、自分たちは、あるいは死んだ者たちは、生きてあたりまえの人生を送りたかったのだ、ということをおっしゃりたいのですが、なかなか相手にも世間にも、それが伝わりません。金をゆすりに来たぐらいにしか受けとりません》（「名残りの世」）

自主交渉は一年八カ月もの長期に及ぶ。東京のビル街に出現した座り込みテント群は東京の新しい名所となった。タクシーの運転手や商店主らからカンパの申し出がひきもきらない。『告発』

東京チッソ本社内、血書を求める川本輝夫。1971年12月。
（撮影・宮本成美）

によると、寄せられた金額は、七一年暮れから翌年一月までの一カ月間だけで五〇〇万円を超えた。

テント内の支援者らは『日刊恥ッ素』という名前の手刷りの刊行物を水俣の患者宅に送っていた。〈あたりまえに生きるとはどういうことか。この世と心を通い合わせて生きてゆきたいということなのです〉と訴える自主交渉の刻一刻の状況を水俣の留守番部隊に伝えようというのである。携帯電話やインターネットがある現代と違って、当時は固定電話か電報か郵便しかない。『日刊恥ッ素』は「チッソ本社前座り込みテント内　東京水俣病を告発する会」が発行元。毎日根気よくガリ版を切って発行したが、患者たちには「便所の紙にもならん、紙代のもったいなか」と不評だった。水俣では新聞、雑誌、広告紙、包装紙など紙のたぐいは便所の落とし紙として使うことが多かった。それなのに、『日刊恥ッ素』は落とし紙に使えない。A４にも満たない小さな紙だったし紙質も粗悪だったからだ。

七二年一月二七日発行の『日刊恥ッ素』第一六号を手にしてみる。「更なる支援を！　自主交渉の意味」の題で道子が書く。

《東京チッソ本社における自主交渉の意味とは何か。それは、はなはだ簡単なことである。／殺されるものは殺すものに対して、ものを云い切って死ぬ、ということにつきる。／（中略）身内たちの悶絶にいたる声音を、心の耳に聞きとどめ、みずからもやがてその死のあとをたどってゆくものたちがひと声もあげずに死んでゆくであろうか。／東京行動のすべては死者たちの声の継承者である。生存被害民たちが、殺すものたちにむきあい、まなこをあげて、死者のことばをいうにある。誰が、これをとどめることができうるか》

臼井隆一郎『「苦海浄土」論』は、神話などに登場する奔放な龍と執筆や運動に奔走する道子をイメージ的に重ね合わせて締めくくっている。『苦海浄土』三部作は〈金泥色に染まる海と空のあいだを昇り上がる「龍の船」〉なのだ。夕食の膳に手をつけず、じっと私の朗読を聞いていた道子は、「まあ、私が龍」と驚いてみせるのだった。

8　行き交う魂

一九七〇年一〇月一三日、道子は黒地に「水俣死民」と染めた吹き流しを二〇本作った。この日、大事な人を亡くした。新日窒水俣工場付属病院長を務めた細川一。六九歳。水俣病の第一発見者である。

《昭和二十九年から当地方において散発的に発生した四肢の痙性失調性麻痺と言語障害を主症状とする原因不明の疾患に遭遇した。ところが本年四月から左記同様の患者が多数発見され、特に月ノ浦、湯堂地区に濃厚に発生し而も同一家族内に数名の患者のあることを知った……》

『苦海浄土　わが水俣病』の冒頭、盲目の水俣病患者、山中九平少年の苦患を語った作者はすぐさま細川の厚生省への報告書を引用する。まだ作家になりきれていない、一介の主婦の立場から水俣病を書こうとする道子にとって、細川は信頼するに足る医学の専門家だった。細川も道子のひたむきさに打たれたようだ。報告書は写しを細川自身が道子に提供したのであろう。〝盲目のひとり野球部〟とでも形容したい山中少年の記述のあとに、唐突に挿入される細川の言葉が、船の龍骨のようにミシミシと作品の導入部を支える。そんな構成からも、細川に寄せた信頼の大きさが察せられる。

細川一院長は一九五六年五月一日、「原因不明の中枢神経疾患が多発している」と水俣保健所に報告した。細川は二年ほど前から自分の医療経験が通じぬ「奇病」の存在に気づき、独自で住民の聞き取り調査を進めていた。二人の姉妹の発病で異変が顕在化した五月一日が、水俣病公式発見の日となった。〈いままで存在しなかった新しい病気の発生である〉（細川一「今だからいう水俣病の真実」『文藝春秋』一九六八年一二月号）

一九五七年五月、細川らをメンバーにチッソ社内研究班が発足。一九五九年七月、熊本大が「水俣病の原因は有機水銀」と発表。チッソ水俣工場の排水を疑った細川は、排水を猫に与える実験を始める。アセトアルデヒド廃液を一日二〇ccほどご飯にかけて食べさせる。〈餌《え》をやりにいくと、よくなついてノドをゴロゴロと鳴らしたりする。その猫の発病を待つ気持には、ちょっと耐えがたいものがあった〉（同）

同年七月二一日（実験開始）から七七日目の一〇月六日。「猫四〇〇号」（実験開始から四〇〇匹目。白黒のメス。体重三キロ）が水俣病と同じ症状を呈した。以下、発病の日の「細川ノート」から引く。

〈一〇／六　症状発現／元気なく、うずくまる。檻内で少しよろめく。毛の光沢なし／一〇／七朝食後間もなく間代性痙攣発作並びに跳躍運動（一分以内）を認める。外に出してみると失調、振顫が著明で元気なし。更に一回、間代性痙れん発作（瞳孔散大、よだれ）襲来す〉

「水俣病の原因はチッソの排水」と確信した細川は会社の技術部に実験結果を伝える。しかし、上層部は「実験結果を決して口外せぬよう」と言う。細川ノートには、〈この実験は続行を切望したが出来なかった。西氏が、排水を取りに行ったが拒まれた。（中略）病院側から係排水の研究〈本実験〉を強調したが徳江氏等にけられた〉とある。排水の本格的調査を提案したが、受け入れられなかったというのである。「徳江氏」は当時の技術部長徳江毅である。〈ここでケンカしてしまっては、これから先の実験ができなくなると思い、わたしは一時研究を中止して次の時期を待とうと思った〉（同）という。

一九六二年五月に退職した細川は、〈利潤追求のみを考える工場と生命尊重を第一義とする小生との間には思想的に相入れないものが根底にあった。工場医としての小生は甚だ弱い立場にあり全く孤独な立場にあった。然し悲惨な患者を見るにつけ、小生の信念は次第に強くなり、遂に出来る丈けの研究を続けることを決心した〉というメモを残している。細川は故郷愛媛の三瓶病院内科などで診療活動をした。一九六五年七月、新潟の第二水俣病の現地調査に宇井純らと参加した。新潟からの帰りに、東京のチッソ本社に寄り、未公表の資料の公開を迫ったが、果たされなかった。

一九七〇年五月、細川は東京の病院に入院した。末期の肺がんである。七月四日、水俣病第一次訴訟の臨床尋問が入院先でおこなわれた。原告側弁護士によると、細川は証人になることを全く逡巡しなかった。焦点は、チッソが工場排水を水俣病の原因と認識していたかどうか、である。裁判でチッソは「排水に有機水銀が含まれていることを当時は知らなかった」と主張していた。

病床の尋問で細川は、猫四〇〇号についても包み隠さず述べた。「猫の発病に、私はびっくりしました。これは水俣病じゃあなかろうか。私が報告に行きました」と細川は語った。「会社の技術部も猫四〇〇号のことは知っていましたか？」と原告弁護士が問う。「ええ」と細川は答えた。会社側が、排水を水俣病の原因と認識していたことが裏付けられたのである。三年後の一九七三年、患者勝訴の判決が出た。

細川について、会社在籍中から闘うべきだった、上層部の意向にさからって排水が原因だと言い続けていたなら、排水による被害はもっと小さくなっただろう、という声がある。医師の原田正純がこの意見だ。

しかし、道子はそこまで求めない。細川は社内医師の立場でやれる範囲でやった。退職後も人間としての節を曲げなかった、というのである。道子は「この世ではないもうひとつのこの世」を求める人であるのだから、社会的正義をめぐる「この世」の議論にはつい気もそぞろになるのは無理からぬことである。

《先生ほどの眼《まなこ》に私は遭ったことがない。細川先生の眼は、笑いなどしない。和ごんで優しいかぎりだが、笑わない。お顔は笑われても、先生の御目の光は青みをおびて深く沈み、不思議な光をはなって燃えている》(「もうひとつのこの世へ」)

「この世ではないもうひとつのこの世」の入り口かもしれぬ細川の人物そのものに道子は深甚な興味を抱く。

《水俣病の話など、なぜこのきよらかな先生にたずねなければならないのか。いつも私はそう思っていた。ノートも控えた。戦争の話や、夫人との御結婚当時のお話、愛嬢静子さんのお話をよくされた》(同)

一九七〇年五月四日、道子は細川を見舞うため家を出た。途中の岩国から、細川が入院している四国伊予大洲の病院に電話した。電話に出た細川は「東京の癌研に入院しますから、東京に来てください」と言うのだ。細川の孤独を道子は思いやった。

《「ほらね、ちょっとお手を借して下さい。ぼくの癌は、こんなにほら、どんどん、どんどん大きくなってゆくのですよ、毎日。わかるでしょう？　この骨の下です。わかりますか？」》（『天の魚』）

天真爛漫ともいえる態度で自身の病気を語る細川にさすがの道子も沈黙するしかない。細川は言葉を連ねるのだった。

《「私はね、自分を含めまして、水俣病にかかわった人間たちのことをね、その日常生活の方から、裏側から、ありのまま、書いておこうとおもっています」》（「もうひとつのこの世へ」）

《「――あの子どもたち……ずいぶん、大きくなったでしょうね。どうしていますかしら……」》（『天の魚』）

「あの子どもたち」というのは胎児性患者のことである。「元気にしています」と言えば空々しい。ひとりひとりの顔を思い浮かべながら、「おおきく、なりました」と道子は言った。

《「――私はね、ひとりで、ガンと、むきあおうと、おもいましてね。家内に知らせますと、かなしみますからね。最初隠しておりました。そしたら、ぼくの頭脳が、じつにきれいに冴えてきまして、あんなこと、ぼく、びっくりしましたねえ。／ほんとうに、ぼくのアタマに、冴え渡る時期が、はじめて訪れまして。やっぱり、一生に一度は、そのような時期が訪れるのですねえ。本をたくさん読みましたよ。きれいに、みんな、はいるのですよ、いろいろなことがよくわかった。学生の時も、あんなこと、なかったなあ、しあわせでしたよ。よく勉強した。あなたの本もよく読めましたよ。／あなた、ほんとうに、つらいですねえ――ぼくはもう、助けてあげられません。／かんじんのとき、皆さんのお役に立てなくて、ふがいないです。チッソはしかし、このまでは、助からないなあ。ぼくは、ほんとうに、不思議でなりません。どうしてでしょうか。あんなにがんばって。罪がないなどと……早く、悔いあらためなければ……」》（「わがじゃがたら文より」）

この語り口、耳元で恋人にあまくささやくようなトーンにはどこか覚えがある。そう、橋本憲三である。本書「森の家」の章での、道子が再現した憲三の語りを思い起こしてほしい。道子は人間の美質に見入ってしまう人である。細川の語りに身を任せた瞬間、本能的に、とっさに水俣病を棚上げしてしまったのだ。

道子とて、水俣病患者救済運動にかかわる以上、加害企業の情報は喉から手が出るほどほしい。実際、細川の退職後、道子は「細川ノート」の行方をとても気にしている。生身の細川に面会したからには、チッソのこと、水俣病のことを、徹底的に聞くべきだったが、道子はそうしなかった。

高群逸枝のことを知るために橋本憲三に話を聞き、憲三の人柄、その語りに魅了されてしまい、逸枝のことはしばらく棚上げして、憲三の人間性の追求に重心を移さざるを得なかった。細川の場合も憲三と同じことになった。細川の語りに身をゆだねることこそ道子がいまなすべきことだった。

《――美しく生きたいのですがね、我々は凡人ですからね。美しい話をしたいなあ――》（「もうひとつのこの世へ」）

己の苦痛を語らない。他者の悪についても決して語らない。《たとえば詩を書くことを恥とする詩人、哲学を語ることを恥とする哲学者がいるとすれば、先生のような魂をいう。／先生のお口からもれるお言葉のうちで、「美しい」という語は、もっとも先生にふさわしい》（同）。社会的正義を重視する原田正純の視点からはなかなかうかがえない境地である。
《生死のあわいにあればなつかしく候／みなみなまぼろしのえにしなり／生死のあわいの内と外は、生か、死です。そのあわいの闇の中までは、たしかにわたくしは近づきました。水俣病という運命共同体の中で。／さらにわたくしも沈むでしょう先生。すこしずつ》（「わがじゃがたら文より」）

道子は細川の死を語るとき、《われのいまわも鳥のごとく地を這う虫のごとくなり／いまひとたび、にんげんに生まるるべしや／生類のみやこはいずくなりや》（同）という祈りの文句を書きつけている。「この世ではないもうひとつのこの世」への入り口が細川だという道子の見立ては間違ってはいなかった。

一九六七年のある日、石牟礼道子は、栃木県の渡良瀬川の最下流から足尾銅山へ足を運んだ。当時四〇歳。《せつに、田中正造じいさまに逢いたい。彼の魂に逢いたい》（「もう一つのこの世へ」）との思いで、熊本県水俣市から単身やって来た。
《確かな本能そのものとなってこれに対応し、鉱毒の源をつきとめた人間の最初の直感というものは、どのような類いのものであったろうか》（「天の山へむけて」）

田中正造（一八四一―一九一三）は日本初の公害事件・足尾銅山鉱毒事件を告発した政治家。明治天皇への直訴や、強制収用の対象となった谷中村での徹底抗戦など圧政に苦しむ人々の側に立った。

一八八五年頃から、群馬・栃木県の渡良瀬川に上流の足尾銅山から鉱毒を含む廃液が流され、渡良瀬・利根川沿いで鉱毒被害が深刻化した。正造らは鉱業停止を訴えたが、操業は継続。政府は谷中村を強制廃村して水に沈め、治水のための遊水地とすることで鉱毒被害を消し去ろうとした。

公害という共通項はあるものの、南九州から北関東は遠い。歴史的にも水俣病事件の六〇～七〇年も前の話である。道子は『苦海浄土』の初稿となる「海と空のあいだに」を六六年に書き上げたばかり。患者救済の見通しは立っていない。〝歴史上の人物〟の正造がなぜ道子の意識にのぼってきたのか。

発端は、六二年の、『思想の科学』の特集「抵抗の根・田中正造研究への序章」である。権力による強制破壊、暴風雨、洪水にも屈しない谷中村人民の「神にもちかき精神・自覚」をまのあたりにし、自らの「知識の軽便者流」を恥じる正造の態度に、道子は共感する。

《水俣病にかかわってきたまったく孤独の年月を、わたくしは一三八頁きりの薄いこの研究誌との出遭いによってはげまされてきたといってよい》（「天の山へむけて」）と道子は書く。林竹二の《前近代の世界で達成されたもっともすぐれた精神をもって近代を切り開くのでなければ、近代精神とはついに根なし草であろう》（同）という文章は当時の道子の心持ちを的確に言語化したものに思えた。

道子は渡良瀬川のほとりで《田中正造の「貌」》を探す。正造の、民衆の魂の声を聞き取ろうとする。谷中村の住民の子孫や、鉱毒事件を伝えようとする人々と出会いを重ねる。《目玉ひかっていたぜ――。田中さん（正造のこと）というひとは。あんなに目ん玉光っている人間は、今はもういないね。（中略）子どもを敬ったね。子どもをみれば何様かと思うほどていねいにものを云っていたっけが、大人のね、えらい人の事は、子ども扱いしていたよ》（同）など、道子が聞き取った谷中村末裔の人々の独白は、水俣病患者の独白のように生彩を帯びて聞こえる。

道子は《わたくしは、おのれの水俣病事件から発して足尾鉱毒事件史の迷路、あるいは冥路のなかにたどりついた》（「こころ燐にそまる日に」）と感じる。加害企業との補償交渉のさ中、谷中村残留民をいつも思い浮かべた。文盲ゆえに土地を騙し取られた人もいた。《七十数年後の水俣病事件では、日本資本主義がさらなる苛酷度をもって繁栄の名のもとに食い尽くすものは、もはや直接個人のいのちそのものであることを、わたくしたちは知る。谷中村の怨念は幽暗の水俣によみがえった》（『苦海浄土　わが水俣病』あとがき）

政治・歴史学者の中島岳志は〈僕が非常に驚いたのは、石牟礼さんが水俣の問題に出会ったときに、足尾鉱毒事件を調べ始めたということなんです。つまり、石牟礼さんの時代からすると、六十年も七十年も前の死者たちと本気で交わり、その声を聞こうとした〉と語る（『三田文学』二〇一五年夏季号）。

《これは逆世へむけての転生の予感である。もはや喪われた豊饒の世界がここにこそある》（「こころ燐にそまる日に」）と道子は書く。過去を自分のこととしてとらえないと再生はない。過去こそが未来への道を開く。中島は〈僕は一九七五年生まれだから、『苦海浄土』が出た一九六〇年代にはまだ生まれていませんが、後にそれを読んで、フクシマの未来を考えようとしている。何が起きているかというと、石牟礼さんはあの時点で六十年前の死者の声を聞こうとして、まだ生まれていない未来の僕に語りかけていたということです〉（『三田文学』二〇一五年夏季号）

権力を後ろ盾にした資本による脅迫、詐偽、略奪……。道子は、『谷中村滅亡史』の荒畑寒村との対談で、「『谷中村滅亡史』をあらためて読み直しましたが、あとから体験します者には原型みたいなものが全部示してございまして、あまりにも見事にくり返すんだなあと思いましてため息が出ます」と述べている。

道子は、詩人・小説家の大鹿卓（一八九八―一九五九）の『谷中村事件』を愛読した。愛読というより、自らの思想の砦のように大切にしたのである。道子は同書の解説「こころ燐にそまる日に」で、《まならの中にその一行一行および行間にあるものをすべておさめ終えて死守したい》と率直につづっている。

大鹿は詩人金子光晴の弟である。《せめてその頃『文芸日本』連載当時にこの作品にふれ、あい願わくば大鹿氏との有縁を得ていたならばと痛切に思う》とも書く。大鹿本人と知り合いになりたかった、という。文中、「兵隊」という大鹿の長い詩も紹介している。道子は、大鹿という純粋な魂に、水俣で孤軍奮闘する自分を重ねていたのだ。

《この世の惨苦の奥にあるものは何であろうか。文筆の徒にしてこの世の実存のもっとも濃密な部分に相まみえうることは冥利につきることである。実存世界とはつねに一切世界の病いを身に負う体現者としての下層民の世界である。大鹿卓はしあわせにもそれをのぞき得た》（同）

故人の大鹿に向けてというより、自らを励ます言葉のように響く。道子は七〇年、谷中の屋敷跡で赤い小さな点のようなほおずきを拾った。そのほおずきを荒畑寒村に贈った。寒村はほおずきの株を増やし、三年後、三つほど道子に渡した。「きれいでございますね。ほんとにまあ、こんなかわいらしい実がなって」と道子は喜んだ。

「谷中村は、とても水が豊富で、そして川のぐるりに、膨大な野草がありました。土地に対する態度が違います、今と。それをとても大切に思いました」と八九歳の道子は語る。

道子の仕事場の仏壇に痩身で眼光鋭い男の写真がある。道子の父亀太郎である。娘夫婦や孫ら親族と一緒の写真から亀太郎だけ拡大したものだ。赤崎覚は、この父の大のお気に入りだった。「ここに来れば焼酎飲めるじゃろうと思って来ました」。水俣病がまだ「奇病」と呼ばれていた頃だ。水俣市役所勤務の赤崎が仕事中、赤い顔をしてやってくる。亀太郎が酒好きと知ってのことだ。「お前気に入った。まあ、一杯飲め」と手招きする。

「おじさん、きょうはな、奇病の集中しとる村に税金とりに行ってな、断られたもんで、全部出しなはらんでよかばい、五円でも一〇円でもよか、払いなさりまっせ、そすればわしが領収書ば書きますけん、督促状がこんごつなりますけん。そげん言うたら、みんな喜んで、一杯飲んでいきなっせ、ち言われてな。漁師さん方でごちそうになってきた」と赤崎が言う。父は「ますます気に入った。もっと飲め」と腰をすえる。

「おじさん。また来たばい」。赤崎は父を慕う。赤崎の愛犬フー子も座敷に上がろうとする。母ハルノが「足ばふいて上がるごとしつけときなっせ」とあわてて止める。赤崎は「それがなかなかしつからんとたいな」と苦笑いしている。「やりとりが楽しか。赤崎さんが来ると家の中が明るくなりよりました」と道子は回想する。

道子は赤崎とは水俣詩話会で知り合った。会の後見人は詩人の谷川雁である。理屈を弄する者を高みから論破、臣従させるのを常とした雁だが、のちに庶民史「南国心得草」を著すなど地に足がついた思索を旨とした赤崎には一目置いたらしい。「指導者的立場だった雁さんですが、赤崎さんに何か言いつけてさせるということはなかった。赤崎さんも黙って聞く人ではなかったですから」と道子は言う。

赤崎は「死んだ海」という、水俣特有の、自然と密着した暮らしを書いたエッセイを次のように締めくくっている。〈恋路島をめぐる、幾条もの岩礁が沖に向かって、旭形に走る。／岩礁には、海藻が多く付き、小さな魚貝類の棲家となっていた。／水俣の海が、魚の豊かな放牧地であり、漁師の生活の基盤になっていたのは、自然の理であった。が、今は、もうない〉

『苦海浄土』三部作には「蓬《よもぎ》氏」として登場する。ネーミングの由来は？「本名で書くわけにはいかんでしょう」と道子は言う。それにしてもなぜ蓬なのか。「私の家で蓬《ふつ》ダンゴをつくりよったけんでしょうね。愛情と親しみと尊敬をこめて蓬氏と名付けました」と話す。

さらに、「蓬は春になると毎年出てきます。摘みに行きよりました」と語るのだ。「ほう、蓬ばうんと摘んで。艾《もぐさ》にしなはるとな」「どこの畠も蓬ばっかりじゃなあ。精のある草じゃ。人間は萎えてしもうて」など患者家族の会話に蓬が出る。

水俣病という絶望的な状況を描くにあたって、身近にある好ましい植物に回生の希望を託したのか。

「……小父さんがついとるけん大丈夫じゃが」

少年患者の山中九平を励ます蓬氏の存在は、作者の道子にも、そして読者にも、大いなる救いになっているのは間違いない。たんに酔っ払っているわけではなかった。生きているだけで、苦しくてたまらないから飲むのである。道子によると、次のような会話が交わされた。

「赤崎さん、あなた、しらふで患者さんの家に行くことができないのでしょう」

「ほんなこつじゃな。オラ焼酎と二人づれじゃな」

「焼酎の中に隠れて行けるもんね」

一九六八年一月、道子は日吉フミコや赤崎らと水俣病対策市民会議を発足させた。赤崎のノートに四月二七日の市民会議会合の模様が記されている。〈御用学者がいて困る。民衆はどっちがほんとうか判らなくなっている。政府の役人は結着をつけるのは裁判以外にないと云う〉〈裁判で勝ったら一時金がなくなるのではないか。先きのことを考えれば、いっぺんにもらえばもらったで使ってしまうから、今のままがよい。裁判はしたくない〉〈発生当時になぜこれだけの応援がなかったのか残念です〉などの声のほか、道子の〈ニュースを自分のものにするため手紙ででもよいから記事を出してほしい。悩みごとなど。ニュースで互助会紹介したい。家庭訪問するからよろしく〉との発言が紹介されている。「ニュース」とは市民会議の機関誌のことである。

「互助会」とは水俣病患者家庭互助会。《自分のゆき女、自分のゆり、自分の杢太郎、自分のじいさまをかたわらにおき、ひとりの〈黒子〉になって、市民会議の発足にわたくしはたずさわる。（中略）患者互助会員たちの、語り出されない想いをほんのかすかにでも心に宿しえたとき市民会議は何ができるのであろうか。市民会議だなんて、対策、だなんて。原理的、恒久的、入魂の集団のイメージを、まるで欠落しているではないか……しかし、出発した。もっとも重い冬》

（『苦海浄土　わが水俣病』）

自らに厳しい赤崎は他人に対しても狷介ぶりを発揮する。

「あんた、今ごろ何しに来たつかい」。取材に来た記者らをチクリチクリいじめる赤崎の姿を元毎日新聞記者の三原浩良が『地方記者』に書き留めている。ＮＨＫアナウンサー宮澤信雄は「本当に地獄の底までつきあうか」と酒の席で赤崎に迫られた。

一九七六年に不知火海総合学術調査団の団長として水俣を訪れた歴史学者の色川大吉（一九二五年生まれ）にとってもみずからを痛めつけるように酔っ払う赤崎の姿は印象的だったようだ。七九年七月三〇日夜、石牟礼家で開かれた調査団を慰労する宴に泥酔した赤崎があらわれた。

〈鶴見和子は美人だとか、おっぱいに三分の一、さわらせろとか。色川の本は読みやすすぎるとか、本は立派だが実物はバカみたいだとか、言いたい放題。昨夜は水俣での運動の古い功労者として暴言にも耐えていたが、こんどは団員たちも黙っていない。激しく言い返す。かれは追いつめられると、途中で猥雑な歌をうたいだし、ダウンし、やがてタクシーで帰っていった。聞けば、酒乱で女房に逃げられ、いま一人暮らしをしているとか。道子さんはそうした彼を愛し、かばっていた〉（色川大吉『昭和へのレクイエム』）

「この人は焼酎、飲んでばかりだけど、さりげない慈しみとお考えは人として立派なのよ」。道子は一人息子の道生に赤崎のことをこんなふうに語っている。

赤崎は五七歳で市役所を早期退職し、石飛で一人暮らしを始めた。市街地から南東へ約一六キロ。標高約五〇〇メートルの高原地帯。旧石器～縄文の遺跡が散在する。赤崎の石飛隠棲に先立ち、道子も四二歳で石飛移住を試みている（一週間で挫折）。「転居ハガキ文面」という題の道子のメモが残っている。

〈ごきげんいかがおすごしですか。私こと文明忌避症こうじ、この一月、山の上に住みつきました。開拓団が放棄したこの部落、私を入れて七戸。水俣から一輌きりの豆汽車が谷あいを登り、久木野駅から徒歩四十分登ります。縄文土器出土するここは万葉の原野。馬酔木の花に酔い、夜はまなかいにものの怪ひそむ中世的谷あい。自分がものの怪になって水俣病地帯上空あたりを飛ぶことにいたしました。ごぶさたのあいさつまで。お大切に。かしこ〉

古代帝国の遺跡を思わせる石飛には、純粋な魂を引き付ける何かがあるらしい。余談ながら、道子が現在、常備しているお茶は石飛産である。

二〇一一年に「初期作品」として『群像』に掲載された六〇枚の短編小説「石飛山祭」は『苦海浄土　わが水俣病』に先立つ道子三六歳の作だ。水俣における石飛の思想的・地政学的意味を、雨乞いや人身御供など歴史的厚みのあるイメージで形象化してみせた充実の逸品である。

《その村に隠れた因縁を、身に継いで生れあわせたもだえ女《おなご》が、そぎおとそうとておとせぬ添え物のように、ひとりずつぐらいはおって、語りものにされる》《この世を恋うてでもいるかのようななつかしげな悶え性》

石飛の泉の数々が水の脈となって平地へくびれこむ。水の権力をほしいままにしていた支配者を成敗したのは一〇〇歳を超えようかという瞽女《ごぜ》だった。瞽女は死を司るだけではない、産婆として、生と死の境界で惑う者を導きもする。《麓より一段と、陽にも雨にも近い石飛》では生死が隣り合う。終末の次には再生が巡り来る。

水俣には「悶えてなりと加勢せねば」という言い方がある。非力、無力であっても人の悲しみを自分の悲しみとして悶える人間は「悶え神」といわれる。現世では徹底的に非力で無力な存在ながら、死の感受性に秀でるなど超常的な力を持つ瞽女は、道子の自画像とも読める。

一九九〇年一月、死後二日の赤崎が石飛の小屋で見つかった。享年六二。「ストーブがついたままだった。深酒したんでしょうか」と回想する道子の顔が曇る。葬儀の日、谷川雁から届いた弔電は半ば伝説化して伝えられている。赤崎の幼馴染の水俣市の書道家、渕上清園（一九二七年生まれ）が正確な文言を記録していた。

〈まじりけのない／ひとくれの土よ／何もかもそのままに／静かに変わっていけ／ふる雨はきょうから／君の酒になる〉

「大めしばっかり食うて！　お前どもを養うばっかりに、世帯倒れする！」

道子が育った家にはいつも猫がいた。多いときは一二、一三匹の猫が狼藉の限りを尽くす。箒で追いかけ回す母ハルノの声が家中に響く。

父の臨終の場にも猫はいた。「枕元に仔猫がおったですもん。こまか猫がミャオミャオミャオちゅうて父に寄っていく。気づいた父が、こっちけーこっちけーちゅうて、手を伸ばす。父のところに行き着かんうちに父は息が絶えました」と道子は言うのだ。

茂道、袋、湯堂、出月、月ノ浦……。水俣病の爆心地といわれる海辺の各地域の異変を最初に告げたのも猫だった。

《猫たちの妙な死に方がはじまっていた。部落中の猫たちが死にたえて、いくら町あたりからもらってきて、魚をやって養いをよくしても、あの踊りをやりだしたら必ず死ぬ》（『苦海浄土　わが水俣病』）

「あの踊り」とは『熊本医学会雑誌』によると次のようなものである。《異様ナ奇声ヲ発シナガラ、アタリヲ無差別ニ歩キマワル。コノ時ノ歩キ方モヤハリ失調性デアル。マタコノトキ流涎ノ著明ナコトモアッタ》。抜き差しならぬ事態を伝える片仮名の記述が不気味である。猫を箒で追いかけ回すような牧歌的で人間的な余裕がどこにもない。

道子が熊本市・健軍の真宗寺脇に移った五一歳ごろだ。頭上から声がする。鳥のさえずりのような美声である。はっと思って見ると、不器量な黒猫が銀杏の高い枝の上でふてくされたようにこちらをにらんでいる。放っておこうとすると、また美声で呼ぶ。道子の足が止まる。

――こっちへ来ませんか。

――何か食べさせてくれるの？

――食べさせますよ。

――じゃ、行ってみようかな。

牝の黒猫ノンノが道子宅にすみ着いたのである。賢いノンノは女主人が留守をしたりするとすねてみせたりする。随筆「ノンノ婆さんにかしずくこと」は「わたし」の語りとノンノの語りが交じり合うなど、道子とノンノのコインの表と裏のような関係を如実に映す。現世と夢が交代するように、お互いの魂が行き交うのだ。

《じつは目が醒めたと思ってる今が夢の中であってね、あんたとわたしはね、同じ夢の中にいるわけよ。でね、苦労してるというのはね、ほんとうはそれが現世の筈の、夢だと思っている世界、このひっくり返りを、どうやって元に戻せばいいのかなあ》

道子五七歳の長編小説『おえん遊行』（八四年）は竜王島という架空の島が舞台である。主人公おえんは気のふれた女乞食で、懐に抱いた精霊「にゃあま」といつも対話している。「にゃあま」というからには猫のようであるが、形はない。

《にゃあまと言う変てこなものも、おえんしゃまを借りているのかもしれず、まだ形を持たぬ前の、ものたちの気配が、そこらじゅうにひしめきさざめきあっている闇が、島を包んでいた》

——にゃあまさま、さびしゅうござりますなあ。おまいが居らんば、さびしかよう。

おえんは嘆いてみせるが、にゃあまとの対話はおえん自身とにゃあまになり変わったおえんとの間で行われるのだ。いわば一人芝居である。よそへ出ていってしまう魂をつなぎ留めるためには、自転車操業のように、言葉の行き来を続けなければならない。奇矯に見えても、その対話は常人が生み出せない含蓄や余韻を含む。《みよ、あの乞食女の方が、よっぽどこの世の闇と光を知っておるわい》と島人から賛嘆の声が出るほどなのだ。

おえんとにゃあまとの関係は、道子とノンノとの関係とパラレルであろう。「お前がわたしの前世で、わたしがお前の未来なのよ。お前がわたしの夢で、わたしが、お前の現世をあらわしているわけなの、やっとわかったよ、一緒に住んでいるわけが」と道子はしみじみノンノに語りかける。八九年二月、ノンノが死ぬ。道子の布団の上である。死骸を入れた箱を道子は抱え込んで放さなかった。

九五年八月、六八歳の道子は大分県佐伯市の民家に泊まった。親しい人たちとの小旅行である。同じ部屋で寝た渡辺京二の長女山田梨佐（一九五八年生まれ）は夜中、ある気配で目覚めた。眠ったはずの道子が四つん這いになってブツブツ言っている。

「お前たちは……どうして……言うことききかん……もうよか……どげんこげんも」と目下の者に言い聞かすような口調である。部屋には道子と梨佐しかいない。驚いた梨佐は「石牟礼さん、石牟礼さん」と呼びかける。道子は何も聞こえない様子で、低い姿勢のまま部屋の隅ににじり寄る。

「話していた相手は動物ですね、小動物です。猫かと思いましたが、猫とはちょっと違うような感じもありますし、精霊……でしょうね」と梨佐は振り返る。猫のような、形も定かならぬ精霊とは、にゃあまがそこに出現していたということか。

実は私も、にゃあまと会話を交わす道子を見かけることがあるのだ。熊本市の仕事場だ。声をかけるのがはばかられて物陰で息をひそめて待つ。にゃあまが腕をすり抜けたのか、やがて道子がきょとんと顔を上げる。

二〇一四年七月二〇日に熊本市で開かれたトーク・セッション「いま石牟礼道子を読む」で、「族母」がテーマとして浮上した。女性史学を創始した詩人高群逸枝の影響を道子が受け、『苦海浄土』三部作でも逸枝の言葉「族母」をキーワードとしているという指摘だ。

「族長」は一族の長という意味である。『苦海浄土　わが水俣病』では熊本文壇のボスが「族長」と呼ばれる。ならば、「族母」とは何か。『苦海浄土』三部作に二カ所出てくる「族母」を検討しても、たんなる「女性の族長」という意味ではないようなのだ。

トークの翌日、私は道子に「族母」の意味を聞いた。聞きに来ると思っていたと言わんばかりに道子が居住まいを正す。

「私の実感から醸成された言葉。逸枝さんも使っておられるでしょうが、逸枝さん専用ではありません。村々の女たち、という意味を私は込めています。族母と自分では名乗らないで族母である女たちによって村々は支えられている。女は権力にならない。男は権力になりますね」

道子は風呂から出たばかり。冷茶を飲み、近作の校正刷りに目を通す。

私は道子が逸枝の東京の家に滞在した折の「森の家日記」を読んだ。「族母」が出てくる。

《天来の孤児を自覚しております私には実体であり認識である母、母たち、妣たちに遭うことが絶対に必要でした。それは閉鎖され続けてきた私の中の女——母性——永遠、愛の系譜にたどりつくことですから》《私は自分の精神の系譜の族母、その天性至高さの故に永遠の無垢へと完成されて進化の原理をみごもって復活する……》

「具体的にどういう人たちが族母ですか」と重ねて聞く。

「私の母ハルノ、祖母おもかさま、そんな人たちが族母です。族母というよりむしろ妣《はは》たちというべきかもしれません」と言うのだ。

「妣たち」とは辛苦を抱え込んで生きた代々の女たちの総称である。「みっちん」と呼ばれた幼い道子は盲目で狂気のおもかさまといつも一緒だった。雪の夜、世界の暗部と対峙するかのようにおもかさまが立つ。みっちんはすがりつく。

《ばばしゃまは私の中に這入り、ばばしゃまについてゆくと、そこから先はあてどなく累々とつづく妣の国でした》(「愛情論初稿」)

おもかさまはみっちんをひざに乗せて歌うのだった。

《おきやがまんじゅにゃ墓たてろ／どこさねいたても地獄ばん》

「おきや」とは祖父の権妻(隠し妻)である。狂ったおもかさまを祖父が縁側から蹴り落とす。妣たちの末裔である「われ」もいつか蹴り落とされるのか。

おもかさまを狂気に追いやったおきやも妣たちの一人である。みっちんはおきやとも仲がよかった。おきやは浄瑠璃の名手である。浄瑠璃といえば、随分昔の芸能のような響きがあるが、道子によると、「テレビやラジオもないから、だれでもいっちょふたつは好きな浄瑠璃がありました。有名な浄瑠璃『葛の葉』は『少女倶楽部』の付録になっていて活字で読めた。浄瑠璃は当時の教養でもありました」という。

『苦海浄土　わが水俣病』旧版文庫版（七二年）「改稿に当って」の《白状すればこの作品は、誰よりも自分自身に語り聞かせる、浄瑠璃のごときもの、である》という書き出しが印象的だ。

生類と風土の総体が近代の暴力に蹂躙された水俣病という世界史的事件に、どんな知識人も手も足も出なかったのに、田舎育ちの道子だけが浄瑠璃という自家薬籠中の言葉で囲み得た。そんなふうな勝利宣言とも読める。

『椿の海の記』（七六年）は水銀に破壊される以前の、前近代の生の元基のようなものを純粋に抽出しようとした自伝長編である。「畜生のなり替わり」だと陰口をたたかれているおきやは苦しみを分かち合いたいと言わんばかりにみっちんに向けて浄瑠璃を語る。

《もとよりその身は畜生の　くるしみふかき身の上を……（中略）ちよこちよこちよこと爪立て　あるき乱るる萩すすき　はつと思ひて気をとりなおし……。／狐の姿をあらわしかけて、ちょこちょこと爪立ち歩いてゆくきわの、あわれでならぬ葛の葉は、おきやさまでもあり、おもかさまでもある》

《「やまももの実ば貰《もら》うときゃ、必ず山の神さんにことわって貰おうぞ」》

父はみっちんに言い聞かす。妣の国は「山の神」が君臨する豊かな自然に囲繞されている。人間、動物、植物、無生物の区別なく魂が宿るのだ。逸枝が指摘するように、妣の国には「人間と自然に血の通う血縁関係」があった。

二〇一五年三月、道子に「妣たちとは……」と質問を試みると、道子は「二十三夜」について語り始めた。意外な展開である。二十三夜は旧暦二三日の月待行事。十五夜のあとを数えて二十三夜の月の出をめでて、男子は禁制、女たちだけで宴をするのである。

お煮しめ、揚げ物、酢の物、白和え、中国風の麺、饅頭……。番の家に嫁たちが酒肴を持ち寄りよもやま話をする。酒の肴をひと皿ずつ持ち寄る決まりである。雨の日以外は働き詰めだった道子の村では女性にとって貴重な息抜きの場だった。唄も踊りも亭主の悪口も出た。嫁舅の確執も赤裸々に語られた。「かかどもは今夜なんば話よるとかいね、と男たちは気にしとったです。なんば話してもよか。むこどんの悪口をせいいっぱいゆうてやった。焼酎も腹一杯飲んでやった」

畏怖する男たちの声を道子が再現する。凱歌のように声を張り上げる。

「山の神さんたちが集まらす。今夜はおとろしかぞ」

地図は道子の好きなもののひとつだ。見るだけでなく自身が好んで描く。二〇一五年の晩春の午後、ペンを走らせる道子に遭遇した。

一見無造作な線や文字が、不知火のほとりのなつかしいふるさとを呼び出す。渚を渡る風、葬列。村人のしわぶきまで聞こえるようである。

「チッソの積み出し港をつくりに祖父は水俣に来た。無事にできたので栄町に道路ばつくった。山は道に食わせてしもうた、父も母も言いよりました。道というのは鎌首のようなものを持っといて、山を食うたのかと思いよりました。最後に残ったのが宝河内というところの山」

「一家は没落してとんとん村に移りました。段々畑。八幡さまがある。舟がつないである。小さなおわんのごと。チッソ工場。煙突がある。しゅりがみ山。丸島。水俣川。水門があって海の水が入る。夏は月見草も咲いた」

「猿を見たのは猿郷のこの辺です。段々畑の上に赤ちゃんを抱いて。見つめあった。とてもいとしそうに赤ん坊を抱いていました。お母さん猿に会ったって母に言ったら、猿郷の山のぬしじゃって母が言いました。小猿はお母さんにしっかりとしがみついとった」

『西南役伝説』（一九八〇年）の「あとがき」で、鹿児島で取材中、汽車を見たとたん二六年前の買い出し列車を思い出し、突如乗って帰ってしまった、と明かしている。《世の中とわたしがなにやらとんちんかんであるのは、この種のタイムトンネルをいくつもいくつも持っていて、そこに出這入りしているせいにちがいない》。手書きの地図もタイムトンネルのひとつなのだろう。道子が好んで使う「漂《さ》浪《れ》く」（あてどもなく歩き回る）という言葉。魂が「漂浪く」ためにも地図は有効なツールなのだ。

『西南役伝説』は「目に一丁字もない」一〇〇歳を超える古老数人の語りによる近代草創期の記録である。一〇編で構成。「深川」など四編は一九六〇年代、「天草島私記」など六編は七〇年代に書かれた。第一作「深川」（六二年）の三年後、「海と空のあいだに」（『苦海浄土　わが水俣病』初稿）が発表されるなど、『西南役伝説』と『苦海浄土』は主題のみならず聞き書き的な語り口において密接な関係がある。

《とんとん村という呼び名の村落に移り住んだことが不思議で、ここの村人や村の成り立ちが知りたくなり、庶民史というものを、つまりは文学の形で書いてみたくてそういうことを始めてしまったのだった》(「踏まれても生きた――『西南役異聞』」)と動機を記す。

〈雨は降る降る　人馬は濡れる／越すに越されぬ田原坂〉。民謡「田原坂」を道子が歌う。

「無文字社会に生きた人ですね、その人たちから見た近代というものは何か。どういうふうに始まったのか。西郷さんのいくさとは何だったのか。まず天草の古老を訪ねました」

「曳き舟」の語り手、須崎文造は六三年当時一〇三歳。ある日、沖に見慣れぬ外車《そとぐるま》の船が現れた。政府軍の徴用である。文造は道子に「田原坂ば通んなはっとの海の上から見えとったばい。行ったり来たりするのを沖から見とった。あの歌はほんなことぞ」と語る。攻防をじかに見たというのだ。「官軍の人たちは天草にも夫方《ぶかた》を探しにきた。そげんとにつかまれば、ろくなことなかばいちゅうて、みんな逃げだした」

《士族の衆《し》の同士々々の喧嘩じゃったで。天皇さんも士族の上に在《おら》す。下方《したかた》の者は、ど、い、い、うだげな》

《西郷さんと天朝さんとなしてたたかわしたか》

教科書の記述などとは異なる民話のようなトーンである。権力者は芝居の登場人物のようだ。古老が道子に乗り移ったかのような自由自在の語りの妙である。道子と対象の一体化といえば、『苦海浄土　わが水俣病』の中での老漁師釜鶴松との出会いが思い浮かぶ。道子は彼に乗り移られたかのように彼のすべてを理解したのだった。〈この世の森羅万象に対してかつてひらかれていた感覚は、彼のものの自分のものの同質だということを知っている。ここに彼女が彼から乗り移られる根拠がある〉(渡辺京二『苦海浄土　わが水俣病』解説)。

《油のような凪にでも、黒波が走り出す荒れのときにでも、風の方角と魚の寄る漁場とを見定めねばつとまらん。表づりの目のゆく方に、船は従いてゆくけん、その心配ちゅうもんは、ひと通りふた通りのもんじゃなか》。『西南役伝説』のこのくだりなど、『苦海浄土　わが水俣病』の杢太郎のじいさまの語りに加えても何ら違和感がないだろう。

古老と向き合う際、道子はメモを取らなかった。「けっこう面白かったけん、全部覚えとる」。ある古老は道子が取材者であることをいつのまにか失念する。「ん、あんたは誰じゃったけ、そこあたりの守りの子とばっかり思うぞ」。道子という「漂浪く」のが得意の聞き手を得て、古老らもまた「西郷さんのいくさ」の時代に舞い戻ったような臨場感を楽しんだようである。

「とてもよかったですね、肇ちゃんの祈りの言葉」

二〇一五年五月一日、水俣病犠牲者慰霊式が熊本県水俣市の水俣湾埋め立て地で開かれた。水俣病の公式確認から五九年。翌日、熊本市の仕事場を訪ねた私に、道子は開口一番言った。

「肇ちゃん」とは、水俣病資料館語り部だった杉本栄子（一九三八—二〇〇八）の長男で自身も語り部の杉本肇（一九六一年生まれ）のことだ。肇の祈りの言葉とは次のようなものである。

〈母さんが去ってから七年が過ぎました。（中略）「わたしは水俣病にのさったもんな……」あなたがよく口にしていた言葉です。「のさり」とは、天からの授かりものという意味。（中略）人を恨まず、人を好きになろうとしていたあなたの健気な姿は、みんなが大好きだった。（中略）あなたは「国も許す。県も許す。チッソも許す」と言った。なぜ「許す」のですか。（中略）誰も恨まないから私で終わりにして欲しい。と受け入れ難きを「許す」ことで、同じ悲劇を繰り返さないという「約束」をとりつけたかったのですね〉

肇の言葉を受け、道子は親密だった栄子をしのぶ。

「普通の会話の中で『のさり』という言葉がどんどん出てきよったですね。私たちの世代は『のさり』ってめったに使わんですよ。ずっと年上の人たちが使いよった。栄子さんに会ったとき、なつかしい昔の人たちに会ったような気がしたものです。憎んでばかりおれば、敵討ちせんならんと思っておれば、きつか。許すことにした。憎めば、きつか。チッソも許すことにした。私たち一家を汚なかもののように差別した人たちも許す。涙ばいっぱい浮かべてそげん言いなさった」

道子は杉本家との縁が深い。水俣病が「奇病」といわれた頃、多発地帯の茂道で会った患者が栄子の父の進である。五九年六月、水俣病を書こうとしても、まだなんの知識も人脈もなかった道子は「網の親方を訪ねれば、漁のことが分かるだろう」と網元、進を頼った。進は道子を「あねさん」と呼んでかわいがった。《どうして、ここらあたりの漁師たちは、誰も彼も、含羞にみちたまなざしをしているのだろう。透明で無垢で神秘的なやさしさ》と進ら漁師をしのぶ。

「松葉の飛ぶよに高台からみゆるもん、鰯の子の。イリコたいな、波の上に……。みえる目持たんじゃ漁師はつとまらん。鰯が波の上にのってくるとき、追うてくる魚どんがおっとたい、底の方に。まだ太か魚どんが……」

孫をおぶった進は不知火海の沖に目をやる。天気予報や魚群探知機といった「近代」の小ざかしい英知では太刀打ちできない、原初的で肉感的な勘のようなもの。自然の一部としての自分の体の呼びかけに応えて魚をとらえるのだ。

「のさり」を栄子に伝授したのは進だった。

《奇病患者の家として差別されたときも、栄子さんがたまりかねて、悲しみや怒りを洩らすと、「人を恨むな。人は変えられん。自分の方が変わらんば」と教えられた。水俣病はわたしののさりだという、栄子さんの晩年の強烈な言葉は、そういう父君の日ごろの薫陶から生まれた》（『葭の渚』）

栄子は進から「のさり」を学び、肇は栄子から学んだ。「肇ちゃんの言葉は、栄子さんだけではなく、進さんのことも語っている。三代かけてできあがったのが、肇ちゃんが式で語った言葉です」と道子は言うのだ。

「天からの授かり物」と聞くと思い出すことがある。二〇一二年晩秋、道子は私の妻が神経難病と知り、「治らない病気」にいかに向き合えばいいか話してくれた。道子も神経難病・パーキンソン病を抱えている。「私が体験している病気はたいそうつらいのです。毎日毎日厳しい状態が続きます。しかし（健康な）他の人には感じとれないことを、感じます、考えます。いわば人間としての資格を得ている。病気は神様からのいただきものと思うことがあるのです。尊いものをいただいている。だからこそ、生きている時間をおろそかにしてはいけない」

二〇一五年五月二日、大事な来客があった。報道写真家の桑原史成である。慰霊式取材後、東京に戻る途中、道子の仕事場に立ち寄ったのだ。

桑原の初期の仕事の被写体となった胎児性患者、半永一光（一九五五年生まれ）一家は『苦海浄土』三部作の杢太郎一家のモデルだ。母親を欠いた家。自らも患者の父親はやせこけた一光に慈愛に満ちたまなざしを向ける。《いわば絶対受難とひきかえに、この人びとは、桑原さんのカメラを通じて、彼岸の団欒《まどい》に似た景色を垣間見せてくれる》（『桑原史成写真全集1　水俣』）と道子は書く。

誰を糾弾するでもなく、声高に病苦を訴えるわけでもない。幼い病者の掌と年老いた祖父の掌がつながる。不幸な家をつかのま訪れる至福の一瞬を写し取る。道子がいう「彼岸の団欒」は、杉本家の「のさり」の極限の果ての平安というニュアンスと、どこか通じるものがある。

「道子さん、僕はあと五年、現役でやります」

「私も書きます。お会いできてうれしかった」

桑原はカメラを構える。道子はおすまし顔でレンズを見つめる。


一九七一年一二月、喫茶「カリガリ」が熊本市城東町に開店した。店主・松浦豊敏（一九二五—二〇一三）は「水俣病を告発する会」の主要メンバーであり、渡辺京二編集の『熊本風土記』（六五〜六六年）を通して道子とも旧知の間柄だった。同月、道子は川本輝夫率いるチッソ東京本社占拠（自主交渉闘争）に付き添いとして上京している。時代は水俣病闘争の真っただ中である。開店に際し、道子の指導でカレーの試作をした。すね肉や大きなじゃがいもなどをずんどう鍋に投入したカレーは上々の出来だったが、採算がとれない。店を切り盛りした松浦夫人の磯あけみ（一九四七年生まれ）は「すごくおいしいカレーができたんですけど、まあ、材料費がすごかった。手間もかかったし。石牟礼さんは熊本に仕事場ができるまでは我が家に泊まってましたし、カリガリでも原稿を書いていましたね」と回想する（渡辺京二『気になる人』）。

七三年六月、道子は仕事場を熊本市に移す。アジアのノーベル賞といわれるマグサイサイ賞を受賞した四六歳の時だ。以来、用事の時以外は水俣に帰らない。七五年ごろ、当時高校教師の前山光則（一九四七年生まれ）と桂子（一九四七年生まれ）夫妻が仕事場によく泊まった。道子に私淑し、家事や編集を手伝っていた。

「ワーアーアーアー」

ある晩、隣室で道子の大声がした。夢にうなされているのだ。うなされ方が尋常ではない。

「物の怪にでも出会って苦闘しておられるのか。身も世もない恐怖感が伝わった。あれやこれや背負い込んでいるからうなされるのだ、石牟礼さんはやはり並ではない、と女房と顔を見合わせたものです」と前山は振り返る。

道子、渡辺、松浦の三人は七三年秋、季刊誌『暗河《くらごう》』を創刊する。道子の『西南役伝説』連載などが誌面を飾る。店には、水俣病闘争と直接関係ない人々の出入りも増え、告発する会の拠点として名をはせたカリガリは二〇一四年三月の閉店まで四二年余り、「文化とジャーナリズムのるつぼ」（常連客）として独自の存在感を放つことになる。磯は「渡辺さんとか、石牟礼さんとか、生きた言葉を話す大人たちがいて、その人たちが発する磁力にひかれて、多くの若者たちが集まってきていた」と言う。

道子の家も千客万来だった。道子は大勢の客のための食べごしらえに忙殺される。前山桂子は当時の加勢メンバーの一人。「石牟礼さんは素材にこだわる。そのものをおいしく食べる。そのためには徹底的に手をかける。ヒレ肉をひもでしばってゆがいて、薄く切って、からしじょうゆで食べるとか、ヒレ肉をシチュー風に煮るとか。当時はハイカラな料理です。そういうのをどこで石牟礼さんは覚えなさったんだろう」と今でも不思議でならぬという。

前山夫妻は教師の夫、光則の転勤で七五年四月に熊本県球磨郡水上村に移る。道子はしばしば遊びに行った。泊まった朝、荒れ地の庭に出た道子が地をはう植物に目を留めた。「スベリヒユ」である。「ゆがいて食べよう」と言う。桂子は「スベリヒユを食べるのはその時が初めてで最後でした。ゆがいて、酢みそであえて、食べた。ちょっとこりっとして、つるんとした粘りがある。あー、すごい、と衝撃でした」と語る。

光則は「料理を作るのと原稿を書くのはわけが違う。しかし、丁寧ということでは共通しているのではないか。凝り性。物事の本質をみて、食べるものも大事にしてきちっと食べようということ。飾り立てるのではなくて素材を生かしてきちっと食べようということ。食べることが石牟礼さんの根っこにあると感じます」と言う。

七八年二月、球磨に来ていた道子は、前山夫妻の案内で市房ダムの堰堤に立ち、干上がっているダムの底に、寺、発電所など昔の村が屍をさらしているのを見て衝撃を受ける。夫妻の友人の女性が同行している。市房山の中腹あたりである。

《そよりともしない水底の村。生きていれば稲がみのり、彼岸花が咲き、秋の祭りや小学校の運動会も今頃は用意されていただろうに。／わたしは湖底に向けて、しんから耳をすました。子供たちの走りまわる声や、村道を馬車のわだちの音が聞こえて来はしないか。四人とも、ひしと水面の底をみつめてなにかを聴いていた。ことに桂子さんは深い目つきになって頰が少しそげていた》（「古屋敷村」）

桂子は水没した村の出身である。道子は「文明と引き換えに何か無残なことが行われた。その無残なことと引き換えに文明はやってきた」との思いを強くする。この時の印象がダムの底に水没した天底村を舞台とする長編小説『天湖』（九七年）につながる。

道子43歳、自宅の台所で食べごしらえ。1970年９月。（撮影・桑原史成）

九四年九月二〇日、道子は再び湖底の村を訪れている。今度も前山が同行している。その年も雨が少なく、湖の底はカラカラだった。

左から前山桂子、道子、渡辺京二。1973年頃。(撮影・前山光則)

9　流々草花

二〇一五年は戦後七〇年の節目の年だ。一四年一〇～一二月、道子に「戦後七〇年」をテーマに集中的に話を聞いた。会話の合間、「戦後」にまつわる話にくらいつき、思いつく限りの合いの手でつなぎとめ、逸れようとするのを引き戻す。そうやって得た言葉をプールしていった。蓄積した話を以下、再構成してみる。なお、道子の語りに方言（水俣弁ならぬ道子弁）や標準語（に似た語り）が混在するが、折々の気分や状況を反映してそうなっている。

――年月の話で恐縮です。

「七〇年、そうですか。私は年月の観念がなか。代用教員になったのはいつだとか、結婚したのはいつだとか、年月をいわれるのが一番困る。調べればわかっとですけど。父が数を数えろと小さかときにいう。一〇〇まで、一〇〇〇までくらいは数えて、必死に答えを学んで、それが苦になって、いつ終わっと？　ねえ、いつ終わっと？　終わらんと父はいう。数ちゅうのは終わらんのだ、と。おとっさまもおかっさまも、ばばさまもじじさまも、死ないでからも数は続く。道子がふとなって大人になってばばさまになっても数は続く。そしたら、無限ちゅうとば感じたんです。終わらんとば数えるのはどぎゃんかと思いました。その時から数の拒否症になったて思うです。終わらんというのは困るですね。私の病気も、なかなか、死ぬまで終わらんとでしょう。終わらないちゅうとは、とてもいやですねー。ずーっと一生ついてまわるんですね。数ば数えるのがとてもいやです」

——どうやって克服しましたか。

「克服はしとらんです。いつも気になる。数が出てくれば忘れるごつつとめとっとでしょうね。数字は一番苦手。聞いても忘れるですよ。きょうは外がよっぽどぬくかですね。のどがかわく」

——さまし湯を飲まれますか。

「飲んでみましょうかね」

——小学校の代用教員を一六～二〇歳にされています。どんな先生でしたか。

「登校拒否先生でした。母に作ってもらった弁当持って駅には行くものの、学校とは反対行きの汽車に乗ったりしてね。この世が嫌でねー、今でも嫌ですけど、よく我慢しながら生きたと思う。苦しみを負っていくのが人間だと思っている。ものを書かずにいられない。和紙を綴じた帳面に歌を書き付けた。書くことでしのいできました」

——終戦の日は覚えていますか。

「覚えています。その日が休みになったですもん。あとで聞いたら玉音放送があった、ラジオで。玉音というのは天皇陛下の声。先生たちが来ないんですよ。二〇歳になるやならずの助教、代用教員たちがあちこちに不安そうにたたずんでいる。そのときは佐敷のお寺におりましたから。あちこち寄っててなんじゃろか、きょうは、と言よりました。先ほど玉音放送があって戦争がやむらしいと言われて。ようわからんままに宿にかえりました。その日は佐敷に空襲があった。その一カ月前は水俣にも空襲があった。いまの猿郷の家で母が早起きして毎日ごはんをたいて食べさせてくれて。歩いて水俣駅まで行って、それから汽車に乗って行きよったですよ。空襲警報が時々出よりました。戦う小国民。竹槍ばつくらせて。わら人形をつくってつかせよったです。私はしなかった。低学年の担任だったけん。五年生以上は竹槍でつく訓練を受けたんじゃなかですかね。それは田浦の小学校で。一六歳で先生になって、すぐ三カ月間、佐敷の実照寺というお寺に助教錬成所というのがありました。軍国主義教育はいやだったけど、明日からいきなりアメリカ式の民主主義というのも嫌でした。そして墨ぬって。教科書に。嫌だった」

――今のような世になることは予想できましたか。

「予想できませんでした。今は、保育園の声がやかましかけん町内に保育園を作らせないという。ニュースみてへーっと思った。それもおかしかです。よその子供がじゃまになる。時々来てくれる介護の人が、ホームレスの人たちの世話をしている。なぜホームレスになったのか、各家庭に問題がある。ぜんぶ家庭がこわれている。これじゃ子供は育たない。自分もよか親じゃない、と思ったというんです。夏でも外で寝るのはきつかなのに、これから先、ホームレスの人はどうするんでしょう……。あの、戸棚に、あ、いえ、そこは簞笥ですね、その隣が戸棚、はい一番上です。おかきがあります」

――召し上がりますか。

「いただきます。お茶もいれてください」

――お茶の葉は石飛ですか。ウチも生協でとっています。

「石飛のが一番おいしかですもんね」

――はい。さて、代用教員後は行商も経験されています。

「山野線ちゅうとに乗って、水俣から鹿児島の大口まで行きました。魚ば干したつば、いわしば、夜干しして。一晩塩につけて。そして一晩ぞっくり水をだして。軽くして、それを開いて。あぎゃん、手提げにいれて大口の農家に、コメと換えてもらいに行きよったですよ。近所の人たちに誘われてつれていかれよった。道生が一、二歳のころ。おんぶして、綿入れねんねこをきて、道生と自分の背中の間にヤミ米を、はさんで、布で縫って袋をつくって、細く幅広く入るようにつくって、重いとコブのようになります。その上に道生をのせて。ねんねこを着て、行きよったですよ。化粧品の行商の時は代金をもらわないので『道子さんは化粧品を配給して回りよる』とあきれられましたね」

――現場でノートをとっている姿を見たことがない、とよく聞きます。記憶でお書きになるのですか。

「ノートは、とらんですね。事実を踏まえた上で、自分の体験を書いています。例えば、『苦海浄土　わが水俣病』の『天の魚』の章に〝魚は天のくれらすもんでござす〟という杢太郎の爺さまの言葉が出てきます。実際は私の祖父の、吉田松太郎の言葉です。祖父は小さな舟を持っていた。海の水で炊いた米の飯がどんなにうまいもんか、炊いて食った者じゃないとわからん、と常々言っていましたもん。沖に出る時は簡易かまどを舟に載せていく。薪も積んでマッチも持っていく。沖の潮で洗って、うっすら色がついた米。それを沖の潮で炊くとどんなにうまいもんか、というのです」

――封建的な農村の嫁という立場で書くのは大変だったでしょう。

「水俣病をやりはじめたときは、お姑さんから、道子さんたいがいにせんね、弘がぐらしか（かわいそう）ばい、と言われました。本が出ると新聞に名前が出たりしますでしょう。本を書くような嫁さん、田舎にはおりませんからね。新聞を広げて読もうとしましても、『女が朝から新聞ども読んで』と言われる。『はよはだしになって外に出らじゃ』って追い立てられます。お姑さんはお姑さんで、村の人から『あんたんとこの嫁は、ありゃ新聞記者かね』などと言われていたに違いなか」

——ご実家の反応は？

「お前のやっていることは昔なら獄門さらし首ぞと父が言った。覚悟はあるのか、と。ある、と言うと、そんならよか、と言いました。獄門さらし首、なるほどと思いました。安心しました。だれよりも、産んでくれた親が一番よくわかってくれているなと思いました。支援者の人たちがうちにくるでしょ、母がもてなすんですよね、得意のお煮染めやおにぎり、お団子。お団子をつくるのはさらに得意で、とくに、ふつだご（よもぎ団子）。お団子のしたじきをつつんで蒸して。あんこも買わずに、空豆とか小豆とかであんこをつくったり。からいもでいきなり団子とか。つくるのが大変上手で得意でした。母も、べつに文句もいわずに私のお客さまを大切にもてなしてくれました。うれしそうにやってくれていました。もてなすのは両親の喜びでもあった。家の中のチームワークがおのずからできあがっていたように思います」

——七〇年、大阪のチッソ株主総会に向かっている頃に、作家の三島由紀夫が自衛隊で割腹自殺しています。

「『彼のひどく古典的な死に方は、わたくしの水俣病事件と思わぬ出遭いをすることとなった』

と『苦海浄土』三部作に書きました。三島さんほどの人が、もったいなかと思った。死ぬくらいなら患者さんの支援に加勢してもらいたかった。三島作品をちっとは読んどったですよ。まあ、文章がきらびやかで、とても新鮮に思えて、私は才能を認めていました。孤高というか、規格外というか、普通の文壇的な作家とは違うち思うてましたね。勝手に親近感を覚えていたから……。事件が起きたときはひどく驚いたし、残念でした。そして……あの、四時のクスリ、吸いのみばとってください」

——はい（吸いのみを道子の口元にもっていく）。あとで湯冷ましをいれておきます。それから……。東京のチッソ本社前に泊まり込んだこともありますね。

「七二年の冬でした。東京駅のそばにプラタナスの並木があった。落ち葉を拾い集めてふとんの代わりにした。新聞ば敷いてその上に寝て新聞かぶって寝たです。そら寒かった。東京で一月一日を迎えたですよ。何日か泊まったですね。路上で」

——路上から見た世間は？

「違うですね。ちょうどミニスカートが流行りだしたころ。男の患者さんたちは喜んで。ミニスカートの下ばすわりこみすれば見えるとぞ、といって。えらい喜んで。土でなくてアスファルトだからよけい冷たかですね。体験してよかったと思います。その時が一番人間らしか気持ちになって」

——人間らしい気持ち？

「はい。人や風景を下から見上げますから。目線が人さまの膝から下にしか行かない。膝から下の東京を体験しました。チッソの社員は苦々しい顔をして、中にはぺっとツバをはきかけていく人もいる。きつかなあと思いました。患者さんのおられる低いところに自分も落ちて寄り添っている、という感じがしきりにしました。何日かしたら畳が、古畳が届いた。東京都民の中に憂える人がいて。ありがたかったですね、畳ちゅうのが。雨がふる。そしたらテントが届いた。屋根ができた。さすが東京。水俣出るときは水俣病患者と道子さんが東京に勧進（乞食）しにいかすといわれた。勧進やってみてよかった。もともとあこがれとった。勧進にあこがれとった。そしたら実行できて、よかった」

――勧進をやってよかったというのはなぜですか。

「なんちゅうか、最低の、人間生活の中で最低の生活ば、経験できたのですよ。膝の上で呼びかけのビラを書きました。都民集会もしてもらった。たくさんきてもらった。そしてデモをした。そのとき怨の旗を考えついた。妙ちゃんのむこさん（西弘）にたのんで、水俣じゃたのまれんけん。染屋さんが芝居につかいなはっとですか、という。はい、芝居につかいますと言いました。最初は『水俣病市民会議　怨』と書いて。戦国時代のような旗はぴんとこんけん『怨』の一字だけにして、葬列のような、吹き流しにしたら、さまになったですね。何本か水俣の相思社にとってある。

『死民』というゼッケンもつくりました。若者の背中に『死民』つけてもろて、座り込みをしました。そして、水俣の患者さんを先頭に行進したら、都民が道をぱっとあけてくれて、熱心な人垣ができました。パチパチ、パチパチと、拍手も起こる。カンパも大変に集まりました。それでも、患者さんは外に寝せるわけにはいかんけん、安か宿ばみつけて。アメ横ちゅうところで、上野かなあ。そこで食べ物とか手にいれてもろて、野外で炊事ばしよったけど。そのうち安か民家を借りることができて。渡辺京二さんたちの『告発』という機関紙、訴える力がありましたね……。あら、ミカン、ミカンば食べてください。三個も四個もまだあります。どうぞ」

——いただきます（皮をむく）。あの、今の時代をどう思いますか。

「日本列島は今、コンクリート堤になっとるでしょう。コンクリート列島。海へ行くと、コンクリートの土手に息が詰まる。都会では小学校の運動場までコンクリートです。これは日本人の気質を変えますよ。海の音が聞こえんもん。渚がなくなったですもんね。海の呼吸が陸にあがるところ。陸の呼吸が海に行くところ。渚は行き来する生命で結ばれている。海の潮を吸うて生きとる植物もいるのに。コンクリートでは呼吸ができない。

渚の音が、聞こえんもん、渚にはいっぱい生き物がいるのに、特殊な植物は海の潮ばすうて生きとるですもんね。アコウの木はそう。葭も。自伝に『葭の渚』とつけたのもそういう意味です。それで渚ば復活せんばと思っている。それがすんだら道行き。『曾根崎心中』の名文句は覚えていますもん。道行き文学について書こうち思います。古典は読んどらんけん、この際、読もうち思います」

——水俣病の現在をどうみますか。

「水俣病の場合はまず棄却という言葉で分類しようとしますね。認定基準を決めて、認定の基準というのは、いかに棄却するかということが柱になってますね。国も県も。そして乱暴な言葉を使っている。言葉に対して鈍感。あえて使うのかな。あえて使うんでしょうね。棄却する。一軒の家から願い出ている人が一人いるとしますね、私はあんまりたくさん回ってないけど、ほんの少数の家しか回ってないけども、行ってみると、家族全員、水俣病にかかっとんなさるですよ。

家族中ぜんぶ。ただその人の性格とか食生活とか生活習慣が先にあるんじゃなくて、水俣病になっている体が先にあるもんで、病の出方が違うですよね、ひとりひとり。

　魚を長く食べ続けたと訴えても、それを証明する魚屋さんの領収書とかもってくるようにという。そんなものあるわけない。認定する側の人だって魚屋さんから領収書もらってないでしょう。そういうひどいことを平気で押し付けてくる。証明するものって、本人の自覚だけですよね。それをちゃんと聞く耳がない。最初から聞くまいとして防衛してますね。自分のことを一言も語れない、生きている間、もう七〇年になるのに、自分のことを語れないんですよ、患者たちは。

　普通の人生にとっても、たとえば私もパーキンソン病でいま具合が悪いけど、さまざま遠慮してお医者さまにも病状の実態をくわしく語れないんですよ。生きている間、生まれてこのかた自分のことをひとことも人に語れないのがいかにつらいか。なってみればわかるですよね。それで、切ないですよ。一軒の家から何人も願い出るとみっともないとか、世間さまに恥ずかしいとか、ただでさえも気の弱い人が語れないですよね、人と語り合ってもことごとく食い違うですよね。そういう一人の人間の一生を考えただけでもつらいですよね。それが何百人も何千人もいるわけでしょう。個人の単位で考えてもそうだけど、村の単位で考えても。村がありますね。摂取量が違うと思うんです、村によって。そして山の中にも出ているはずです。鹿児島の山中に行商にいきよる、魚の。行商に行った人が山の中の人に領収書なんか渡すはずなかでしょう……。あの、さっき来た人はだれですか」

　――事務の方が郵便物を持ってきてくれました。献本、振り込み通知書、掲載企画書……です。さて、同時代の人々にメッセージをお願いします。

「自伝小説『あやとりの記』（八三年）の中、絶対的な孤独に震える赤ん坊を前に、盲目の老女が呟《つぶや》くお経のような詩があります。ＮＨＫ・Ｅテレ『知の巨人たち・第六回　石牟礼道子』の取材の際、女性コーラスで通奏低音のように入れてほしいとディレクターにお願いした。それくらい私にとって大切な言葉です。読んでみます。

《十方無量《じっぽうむーりょ》／百千万億《ひゃくせんまんのく》／世々累劫《せーせーるいごう》／深甚微妙《じんじんみーみょう》／無明闇中《むーみょうあんちゅう》／流々草花《るーるーそーげ》／唯身常寂《ゆいしんじょうじゃく》／／世々累劫／深甚微妙／無明闇中／流々草花／／無明闇中／遠離一輪《おんりーいちりん》／流々草花／／流々草花／遠離一輪／莫明無明《ばくめいむーみょう》／未生億海《みーしょうおくかい》》

〝十方無量〟十方ちゅうのは世界、無量、はかりがたい世界。〝百千万億〟歴史の長さ。〝世々累劫〟代々、花をたてまつる。〝深甚微妙〟意味ははかりがたい。〝無明闇中〟闇の中、無明に、意味はわからない。考えても。だけど考える。〝流々草花〟こぎゃん、赤子がはすの葉の上に一人でのって草花のように流れていく。〝唯身常寂〟ただ一人常にさびしい。〝遠離一輪〟遠く離れて一輪すいれんの花がさいている。この世から離れて一輪で。〝莫明無明〟ほのかに夜があけているようだけども夜が明けて世界は見えるけれども意味はわからない。〝未生億海〟生まれる前の海の中……

この詩が完成か未完成かはどうでもよい。言いたいことを一番短く言うとこうなります」

――石牟礼文学のエッセンスと思っていいですか。

「はいはい。一番短く言えばこげんこと……」

――お経はこんなふうに始まったのかと私は思いました。

「こんなふうに始まったのだと思いますよ」

——読み方はご自身で考えたんですか。

「はい。赤子のときから孤独だったという思いがあります。そして自分の子供を育ててみて、よその赤子を見てみて、身をふるわせて実にせつなげに泣きます。なぐさめようもない……」

——パーキンソン病との闘いが続きます。

「有機水銀という原因物質にたどりつく前に中間発表したとき、熊大の研究班から、セレンとかタリウムとかマンガンとかいう化学物質の名前がでてきましたけど、ほかにもリン酸とか硝酸とかいろいろ使っている。うちの弟もチッソで働いていましたが、カーバイドという現場にいました。カーバイド係、硝酸係というのもある。硫酸係というのもたしかあった。それは普通の市民の生活の中にはない物質の名前ですよね。

複合汚染だと思っています。私の今の症状の中に水俣病患者とそっくりの症状がある。原田正純先生に、『私にも水銀が入っていますよね』と言ったら、『当たり前ですよ』とおっしゃいました。箸をとりおとす。鉛筆をとりおとす。ペンをとりおとす。なんか手に持っていたものを取り落とすことがしばしば。そして発作がきますけど、脳の中がじわじわしびれてくるんですよ。手足もしびれてきて、体が揺れているでしょ、この揺れているのは、マドパーというパーキンソン病の薬の副作用です。これを飲んでいると体が揺れ始める。揺れが止まったときが発作の始まり。硬直してきます、全身が」

10　食べごしらえ

「ありゃあ、魚が焦げてしもうた」
「まああ、このにんじんの色の悪さよ。せっかくじゃけん、やりかえましょうかねえ」
〝食べごしらえ〟の支度で戦場のような台所に道子の高揚した声が響く。熊本県水俣市の自宅である。夫の弘、妹の妙子らは聞かなかったふりをしている。いちいち反応するとはかどらない。目配せして笑いあう。「一家全体に心なごませる風が吹いていた」と詩人の岡田哲也は懐かしがる。

道子は一九八九～九三年、エッセイ「食べごしらえことはじめ」を鹿児島県出水市のマルイ農協PR誌『Q』に二〇回連載した（九四年に『食べごしらえ おままごと』と改題して刊行）。二カ月に一回、道子が季節の料理を作り、少女時代からの食の思い出を交えて感興を自在につづる趣向である。『Q』編集長の岡田は食材の買い出し、調理の手伝い、料理完成後の打ち上げなどに奮闘した。

八九年の連載開始時、道子は六二歳。九一年には純文学界の中心誌『群像』に短編「七夕」を発表し、世間で言うところの〝文壇デビュー〟を果たす。九二年の長編『十六夜橋』は紫式部文た。

学賞受賞。取材や講演での旅行も多く、気力、体力とも充実した作家としての円熟期に入ってい

『食べごしらえ〜』は、父から少女期に伝授された「ぶえんずし」から筆を起こす。即興詩人の母の思い出が濃厚な「草餅」、重労働の田植えに欠かせなかった「煮染め」など、生涯の核心ともいえる食体験がカラフルに書き留められている。躍動する文体に清新の気が充溢し、食べものエッセイの域を超え、食を通した自伝の趣がある。道子の代表作の一つである。

《酢で肉の表面が白くなったのをそぎ切りしてみると、切り口の外側がぐるりと薄く固まって、中の身が刺身の色を残して玉虫色になった頃あいが、酒の肴にもすしにもよいのだと教えられた》（「ぶえんずし」）

《おこわも煮染も黒蜜カステラも、お重に入れて南天の葉をそえ、竹の皮も総動員して、お客さまに持ち帰っていただくのが、母のたのしみだった》（「菖蒲の節句」）

《小豆を煮て漉して餡を練る。丸める。餅をまぜる、千切る、丸める》（「手の歳月」）

道子の文体は独特である。もちを焼く。部分的にふくらむ。ふくらんだ部分がまたふくらむ。とめどもなく枝分かれしてゆく。渡辺京二は道子の文章を論ずる際、焼けるもちのふくらみを例にあげる。どこがふくらんでどう発展するか、道子自身にも分からない。上野英信は「灰神楽が舞うような」と形容した。突然舞い上がる火鉢の灰のように同時多発的に思いが湧き上がるというのである。

私は『食べごしらえ〜』を読むたび、夏目漱石の「思い出す事など」の一節〈わが心が、本来の自由に跳ね返って、むっちりとした余裕を得た時、油然と漲ぎり浮かんだ天来の彩紋である〉

『食べごしらえ おままごと』より「ぶえんずし」と「田植えの煮染」。
雑誌『Q』掲載のため、道子が手ずからこしらえたもの。1989〜93年。

を思い浮かべる。『食べごしらえ〜』評として適切な言葉だと思うのだ。漱石は、重病から脱した平穏な境地から「天来の彩紋」を得たのだったが、道子は「食」という自らの核となるテーマと向き合うことで、ペン先を駆動するエンジンがフル回転する幸運に恵まれた。もちがふくらむような書き方が拡散とは逆の、堅牢感のある樹木のような統一的なイメージをもたらし、「天来の彩紋」が自然に流露することになった。

担当の岡田の手柄も大きい。岡田は道子の一人息子道生の一歳上でほぼ同世代。子供思いの道子は息子が帰ってきたような親しさを覚えたに違いない。しかも岡田の母親は天草出身である。岡田は「天草生まれの父母を持つ石牟礼さんの〝天草の味〟が大好きだった」と言う。息子の分身のような人がおいしそうに食べてくれて、道子の食べごしらえに一層力が入ったであろう。「天草の女は情けも煩悩も、えっと強うしてな、あってん、煩悩の強すぎっとも困りもんたい」四七歳で岡田を産んだ母はよくそう言ったという。この「煩悩」は「執着」の意味に近い。道子に成り代わって放ったような、水際立った言葉だ。

天草は道子にとって特別な土地だ。両親の故郷であり、自らの生誕地である。生後数カ月して水俣に移ってからも、天草の空気は濃厚に身近にあった。しばしば「三人の大叔母たち」が天草から渡ってくる。「あら、お雛さまかと思うたら、道子の手かえ。おまいさまもといでみるか」と、天草弁でコメの研ぎ方を教えたりする。

道子の天草への恋慕は尋常ではない。天草とは、世俗的な生活のかなたに、隠れて存在する「原郷」というしかない幻の土地なのだ。それを追い求めることによってかろうじて生きていくことができるが、客観的な対象物として確かめることができない、一瞬の幻としての「もうひとつのこの世」である。

《祖父母たちが手漕ぎの舟で、浦々を泊りながらここまで辿り来たった距離までは、わたしは辿りつけぬのではあるまいか》(「まなうらの島」)

二〇〇八年一〇月、道子は生まれ故郷の天草・宮野河内を介護のLさんと一緒に訪ねている。パーキンソン病の診断が下されてから六年目である。

《なぜ、病気を押してまで、生まれ里をひとめ見たいとおもうのだろう》(『葭の渚』)と書く。産湯の井戸のほとりで「遠慮した」と立ちすくむ道子の姿に寂寥の深さがにじむ。


二〇一五年七月一四日、詩人の伊藤比呂美から道子に電話があった。

「アメリカから二、三日前に熊本に着いたばかりです。緑がすごいですね。カリフォルニアは干ばつで日照りで、緑がないです。熊本の緑を見ているだけで気持ちがいい」

ぱんぱんに膨らんだ風船のような伊藤の張りのある声だ。受話器の外にまで聞こえる。続けて言う。

「安保法案とか、原発とか、新国立競技場とか、日本はすごく嫌な感じになってきていますね」

「嫌な感じね。変なふうになってきたな、と思う」

「わさわさわさしている感じです」と伊藤が応じる。

「そうね、わさわさわさわさしていますね」

約三〇年前、伊藤が熊本に来たばかりの頃だ。道子から電話があった。「失礼ですけど、あなたわたしに似てますね」と冥界からの声のようなのだ。以来、二人は年の離れた友人同士として交流を重ねてきた。アメリカ・カリフォルニア州在住の伊藤は熊本に来るたびに道子を訪ねる。毎年三月一一日の道子の誕生日にはお祝いの電話を欠かさない。

二〇一四年、一時帰国した伊藤に話を聞く機会があった。最前線の書き手として講演や対談に引っ張りだこ。「私は動くことがエネルギーになる。自転車のようなものです」と丸顔をほころばせる。その笑った顔は、道子の壮年期の写真とうりふたつである。テレビ出演した道子を伊藤の母が自分の娘に見誤ったという伝説もある。

「一回すごいこと言われた。私が前の夫と別れてごじゃごじゃやっていたころかしら。石牟礼さんのところに行って、引きずっちゃうんですよね、と言ったら、引きずるのが人生です、と言われた。ちょっとほっとしました」と伊藤は言う。

さらに、「私たちが知らない、思いもつかない場所に、しゅっと連れて行く。詩的に洗練されているというのはそういうことだと思う。『苦海浄土　わが水俣病』はまさにそうで、最初に読んだ衝撃は忘れられません」と続ける。『苦海浄土　わが水俣病』は道子節の語りの中に突如、医師の報告書など異質なものが混じる。

「そこがまた格好いいんですよ。私もよくします。異質なものをポンと入れる。なめらかなつながりがなくなってぎくしゃくする。人の声の使い方も独特です。聞いてきたものを一回自分の中に入れて、それから出すんですね。それがまた面白い」

奔放な性愛を扱った詩編で八〇年代の女性詩ブームを牽引した伊藤比呂美。産む性、子育てなどの切実なテーマをへて到達したのは、エッセイと小説、説経節が融合したジャンル横断的な語りの『とげ抜き　新巣鴨地蔵縁起』（二〇〇七年）である。娘の精神的不調、親や自らの発病など現実の苦難を作中に取り入れつつ、立ち上がってくる言葉で現実を切り開く。「石牟礼さんもこんなふうにお書きになっているはずですよ」と意外なことを言う。確かにそうだ。道子も自らの病のような絶対的な孤独を水俣病患者の孤独と重ね合わせることで生き延びてきたのだった。『とげ抜き~』は伊藤にとっての『苦海浄土』なのであろう。

道子も詩人の「誰そ彼さん」として『とげ抜き~』に登場する。病など娑婆の苦に筆を費やしてきた伊藤は作品の終章近くに至り、〈死者の声を聞き取り、それをかきあらわしてきた詩人〈道子〉〉と死について話したくなる。〈死を前にした人に、死について、聞きたい〉というのである。

伊藤は「自分が死ぬということ、お考えになりますか」「自殺はお考えになりませんか」などの問いを矢継ぎ早に繰り出すのだ。死という人生のエンドラインを見きわめたいという思いが熱を帯びる。しかし、詩人からは「死んでみなきゃわかりませんよ」などの言葉が返ってくるのみ。対話を重ねるほどに「死」から遠くなっている印象なのだ。

むしろ、死について直接語っていない部分、詩人との最初の出会いを振り返る箇所などに死のにおいが濃厚に感じられる。

〈玄関先にあらわれた詩人は、さんばら髪で、今しがた血まみれの獲物を食ってきましたという顔つきの、若くない女でありました〉。石牟礼道子を評する際、〈血まみれの獲物を食ってきました〉と書く人は伊藤比呂美以外ないであろう。生と死の境界に立ち続けた道子の永遠の倦怠ともいうべき雰囲気を見事にとらえた言葉だと思うのだ。

〈ぜんぜん似てないと思いつつ、玄関に掛かっていた鏡をふと見たら、なんとそこにあの詩人が、若い女の姿かたちをしており、まあ、わたしはぎょっとしたものです〉。容姿が似ているというレベルの話ではない。道子が直面する生と死の問題は自分の問題であり、人間全体にかかわる問題だ。伊藤はそう言いたいのであろう。

二〇一五年七月一八日、伊藤とエッセイストの平松洋子が道子を訪ねた。「おもてなしに、お菓子を買おうか」などと思案していた道子は得意の「食べごしらえ」で勝負することに決めたらしい。イワシのダシをベースにした煮染めをふるまったのだ。手料理など予想もしていなかった伊藤、平松は喜んだ。「思いもつかない場所に、しゅっと連れて行く」詩人石牟礼道子の会心の一編というべきか。

11　手漕ぎの舟

道子は長編小説『十六夜橋』（一九九二年）で第三回紫式部文学賞を受賞した。デビュー作の『苦海浄土　わが水俣病』（六九年）で大宅壮一ノンフィクション賞などを辞退している道子が、全国的に知られる文学賞を受賞するのは初めてだ。文体、構成などが近代文学の枠に収まらない石牟礼作品は文壇的な賞とは本来無縁であるが、当時の紫式部賞の選考委員は梅原猛、多田道太郎、田辺聖子、瀬戸内寂聴――とジャンル横断的な猛者がそろっていた。

選考委員長の梅原によると、選考はわずか一五分、全員一致で決まったという。梅原の講評は次の通りである。

〈生者と死者が交錯する妖しげな土俗の世界を、天草に住んだ三代の女達を通して見事な美的世界として構成している、近来の傑作（中略）石牟礼さんは、水俣病を描いた小説「苦海浄土」で二つの賞を辞退され、文学関係の賞は今回が初めての受賞になるわけで、今回も辞退されるのではないかと心配しましたが、喜んでお受け頂いたとお聞きし、大変嬉しく思っています〉

刊行の年、道子は瀬戸内寂聴と『十六夜橋』をテーマに対談をした。「死んだ人の声が聞こえてくることはないの？」という瀬戸内の問いに、道子は「何かの声が聞こえて、しょっちゅうとられている感じはございます」と述べている。

瀬戸内とは一九七二年頃に知り合っている。道子がフィリピンのマグサイサイ賞を受ける際、瀬戸内に「着ていく着物がない」と相談すると、瀬戸内は鶴が大きな羽根を広げた柄の水色の着物を貸してくれた。着物を持ってきてくれた店で瀬戸内はステーキを注文した。得度した瀬戸内は頭を丸め袈裟をつけている。袈裟を外して「これを外せばお肉でもなんでも食べて大丈夫なのよ」と言った。

『十六夜橋』は不知火海に面した熊本南部の素封家である萩原家の物語である。天草から移住してきた土木請負業者の萩原直衛、妻、娘、石工修業の少年、妻に仕えてきた奉公人など、道子の父母、祖父母らをモデルに、人がそこから生まれそこへ帰ってゆく不知火の風土が、生きることそのものがもたらす悲哀をにじませつつ語られる。直衛と彼をとりまく三代の女たちの揺れ動く関係が柱となる。

道子は、《何を描こうとしても必ず、脳を病んでいた祖母が原像となって出てくるのである》(「彼岸への虹」)という。主人公は直衛の妻、志乃である。盲目で狂気の母方の祖母「おもかさま」として道子の愛読者にはおなじみの人物が志乃のモデルなのだ。志乃にはお糸という大叔母がいた。お糸は意に染まぬ男との婚礼のあと、恋情を交わしていた別の男と海を赤く染める舟心中を果たす。

志乃は前世のお糸の業を背負う。志乃は孫娘綾(道子がモデル)らとあの世への架け橋である十六夜橋を目指す。しかし、橋は流され、存在していないのだ。狂気の志乃の意識はあの世に向かっており、あの世からこの世を見る志乃の視点が物語の基底部を支えるのだが、どうしてもあの世へ渡る橋はなく、十六夜橋を思いながらも、この世に踏みとどまるしかない。渡辺京二は道子の『おえん遊行』について〈作者の近代的な個に刻印された存在のかなしみの根は、前近代の過去の闇に深くおりているのです〉と指摘するのだが、その言葉は『十六夜橋』にも当てはまる。

志乃だけでない、どの人物もそれぞれ業を背負っているのが物語の進行とともに見てとれる。志乃らは業をはねかえそうとするのではなく黙々と受け入れる。業を背負うのは苦しくつらいが、努力やあがきでどうにかなるものではないのだから、宿命として我が身に担うべきものである。生きている間、病気や災害と無縁でいられないのと同じように――。作者はそう言っているかのように感じられる。

志乃がお糸の業を引き受けるなら、その娘お咲も、その子の綾も累代の業を背負うことになる。悲哀の無限の連鎖である。志乃と綾だけではない。志乃と奉公人重左の関係は、綾と石工の少年の関係に似ている。「無限ループ」と呼びたくなるほど、同じような生の形が繰り返しあらわれるのだ。

《人の来て立つ気配も座る気配も千差万別でいて、ひとりひとりが重なるものを持っていた。志乃は死んだものたちの思いの累《かさな》りのようなものをいつも感じる。自分はもう未来永劫の中の人間だけれども、前世のように思えるこの世と、ぷつんと切れているわけではない》

《ちょん髷結うた爺さま》である重左は周囲から「漬物石」と呼ばれるほど独自の存在感を示す。彼はかつてお糸に仕え、舟心中した彼女の血潮で着物をぬらした。

作者の道子はどんな気持ちで重左をお糸と志乃に添わせたのか。二〇一五年六月二三日、仕事場を訪ねた私が「じゅうさは……」と言いかけると、道子は「じゅうざです」と即座に訂正する。

その強い語調から重左は道子にとって桁違いの重要人物であることが分かる。「重左は一番力を入れて書きました」と言うのだ。

《書き進むうちに、この男の素朴というだけではない魂の深さがたいそう好もしくなり、気を入れて描いた》(『彼岸への虹』)

《裁かないで、悲しみを吸いとるだけの静かな目が、志乃のためというより、私の心の失調のために必要であった》(同)

重左を描くに際しては、たんに「描写」というよりも格別の思いがこもっているようである。道子にとって重左は実在したにひとしい。実在した、というより、生きている。ずっと道子の仕事の補佐をしてきた渡辺京二を思い浮かべてもいいかもしれない。

染色家の志村ふくみ(一九二四年生まれ)は『十六夜橋』を収めた全集第九巻の解説で、繭をつむぐ蚕のように織物に打ち込む志乃への共感をつづる。志村自身、中年期、織物に回生の希望を見出していたのだった。

〈この時代に天から降《くだ》り、地をゆるがす大きな受難と結びつく。決して避けては通れない時代の烈風の中に、毅然として立ちつくし、大きな慈悲の衣の中に人々を包みこんで、筆に托し、精魂果てるまで描き尽す〉

以上のような解説に改めて目を通した道子は「(体調が芳しくない今は)こんな言葉に一番励まされます」と感無量の面持ちなのだ。

道子の魂が投影された人物に志村が共感し、その志村が道子を励ます。『十六夜橋』の志乃は「お迎え舟」を待ち望む。道子の実際の生活でも、祖母おもかさまはお迎え舟を待っていた。家が没落し、海に近い村に移った。盲目のおもかさまは杖をついて河口に出掛ける。常識的に考えれば、決して来るはずのない舟である。しかし、おもかさまは、その舟を見つけることができると信じている。

「ばばしゃん、そげんところに危なかばい。足の下は海じゃが」

見かねた近所の少女がおもかさまに声をかける。おもかさまは丁寧に聞く。

「港に大きな船の来とりやっせんじゃろうか」

「大きな船なあ、どこにも見えんがなあ」

《祖母はたいそうがっかりした様子で、何ごとかを呟きはじめるそうであった。／出てゆく船、入ってくる船。／大きな船の来る川口ではなかった。見えない眼の奥に何を視ようとしていたのだろう》（『葭の渚』）

道子はおもかさまと一緒に避病院の海側の石垣に腰かける。おもかさまが言う。

「ここはどこかえ」

「川とな、海がまざっているところ」

「そんなら、船の、うんと着いとろう」

「魚つり舟なら十二、三艘見える」

「魚つり舟じゃなか、宇土ん藁すぐりばのせた舟が来た筈じゃが」

「宇土ん藁すぐりち、何《なん》？」

「狐の藁すぐりばぇ。およう婆さまの田んぼの加勢に、遠か所ば舟に乗って来《こ》らいます。途中でタコ取りして、タコば土産にして持って来らいます」

《宇土とはここから二百キロばかりも北上した熊本に近い半島であったが、祖母が地図を知っているはずがない。わたしもはじめて耳にすることばだった》(同)

「長崎の異人船からはな、織りひめたちがはた織りしに、唐・天竺にゆくげなばぇ」

「海の上もあっちこっちにぎあうもんじゃ」

「生まれる前に見た夢ぞ」

宇土、長崎、唐・天竺……。お迎え舟を待つおもかさまの言葉を道子は入念に書き留める。幼い道子にお迎え舟とはなにか具体的に分かるはずはなかった。しかし、おもかさまのただならぬ様子や、それを見守る人々の態度から、お迎え舟とは、生涯かけて見届けねばならぬ、もうひとつのこの世からの、恩寵の光のごときものかもしれないということは、幼いながらに、むしろ幼いゆえに、理解できた。

石積船が港に来た。お迎え舟？　綾が志乃に尋ねる。

「お志乃さま。その舟は、どこにゆくと?」

「どこにゆくか、わたしは知らんとばって、お迎えに来て下さい申《も》す」

「どこのお人の、迎えに来らい申す?」

「あのなあ、よかお人の、迎えに来らいます」

『十六夜橋』のラストで志乃が海に入る。お迎え舟は来たのである。夜である。《生老病死の苦しみも／みなこれ火宅の焔にて／魂中有《ちゅうう》に入りぬれば／一人も随うものぞなき／このとき誰《たれ》をか頼むべき》。白衣をまとった行者たちの声明の声。その声に志乃も和している。「舟の来たちゅうわな、この雪降りになあ」と志乃は言う。月の光に煙る海が雪原にみえる。「ばばしゃまぁ、お志乃さまぁ。風車じゃあ、風車あげまっしょうぉ」と綾（道子）は志乃がいる海に向かって叫ぶ。行者たちの端に、ひとりこちらを向いて、漂っている志乃の顔がはっきり見えた。遊女や石工らの恋の道行き、うつつとまぼろし、生と死……業にあらがうのではなく宿命としてわが身に引き受ける。お迎え舟とは何なのか。『十六夜橋』を読み終えたなら答えは明らかであろう。病気や災害の無限ループから逃れられない人間という存在への一瞬の慰謝の光だ。観念的な思考をいくら重ねても、そこへは至らない。具体的な、あくまで具体的な萩原一族の描写を重ねてこそ、光をのぞむ地平に抜け出ることができる。

ここへ至って道子はお迎え舟を書き得たという手応えを得た。おもかさまとともに渚にたたずんだ少女のとき以来、半世紀に及ぶ文学的宿題に決着をつけたのだ。風車は、得難い宿題を与えてくれたおもかさまへのせめてもの御礼の品である。祖母は孫娘に向かって言うだろう。

「風車じゃと。乗せてゆこうわな風車をば。美《よ》か舟じゃなあ」

道子と着物の縁は深い。母ハルノは大島を膝がすりきれるまで着た。「私も大島の渋さが好きでした。新しい大島にあこがれました。二〇歳くらいのときです」と言う。着物には格別の思い入れがあるようである。志村ふくみ、白川静といった敬愛する人たちとの対話の場では道子は着物を通してきた。

二〇一五年。初夏の伸びのある光が道子の手先を照らす。針山の近くに太めのゴムがある。愛用のもんぺの腰回りが気になるのだ。字を書くか、裁縫するか、このごろ昼のあいだ道子のやることはどちらかだ。針を動かしながら、「着物は好きですね」とポツリと言う。「着るよりも縫う方が面白かです」と話すのだ。

「これを着ているとほめられます。ハイカラちゅうて」

手縫いを中断した道子がたんすから手縫いのスカートを取り出した。紺色系で渋みがある。

「着物の丈夫なところだけを切り取って継ぎました」というスカートは、驚くべき代物だった。祖父母の松太郎、おもかさま、父母の亀太郎、ハルノの着物をつなぎ合わせたものなのだ。

いつごろ、お作りになりましたか、と私は聞く。

「いつごろ、作ったかなあ。一〇代の頃ですよ。家の中にある着物や端切れを集めて。よかところばっかりつないでみたんです。袖のたもとの底みたいなのはポケットの代わりにしよりました」

道子は戦後、米軍の放出物資の軍服で夫の弘の背広を作ったこともある。ごわごわした生地が背広になる？　いまどきの普通の主婦ではできない芸当だろう。

「何千年も女たちは手縫いをしてきたわけです。手の感覚が伝わっています。日本ではスフ（ステイプル・ファイバー）ができはじめていた。肌に当たると気持ち悪い、分厚くて、息ができない」

じっと考えていた道子は「道生は今年何歳になりますか」と私に聞く。他人の仕立てをした時代（糸代しか受け取らないのでもうからなかった）を回顧し、その頃生まれた長男道生に思いが行ったらしい。

「六七歳ですね」

「まあ、おじいさんになって」と驚いたように私を見る。

道子は祖父母らの着物の手縫いのスカートをしげしげとながめる。継いでいくのは気が遠くなるような作業ですね、と私は言う。

「人と話ばするとき、手縫いでこさえていきました。あとではミシンば買いました。ということはミシンで縫ったかもしれません。いや、手縫いかな」

「こぎゃん縞は男柄。これはおなご柄。こぎゃんとは新しか柄ですね、大正になってからの柄でしょう」

聞いている私は興奮を抑えられない。祖父の松太郎と父の亀太郎の着物が仲良く並んでいるのだ。必ずしも円満な仲ではなかったはずの二人が隣同士で落ち着いている。

繰り返すが、道子が育った家は石屋である。祖父の吉田松太郎は道路・港湾工事も手がける石工棟梁だった。母ハルノは松太郎の長女で、松太郎の仕事の帳付けをしていた白石亀太郎と結婚した。結婚したが、入籍ははるか後である。自伝的小説『十六夜橋』の一節を読もう。

《「なるほど、儂はお咲と夫婦にはなり申したが、萩原の家に養子入りしたつもりは、毛頭あり申さん。萩原の家柄財産がほしゅうして、お咲を質にとったといわれては、水呑み百姓のせがれの、この国太郎の、末代の恥辱になり申す。儂は萩原組の一使用人でござりもす」》

小説の登場人物の名前なので分かりにくいが、国太郎こと亀太郎が入籍を拒んだ理由が明かされている。理由にもならない理由だが、「最初の杭をおろそかに据えれば、一切は成り立たん。覚えておこうぞ」と娘の道子に言い聞かせた〝市井の哲学者〟亀太郎の面目躍如の台詞ではないか。世間から見たら意味不明でも、彼にとって十分筋は通っていたのだ。

二〇一五年春、道子の実妹の西妙子に会った際、私は「学校ではずっと（父の白石姓でなく母ました」と言う。

方の）吉田姓だったのですね」と尋ねた。妙子は「そうです。私は学校では私生児と思われてい
「そう、先生は私を私生児と思いよった」と道子も同調するのだ。

どちらが好きでした？　道子に祖父の松太郎と父の亀太郎について聞いてみた。

「比べられません。どっちも好きでした。松太郎は利益よりも末代まで残る仕事をしたい人。芸術家肌で、仏像の絵ば描きよった。経営の才能はゼロです。一方の亀太郎は流木で家を建ててしまう実務派。創意工夫に富んでいた。ただし、山芋掘りなのはいやでした。山芋掘りって分かりませんか？　山芋というのは執念深く掘るでしょう。人を呼び寄せて執念深く説教するのが、とても、とても、いやでした」

《つけ焼き刃の一片もない本能化した英知を見、人間の誇りというものを教えられた》（「自作について」）と道子は父を敬愛する。沖の潮でめしを炊く祖父の経験が『苦海浄土　わが水俣病』の杢太郎のじいさまの語りとして生かされる。祖父も道子の魂に深く入り込んでいるのだ。

「一枚、二枚、これは薄かけん、当て布しとる……三枚、四枚、これは同じ生地ですね、折り曲げて、袖の、使わんけん、色もおんなじだ……これは数えたですか、五枚、六枚、七枚……」

手縫いのスカートの布を道子がひとつひとつ確かめていく。延々と続く言葉のリズムが詩の朗読のようである。お経のようにも聞こえる。男柄がまた隣同士にある。松太郎と亀太郎は道子の手の中で永遠の融和を果たす。

二〇一五年九月九日、熊本市の道子の仕事場に珍しい客があった。磯あけみ。水俣病闘争の拠

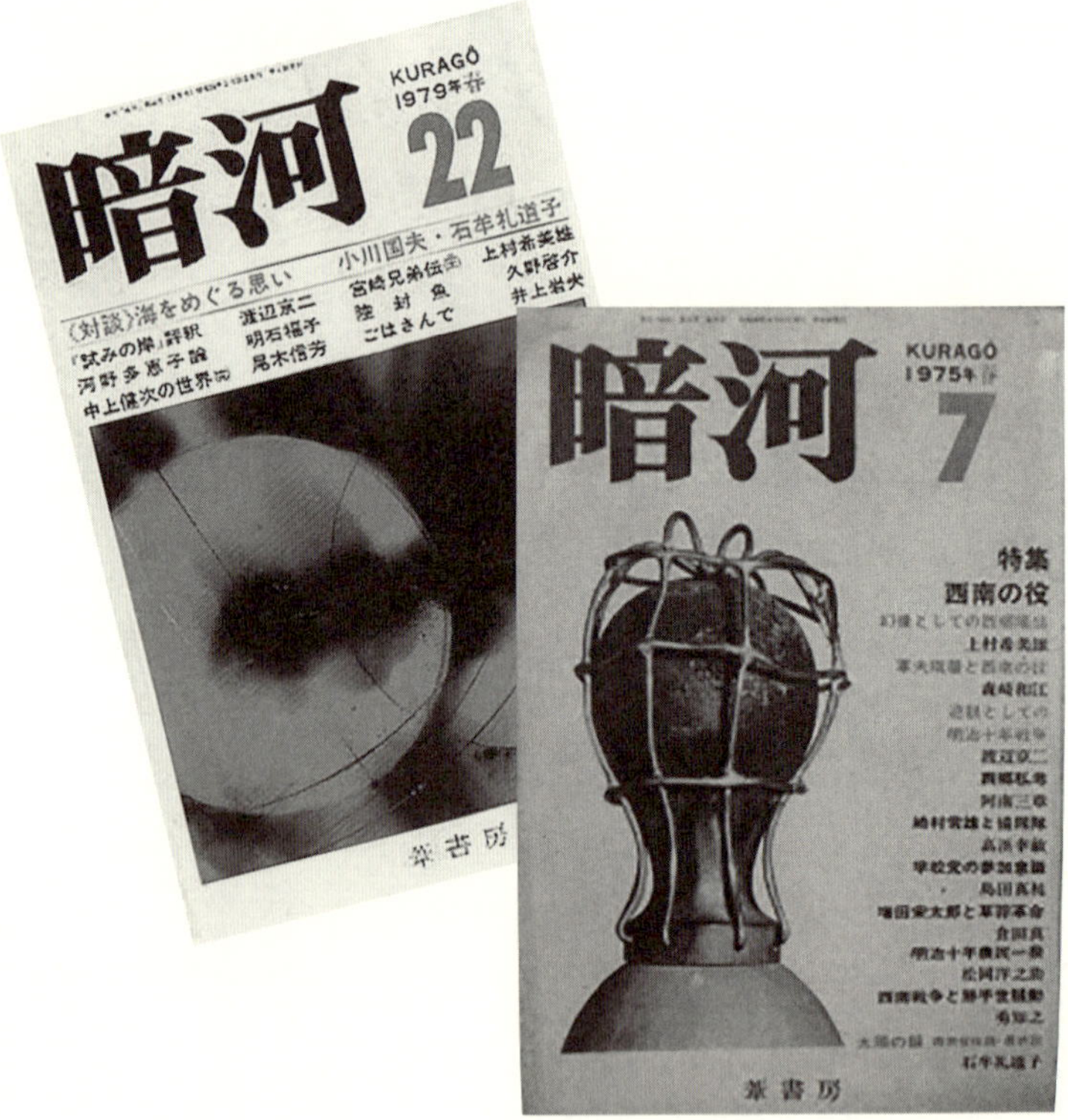

渡辺京二、松浦豊敏と始めた季刊誌『暗河』、７号は西南の役特集。道子は60年代からもうひとつのライフワークとして西南戦争をモチーフに書き継ぎ、『西南役伝説』（1980年）をまとめた。

点として名をはせた喫茶「カリガリ」（一九七一年一二月〜二〇一四年三月）の名物ママである。私は九〇年以降、店に数回行った。もはや闘争の熱気は薄れ、道子や渡辺京二の姿を見ることはなかったが、カウンター内の磯の、世俗の憂いを忘れさせる飄々としたたたずまいや、長時間居座って駄弁にふけっても許容してくれる懐の深さが心地よかった。

そのカリガリが一年半ぶりに復活する。「（夫の松浦豊敏の死去などから）心身ともへとへとでした。このごろやっと、店に来てくれたみなさんの顔が思い浮かぶようになりました」と磯は言う。新店舗は旧カリガリの近くのビルの一階。六人掛けのカウンターがある。一〇月半ばまでに開店する。カリガリと因縁浅からぬ道子は「私、行きます」と大きな声で言う。秋の楽しみができた。

カリガリは九州の〝伝説〟の季刊誌『暗河《くらごう》』の発行所でもあった。道子、渡辺、松浦の三氏が編集兼発行人。七三年秋号から九二年夏号まで合計四八冊を出した。『山本作兵衛画文　筑豊炭坑絵巻』の出版などで知られる福岡市の葦書房が当初、発売元になった。創刊号の渡辺の編集後記によると、誌名は「地下の水脈を意味する奄美大島の言葉」という。「何よりも私が仕事を発表して行く場として私に必要」（渡辺）という熱い思いが推進力になった。

執筆陣に赤崎覚がいる。『苦海浄土』に「蓬氏」として登場する、弱者に寄り添う心やさしき焼酎飲みである。編集手伝いの若手が赤崎番を務めた。放っておくと原稿は来ないのだ。赤崎に気に入られていた前山光則が原稿催促に行く。しばらく考えていた赤崎は「たばこ買ってくる」とひょいと外に出る。逃げられたと気づいて追いかけるとなじみの酒場のカウンターで焼酎片手ににやりとする。顚末を道子に報告すると大笑いされた。

初対面の学者やマスコミ関係者に対して赤崎は悪態をつくクセがあった。激しい逆襲にさらされることもあった。どんなにつまはじきにされようと、道子はいつも彼の味方だった。赤崎は早い時期から水俣病患者の救済に動いた功労者だったし、酒のヨロイをまとった、含羞と無私の魂は尊重されねばならなかった。前山は最近気づいたことがある。「楷書で原稿用紙のマス目を丁寧に埋めていく。そんなふうに、下書きなしでいきなり清書、というのは谷川雁の真似です。雁さんならスイスイ書くだろうが、普通の人はそうはいかない。赤崎さんは雁さんになりたかったのですよ」

初期には表紙やカットを福岡市の現代美術家、菊畑茂久馬（一九三五年生まれ）が描いている。菊畑は「葦書房初代社長の久本三多（一九四六―九四）に頼まれ無償で描いた」という。印刷・製本した『暗河』数百冊を久本のライトバンで福岡から運ぶ。店に横付けし、待機するメンバーに「来ましたー」と声をかける。「いつ行っても石牟礼さんはニコニコしていた。僕が帽子をかぶっていると、〝あら、海軍さんみたい〟と弾んだ声でおっしゃった」と菊畑は回想する。

七五年冬号の巻頭を菊畑の「フジタよ眠れ」が飾っている。現在でもナーバスに扱われる戦争記録画に正面から取り組んだ画期的論文である。『美術手帖』七二年三月号に載った原稿を、編集の実務を担う久本が転載したらしい。フジタとは「乳白色のマチエール（絵肌）」で世界的に有名な画家の藤田嗣治のこと。プロパガンダなどを超越した画面の悪魔性に魅入られた、という。〈つんのめりながら描いていた自身が暴走しはじめたのである。戦争が遠くの雷鳴から、どろどろの原始的肉弾戦の地獄に変貌して、〝殺されるから殺す〟から〝殺す！　殺す！〟となれば、権力もへちまもなくなって来るのは当然であろう〉

対象にのめりこむあまり、尋常な意識や手法では届くことのない表現の魔性、一種の狂気の領域に藤田は分け入ってゆく。菊畑が言及する狂気と表現のありようは、水俣病に直面した道子を想起させる。《当時、私は患者さんたちと同じ運命共同体の中に幾重にも入っていくような感覚になっていて、世界史の動向を全身全霊ではかっている気持ちだった（中略）患者さんの思いが私の中に入ってきて、その人たちになり代わって書いているような気持ちだった》（『葭の渚』）

生い立ちやジャンルは異なるものの、人に伝えることの「絶望」を経験して仕事を始めたという点で、道子と菊畑は共通している。二人の邂逅は、偶然に過ぎないと言えばそうなのだが、『暗河』という「地下の水脈」の水が水を呼ぶように、出会う必然性は十分にあったのである。

表現に至る苦闘を次のように書く。

〈「手業」は未だずっと後でいい、今は「視線」だ、祖視の光源はどこにあるのか、わたしの視線はいつもぶるぶると震えている。沸騰する主情（手業）の、たづなをどうさばくか〉（菊畑）

《私に表現への欲望があるのは生と死にかかわる五官の感覚や官能、つまり原韻律をあらわしたいことにより他にはない》（道子）

二〇一五年夏、私は菊畑のアトリエを訪ねた。菊畑の著書『絶筆』への道子の新聞書評（八九年）を菊畑は読んでいないのだ。《どこか朗々とした阿修羅の文である》。私は朗読した。ウーン。菊畑がうなる。

「〝異界の宴〟〝前衛の六方を踏む筆法〟とは、石牟礼さん、やはりすごい。僕の書物を論じながら、全然別の世界を作り上げているのだから」

先鋭的表現者の二人は力量を認め合いながら、道子の小説に版画家の秀島由己男が挿絵を描いたような濃密な交流はついに実現しなかった。菊畑の方が「自分ごときが」と接近を遠慮した気配がある。出会って四二年、菊畑は「（石牟礼道子という大きな存在に）引いていたところはあるね。しかし僕は本当は石牟礼さんとしっかり話をしたいんです」と言う。

「（胎児性患者は）みなさん年をとりました。六〇歳といえば、おじいさん、おばあさんのなり始めです。表情を見ていると、少年少女。あどけない。一日でも一時間でもいい、ひとことも発したことのない人たちの胸の内を考えてみてください」

二〇一五年九月二五日、道子が熊本市の仕事場でインタビューに応じている。聞き手はＮＰＯ法人水俣フォーラム理事長の実川悠太（一九五四年生まれ）。水俣病の公式発見から六〇年の二〇一六年、水俣フォーラムは秋に「水俣・熊本展」を企画し、同展へのメッセージとして道子の言葉を収録している。（二〇一六年四月の熊本地震の影響で「水俣・熊本展」は二〇一七年一一月に延期になった）

実川は「川本輝夫、浜元二徳、緒方正人、杉本栄子……。患者さんしか言えない人類の財産のような言葉。多くの人たちが共有できるよう石牟礼さんが文字にした」と言う。道子は「杉本さんは〝チッソを許す。私たちを差別した人たちも許す〟と言う。どんな哲学者も思想家も言わない言葉です。緒方さんの〝患者は加害者を一人も殺していない〟という言葉。この認識も今までになかった哲学です。いずれも一族から多数の患者を出し、艱難辛苦を背負った人の発言です」と語る。

一九七二年冬。道子と実川は東京の路上にいた。川本を先頭とするチッソ東京本社占拠（自主交渉闘争）である。水俣病闘争は四年目に突入。〈この闘争の中心に存在するらしい石牟礼道子という若い女性は不気味なまでに神秘的に思え、遠くから見ておくだけにしたいと思ったものである〉（『「苦海浄土」論』）という実川より八歳年長のドイツ文学者、臼井隆一郎の言葉は、当時の道子を中心とした運動体を世の中はどう見たのかを如実に示す。

実川は当時、高校生だった。大学闘争の熱気は実川の学校にも波及し、バリケード封鎖などが行われていた。熊本の「水俣病を告発する会」の機関誌『告発』を購読する生徒もいた。「ませていたから大学闘争や新左翼はニセモノとしか思えない。水俣には本物があると思っていた。患者の言葉を伝える石牟礼さんに会いたかった。石牟礼さんは静かに話すから、みんな耳を澄ます。その場が静かになっちゃうんです」と実川は振り返る。

一九九六年、水俣フォーラム主催の「水俣・東京展」の前夜祭として道子は「出魂儀」を提案した。《患者たちの積年の思いをねぎらい、「見えない人」の面影を偲ぶ》。水俣百間の埋め立て地で行われてきた「火のまつり」の東京版である。水俣から緒方らが回航した打瀬《うたせ》舟・日月丸を会場の中心に据え、ぼんぼりを魂に見立てる。ろうそくの明かりの中、白衣の杉本らがあいさつする。「世々累劫、遠離一輪、流々草花……」。道子のオリジナルの詩経も詠み上げる。

実行委の中から「タマシイって何だ」「宗教色が強すぎる」などの異論が出た。そんなことを言われるとは、思いもしなかった。〝タマシイって何だ〟とはどういうことであろう。目もくらむような衝撃に耐えつつ、道子は「なぜ出魂儀か」という文章を書く。《患者たちの魂を滅ぼさないためです。魂とは水俣、不知火海域では人格のこともいいます。よか魂、悪か魂、魂の足らん人、魂の多か子、魂の深か子、魂の浅か子、魂の美しか子、魂ばおっ盗られた、ゆくえ不明になった等々、日常使い分けて云っています》

緒方ら五人が乗った日月丸は九六年八月六日、水俣を出発、一八日に千葉の港に着いた。「海よ風よ　人の心よ　甦れ」ののぼりを掲げ、「水俣病は終わっていない。不知火海に眠る多くの魂を乗せてゆく」との思いを込めた。

〈打たせ船は四本高いマストが立っていて、重心が上の方にありますので、どうしてもローリングしやすい。慣れない海を行けば転覆するのではないか、エンジンが故障したらどうするのか、板が古くて腐っているから、船体がバラけたらどうするのか。実際あとになって分かったのですが、船が浸水しそうなきつい状態で、何度か危ない目にあいました〉（緒方正人「石牟礼道子と水俣」）

日月丸は道子の命名である。「お日さまとお月さまを合わせて日月丸。にちげつ（日月）がなかったら地球もなかったんじゃなかろうか」

しかし、舟で魂を運ぶという発想は現代人にはなじみにくい。道子が実川に出した手紙によると、緒方は下船して実行委のメンバーと対面し、《精神上の虚体化》に深刻な打撃を受けた。「魂を運んできたつもりだったが、実行委の方には魂を受け取るという心づもりがなかった。「おら、ほんなこつ、命がけじゃったですばってん……、受け取る手はずは何も出来とらんじゃったですよ。五分もたたんうち、顔見てわかったですよ」と憔悴した様子で語る。

道子はのちに《亡き魂たちと共に、悲しみを極限の美に昇華させた》新作能『不知火』（二〇〇一年）を完成させる。この世の毒をさらえる龍神の姫と弟の死と、魂の復活の物語である。若年から取り組んできた魂の救済という主題を、未体験の能という伝統芸能の世界で展開した。道子は大岡信との対談で「（水俣病患者は）地獄の底、奈落の底まで堕ちた人たちですので、一瞬でも何か幻のような世界が現れたら……。現世的な利益や救済は何もないのですけれども」と述べている。

二〇一五年九月二五日夕方。コクリとお茶を飲んだ道子は、「人間だけじゃなくて、生き物たちがいるでしょう」と、これまでとは一転した迫真したリズムで語り始めた。実川は「ちゃんと録音してる？」と私に小声で言う。記録せよ、というのである。耳をすます。

「植物も含めて、山の木も、海岸の岩も、私は生類というふうに言っていますけど、生類たちをいだいている天、下から支える地、私の宇宙というのは、とてつもなく広い、無限に。宇宙はまたみごもっているんじゃなかろうか。地球は意思をもっているのかなと思う。噴火してくるでしょう。地殻変動がおきてますね。今、地球全体が。創世期と絶滅期が一緒にきよるです。こんなことを言い出せば、預言者気取りでおるのかと言われそう」

二〇一六年三月二二日、実川が道子に会いに来た。ゴールデンウイークの打ち合わせである。水俣フォーラムは「水俣病　公式確認六〇年記念特別講演会」を同年五月三～五日の三日間、東京都文京区本郷の東大安田講堂で開く。道子はその催しの中心的役割を担う。生中継で講演会に参加するのである。

《祈るべき天と思えど天の病む》（五月三日）、《地の低きところを這う虫に逢えるなり》（五月四日）、《われもまた人げんのいちにんなりしや》（五月五日）。『苦海浄土』第三部「天の魚」の序詩などから採った言葉を三日間のテーマに掲げる。道子は生中継で熊本からメッセージを発信する。実川はリハーサルにきたのだ。

スカーフを巻いた道子はカメラのレンズを見つめる。東京では、水俣フォーラムのスタッフが同じようにカメラに向かって話の受け手になっている。本番では道子の映像が会場に大写しになり、肉声が聴衆に届く。

リハーサルではあるが、映像と音声を収録するので本番さながらの緊張感である。本番でもし、道子が体調不良になれば、今回の録画映像を代わりに流す。「ひとえにわたくしのかなしみに殉ずるにあれば……」。待つ間、道子は序詩を声に出す。合間に「かなしみの中でしか生きられなかった」と即興の語りが混じる。「けむり立つ雪炎の海をゆくごとくなれど……」という序詩に、「今年は、水俣地方も大雪になりまして……」とまた即興が入る。序詩と道子の現在の心象が地続きである。

リハーサルが始まる。初日のテーマとなった《祈るべき天と思えど天の病む》という自らの句に触発された道子が言葉を紡ぐ。「(水俣病公式確認から)六〇年になります。患者さんはいろいろ体験してこられた。それを表現することができない。天に向かって祈っても、天の声が聞こえません。私たちの声も天には届かない。それでも、祈らざるをえない。どんな言葉があるのでしょう。草の声、海の声、魚の声、鳥の声……。耳を澄ませて、生きていこうと思っています」

二日目は《地の低きところを這う虫に逢えるなり》。道子は東日本大震災が起きた日のことを語り始めた。

「入院中でした。誕生日なので、看護師さんたちが花かごを持ってきてくださった。テレビをつけると、東北の海が燃えている。真っ暗の中、燃える土地が動く。人間は虫だったんだ、虫とおんなじなのだと思いました。水俣病に向き合わざるを得ない私の日常を考え直した。無力のきわみで、一人であることを徹底して考えて、お互いに、生死のあわいにあれば、なつかしいんだ、なつかしさを頼りに生きていくほかはない、と思うに至りました」

休憩。道子はお茶を飲み「ああ、おいしい」と安堵した様子である。うまくしゃべれるか心配だったのだろう。実川は「できるだけ受け手に話しかけるような感じにしてください」と注文をつける。

三日目は《われもまた人げんのいちにんなりしや》。道子が初めて知り合った水俣病患者、杉本進一家の話になった。奇病患者の家として差別された。娘の栄子が悲しみや怒りをあらわにすると、進は「そぎゃん言うもんじゃなか。人を憎めばそれだけ苦しくなるじゃろ。許す。チッソも許す。差別した人も許す」と言った。「敵同士が許し合えるかどうか、今まだ私のテーマ。生きていくのは大変、つらい。つらいですけど、生きてきた……」

12　魂入れ

東京駅、プラタナス、新聞紙……。二〇一五年の秋になってから、道子からしばしば聞く。自主交渉を求める川本輝夫ら水俣病患者とともに、一九七一年の暮れから翌年にかけて行われた、東京のチッソ本社前の座り込みの話である。道路の舗装の下の、大地の熱が背中を温めてくれるに違いない。新聞紙を敷いて寝た。プラタナスの葉っぱをかき寄せる。桐のような葉はクッションがわりになった。

「盾をもった機動隊に囲まれました。チッソ首脳陣に水銀を飲ませるという話まで出て、相手に飲ませるなら自分もと、それこそ命懸けでしたけど、不思議と怖くなかった。地べたに寝転がったとき、思いましたね、天草・島原の乱の原城の人たちも同じ気持ちではなかったのかと。私たちは子孫。つながっておるのだ、先祖たちの霊がきて乗り移ったのだ。これから先、命があったら、天草・島原の乱を書きたい、そう思いました」

『春の城』は天草・島原の乱（一六三七〜三八年）を題材にした長編小説である。徳川三代将軍家光の時代、女性子供を含めた三万七〇〇〇人の一揆勢が島原の原城に立てこもり、幕府軍一二万人に抗し、全滅するまでのてんまつを描く。一九九八〜九九年、地方紙七紙に連載し、『アニマの鳥』と改題して九九年に刊行された。二〇〇七年の全集収録時に題名は『春の城』に戻った。
執筆直前、道子は《私の今をもっとも深くつき動かしているのは、水俣の患者さんたちの受難と、時には神に近いその姿である》（「空にしるすことば」）と書いている。水俣病闘争と天草・島原の乱はどうつながるのか。「近代」を根こそぎ問うはずが、金銭の交渉事に終わってしまった水俣病闘争。一方、乱を起こした一揆衆の目的はパライゾ（天国）をこの世につくることではない。「この世の境界を越えたところに、いまひとつのこの世が在るということでござります」と四郎は言う。『春の城』は道子にとって〝水俣病闘争の延長戦〟という位置付けではなかっただろうか。

九州では「原」を「はる」と読む。「春の城」は「原の城」、すなわち一揆勢の拠点となった原城を指す。一見穏やかな「春」と一揆勢の血に染まった城の「原」を重ねているのが重要だ。歴史小説の体裁をとりながら、物語の序盤には農民の暮らしが博物記のように綿々とつづられる。麦、海草、蓬。葛の根を掘り、餅にするなど、営みの一切は「魂の深さ」にかかわる。《人の姿のありよう、その声音と哀楽、植生の一木一草、波の形、風の音――古き天草をそっくりそのまままとり出して、その中に私も身を置いてみなければ、自分自身が完成しない気がしてならない》（「ちちははこひし」）

中盤以降、文体はより直截になる。「平安なきところ、受苦の極限においてこそ祈りは炎となるのだ」。降伏を勧告する幕府軍に対し、四郎は「われわれは広大無辺の宝土を求めるものであるゆえに、もはやこの世の火宅を望むものではない」と答える。世俗の生よりも天上の誉れの死を選ぶというのだ。

朝、空が異様に赤い。孤児の少女すずは「赤か空からな、舟の来たばえ、赤か旗立てて」と人々に告げる。「舟にはな、たいそう眩ゆか、美《よ》か人の立っておらいましたわえ」。天草四郎は《花の化身》のような浮世離れした姿で人々を戦慄させる。心に亀裂を抱えながら健気に生きる、「深か魂」の持ち主のすずだからこそ、四郎の到来を予言することができた。

乱から三六〇年後、すずの役回りを演じるのは『春の城』の新聞連載の挿絵を描いた秀島由己男である。すずと同様、秀島も孤児なのだ。頼る人のない境涯から絵に生きる希望を見いだした。自分だけ異界にいるような絶対的孤絶感といえば道子もそうである。水俣の画塾で知り合った二人は深い芸術的絆で結ばれる。

道子が直接電話で秀島に挿絵を依頼した。秀島は固辞したが、道子は半時間粘って説き伏せた。『春の城』はたんなる書きものではないのだ。必ずしも正義が通らぬ世で、個の尊厳を守るためやむにやまれず立ち上がる、社会的、肉体的実践にほかならない。命を賭して路上に寝転がる仲間が、どうしても必要だった。

海と空のあいだに浮かぶ十字架、大水にのまれる人々、木立をゆく兵など、歴史的図像と現代的事物をコラージュした銅版画は詩魂のみなぎった石牟礼作品にふさわしい。道子自身が描かれた画面もある。作者が挿絵になるとはなんと破格なことだろう。常識にとらわれぬ融通無碍なイメージの数々は、なるほど、道子が選んだ画家だけのことはあると納得させる。十字架の絵など、まるで画面から朝の赤い光が差すようである。すずと同じように秀島も奇跡を起こしてみせたのだ。

構想期間も含めると三〇年余りかかった執筆は充実感をもたらす一方、尋常でない消耗を道子に強いた。清書など身近でサポートする渡辺京二は〈道子はこれほど執筆に苦労したことはなかった。イメージは泉のように湧くのだが、歴史上の事実経過と辻褄を合わせるのが大変だった〉と回顧する。

乱のあと、幕臣の鈴木重成が天草に代官として派遣された。疲弊の極に達した天草の民を救うため重成は年貢を半分に減らすよう幕府に求める。しかし、聞き入れられない。江戸の自邸に戻った重成は最後の嘆願書をしたためて腹を切る。重成の死後、幕府は重成の願い通り、年貢を軽減する。重成は天草の人々から神さまとして祀られた。

重成は代官としての赴任前、原城での戦闘を経験していた。松平伊豆守配下の鉄砲賄方として出陣。天草四郎の下に結束した農民たちが、武器には不慣れなはずなのに、火を噴くように抵抗し、自らの望みのように死を選ぶ姿をまのあたりにした。

水俣では情が厚いことを「煩悩が深い」という。人、畑、魚、狐、猫……。生きているものことごとくと交わしたい煩悩。道子は《鈴木代官は天草の人々に逢って、はじめて人間というのを見たと思うのです。その前に、天草に着任する前に、島原の原城で死んでゆく人々を一人一人見た》（「名残りの世」）と言う。《彼はこの時はじめて人間開眼をしたのではないでしょうか》（同）。天草という土地が代官に人間らしい心を取り戻させたというのである。

《腹を切るほどに思い詰めさせた石高半減という願い、そういう願いを生ぜさせるには、生ま身の人間の顔が、まなうらに浮かんでいなければ、腹を切るまでにはならないだろうと思うのです。どういう人たちの顔付きが、眸の色が、この代官のまなうらにありましたのでしょう。あの顔この顔というのが具体的に浮かんでいて、訴える声が聴えていて、こういう者たちのためなら、自分は死んでもよい死なねばならぬ。そういう人たちに、つまり、煩悩がついてしまっておらなければ、人間、腹を切ることなど出来ないのではないでしょうか》（同）

《「どなたかわかりませんばってん、ひと様のお墓でございます」》

道子の独り語りで構成した『花の億土へ』に、道子が天草の先祖の墓を訪ねるくだりがある。流刑地だった天草。流されてきた人の土まんじゅうのお墓を「ひと様のお墓」と慈しみを込めて呼ぶ天草の人々に名状し難い温かいものを感じる。墓に参る道子は原城で戦死した子を探す母親のような風情である。いや、原城で「早うゆこな」と斬首を待つ幼い姉妹をしのぶ少女のたたずまいかもしれない。闇を抜ける。ほのあかりの草の小径。花が一輪見える。

《来世の、まだこない世の中の花あかりを見たような気がいたしております》

第二次大戦後の日本文学を牽引した「第一次戦後派」の中心作家、武田泰淳（一九一二—七六）に「鶴のドン・キホーテ」という短編がある。海軍で戦友だった三人が熊本県南端のM市（水俣市）で再会する。M市は前代未聞の「奇病」に侵されつつあった。

〈肥料工場から流れだす化学的な成分が、M市のみならず附近の住民にも、命とりの難題をかもしだしていると言うのです。（中略）猫や犬たちが急に飛びあがったり、逆立ちを始めたりした時は、それが食べた魚のせいだとは誰も気がつきませんでした〉

戦友のうちの一人、鶴田格之進が工場に怒鳴り込むが、変人（ドン・キホーテ）扱いされて終わった。財政的に多くを工場に依存するM市では奇病を口にすることがはばかられた。〈奇病発

生とか、肥料工場からの毒液の流出とか、縁起でもない、その種の噂話はお互いにひろげないようにしているのです〉

一九五七年に書かれたと推察される「鶴の〜」は一九五八年一月に発表され、水俣病を題材にした最初の散文の文学作品となった。熊大研究班は一九五九年、水俣病の原因物質はメチル水銀であると公表した。泰淳はそれよりも早く水俣病と工場排水の因果関係に注目しているのだ。水俣病を告発するミステリー『海の牙』を六〇年に刊行した水上勉は五九年春に水俣をつぶさに見て、「私はこの世で地獄というものをみた」と嘆くのだが、泰淳は水上より前に地獄の存在に気づいていた。

「鶴の〜」は実業家を主人公にした連作の一編として構想された。水俣にチッソが進出したのは一九〇七年。創業者は実業家、野口遵である。〈M市にとっては神様みたいなN氏ですから、氏の死後も、M市でN氏の悪口を言うものはない〉。奇病騒ぎを泰淳は容易ならぬ事態とみたのだろう。創作を交えて書こうと決めたが、野口への言及も必要だ。その結果、小説とノンフィクションをブレンドしたような異色作が生まれた。

石牟礼道子の『苦海浄土　わが水俣病』は一九六九年の刊行だ。一九七〇年春、『苦海浄土　わが水俣病』は第一回大宅壮一ノンフィクション賞に決まった。四六〇編の中から尾川正二『極限のなかの人間』とともに選ばれたが、道子は受賞を辞退した。「水俣病患者を描いた作品で賞を受けるのが忍びない」と言うのだ。前年にも同じ理由で熊日文学賞を辞退している。

大宅賞の選考委員四氏の選評が興味深い。当時の小説・ノンフィクションの第一級の書き手が『苦海浄土　わが水俣病』にどんな感想を抱いたのか。

〈患者と添寝せんばかりにして九州方言の話しことばで書きつづった部分に抜群の迫力がある。白眉である。そくそくと迫ってくる凄惨の異相のなかに鮮烈で透明な詩も閃いている。（中略）いままでに読んだミナマタ病についての報道文とくらべると、おまじないとレントゲン検査くらいの違いがある〉（開高健）
〈公害は単に近代都市の病患ではなくして、〝人間が人間に加えた汚辱〟だということを、これほど強く訴えたものはない〉（扇谷正造）
〈著者の水俣病追求は、ひたむきで鋭く、全身的であって仮借するところがない。告発の声が、解剖学者のそれのように、あくまでも即物的であって、病源をつきとめていく緊張をゆるめない〉（臼井吉見）
〈このルポルタージュには〝借りものの思想〟がない。石牟礼氏の体感が水俣病と化合して、思想を結晶させている〉（草柳大蔵）
全選考委員が『苦海浄土　わが水俣病』を事実をそのまま記述したノンフィクションとみているのだ。作品には〈美しい不知火海のほとりに育った一人の主婦が海と人間を無残に汚したものを告発する！〉という編集部のキャプションがついている。道子の肩書は「記録作家」。一人の主婦として水俣病を告発した。それはそうに違いないが、それだけなのか——。
刊行一年後の七〇年二月、道子はノートに苛立ちを書きつけている。
《有馬くん（澄雄。水俣病研究会）が借してくれたユリイカ、一九六九、十二月を読む。（このユリイカの詩のつまらないこと！　死んでいること！）花崎皋平《こうへい》というひとの「言葉は死ね！」。苦海浄土引用のくだり、一応もっともと読んだが、誰も彼も、もうすっかり聞き書リアリズムだと思いこんでいる。／あんまりおもいこまれると、つまり私の方法論にこうもすっかりみんな完全にだまされてしまうと、がっかりする。不本意だが、著者自身が、解説、苦海浄土論を書いて、方法論のヒミツを解きあかさねばならないであろうかと考える。そのときは、はじめ変名にしたがよい、とおもう。くたびれることだ》

結局、道子が「解説」を書くことはなかった。盟友の渡辺京二が書く。七二年一二月刊行の『苦海浄土　わが水俣病』文庫版解説である。「あの人が心の中で言っていることを文字にすると、ああなるんだもの」という道子の言葉を紹介するなどして道子の「方法論」の一端を明かし、「『苦海浄土』は石牟礼道子の私小説である」と断じた渡辺の解説は、読書界の見方を一変させた。

苦海浄土誕生に立ち会った渡辺の文章は道子になり代わって弁じたかのような勁い説得力があったのだ。しかし、読者を全員納得させることは至難の業である。患者の語りがそのまま記されたかのような迫真性に満ちた『苦海浄土　わが水俣病』は、現在でも、「聞き書き」「ノンフィクション」と括られてしまうことがままあるのだ。

「世の中の大多数の人は、裁判の過程に関する報告のようなルポルタージュ的なところだけしか読まずに、ノンフィクションだと言ってきた。そうではありません。ノンフィクション的なところと、創作の部分と、データと、いくつかの要素を合わせて『苦海浄土』はつくってある。その肝心なところを多くの読者は読み切れなかった」

作家の池澤夏樹は明快に語る。二〇一五年一一月一五日夜、詩人の伊藤比呂美や池澤ら四氏のトークセッション「いま石牟礼道子を読む」が熊本市で開かれた。前日の一四日、池澤は石牟礼を訪ねた。自身が編集する『世界文学全集』『日本文学全集』に石牟礼作品を選ぶなど池澤は不知火のほとりで生まれた道子の文学を敬慕する。

「読み切れなかった」と聞いて、私は自分のことのように恥ずかしかった。厚生省への報告書、漁民暴動ルポ、国会の委員会報告――などが入れ代わり立ち代わりあらわれる『苦海浄土　わが水俣病』を若年の私は読み切れなかった。「ゴツゴツしたノンフィクション」と思い込んだ。人類初体験の悲劇を複眼的に誠実に見つめればこんな書き方になるのだと理解できたのは四〇歳を過ぎてからである。作者と患者の孤独が重なり合って迫る。「私小説」という渡辺京二の指摘が腑に落ちた。

「古事記にしても、竹取にしても、今昔はもちろん、古代の文学のほとんどは編集ものです。さまざまな素材があって、それを集めて編む。そのこと自体が文学的な営為だった。『日本文学全集』を編集していて気づきました。編集は思想であり、創造なのだと」と池澤は言う。道子も『苦海浄土　わが水俣病』を〝編集〟したのではないか、と。

「水俣病を表現するには小説だけではだめだし、ルポルタージュだけでは読む人の心に入れない。編集とはもともと仏典の用語（結集）。いろんなものを集めた上で仏典に仕立て直す。おそらく石牟礼さんは、こんなぼくの理屈なんかと無縁なところで、いわば魂の導きでそれをやってきた」

「〝編集〟というような話は初めてうかがいました」と道子は言う。素材を集めて、編む。猫の絵のそばに短歌があり、手書きの地図の裏に来客用の献立がある、以前に見せてもらった、まるでモザイクのような道子のノートを私は思い浮かべていた。

豚の角煮、タケノコとフキの炊き合わせ、タチウオとイカの刺し身、エノキと豚肉の煮付け、ホタテ貝と生シイタケの炒めもの、ポテトサラダ、酢みそネギ、カレーサンドイッチ、梅の漬物、キンカンのハチミツ漬け、セリごはん、アオサの吸い物、イチゴに梅酒、どぶろく、焼酎、ビール。

一九七六年三月二九日夜。関東から船や車を乗り継いで熊本県水俣市の石牟礼道子宅に着いた歴史家の色川大吉ら、不知火海総合学術調査団の一行はテーブルに並ぶ手料理に息をのんだ。道子の采配のもと、母ハルノ、夫弘、妹の妙子ら一家がこしらえたものだ。

数日前から緊張で道子の形相が変わり、料理はもちろん服装にまで気を配っていた。調査団事務局の羽賀しげ子の日誌によると、〈道子さんは黒いブラウス、黒地に花もようのロングスカートを身につけて迎えてくれる。うれしそうな、というより神妙な、少し固い表情である〉。水俣病患者の川本輝夫、浜元二徳らも同席し、浜元が「水俣の言葉、分かりますか」と聞くと、団員の鶴見和子が「分かる、全然普通」と応じ、「全然普通だって」と愉快そうな道子の姿も日誌は伝えている。

不知火海総合学術調査団は鶴見ら近代化論再検討研究会のメンバーを軸に一九七六年発足。役所などの後ろ盾がある公的組織ではなく、手弁当のボランティア集団である。一九七六〜八〇年を第一期、一九八一〜八五年を第二期とし、合計一〇年間活動した。第一期のメンバーは団長の色川や鶴見ら一二人。成果は『水俣の啓示』（上下）にまとめている。

調査団は道子の懇請に応えてできたのである。東京のチッソ本社前での約二年間の座り込みを終えた道子に、闘争の第二ステージとして「学術調査が必要」との思いが芽生えた。七五年一〇月には熊本県議の「ニセ患者発言」に抗議した水俣病患者らが逮捕される事件が起きた。加害企業と権力が結託した闇の深さにたじろぐわけにはいかない。道子は旧知の色川をチッソのヘドロ埋め立て地に連れて行く。なぜ調査団なのか。道子の文章を引く。

《不知火海沿岸一帯の歴史と現在の、とり出しうる限りの復原図を、目に見える形にしておかねばならぬと、わたしは以前から考えはじめていました。せめてここ百年間をさかのぼり、生きていた地域の姿をまるまるそっくり、海の底のひだの奥から、山々の心音のひとつひとつにいたるまで、微生物から無生物といわれるものまで、前近代から近代まで、この沿岸一帯から抽出されうる、生物学、社会学、民俗学、海洋形態学、地誌学、歴史学、政治経済学、文化人類学等、あらゆる学問の網の目にかけておかねばならない》（「島へ」）《出来あがった立体的なサンプルは、わが列島のどの部分をも計れる目盛りになるでしょう。（中略）不知火海沿岸一帯そのものが、まだやきつけの仕上がらない、わが近代の陰画総体であり、居ながらにして、この国の精神文化の基層をなす最初の声が、聴き取る耳と心を待っているのではありますまいか》（同）

不知火海沿岸をトータルにとらえるには、学術調査ではなくて、文学表現が適しているのではないか。そんな色川の問いに対し、道子は「外在する目がいまひとつなければ、球体の向こう側が見えてこない。内側からと外側からと、水俣をとらえなければ」と言うのだ。色川は納得した。

調査団は石牟礼家での出迎えなど地元の歓待に感激した一方、当惑もした。色川と鶴見は九日ぶりの帰京後、「向う（道子たち）の期待が大きすぎて気が重い」「こうなっては後戻りもできない」などと話し合っている。

道子と鶴見は出迎えの日が初対面だった。二六年後の二〇〇二年に対談（『〈鶴見和子・対話まんだら〉言葉果つるところ』）をし、「魂入れ」の日を懐かしむ。「都会にいるとアニマ（魂）が飛んでいっちゃって、魂の脱け殻みたいだから、魂を一人一人ていねいに入れてやろうという儀式が石牟礼道子さん宅で行われた。手料理を一晩中いただいているうちに、道子さんが一人一人に魂を入れてくださった」（鶴見）。「魂を入れるなんて、そんなものものしいものじゃないんですよ。魂入れと、一種の枕詞みたいにいうんですよ。しかしやっぱり気持ちはお互いに魂を入れなおしてやろうやという、ちょっとあらたまったような気持ちで申し上げるんですよ」（道子）。調査団は毎年春と夏に水俣でそれぞれ一〇日間の合宿をした。石牟礼家での「魂入れ」は毎回欠かさず行われ、「一度も手を抜くことなく、そのもてなしを続けられた」（色川大吉『昭和へのレクイエム』）という。

調査団は水俣民衆からの聞き取りに多くの労力を費やした。色川は七九年、五九年一一月二日の不知火海漁民暴動の指導者たちを訪ねて回った。水俣病の節目となる一日を証言や調書からドキュメンタリータッチで再現する「不知火海漁民の決起」（『水俣の啓示』下巻所収）を書くためだ。

色川らは道子の母ハルノから再三聞き取り調査をしている。生まれ故郷の天草から対岸の水俣に渡り、貧苦を生き抜いたハルノは風土を体現する人物だった。録音テープが残っている。二〇一五年冬、道子の仕事場で再生する。生の軌跡を語るとつとつとした声。「母です」と道子が言う。せっかちな女性の声がまじる。「私の声ですね」。道子は虚空をにらむ。

一九七九年一月二日、道子は水俣の自宅で「水俣の海と山を語る会」を発足させた。不知火海総合学術調査団の第一期調査(一九七六〜八〇年)の終盤である。道子ら地元勢にとって、色川はじめ調査団のメンバーへの不満はない。が、日を重ねるほど、何かが違う、何かが足りないとの思いを払拭することができなかった。

〈調査団にかけた彼女の夢は、やはり現実の「学問」の形態では十全には満たされなかったのだ〉と身近で道子を見守った渡辺京二はいう。「もうひとつのこの世」が永遠に手の届かないところにあるように、調査団がどのような成果をあげようと、道子の気持ちが満たされないのは最初から分かっていたことだ。

「水俣の海と山を語る会」は「不知火海百年の会」と改称して活動を始める。メンバーは漁師や小・中・高教師、市役所職員らで「ごく少ない」(道子)。道子の義弟で会報を編集発行した西弘の文章がある。専門家の調査の網目から抜け落ちるものを生活民がカバーしようというのである。

〈「水俣病」という露頭を通して見えはじめた近代社会構造の断層といえる「水俣」を、あらゆる角度から専門家・学者の知識の網目で掬い上げ整理し普遍化することが調査団の課題でした。それは時間的制約はもとよりのこと、超人的力量を要求された無理難題には違いありませんでしたが、側目で専門分野の網目から抜け落ちていく「何か」を気にしはじめていたと言えます。そして、さればと向こうみずにも、水俣でくらしを立ててきた自分たちでこの地の来し方をすくいとってみよう、それを改めて専門家の網目に載せてはと考え、その作業母体として「不知火海百年の会」を発念したのでした〉(「生きてグニャグニャとつながる通路を――「不知火海百年の会」のこと――」)

一九八一年八月、不知火海総合学術調査団と不知火海百年の会の合同会。両方に深くかかわる道子のあいさつは次のようなものである。調査団の活動に敬意を表しつつ、百年の会を継続していく覚悟を述べたものだ。
〈こちらの方（不知火海百年の会）には学校へ行かない人間が沢山おりまして、それでもこの不知火の地域でさまざまの生き方をして、その様々の生き方の中で全部深いというか広いというか、そういう意味の専門家ばっかり。生きた資料の宝庫、人間ばかりじゃなくて自然も含めて。そういう資料が埋蔵されていて、どれだけ埋蔵量があるか解りませんので、まだ死んでしまわないうちに。最初の方々（第一期調査団）の御努力でここまで。こちらの死んでいく方も引き継ぎを残してずっと続けていきたいと。／いつまでも、百年の会ですから。今度は通路が本当につながったと、多角的に生きてグニャグニャグニャと一本筋じゃなくて。人間の躰がいろんなものでできているように、そういう風なつながり方、人間の人体構造のようにこの調査ができあがればいいなと思いますのね。どうぞよろしくお願いいたします〉（同）
百年の会では、《世界の実質と、ぴったり合体したい》という道子の願いに応えるべく、「山と海の学校」を開き、「まつりごと」（担当教師・角田豊子）、「海辺の生きもの」（同・鬼塚巌）、「漁の話」（同・杉本栄子）などの学習をおこなった。会の象徴的存在はチッソ工場労働者でアマチュア写真家の鬼塚巌。水俣の海山の克明な観察者である。田打蟹《たうちがね》（シオマネキ）の写真を撮るため半日あまり干潟の上でじっとすることができる人だ。一九八六年、道子の尽力で鬼塚は写真集『おるが水俣』を出版した。道子はこの本に文章を寄せ、《わたしどもの生きて呼吸しているところ、いわば辺地の水俣は、根の先の土壌や、水脈のふれあうかそかなところである。けれどもここを、他の辺地と合わせて考えれば、近代文明の母の地、母の胎の地ということもできる》と郷土の奥深くを見つめる。

「雲のあいだから千尋の谷へ落ちていく。そんな感覚でした」

二〇〇九年七月二一日、道子は大きな災難に見舞われた。パーキンソン病と診断されて七年目。仕事場の玄関で転倒してしまったのだ。神経難病の患者が転ぶと大きなケガにつながる。道子は大腿骨骨折の重傷を負った。

「原稿をお渡しして、振り向いたとたんに転んだ。雲の上を行くように着地感がなくて、雲の柔らかく薄い部分を踏み抜いた。逆さになって落ちた気がします。足が上を向き、頭が下。その時です。左足のくるぶしとスネのあいだから、ひらひらひらと、魂が抜けてゆく……」。道子は六年後の一五年冬、転倒時の不思議体験を振り返る。

《よくよく考えてみますと、あれは蝶です。沖縄あたりで、魂のことを「真振《まぶ》り」と、蝶のことを「はびる」とか「はびら」とかいいますけれども、その生き真振りが、生きた魂がはびらになって、抜け出していったんです》とケガが癒えてから書いている。

倒れてからずっと意識がなかったが、「二カ月か三カ月たって病院のベッドの上で目が覚めた」という。実際には七月二一日に骨折し、八月二一日にリハビリ病院に転院したのだった。道子の頭に浮かんだのは「渚」のイメージだった。「えっ、渚ですか」と私が尋ねると、「ここらあたりです」と道子は前髪をかき上げておでこを露出させるのだ。

「頭のてっぺんではありません。額の生え際です。額が渚になっている。ハゼなど小さな魚や巻貝たち。潮を吸うアコウ。そんな渚の生き物たちに蝶が仲間入りしている。ふわふわ飛んでいる……」。足から抜け出た魂（蝶）は、道子が幼い頃から馴染んだ渚に入っていった。

道子の両親は、道路港湾建設業を水俣市浜で営む祖父吉田松太郎の事業を補佐し、家の没落に伴い、一家は栄町から水俣川河口の荒神（「とんとん村」）へ移る。道子が八歳の時だ。

当時を道子が振り返る。「明治四三年にできた水俣の地図には、こまか子供の私がキツネを探した大廻《うまわ》りの塘《とも》も載っています。今も塘はあるんですばってん、埋め立てられ、地名も変わっています。昔は野っぱらでした。海岸線があったです。大廻りの塘の、塘ちいうのは土手ということですけど、その石垣積みは父たちがやりました」

家業の頓挫で道子の一家の生活は困窮を極めた。ハルノは行商に出かける。行き先は水俣川上流の村である。村の人々は、もうけを度外視して道を完成させた松太郎への恩を忘れていなかった。松太郎一家没落の知らせを受け、村の使いがやってきた。リヤカー持参である。娘のハルノさんに村に来てほしい。お目にかかるついでに、このリヤカーに品物を積んで持ってきてもらいたい。品は全部買います。そう聞いて、松太郎もハルノも涙を流した。

祭りのたびにハルノは村に通う。「自動車で行かすと遅うに行って早う着かすばってん、あたしゃ足で稼がないといけないもんじゃで、もう朝は三時ごろから、出掛けてましてな。暗かった。途中に昼でも暗かごたる杉山のあって、そこば通っていかんばだったでな、おとろしかろたい」と言う。不安がる母に幼い道子が用心棒代わりに同行する。

「ハルノさまのこらしたぞーい。しょうけ持って、はよ、お出でェー」

村人の大声が山峡に谺する。ハルノが持参したのは、こんにゃく、寒天、かまぼこ、ちくわ、さつま揚げ風の天ぷら、花麩、すし用の湯葉、昆布……など。町で仕入れてきたものだ。道子は谷間の集落で母を待つ。「もうじき、お出なはりますけん、泣かずにおんなはりまっせ」と村の女の人が夏ミカンをくれた。

《母はしょっちゅう足の神経痛にかかって、お灸の跡だらけだった。リヤカーに乗せられるわたしはよかったが、どんなにあの道のりでは足腰が痛かったろう》(『食べごしらえ　おままごと』)と道子は母を案じる。リヤカーを後押しし、空になったリヤカーに乗って喜ぶ娘は、重労働の孤独な商いに耐える母の大きな慰めだったろう。

村人たちの目には、満載の荷を運ぶハルノが連れた幼女は、渚を飛び回る蝶々のように見えたかもしれない。生命の息吹に満ちた渚がよみがえる。ミンミンミン。貝の呼吸音が聞こえる。転倒して気を失った道子の魂は、時空を飛び越えてハルノのリヤカーに飛んでいったのではなかったか。

成人した道子は水俣病の著作活動に没頭する。患者支援と同時並行の執筆は多忙を極めた。ハルノの言葉がテープに残っている。

「ほとんどバカちいえばよかでな、あたしゃ。もっと読み書きができたら……、親の言うこと聞いて学校に行っとけば……、そしたら道子の、少しなりとも手伝いができたのに」

13　不知火

二〇一六年が明けた。「宵待草のやるせなさ／今宵は月も出ぬそうな」。石牟礼道子のソプラノだ。「宵待草」（竹久夢二作詞）である。「トロイメライはどんな歌詞でしたかね？」と私は尋ねる。道子は「ん、ラ、ラ、ラ」とシューマンの曲をハミングでたどる。漁師が網を打つように、かつて好んだ歌詞を頭の中で探しているのだ。網に手応えがあったようだ。たぐり寄せる。

「月にまどろめば、ほのかに思い出浮かびて……」

二〇一五年一二月二八日、「古かも古か原稿用紙。粗末な藁半紙が三〇枚ばかし」と道子が言う。「不知火」と題した未発表作品が見つかったのだ。渡辺京二は一八歳か一九歳の作と推定する。

道子は「二〇歳で書いた『不知火をとめ』ちゅうとはちっと世間の文章ば読んどるですね。影響を受けています。ところが、まだ若かときの『不知火』は、なんの影響も受けずに、自分の考えどおりに書いています。それがたいへん清潔でうつくしか」と話すのだ。「小説ですか」と聞くと、「小説ではありません。心の日記です」ときっぱりと言う。

作品発見をきっかけに、「不知火」を書いた一〇代、さらに幼少期へと、道子の記憶はさかのぼる。家が没落して八歳で水俣川河口の荒神（とんとん村）に移る。一間きりの小さな藁小屋である。五〇メートルほど先に渚があった。近くの子供たちと一緒に磯かごで貝を採る。潮の満ち引きで地球が生きていることを体感できた。

「海辺に歌いに行きよったですもん。荒神に住んどる時代、月見草がいっぱい咲きよったけんなあ。そして、トロイメライば歌《うと》たり。宵待草ば歌たりして。夜中の三時ごろ起きて行きよったですよ。気分が高揚して歌わずにはおれない。海辺の岩に腰掛けます。昼間は貝採りをしてましたから、暗くとも、岩のありかはわかります」

《かすかな渚の音、わきいづるトロイメライ。／「天草の島めぐりめぐり遂の果は不知火の火にならむとおもふ」／夕闇―／一ひらの白い短冊が波うちぎわに捨ててありました》

『不知火』の書き出しだ。不知火のほとりに住む一四歳の「乙女」の「少年」へ寄せる思いなど思春期の心の揺れが、寄せては返す波を思わせる自然なリズムで描かれる。

《この世に悲しみを持つ程に、人は美しくなるとか申します》

黙って読んでいた道子が途中から声を出して読み始めた。私は息をするのも忘れて聴き入った。

《ああ人間はこの世で一体幾辺、望みを絶つのを繰り返すのでございましょう。限りない絶望の果て、一つを捨てる為に人間は美しくなると申します。その度に悲しみが何とはなしに絹糸の様に、その細い故に切れることなく続き、その絹糸が何時《いつ》しかに一つの調べを持ち、その調べを孤独の底で奏でる時に、人間は、美しいものへ近づくのかも知れません》

作中、乙女が思いを寄せる少年は次のように描かれる。《男の子は黒い眸を持っていました。その眸の上に迫った眉は、青白い顔の色と共に気むづかしい様子ながら、それが何か愁はし気な

風情を加へて、人の気を引かずにはをれない様に思へました》

乙女は自らの恋の本能を嫌悪し、罪悪感さえ抱く。思慕する少年を見かけても知らぬふりである。少年にはモデルがいた。水俣実務学校の同級生である。「名前も知らんとですよ。当時はコメがない時代でしたから、農業科のからいも畑に行けば会うこともありました。それから会わんですもん。なつかしかですね。どんな生涯を送ったのかなあ」

渚での歌は、八歳ごろから始まり、代用教員時代をへて、結婚後もしばらく続いた。道子と弟のように交わる銅版画家の秀島由己男は渚で歌う道子を直接知る一人だ。

「道子さんとおにぎりを持って海岸に行く。渚で民謡を聴かせてもらう。本来の民謡の節ではありません。粘り強く叙情的に、もう石牟礼節になっているんですよ。『刈干切唄』にしても、歌詞、メロディーも変えてないのに、ほかに例がないような歌い方です。道子節としか言いようがありません。その道子節には正統派にはない深い情感がありました」

道子は二〇〇四年、新作能「不知火」についてインタビューに応じている。「石牟礼さんにとって『渚』とはどんな意味を持つのでしょうか」と問われ、「私にとって、たまたま渚で、ということではないんです。渚でないといけない」と述べている。

「浜辺に立ちますと、目に見えるものもですが、目に見えないものたちの気配もいっぱいみちみちています。それらが混ざり合って浜辺は『生命たちの揺籃《ゆりかご》』というか、生まれたものもですが、未だ生まれない『未生のものたちの世界』でもあるように思います。子供でもそういう気がするんですよ。そしてそういう気配の中に自分が、その真ん中にではないですが、そのどこかに気配の一つとなって呼吸している自分もいる。そういう気配たちとの魂の交歓のような中で育ったというか、育ててもらったような気がします」（「地上的な一切の、極相の中で」）

道子の母ハルノの録音テープの声が聞こえる。不知火海総合学術調査団の色川大吉団長らが民俗資料として聞き取ったものだ。

色川はじめ調査団側には、天草に生まれ、水俣で辛苦を生きたハルノの存在が不知火のほとりの風土そのものだという認識があったに違いない。実際、テープを聞いていると、不知火海沿岸の生活や伝承がハルノという人の形で口を開くかのような、不思議な気持ちに誘われる。

聞き取ったのは一九七六年。ハルノは当時七三歳である。

「浜という集落全体がコレラと腸チフスにかかりましてな、一八歳の私と父の松太郎とふたり腸チフスにかかって、六〇日、コメの粒ば腹に入れたらならんでしたもん。ちゃーんと六〇日ぶり重湯ば腹に入れた。腹の皮が背なにひっついて、きつかった。髪の毛も一本もなかごて、やかんになったですもん、頭が」

「苦労ばーっかりでした」

『新・水俣市史』によると、一八九〇年、水俣村立白浜避病院という名称で白浜に伝染病の専門病院が開設された。その後も伝染病患者は増え、敷地と病舎の拡張を繰り返し行っている。一九一二年には赤痢六二人（死亡二一人）、腸チフス一四人（一人）、ジフテリア四人（一人）。翌一九一三年には赤痢一九〇人（五六人）、腸チフス三一人（一二人）、ジフテリア四人（一人）――という記録がある。

一九三五年、事業に失敗した道子の実家吉田家は、水俣市中心部の栄町から海に近い人家もまばらなとんとん村に移る。近くに避病院があった。火葬場もあった。〝貧困〟〝伝染病〟〝死〟が勢ぞろいしたのは偶然ではあるまい。理解不能のもの、禍々しいものは辺境へ、という民衆心理が避病院や火葬場を地域の端っこに押し流していったともいえる。

一九五六年五月一日、新日窒水俣工場付属病院の細川一院長が「原因不明の中枢神経疾患が発生している」と保健所に届けた。水俣病の公式確認である。『苦海浄土　わが水俣病』の記述を追っていこう。当時はまだ「奇病」という名の伝染病扱いである。《(五六年)八月九日、水俣市白浜伝染病院に八名入院させた》。二八歳の女性患者は《(五六年八月)七日水俣市白浜病院(伝染病院)に入院したが(中略)全くの狂躁状態となった》

吉田司の第一九回(八八年)大宅壮一ノンフィクション賞受賞作『下下戦記』が、同じころ避病院に入った「奇病」患者の独白を記録している。

〈避病院着《ひき》いたら、畳も障子も真白くホコリば積んだ如つして、消毒液ばふってあったっで。指で払えば、こげん線の、スーッち出来っとやっで。(中略)あーあ、とうとう娑婆ン果てまで来てしもたねえ。ここ来たら、生きちゃもどれんばいねぇち〉

消毒薬で全身が白くなった「奇病」患者の家族は露骨に差別された。

「まぁた伝染病ン所の娘が通りよる」

「見てぇんな、早よ、早よ。今、あそこ走って逃げて行くがな」

「気色ン悪かッ。俺家《おるげ》ン前は通んなッ。病気伝染《うつ》ったらどげんすっとな」

腸チフスの癒えたハルノは近くの寺で上映された高僧の一代記を観て、「自分たちは苦労がたらんね。もっと修養せんばならんね」と水俣から出ることを思い立つ。精神の均衡を崩した母おもかさまの世話や父の下で働く石工らの食事の支度まで一手に引きうけていたハルノだったが、妹の成長で、ハルノが家を出てもなんとかなりそうであった。

一九歳で静岡・御殿場の紡績工場に「修養」に行く。道子が一〇代の頃、紡績女工になろうとしたのは、この母の影響が大きい。ハルノが静岡に行って二年足らずの一九二三年九月一日午前一一時五八分、関東大震災に遭遇した。

一九一四年一〜二月の桜島の大噴火を水俣で経験し、深甚な降灰を目の当たりにしたハルノは、関東大震災の際、桜島が噴火して、遠く離れた静岡に大災害をもたらしたと早合点した。「もっと近い水俣は全滅ばい」と思ったという。

道子は大震災発生時の母の様子を再現することができる。「寝る前に同じ床で母が話しよったから覚えてしもうた」と言うのだ。

「歌の上手な同僚がいて、昼前にはいつも歌いなはる。〝月にむら雲／花に風〟と歌い始めたら、突然、がらがらっ、ドシーンちゅう音がして、天井からどっとレンガの落ちてきて、歌っていた人の、目からも口からも鼻からも血がシャーッと流れて、目の前で死なした。工場の周りに、排水溝でしょうね、橋ばかけてあった。橋まで行きださんうちに、急に、またガラガラちゅうて。そしたら、そこの係の部長さんのごたる男の人が、かたっぱしから脇にはさんで、ぶいやらした（投げ渡した）。とても飛び渡れる川幅ではなか。母も横抱きにされてぶいやられた。五人か六人か、そぎゃんしてぶいやってもらって助かった。それからは御殿場の人たち、赤の他人が、とてもよくして下さった。ふとか釜でご飯ば炊いて、どこから見つけてきたのか、にわかづくりの竈ば作って、何十人と賄うてくれらした。決してご恩の忘れるなと母は言いました」

大震災から生還し、水俣に戻った二一歳のハルノは松太郎率いる吉田組の白石亀太郎と結婚する。亀太郎は一〇歳年上である。道子が成人し、水俣病闘争で上京するようになると、ハルノはしきりに言った。「東京に行くとならば、静岡には寄らんかね。御殿場の人たちに、よろしゅう言うてくださいませ」

二〇〇二年五月三一日、道子の新作能「不知火」の制作発表が熊本市国際交流会館であった。私は取材記者として最前列で道子の話を聞いた。二〇一六年の今、古いノートを引っ張り出して、メモを読み返す。「石牟礼道子　新作能？　なぜ？」とある。石牟礼道子と能の組み合わせを意外に思って、前日に書いたものだ。メモによると、道子は「私どもの産土の国土が毒まみれになって、もう人間そのものが毒草のようになってきた時代だな、と。極端な言い方かもしれませんが」と会見の口火を切っている。

なぜ能なのか。「貝が死滅して、魚が激減したと漁師さんが言われます。人間もじわじわ絶滅しつつあるのではないか。人間でないものたちを登場させて、今の世をながめてもらい、今の世を人間でないものたちに語ってもらいたい。そんな気持ちになりました」

新作能「不知火」は、「ずっと能にあこがれていた」という道子の初めての能作品である。東京のチッソ本社での座り込みのさ中、世阿弥を読むこともあった。能は亡霊の芸能である。「私を含めて、都市型人間にはなれない。まして、不知火海周辺の漁師たちとか、山深いところの人たちは、草木と同じではないのでしょうか。人間というより、草木の類の人々。風土がこれほど傷めつけられていても、風土の、精霊としての人々がまだ生きている」と道子は言う。

竜神と海霊の宮の娘・不知火とその弟・常若《とこわか》が海や陸の毒をさらう。姉弟は命の再生の祈りを捧げ、身を滅ぼそうとするが、菩薩に迎えられる。道子は「不知火の火は海の精霊をあらわし、精霊は自分の身命を焚いて火をともす。新作能『不知火』は、生命を司る神族の一家の物語です」と語るのだ。

その制作発表から一四年が過ぎた。メモをじっくり読み返してみると、道子の発言中の「神族の一家の物語」とは実に含蓄のある言葉だと思う。能は不知火海沿岸の日常的風物をベースにしている。いかに壮麗で破天荒に見えようと、現実と地つづきのリアリズム作品なのだ。「『苦海浄土』は石牟礼道子の私小説だ」という渡辺京二にならって、「新作能『不知火』は石牟礼道子の私小説だ」と言いたい誘惑にかられる。

ためしに石牟礼道子の一家に精霊を当て嵌めてみよう。主役「不知火」は石牟礼道子その人であろう。渚で貝を採り、深夜、岩の上で「トロイメライ」を歌っていた少女は、じゃぶじゃぶ濡れるのも意に介さず、海の中に入ってゆく。《夜光虫が波の中にいて、その中に入ると、海辺の子供たちは夜でも泳いでみたりしますから躰にまとわりついて光ってました。磯辺を矛を持って漁に、「よぶり」に行くと言うんですけど、夜、渚辺に矛を持って魚を突きに——矛で突く漁ですけど、潮の中に入ると夜光虫が発光するので、魚が来ると光で魚影がわかるんですよ》（土屋恵一郎によるインタビュー「石牟礼道子さんに聞く」）

あの世とこの世の境が渚である。《夢ならぬうつつの渚に、海底《うなぞこ》より参り候》。制作者、土屋恵一郎を戦慄させた名優梅若六郎（現・玄祥）の「不知火」登場のシーン。「不知火」は《潮に濡れたる髪の裳裾めくを曳き、夜光の雫のあやなるさま》と描写される。道子にしてみれば、精霊降臨の神話的イメージを気張って頭でこしらえたわけではなく、実際にそう見えたから書いたのだ。石牟礼道子は終生、渚に立ったひとであるが、はざまに佇むだけではなく、折々、うつつの世で文字をつづることができた。

その「不知火」に連なる「海霊の宮」とは、私には、道子の母ハルノやその母おもかさま抜きに想像できない。不知火海の沖で、海の精霊がむれなす「海霊の宮」は生類のふるさととも呼ぶべき超越的母胎ゾーンである。女性史研究の先駆者・高群逸枝に傾倒した道子が好んで口にした「妣たちのくに」の成熟バージョンと考えることもできる。

「不知火」の父である「竜神」は、佶屈で怜悧な個性が際立った道子の父、亀太郎なのであろうか。「竜神」も「海霊の宮」同様、集団的イメージが濃厚である。具体的には、川本輝夫、浜元フミヨら受難に命懸けで抗した水俣病患者の顔が浮かぶ。「患者ち言われとうなか。チッソは俺じゃったかもしれんし」と言う緒方正人や、「人間の罪、それは患者である私が引き受けた」と語る杉本栄子の存在感も格別だ。受苦を経た水俣病患者の勁いエネルギーが、ぐるぐると渦を巻いて竜になったのか。

「不知火」と対になる「常若」は道子のひとつ下の弟の一だ。若くして亡くなった一は生きることが大の苦手だった。欺瞞と狡猾の世間に迎合できたらどんなに楽だったろうか。誠実に生に向き合うほど、自分を傷めつけずにはいられない。自死した歌友・志賀狂太、初期患者の支援者・赤崎覚も同じように傷つきやすい魂を抱いていた。《一途にいじらしいものは美しいですよね。それで、そのいじらしさを花にして、たてまつりたいという思いですね、存在にたいして》（「石牟礼道子さんに聞く」）と道子は言う。《うぶうぶしき魂魄をもつてその種子をば慈しみ育て候へ》。

能の地謡が聞こえる。あなたの苦しみは無駄ではありません。あなたが毒をさらってくれたおかげで、ほら、回生の荘厳を手中にしました。道子のそんな声が聞こえてくるようである。

能の最後に、古代的な力をふるう中国の楽祖「夔《き》」が登場する。両手の石を打ち鳴らし、音楽で世界を荘厳する（尊く、おごそかにする）。「夔」は作家石牟礼道子の別名であろう。「不知火」が生活者の道子であるとすれば、「夔」は表現者の道子だ。水俣病を書くという行為は村人の理解を超えていた。「付き添い」と称しつつ、チッソの株主総会乗り込みや本社占拠の実質的原動力となった道子のパワーは、地元の妖怪ガーゴを飛び越えて、異国の妖怪を思わせた。《ここなる浜に惨死せし、うるはしき、愛らしい猫ども、百獣どもが舞ひ出ずる前にまずは、出で来よ》と生類に呼びかけることができるのは、長年の異端視された孤独があればこそだった。

制作発表の席で「水俣公演」の可能性を聞かれた道子は、「たぶん、水俣でやれば観客は五〇人くらいかと」と心細いことを述べている。能は充実感のある仕事だが、いざ公演となると、動員できる観客数など、万事自信がなかった。

新作能「不知火」の初演は二〇〇二年七月一四日、宝生能楽堂。追加公演を同七月一八日、国立能楽堂。翌〇三年一〇月二八日に熊本市で上演。〇四年八月二八日に水俣湾で野外上演をした。

水俣の公演は「奉納」という形で行われた。自身も水俣病患者である漁師の緒方正人が奉納する会代表を務めた。近代的思考に慣れた人は「奉納」に抵抗を覚えるかもしれないが、「奉納」という上演スタイルは実は「お能の一番中心」（詩人の大岡信）だという。緒方は「いまなぜ奉納か」という講演をしている。

〈新作能「不知火」で私が一番気に入っているのは水俣病の「み」の字も出て来ない、チッソの

名前も出て来ない、加害も被害も患者も、そういう言葉が一切出て来ない。そこがもの凄く気に入っています〉

緒方は、かつて未認定患者救済運動の先頭に立ったのだった。チッソや行政と激しくやり合ったが、やがて向き合う相手に人間の顔がないのに気付く。すべてがカネに換算される。「チッソは私であった」と思う。「苦海（苦界）の受難の記憶」を取り戻したいと願った。

水俣病の原因物質の水銀を封じ込めた埋め立て地が舞台である。当日、私は恋路島に面した会場に着いた。前日には台風一六号が屋久島に迫っていた。当日の私の取材ノートに「台風接近果たして　雨天奉納ありうるのか」などの文字が見える。大潮で満潮の夕刻である。台風は九州脊梁を北上し始めていた。西の空が茜色に染まる。緒方正人が紋付き袴、杉本栄子が留め袖の正装で、舞台にお神酒を捧げた。

月明かりに舞が浮かぶ。せりふは海風の一片と化したかのようだ。《名残といへば胸に満つ。いつ創《はじ》まりし海底の春秋や。春の使ひする桜鯛の群なす虹色も冴えずなりて》。上演台本を追いかけるのが精いっぱいの私だったが、主役の「不知火」を演じる梅若六郎のこのせりふで一気に作品世界に引き込まれた。この世の惨状に怒り狂う場面である。

《砂の汚泥に横死するものら累々とかさなり、藻の花苑も瘴気の沼となり果てし》

新作能「不知火」は陰暦八月八朔の夜の出来事と設定されている。明滅する不知火が内海にあらわれる。

《かくなる上は母御のいます海霊《うなだま》の宮にこもり、かの泉のきはより、悪液となりし海流に地上のものらを引きこみ、雲仙のかたはらの渦の底より煮立てて、妖霊どもを道づれに、わが身もろと

も命の命脈ことごとく枯渇させ、生類の世再度《ふたたび》なきやう、海底の業火とならむ》

不知火は内海の自然の化身した姿である。内海そのものが不知火なのだ。

《あの火は不知火の海から渡って来る／わたくしのいのちの炎のみなもとでございますもの／あれが　わたくしを　招く火／あれが　わたくしを　呼んでいる火》（「不知火」）

のちの新作能「不知火」を予見するかのように一〇代の道子が書いている。「予見するかのように」というより、「招来するかのように」書いたといったほうが正確であろうか。

社会学者の鶴見和子は新作能「不知火」のビデオを見て、道子の母ハルノを思い出した。鶴見は不知火海総合学術調査団のメンバーとして水俣に来て、訪れるたびに道子の家で「魂入れ」の食事をごちそうになっている。ハルノは土俗の神々に酒と手料理をそなえ、鶴見らの仕事が成就するよう祈るのだった。鶴見は書く。

〈母上は天草ことばで、つぶやくように、歌うように、祈るようにわたしたちに語りかけてくださった。「不知火」のシテの語りにも、そして地謡にさえも、その母上の懐かしい語り口を聞いているような気持ちになった〉（「明日への視座——京都・滋賀からの発信（三二）水俣の回生　能で祈る」）

道子が魂の友と認める鶴見和子はさすがに鋭敏である。土俗の神そのもののハルノの語りが、不知火のイメージを凝縮した精霊の語りに似ていて、なんら不思議ではない。石牟礼道子もまた、「歌うように」「祈るように」新作能を書いたのだった。

奉納の年、『苦海浄土』三部作が完成。講談社文庫『苦海浄土』の新装版、『石牟礼道子全集』の刊行開始と慶事が重なる。能が完成し、まだ公演をしていない段階で、道子が「水俣で公演すれば五〇人」と述べたのは謙遜でもなんでもなく実情を述べたに過ぎない。ところが、東京や熊本で上演を重ねるうち、一三〇〇人もの観客が水俣湾の奉納会場を埋めた。私は劇的な展開が不思議でならなかった。道子をチラチラ見た。卑弥呼や西太后のような派手なオーラがあるわけではない。小柄な婦人が目立つのを避けるようにつつましく座っているばかりである。

水俣病闘争の挿話が思い浮かぶ。チッソ東京本社を患者らが占拠した際、チッソ社員が「お前が張本人だろう」と道子を面罵した。その場にいた渡辺京二は「そうだ、その通り」と思ったという。社員の威圧的な暴言は許されるものではないが、さすがに渡辺は客観的な目で、シャーマンこと石牟礼道子に端を発する事態の本質を見抜いていた。

台風にもかかわらず奉納会場が風雨を免れたことを「奇跡」という人が多い。「奇跡など信じないが、この時は、なにかが守っているとしか思えなかった」(制作者の土屋恵一郎)という具合である。私も奇跡など全く信じないのだが、大きな傘でもかかったように、水俣だけ雨が降らなかった。星も見えた。

道子の夫・弘が体調を崩したのは二〇一五年夏である。お盆で帰省した長男道生が水俣の病院に入院中の弘を見舞った。医師に呼ばれた道生は「死病であり、回復する見通しはない」と告げられた。

弘は二〇〇六年に直腸がんの手術を受けた。その後の経過は順調で、最近は毎日なじみの喫茶店に行くなど比較的元気だと伝えられていた。

二〇一五年八月一七日、前山光則、桂子夫妻が道子を訪ねた。二人とも四〇年来の道子の知り合いである。元教師という縁もあって光則は弘とも親しい。一カ月前に自宅にいる弘を訪問したばかりだという。そのとき玄関先で弘の写真を撮った。

「なるべく早く行ってあげた方がいいですね」と光則が言う。

「ご飯を食べないそうです。ご飯食べれば便所に行かんならんけん、食べないと言っているそうです」と道子が応じる。重病になれば大小便の始末は患者本人にとって大問題になる。現時点では意識はあるようなのだが、道子は「私が電話かけてもわからん」と言う。お互い耳が遠いので電話をかけても会話にならないというのだ。次の日曜日の二三日、道子は前山夫妻の車に乗せてもらうことになった。弘の見舞いに水俣まで行くのだ。

二日後の一九日、弘の容態が急変した。弘の食事の世話をしていた道子の妹の妙子が、「姉ちゃん、お別ればい。一緒に行こう」と、水俣から道子のいる熊本市の施設に迎えに来た。猶予がない。周囲は「パーキンソン病の発作にいつ見舞われるか分からない。無理です」と引き留めたが、道子は「死んでも行く」と言い張った。長年道子の介護と秘書役をしているLさんの車で道子は水俣に向かう。

車で片道約二時間である。弘は苦しそうにあえいでいた。普段車椅子の道子が立ち上がって弘の肩をもむ。「道子です」と言うと、弘は返事できないものの、手を握り返してくる。

「普通の嫁になれなくて、ごめんね」

道子は涙をこぼした。

「あなたと結婚して本当によかった」

意識が混濁し始めた弘は「うーん」とうなり、道子の手を一層強く握った。

医師は道子に「息子さんに続いて奥さんにも会えた。もうこれで思い残すことはありませんね。これからご主人にモルヒネに準ずる薬を投与します」と告げた。意識レベルを下げて、苦痛から救うのだ。

八月二〇日、弘が亡くなった。中学教師の仕事を全うし、地元ではずっと「先生」と慕われた。二〇一四年に私が弘に電話した際、「文学と家庭の両立は難しいでしょうか」と聞くと、「ハハハ」と愉快そうに笑った。四〇年余り別に暮らす妻を「一生懸命に書いてきた」とほめる。「ほかのことはせんでよか、と私が言ったのです。私も組合の仕事など好きにやってきましたからね。道子の書くものは独特のリズムがあって面白い。一番好きな作品?『西南役伝説』でしょうか」と闊達に語るのだ。

道子は日記に「弘死去」と赤ペンで書いた。「ひと晩中息がつまる」とも書いている。ストレスで持病の発作が長く続く。のどがふさがり全身が硬直する。いったん発作が始まれば、本人も周囲も、通りすぎるのを待つしかない。

「この辺たい」

八月二一日の昼過ぎだ。お盆を過ぎても日差しは容赦ない。前山光則が前方を指さす。不知火海のほとりの石牟礼家を出て左へ行くとすぐ、右手の山裾の一角に、かつて弘と道子の旧宅があった。老朽化に伴い二〇一三年一一月に取り壊された。私は残念で仕方がなかった。建物があるうちに足を運んでおけば作家の原点をナマで見ることができたのだ。

一九六五年の秋だ。渡辺京二は熊本市から水俣市まで、バスで道子に会いに行った。主婦だった道子の〝書斎〟に強い印象を受けた。「奇病」の章に続き、再度、渡辺の文章を引用しよう。

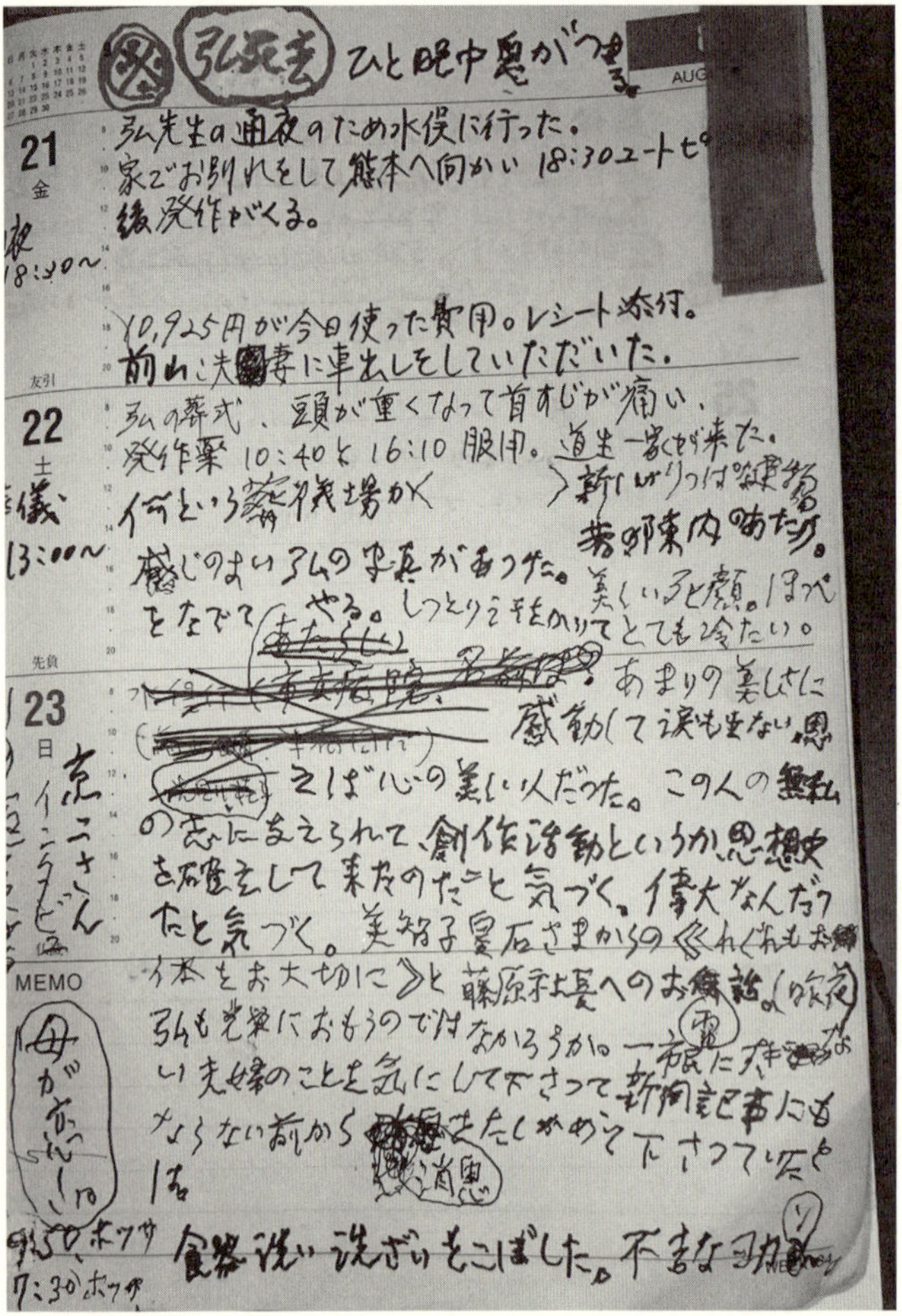

道子の手帳にぎっしりと記された、夫・弘のこと。2015年８月20—21日。

〈畳一枚を縦に半分に切ったくらいの広さの、板敷きの出っぱりで、貧弱な書棚が窓からの光をほとんどさえぎっていた〉

私は「〝板敷きの出っぱり〟とはどの辺ですか」と前山に聞いた。旧宅の中でもとりわけ執筆場所が重要である。しかし、前山は困惑顔なのだ。「どの辺だったかなあ。ようと覚えとらんなあ」と言うのである。「つけもん小屋というのがあったなあ。水俣ならたいていの家にある。漬物をおいとくですたい。ハルノさんのたくあんは忘れられんなー。おいしかったよー」と前山が目を細める。

「昔は集落のもっと近くまで葭の渚、湿地帯だったんでしょうね」と前山は旧宅跡の向かいの広い駐車場を指さす。少女期の貝採りや水遊びを道子は好んで書く。ハゼや巻き貝が潮の中で葭やアコウとたわむれる情景は、陸と海がコンクリートで画然と切り離された現在、想像しにくい。

「一一月まで頑張れば九〇歳でした」と長男道生は悔しそうだ。通夜は葬祭場であるのだが、まだ柩は自宅にある。道子は仕事場の熊本市から車で昼過ぎに着いた。私は道子を追って新幹線で来た。緊張して縮こまる私に道子の弟の勝巳が「どうしたの。ここでは遠慮はいらんよ」と声をかけてくれる。『苦海浄土　わが水俣病』の未発表原稿に、水俣の民が外来者に「遠慮は悪ばい」と声をかけるシーンがある。作中の外来者は私だったような錯覚に落ちる。

いま私のいる家は道子の食のエッセイ『食べごしらえ おままごと』の舞台となったのだった。ぶえんずし、煮染め……折々の料理を実際に調理し、撮影した。肉や魚など食材が足りない時、弘先生（教師の夫を道子はこう呼んだ）が急きょ買いに出ることもあった。

道子が柩をのぞきこむ。横長の額縁を両手にささげる。同日の毎日新聞朝刊の弘の訃報を拡大コピーし、額装したのだ。「一九四七年に道子さんと結婚。水俣病の発生初期から、教員の立場で患者・家族や支援者らを支えた。道子さんの代表作『苦海浄土』の題名を決める際、記録作家の故・上野英信さんが『苦海』を、弘さんが『浄土』を提案して題名が決まった経緯がある」と道子が読み上げる。「この通りよ。弘先生が『苦海浄土』という題名をつけてくださったの。これは大事なことです」と皆を見回す。

「結婚してペンネームがとてもよくなりました。吉田道子より石牟礼道子がよか」と道子は言う。「むしゃんよか（格好いい）ですよ」と元教師の前山がよく通る声で合いの手を入れる。「むしゃんよかですね」。我が意を得たりと道子がうなずく。

勝巳が道子の車椅子を押して、弘の柩の枕元に行く。道子は両手で弘の頬を撫でながら惻々と語りかけるのだった。

「（大勢枕元に集まり）よかったな弘しゃん。あなたのおかげで私も、四〇冊ばかり本ば書きました。そして日本人でただ一人『世界文学全集』に『苦海浄土』が選ばれて。それも弘しゃんのおかげです。死んだ弟の一と、仲良かったですもん、弘しゃん……。あなたのおかげ……弘しゃん……」

亡くなる八日前の一二日、道子は弘宛ての手紙を書いている。永別を予感していたのだろう、一気にペンを走らせた。見舞いに行く道生に託すのだ。「これでどうでしょうか。おかしなところがあったら言ってください」と読み上げる。道生は一三日に弘の病室を訪ね、まだ意識のあった弘に手紙を渡した。立ち会った人によると、弘は確かに目を通したという。文面は以下の通りだ。

《めったに病気をしない弘さんが入院するとは一大事だと思っています。ところが私自身が一〇年くらい前に、パーキンソン病という一大難病にかかってしまい、仕事場にしていた熊本大学の山本哲郎ご夫妻の病院の一室で倒れて、左の足の大腿骨と腰の骨を折り、このときは気絶して別の病院に山本医師がはこんでくださったのですが、記憶しておりません。そのあと三カ月はほとんど幻覚の中にいて、介護施設に移されたそうですが、ようやく現世に戻ったいまは、車椅子のお世話にならないと、お便所にもいけません。身障者手帳をいま願いでているところです。私の書いたものは池澤夏樹さんの手によって、日本人でただ一人、『苦海浄土』が世界文学全集に入れられ、藤原書店から全集一七巻が出されました。これもみな、弘先生が生活費を出してくださったからだと、感謝しております。普通の嫁さんとは違う生き方をしてきて、世間様には不可解な変わった女房だったと思っています。その上、あなたの重大時期にかけつけられぬ体になってしまいました。一日に二度ほど発作がおきて、息がつまりものもいえなくなる》

通夜会場の焼香の列の最後に胎児性患者の半永一光の姿があった。『苦海浄土』の杢太郎のモデルである。焼香を終えた車椅子の半永を支援者らが囲む。一人の初老の女性が半永の肩に顔を埋めて泣いた。

翌日の葬儀にも道子は出た。「通夜に出たからもう十分です。あなたの体調が心配だ」と周囲は説得したが、葬儀の日の早朝、道子は喪服に着替えて、だれかが車を出すと言ってくれるのを待っていた。結局、介護のLさんが水俣に同行した。熊本駅まで車で行き、新幹線に乗る。

葬儀会場で道子は最前列の親族席にいた。冷房がこたえ、後方まで下がる。昔からの知人が挨拶しようと何人も寄ってきたが、弘死去の衝撃が全身にのしかかっていて、相手がかなり親しい人でも「はい、はい」と繰り返すだけの、うわの空の応対になってしまった。
この日の道子の日記。《弘の葬式。頭が重くなって首すじが痛い。発作薬10時40分と16時10分服用。道生一家が来た。何という葬儀場か、新しいりっぱな建物。感じのよい弘の写真があった。美しい死顔。ほっぺをなでてやる。しっとり汗をかいてとても冷たい。あまりの美しさに感動して涙も出ない。思えば心の美しい人だった。この人の無私の志に支えられて、創作活動というか、思想史を確立して来たのだと気づく。偉大な人だったと気づく》
欄外に大きく「母が恋しい。」と書いて、マルで囲んだ。

四日後の八月二六日、私は熊本市の道子の仕事場を訪ねた。危篤から葬儀まであわただしかった。心身の消耗は相当なものだろう。寝込んでいはしないかと心配したのだが、道子は背筋を伸ばし、書きものをしている。私が近づいても気づかない。

一心不乱の横顔は少女のようである。「海と空のあいだに」を書いたおかっぱの主婦に逆戻りしてしまったのか。そうか、と私は思った。〝板敷きの出っぱり〟の書斎が消えたからといって、なにを残念がることがあろう。どこにいてもどんな時も道子は書いてきたし、これからも書くだろう。石牟礼道子はいつも〝板敷きの出っぱり〟にいるのだ。

「あら」とやっと私に気づいた。

ゴミ箱は反古の山だ。この日書いたものの一部であろう、自作の俳句があった。

《来世にて逢わむ君かも花まんま》

道子は二〇一二年、水俣病患者救済運動の〝古い戦友〟というべき医師の原田正純を亡くしている。「原田先生のご遺言」と題した道子の直筆原稿が道子の資料の中から見つかった。原田の死去後に道子が書いた追悼文である。赤い推敲のペンも入っている。

原田は二〇一二年六月一一日、急性骨髄性白血病で死去した。七七歳。「奇病」の時代から水俣病患者を診察。新患者の発掘など常に患者の側に立って水俣病事件を告発し続けた。胎児性患者を最初に見出したのは原田である。

「原田先生のご遺言」には、亡くなる直前の原田の様子が活写されている。原田夫人を交えた会話の数々も貴重である。以下、全文を掲げる。

《「原田先生のご遺言」石牟礼道子

原田先生はお亡くなりになる前、奥様とご一緒に、私の仕事場においでになった。ここ数年、数々の大病を体験なさっては復帰して、水俣通いをしていらっしゃったので、奇跡のような人だと私は思っていた。

原田先生はここにいらっしゃるとき、必ず奥さまお手作りの珍しいものをご持参なさるのであった。小さなガラス瓶に、栗の渋皮煮を入れたものを恥ずかしそうに、持ちつけないものを持つような手つきで差し出された。

「家内が作ったものですけど、お口に合いますか」

「もったいのうございます」

と私はお返事した。私も栗の渋皮煮は何べんも挑戦したが、失敗したことが多い。

「この頃はご病気上がりに、あちこちお出かけのようですけれども、大丈夫ですか」

とお尋ねすると、

「大丈夫です。この頃は、家内がどこへいくにもついて来てくれますから」

お言葉が終わらないうちに奥さまがそばからお笑いになって、

「わたしはこのごろとっても幸福です」

とのっけからおっしゃった。

「今まで原田が元気で、外に行っている時は、何をしているのだろうと思っておりましたけれども、このごろはいつもそばについておりますのよ。水俣から帰って家にいる時は、つくづく庭をながめて、バラの花というのは、こんなにきれいだったのかなんて言いましてね。そんなことを言うの初めてでして、ああやっぱりこの世の時間がなくなってきたんだなと私も思うんですよ」

そうおっしゃりながら原田先生のお顔を見上げられていた。

「結婚して以来、こんなに一緒にいる時はございませんでした。もうあとのなか命ですもんね。一緒にいなきゃと二人で言い合っています。とっても幸福です。原田が世間に出て、なにをしているのかだんだんわかってまいりましてね。私も協力しなきゃと思うようになりましたの。とても楽しくて、こんな幸福なことはありません」

今が幸福だ、幸福だとご夫婦で言い合われているのをうかがっていて、聖なる時間に私もおらせていただいているような気がした。

先生は我に返ったように、

「水俣病は病気じゃなかですもんね。公害の何のちいうて、なんちゅうことでしょうかね。あれは殺人だとぼくは思います。石牟礼さんはそうお思いになりませんか」

「もちろんですとも」

と私はお返事した。

「なんの公害ですもんか。公の害じゃなかですよ。仮に公の害であったにしても、潜在患者がいることがわかっているのに、不知火海のことば調べもせんで。今度の特措法、あれはなんですかね。家族全員なっとるのに、世間様に遠慮して、ひとりしか認定申請も出さずに遠慮しとる人たちの気持ちが、わかっとですかね、特措法ば作った人たちは、あれは永田町の権力争いの陰謀ですもんね。あれは患者を救うのじゃなくて、切り捨てるのが目的ですもんね。今からどれだけ患者が出てくるかわからんですよ。ああいうのは廃案にして、もっと患者さんたちを真剣に、どのくらいいるか調べて、その人たちをほんとうに救う方法ばみんなで考えにゃいかん。ひとりも治せないということは、医者として実に辛いですよ」

先生が「水俣学」というのを残されたのは、これから先の人類への遺産だと思う。すでに御遺志をついで、優秀な若い人材が集まっている。

草も木も泣きよります。

これからは奥様もさぞお淋みしかろう》

文中に出てくる「特措法」は「水俣病被害者の救済及び水俣病問題の解決に関する特別措置法」のことである。水俣病問題の最終解決を目指して二〇〇九年に施行された。未認定患者に一時金・療養手当などを支給することなどを定めている。

原田正純は教授として在籍した熊本学園大で二〇〇二年から「水保学」を開講。①研究プロジェクト②水俣学講座③水俣病事件に関する資料の収集・整理・公開事業――の三つから成る。「水俣病事件の経験を総合的に検証する」「水俣の現状を、日本の各地の公害被害地域との比較の上で検証し、地域再生のあり方を提示する」ことなどを目指す。

道子は私の談話取材において、原田の患者に対する〝全人格的対応〟に触れた。「最近の医者は手も握ってやんなはらん。そんな声をよく聞く。原田さんの場合は手を握るし、なでてあげる。患者を気遣っていろいろ言葉をかけてあげる。話しかけられるとうれしいものだ。とくに水俣病は治らない病気なので、親身に接してもらうと魂がなぐさめられる気がする。医学的にというより、全人格で患者さん一人一人に接しておられた」。医師として患者に向き合うというより、魂の対話を求めた。道子が共感するゆえんである。

美智子皇后との縁ができたのは二〇一三年である。この年、道子の周辺はあわただしかった。五月の水俣・福岡展で、おそらくは最後になるだろう講演をした。秋には代表作『苦海浄土　わが水俣病』を書いた熊本県水俣市の家が老朽化のため取り壊された。最大のトピックは「西のみちこと東のみちこが会いました」と道子がユーモアたっぷりに振り返る、皇后さまとの一連の交流であろう。

私が訪れた二〇一四年早春の午後、道子は椅子でくつろいでいた。新聞の切り抜きを読んでいる。頃合いを見て私は、「(二〇一三年秋会った)美智子さまはどんな方でしたか」と尋ねた。「感受性が柔らかい。話していると、お互いの心が浸透しあうのです。こんな方をお嫁さんにした方は幸せですね」と即座に返ってきた。

　発端は二〇一三年七月末、東京であった社会学者の故・鶴見和子をしのぶ山百合忌。道子は初対面の皇后さまと隣同士になった。

「おいしいですよ」。美智子さまは体の不自由な道子のために、サンドイッチやすしを取り分けてくれた。二時間余りの会食の最後に皇后さまは「今度、水俣に行きます」と告げた。「全国豊かな海づくり大会」出席のためだ。この時点で水俣病胎児性患者との面会は決まっていない。

　熊本に帰った道子は手紙を出した。大会を控えた秋のこと。直筆の下書きなどで、内容は正確に分かる。以下、道子の許しを得て掲げる。

《謹んでご挨拶申し上げます。／お健やかでいらっしゃいますでしょうか。鶴見和子さまの「山百合忌」にてお目にかかり、お隣りに席を与えて頂きました水俣の石牟礼道子でございます。／その節は、思いもかけずお言葉を賜りましたが、今でも耳の底に柔かく澄んだお声の響きが残っております。とても懐しく、思春期の頃から胸の内を打ち明けられる人に逢いたいと願い、憧れていた高度に知的な仙女にこの俗界で出会ったような悦びで涙がにじみ出そうになるのに困りました。なかでも、「水俣に行きますから」と申された一言が忘れられません。／もしおいでいただけるのであれば、是非とも胎児性の人たちに会っては下さいませんでしょうか。その表情と、生まれて以来ひとこともものが言えなかった人たちの心を、察してあげて下さいませ。御来水の折はお出迎えに罷り出たいと願っておりますが、なさけないことに足腰を骨折しており、叶いますかどうか。／思えば昭和六年、九州で陸軍大演習があり、昭和天皇様が水俣工場に行幸なされました。私はまだ四歳で、近所の大人たちと共に、お通りの道にそった周りの田んぼに、筵を敷いて拝みに参りました。小豆色の美しい自動車だったことが忘れられません。／その頃を思い出し、この度、水俣へ天皇さまと皇后さまがおいで下さること、感慨無量でございます。／二〇一三年十月三日／石牟礼道子／美智子様へ》

手紙の最後には「毒死列島　身悶えしつつ野辺の花」の句がある。一世一代の覚悟で書いた皇后さまへの手紙に、自らの思いを込めた破格の句を添える。謙譲でありつつも諧謔を忘れない道子らしい深みのある文面だ。

天皇、皇后両陛下は二〇一三年一〇月二六〜二八日、熊本県を訪れた。稚魚放流をする水俣市を初訪問。ここで胎児性患者と対面した。両陛下の強い希望で実現したという。

一〇月二八日の熊本空港。道子は両陛下を見送りに行った。声をかけることはできないと分かっていたが、胎児性患者との面会が果たされたと知って、行かずにはいられなかった。リハビリ病院に入院中。主治医の許可を得ての外出である。

車椅子でロビーの最前列にいた。両陛下の車が到着。道子は介添えの女性に頼んで立ち上がった。皇后さまは道子の姿に一瞬驚いた顔をされ、歩み寄ろうとされたが、何度も振り向いておじぎをしながら去っていった。

皇后さまが道子に気づいた時の眼差しが印象的だった——周囲にいた人は口をそろえる。介添えの女性が振り返る。

「視線というより、眼差しという言葉がぴったりです。石牟礼さんと分かって皇后さまの足が止まった。数秒間でしたが、眼差しと眼差しとの無言の会話があったように思います。そばにいた私も眼差しにくぎ付けになり涙が出た。慈悲でもないし、なんでしょうね、温かいお気持ちがじわっと寄せてきて」

道子は「オーラがありました」としみじみ言う。両陛下が去った後、侍従が「くれぐれもお体を大切に」と皇后さまの言葉を伝えた。

「気持ちが通じ合ってよかったですね」と私が言うと、「よか人でした。ほんとにすてきな人」と道子は応じた。「天皇陛下のご様子はどうでしたか」「仲良さそう。お二人が徹底して愛し合っているのが分かりました」

一息入れて、道子は何か書き始めた。「天」という文字だ。句集『天』があるし、『苦海浄土』第三部の題は「天の魚」。「天」はお気に入りの文字なのだ。

単行本『天の魚』を自分で購入した。同書は全集第三巻や池澤夏樹個人編集『世界文学全集』に収録されているのだが、「希少になった単行本を手元に置いていたかった」という。「アマゾンで自分の本を買う作家なんて石牟礼さんくらいですよ」。介護のＬさんが軽口をたたく。手製のデコポンジュースを道子はおいしそうに飲んでいる。


石牟礼道子の「不思議」を数え立てたらきりがない。親しい級友や小説家の死後、その人たちを目撃しているし、家の壁や仕事場を出入りする幽霊を間近で見ている。夢うつつで精霊と会話したこともある。「私と彼女が同じ風景を見ても彼女の感じとるものは全然違うだろう」と渡辺京二は述べている。

東日本大震災の発生（二〇一一年三月一一日）と道子の誕生日（一九二七年三月一一日）の月日が同じというのもただごととは思えない。一八九三年生まれの道子の父亀太郎までも三月一一日生まれなのはどうしたことか。大震災の二七年前、道子は《われら人類の劫塵いまや累《かさ》なりて三界いわん方なく昏し》と災禍を予見する文章を書いている。
偶然といえば偶然なのだが、偶然と片付けてしまえば、大事なことを見落としてしまうことにならないか。それが何なのか明確に言えないのがもどかしい。なんらかの兆候を察知するためにも自然現象や社会情勢への絶えざる目配りが欠かせないのだ。
最近の「不思議」は熊本地震をめぐってである。熊本や大分が地震に蹂躪される本を道子が地震発生の一カ月前に刊行した事実は重い。『水はみどろの宮』(福音館文庫)。一九九七年に単行本になり、全集にも収録されているので、「不思議」と言うに当たらないかもしれない。しかし二〇一五年秋に刊行予定だった文庫本が何かの事情で刊行が延びて、結局、熊本地震の直前に出たことを私は「不思議」と思わないではいられない。
《白藤さまのお山から北の方の尾根の間に、もっこりした黒っぽい煙が上っている。煙は黄色くなって、たれこめた濃い雲の層に入れまざり、さかんに動いていた》
《「もう来とる。ほら見ろ。お寺さまの屋根が無《の》うなっとる」／見ると村でいちばん高台にある龍玄寺の屋根がなくなって、土煙りが杉の木立ちにまとわりついている。／「ほんものじゃ」》
《「この世の終りぞ。見ろ、火の石ぞ」／いつの間にか暗くなりはじめて、いつもはあんまり見えない阿蘇中岳の頂がときどき浮きあがり、お葉が最初に見た空のきらきらは、暗い空の花火になって幾度も爆ぜた》
『水はみどろの宮』のヒロインお葉らが地震に遭遇するシーン。その場にいて五感全開の実況さながらである。二〇一六年の熊本地震の経験を文字にしたのだと言われたら納得してしまいそうだ。二〇年以上前の文章であることに読者はまず驚かねばならない。

父母を亡くした七歳のお葉は祖父の千松と暮らす。祖父は川の渡しを生業とする。世間になじめないお葉は、山犬らん、白狐のごんの守、片耳の黒猫おノンらと仲良くなる。時代は江戸後期であるが、お葉とその仲間らは、現実と記憶との往復を実に頻繁に繰り返すので、古代であり、中生代（恐竜時代）の話ともなっている。

お葉は山犬らんの導きで、次第に山の奥深く入る。山伏《やんぼし》姿の若者になって錫杖を手にするごんの守と出会う。

《「お前がくるのはもう、千年前からわかっておった。釈迦院川の、あの淵ば思い出したか」》とごんの守が言う。お葉は、去年その淵に行ったとき、崖の上から白い狐が淵の水に映ったのを思い出す。

《「千年のむかしから、あそこの淵に、お葉がうつっておったぞ、あの花冠で。愛らしや、よう来たな」》

あのとき、千松がお葉の頭にのせた、山の花々の冠が、それはきれいに淵に映った。ごんの守は千年もむかしからそれを見ていたのだ。

《ごんの守の／兄《あん》しゃま／その美《いつく》しか目ぇは／なんの　あかり》

《水はみどろの／おん宮に／まいらんための／あかりぞ》

ごんの守の仕事は、《穿《うげ》山の胎《はら》ん中で、川をさらえ》ることだ。穿山の胎ん中にあるのが「水はみどろの宮」。「みどろ」とは「濁り」という意味。濁った水を浄化する半ば異界空間である。

地震の前、お葉はごんの守と一緒に水はみどろの宮を彷徨う。《六根清浄《ろっこんしょうじょう》／六根清浄／穿の宮の／ここなる湖《うみ》の底／水はみどろの／おん宮の／むかしの泉》。お葉は好奇心の赴くまま水底の靄を抜けて奥を目指す。《傾きかけた木の鳥居》をくぐってしまえばもう現世に戻れない。

地震の後、地割れ、土砂くずれ、鉄砲水を恐れ、人々は恐慌状態に陥る。《かんかんかんかんかーん》とごんの守は火の見櫓で鐘を打ち鳴らす。早く逃げるよう知らせているのだ。恐怖で身がすくんだお葉は気が遠くなる。気がついたとき、水はみどろの宮にいた。

巨大地震の影響か、水は《色のない炎が十重《とえ》二十重《はたえ》にごんの守をとりかこんでいる》ように尋常でない濁り方をしている。湖の底で錫杖の響きが幾重にも重なる。《その音は、この世で言葉を失ったものたちが、耳だけになった時に、いんいんと聴こえてくる永遠の響きをもっていた》。大勢でとなえる水底の声が新しい水の道を通す。これで現世に水が行き渡る。

私は『神々の村』（『苦海浄土』第二部）のラストの、《蝶々がですね、舟ば連れて、後さきになってゆきよるのでございます、花びらのようでもありました。光凪で、おしゅら狐が漕いでゆきよりましたがなあ》という水俣病で死んだ若い女性の母の述懐を連想する。「おしゅら狐」とは霊力の高い狐のこと。惨禍を抜けた末のひとときの平安である。

「水はみどろの宮」とは、浄化を司る場所であると同時に、人々の苦しみや悲しみを癒す場所であるようなのだ。憧憬の的ではあるが実在の手応えをつかむことはない、「もうひとつのこの世」。それがなければ生きられないが、得られるあてはない。幻にすがるしか生きられない人間という存在をまるで慰謝するように精霊が寄ってくる。

地震を予知する鯰の手伝いをし、恐竜の背中に飛び乗る黒猫おノンや、おノンを母親と慕う白い子猫は、実際に道子の身近にいた猫をモデルにしたという。熊本地震の直後、幸いけがのなかった道子が「だれかが私をさらっていきました」と語ったのを私は不思議に思ったのだが、今考えると、おノンと白猫が助けに来たのに違いない。いとしい者たちを歴史に刻み付けることで、道子もまた回生の希望を手にしたのだ。

熊本地震を経験した道子が、施設・医療関係者以外に、最初に接触したのは石牟礼道子資料保存会の事務局長、阿南満昭である。「前震」（二〇一六年四月一四日午後九時二六分）の翌日、阿南は保存会のメンバーに次のようなメールを送った。私も保存会の会員である。

〈石牟礼さんを一〇時頃見舞いました。御無事です。わりと平然たる様子。「逃げようと思ったけどできなかった」と。まあ、そうでしょう。ただし、部屋はゴミ箱をひっくり返したよう。醤油や冷蔵庫の中身が飛び出し、本や原稿は床で醤油和え状態。荷物は多いし、水はなしで拭くこともできず、ヘルパーさんたち悪戦苦闘でした〉

私は前震の翌日朝、道子が入居する施設に電話して道子の無事を確認していた。その後に阿南からメールをもらった。水俣病闘争など修羅場をいくつもくぐってきた阿南の、客観的で冷静なレポートに救われる思いだった。大きな地震だったが、一応大丈夫なようだ、と思った。

しかし、「本震」（四月一六日午前一時二五分）は楽観的ムードを吹き飛ばした。本震二日後の一八日、阿南からまたメールが来た。

〈状況が一変しました。現在石牟礼さんはいつもの病院に入院中です。入所施設が電気、水道、ガスが止まり、機能不全に。機能回復まで、あちこちの病院、施設に2~3人ずつ収容依頼、石牟礼さんは病院に入院、という次第です。もといた施設は電話が不通、ヘルパーさんの姿も見え

ず、真っ暗で機能停止、社長さんが一人で管理している、といった案配で、復旧の目途は不明です〉

「覚悟しましたね。よかたい、死んでも。寝台の上で従容として死ねば、よかたい。そう思っていました」

余震が続く四月二〇日、道子が、病院のベッド上で気丈に語った言葉だ。院長は道子のパーキンソン病の主治医である。幸い道子にけがはなかったが、心身を襲ったストレスは相当なものだった。「足の裏がびっしょり汗にぬれ、気分が悪い。初めての経験です」と道子は言う。

本震の際、施設の男性スタッフが二人、ベッド上の道子を抱えて部屋の外に連れ出した。既に書いたように、道子は地震直後、「だれかが私をさらっていきました」と意外な言葉で被災時を振り返っている。私は「道子がかわいがった黒猫おノンと白猫」ではないかと書いたが、実際には「男性スタッフ」二人が道子を安全な場所へ導いたのだった。精霊が「男性スタッフ」に憑依して道子を助けたのだろうか。

〈怪獣が外から両手でマンションを持ち、揺さぶっているような感覚〉〈部屋は床と柱が外れているのではないかと思われるほどに揺れていた〉と熊本市の作家、坂口恭平がウェブ「坂口恭平の熊本脱出記」に書いている。電気、水道、ガスが止まり、道子はこの日のうちに病院に移った。施設の機能停止に伴う緊急措置である。

「施設が崩壊しました」と本震の日の朝、道子は作家の池澤夏樹に電話で伝えている。「瓦礫の中に残った私物を探しに行きます」とも述べている。実際には施設は「崩壊」しておらず、「閉鎖」を決めただけだ。道子は幻視する作家である。揺れのさ中、親しんだ施設が倒壊し、廃墟を彷徨する自分の姿をはっきり見たのであろう。

九州新幹線が不通になり、九州自動車道も通行止めになった。ＪＲの在来線も断たれた。車しかアクセスの方法がない。大渋滞が起きる。熊本市は〝陸の孤島〟になった。福岡市を拠点に取材活動をしている私は気をもんでいた。四月二〇日午前九時四六分、私は熊本に向かう列車に乗った。満員を予想したのだが、客はまばらである。鳥栖で乗り換えるころから、リュックや食料品など救援物資を抱えた人が増え始め、大牟田で二両のワンマン車両の全座席が埋まる。通路に大勢が立つ。

席を譲る人があちこちにいる。年配の人ら一〇人が礼を言って席につく。これだけの人数が一度に席を譲られるのを見るのは初めてだ。あちこちで会話が弾む。ボランティアの受付場所、エコノミークラス症候群の防止の仕方――など、初対面の人同士、長年の知己のように話し込む。列車内のトイレは「水不足」で閉鎖。熊本に着いたのは午後〇時二〇分。駅の端にあるトイレも閉まっている。

熊本市電に乗る。閑散。普段は大勢いる外国人観光客の姿がない。「震災ごみ」が道路に野積みされている。石垣や屋根に青いシートがかかる。崩落防止である。

午後一時過ぎ、道子の介護施設に着いた。玄関前に走る亀裂が事態の深刻さを物語る。私は「無人」を想像していたが、意外にも大勢が出入りしている。一時、閉鎖を検討したが、建物の安全性に問題はなく、再開を目指すことになった。私は、阿南らと合流して道子の居室に向かった。道子は着の身着のまま入院したので、老眼鏡、肌着、ペンなど必要なものを病院に持って行かねばならない。

床一面に本やガラス、食器類が散乱していて、一歩も踏み入ることができない。破片をひとつひとつ拾い上げる。軍手が醬油に染まる。食器棚やタンスを注意深く起こす。午後四時ごろ、床がドーンと突き上げられた。余震だ。私は震え上がった。各部屋で作業しているヘルパーさんらは平然としている。余震に耐えながら、ひたすら復旧を目指しているのだ。

道子は熊本地震が始まってから、母ハルノのことが頭から離れないという。ハルノは静岡県御殿場市の紡績工場に働きに出て、関東大震災を経験した。被災した工場の労働者を御殿場の人たちがいかに親身になって助けてくれたか、ハルノは長女道子に繰り返し語った。「(水俣病闘争などで)東京に行くのであれば、途中で御殿場に寄って、お礼を言うておくれ。母はそればかり言いました。どこのだれかもわからんとに助けてくださった御殿場の人たちにくれぐれもよろしく言うておくれ、と」

ハルノは一九八八年に八四歳で死去した。それ以来、道子は仕事場の小さな仏壇に死の床の母の写真を飾っている。今度の熊本地震で仏壇は床に落ち、写真は混沌の渦に巻き込まれてしまいそうになったが、かろうじて拾い上げられ、仏壇の元の位置におさまった。眠っているかのような慈愛に満ちた母の顔は、娘が帰ってくるのをじっと待っていたかのようである。

四月二三日、私は病院に道子を訪ねた。意外にも、二七日には退院という。予想以上に施設の復旧が進み、入居者を受け入れる準備ができた。道子より状態の悪い患者が入院を切望しているという事情もあったようだ。

病院の晩ご飯は、おにぎりひとつと、戦時中のすいとんを思わせるお吸い物だけである。運んできた看護師は「いまは食材がありません。これでもごちそうです。私たちはなにも食べていません」と言う。

発作で横になった道子は「足が痛い」と言う。左足のかかとがやけどのような水ぶくれになっている。発作に伴う足のけいれんで、左足のかかとが右足の甲と擦れてできたものだ。看護師に来てもらう。阿蘇出身の若い女性だ。名札に目を留めた道子が「あなたと同じ姓の俳句の人を知っています」と話しかける。看護師は、えっ、という顔で道子を見る。穴井太。道子の句集『天』を作った『天籟通信』主宰の俳人である。

二〇一六年六月一日、被害が大きかった益城町を道子は車で訪ねた。道子が暮らす熊本市東区の健軍地区のすぐ隣である。助手席の道子は車が出発して三〇分もたたないうちに気分が悪くなった。持病の発作で息がしにくい。シートにもたれたまま身動きできない。Uターンを余儀なくされた。発作の要因のひとつがストレスである。益城のあまりの惨状に道子の神経が悲鳴をあげてしまったのだ。

お見舞い客が来ると、道子は時々、座布団をかぶる。「顔がつぶれてだれだかわからなくなると困るから座布団をずっとかぶっておりました」と言うのだ。見舞客は大笑いする。そんなとき道子の〝孤独のドライアイス〟の霧がふっと晴れて、実にうれしそうな顔になる。

14　道子さんの食卓

道子は、熊本市・健軍の真宗寺下の風雅な一軒家に一六年いた。その後、庭付きの雅致に富んだ湖東の家に八年住んだ。二〇〇二年九月、熊本市・上水前寺の家に移った。二〇〇三年早春、道子の詩集『はにかみの国――石牟礼道子全詩集』が芸術選奨文部科学大臣賞に決まり、私は感想を聞きに行った。「『苦海浄土　わが水俣病』の石牟礼道子が詩集で受賞とは少し意外です」などと生意気なことを言ったと記憶している。

「詩は秘中の秘で隠していたのです。『苦海浄土』を書く前から、ずっと詩が作品の主旋律でした。だから詩集が出てもなんの不思議もない。私は全然変わりません。今は、『苦海浄土』を完成させたいし、書きたいことはいっぱいあるのです」

道子は七六歳。この年秋にパーキンソン病の診断を受けるが、自覚症状は、さほど深刻化しておらず、体の動きは健康な人と変わらない。数百メートルであれば散歩もできた。前々年には新作能「不知火」を仕上げている。しかし、先のコメントの通り、四〇年かけた『苦海浄土』三部作の完成に向けて最終盤の追い込みというべき時期に入っており、水俣病患者救済運動という表層レベルを超えて魂の深みに達する表現を獲得すべく力をふり絞る、作家石牟礼道子の剣が峰というべき時期に差し掛かっていたのだ。

この日午後二時ごろ、道子を訪ね、こちらの言葉足らずをこちらが気がつかないうちにカバーしてもらう、道子のやさしさにおんぶにだっこのいつものインタビューが一段落し、勧められるまま、黒糖ドーナツなど道子の好みの菓子をつまんでくつろいでいた。突然、勝手口の扉があき、上品な風体の紳士がスーパーのビニール袋を手に入ってきた。

紳士はリビングにいる道子や私に声をかけることはせず——気づかないわけではなく明らかに黙殺なのだが——差し押さえ人のような勢いで台所に直行し、ビニール袋の中身の野菜などを取り出して、神経質そうに眉をしかめて黙々と仕分けをしている。この人が渡辺京二だった。これまで何回か、別の住まいのときも道子を訪ねるたび、見かけていた。築山の広い庭がある湖東の一軒家を訪ねた際、渡辺は屋外で一人、肉体作業をしていた。薪を片付けているように見えたので、「だれです、あの下男のような人は」と道子に聞いて、「なんですって？　なんとおっしゃいました？」と大笑いされたことがある。

石牟礼道子の仕事のサポートをする渡辺京二が、おびただしい時間と労力を費やし、道子の食事まで作っていることは知っていた。仕分けが一段落したのか、渡辺は野菜を水洗いしている。水の勢いが場の緊張まで押し流してくれるようで私はホッとした。まな板かなにか調理道具を出す気配がし、そのうちネギかなにかを、強面の印象からはまったく意外な、やわらかく正確なリズムでトントンと刻む音が聞こえてきた。

トントントン。母なる音とでも呼びたくなるような家庭的なその音を聞くうち、私の頭の中で閃くものがあった。渡辺にもコメントをもらおう。道子のインタビューが記事の中心であるのは間違いないが、石牟礼作品に通じている渡辺の話をつければ、記事に幅が出る。ちょうどいいときに来てくれた。しめた。軽い気持ちで私は立ち上がった。まな板に屈み込んでいる渡辺に「あのー」と声をかけた。すると――。

「あなた、もう石牟礼さんのお話をお聞きになったんでしょう？　それならもう十分ではないですか。なぜ僕に聞くのよ。石牟礼さんに聞いてちょうだい、石牟礼さんに」

有無を言わさぬ勢いで渡辺は拒絶の言葉を吐くのだった。水俣病闘争初期の渡辺の印象を、闘争に加わったNHKアナウンサー宮澤信雄は「むき出しになっている神経の震えのようなものが伝わってくる感じ」と評しているのだが、その言葉を思い出させる鋭い一閃である。怖い人だと思った。その声や態度ではない。話を聞けたらもうけものという、安易で自己中心的なこちらの心理を見通した、その眼力を怖いと思ったのだ。道子は眉ひとつ動かさない。すごすごと引き下がった私を哀れに思ったのか、「どうぞモナカを」と猫を呼ぶような、やさしい声で慰めてくれるのだった。

石牟礼道子に接触するには渡辺京二を通さねばならない。そんな誤解に二人が迷惑してきたことはたしかだろう。道子と渡辺のタッグが二〇年、三〇年と長くなると、渡辺が興行主のように道子を抱え込んでいるイメージが流布し、道子に近づきたい人は自ら壁を作って接触をあきらめざるを得なかったという。渡辺自身、そんな雰囲気に辟易していたに違いない。石牟礼と自分の関係をろくに知りもしないで、気安く聞くな。あの日の渡辺にはそんな心理もあったろう。話を聞くなら聞くで、正攻法できちんと聞かねばならない。私は肝に銘じたのである。

夕方。帰りの道をトボトボ歩く。当面必要な話は聞けたが、何か忘れものをしたような思いがぬぐえない。道子の顔と渡辺の顔が交互に浮かぶ。二人の輪郭が重なり合い、意識を集中しても、たしかな像を結ばないのだ。いったい二人の関係はなんなのだ。渡辺京二が石牟礼道子のメシを作る。それは天下の奇観のはずだが、熊本の人はなんとも思わないらしい。それも不思議だった。思っても気づかないフリをしているのか。奇観と思うこちらがどうかしているのか。

私の妄想が奔放になる。渡辺が心血注いで描いてきた西郷隆盛、北一輝、宮崎滔天ら硬派の面々が厚い書物の活字のあいだからのっそりと体を起こす。西郷らは、橋本憲三が「古典的」と評した水俣の道子の家の古ぼけた「つけもん小屋」にぞろぞろ入っていく。小屋の中には道子の母ハルノが待ち構えている。傲然と立っている豪傑たちに向け、天草弁によるタクアン漬けの熱血指導が始まる。西郷らがハルノの前で小さくなってタクアンを漬けている図を想像し、私は、ぷっと吹き出す。通行人がけげんそうに私を見る。

二〇〇五年、作家の町田康は熊本市の道子宅で食事を共にしている。このときは道子と親しい詩人の伊藤比呂美が町田に同行した。伊藤は車の右折が苦手で、左折しかできない。さんざん遠回りしてやっと着いた。そのときの道子の食卓の様子を、のちに町田は講演で述べている。

〈……すごい頭良さそうな、でもすごい恐そうな顔したおじいさんがいて、その人が太平燕《たいぴーえん》って向こうのなんか名物のおいしい料理を作って下さって。親切な人やなぁ恐そうやなぁって思ってたら、その方は渡辺京二さんって後で聞いて、全く何の話もできなかったんですが……〉

これを読むと、道子を訪ねる人は、同じような感想を抱くのだなあ、と思う。道子の世話をする渡辺の姿が印象に残るのだ。町田に限らず、有名作家が来るとき、渡辺は麺を出すことが多い。時間がないときはお勧めの麺の店に連れてゆく。渡辺の勝負メシは麺である。

町田康の愉快で軽快な談話に触れて、なるほど、こんなふうに書けばいいのか、と納得する思いだった。食事作りの意義や思想などを詮索する必要はない。買い出し、献立、味、片付けの手際……などをありのまま、具体的に書けばいい。どんな素材を、どのくらい、どのように調理したのか、正直につづっていけば、道子や渡辺の人生観、世界観、二人の関係性など、根幹的な諸相はおのずとあぶりだされてくるだろう。病床でも筆を執ることをやめなかった正岡子規『仰臥漫録』の偏執的で徹底的な献立の羅列を見よ。

一九七八年、道子は熊本市・健軍の真宗寺の脇に居を構えた。五一歳である。〈仕事場の炊事当番渡辺が台所でニンニクをいためると、その匂いが境内を掃除している青年に届いた〉。渡辺の文章から推測すると、遅くともこの年には食事作りがスタートしている。以後、道子が自炊設備のない住まいに移る二〇一三年秋までの約三五年間、渡辺は道子のために料理の腕をふるうのだ。買い出しも片付けも全部渡辺がやる。

私は二〇一四年初頭から石牟礼道子評伝の取材を本格的にスタートさせたのだが、既に述べたように渡辺の食事作りは前年の二〇一三年九月に終了している。渡辺の食べごしらえの現場に乗り込んで、道子の食卓をリポートしようと意気込んでいた私だが、出鼻をくじかれた形となった。しかし、意気消沈することはない。いま作らないなら、これまでどんなものを作ってきたか聞けばよい。「食」を通して二人の個性、生涯をあぶりだす。食事作りの記憶が生々しいうちに渡辺や道子ら当事者から話を聞いておかねばならない。

私は、道子に会うたび、〝渡辺メシ〟の感想を聞いた。予想はしていたが、「たいへんおいしくいただきました」「私のために、もったいないことでございます」などの言葉が返ってくるのみで、具体性に乏しい。イメージが広がらない。しかしそれはもっともなのだ。「渡辺さんのご飯、どうでした」と聞かれて、「ああ、それはね……」と微に入り細に入り丁寧に語る石牟礼道子ではあるまい。食事の具体的な中身は、作り手の渡辺に聞くしかない。正攻法でぶつかると、予想通り、てらいもなく正直に話してくれた。何回かのインタビューの成果は次のようなものである。

「道子さんは贅沢な人でねー、猫と一緒なんです。猫なんか無理に食わせようとしても食わんでしょう。私が自分でおいしくできたと思ったものはぺろっと食べちゃう。きょうは今ひとつかなと思ったときは案の定、食べない。これはもう、すごい！　あなた、貧乏暮らしで育ったなんて、うそでしょう。貧乏人ならなんでも食べるはずですよ、と言うのですが……。普通はおいしくなくても少しは食べる。食べなくちゃと思って食べる。石牟礼さんはそうしない。その点はわがままといえばわがままですよね」

「道子さんは貧乏暮らしというけれど、小さいときは豊かな家で育っているものね。貧乏したといっても、おいしいものを食べているのです。例えば、お母さんのハルノさんは自分で漬けものを漬ける。それを市場に持っていく。ハルノさんの作った漬けものはものすごく高値で売れていた。だれが食べてもおいしいのですよ。貧乏なりにみそも自分のところで作っていましたからね。お母さんが道子さんにおいしいものを食べさせたのです。とにかく、まずいものは食べないという精神がすごいよ」

「パーキンソン病発病後は、なかなか食がすすまない。昔はがんがん食べた。いまは高齢だし病気だから、食事の作り手としては、食べてもらうように工夫します。バランス？　もちろん考えます。魚を主にして魚が二で肉が一の感じで。焼き魚、煮魚。野菜をなるべく食べさせようと思って、品数を多くします。道子さんは野菜が好きだったのに、このごろは野菜を食べなくなってねー。どうしてだろうねー。もっと柔らかく、もっとおいしくと工夫はするのですが。なかなか食べてくれませんねー。ウーン」

正月、渡辺の渾身のブリ大根を道子が残した。「はい、あなた、好き嫌いが多いですね、野菜をちゃんと食べなければ」と渡辺は、あーん、と道子の口を開けさせる。道子は素直にあーんして、目の前の大根をぱくっと食べる。渡辺がお茶を淹れるすきに、道子は大根をティッシュにくるんで口から出し、何事もなかったように、にこっとする。私はそのことを渡辺に聞いた。「やわらかくなかったんだろう（苦笑）。あの人はそういう点では子供と一緒です。子供をしつけなければならない親の立場にあるくせに、まるで子供みたいに好き嫌いするんだからなあ」と嘆くのである。

「スーパーでタラは二〇〇円くらい。デパートだと八〇〇円。デパートのを買って、バター焼きのソテーにして出す。道子さんは料理の腕が一流だから舌も肥えています。デパートで買ったタラをぺろっと食べる。スーパーのタラには見向きもせんよ。ハッハッハッ。いつか言ったように、猫と一緒なんです。うまいものしか食べない。大変だよ。毎回毎回、上手にはできない。まあ、しかし、私が作ったものはたいてい食べてもらいましたけどね」

二〇一四年早春、私は道子の入院先を訪れた。道子は横になっている。幻聴・幻覚があまりに多いので、パーキンソン病の薬の調整が行われているのだ。身体不如意の日が続く。道子は口がきけない。私は途方に暮れてしまう。仕方ないので、持参してきた渡辺や道子の若い頃の写真を道子に見せた。食い入るように見ている。ベッド脇の鮮やかな色彩が目に留まる。食欲のない道子のために、彼女のリクエストに応えて介護のLさんが作った弁当である。

中身は――。球磨川の河口でとれた青のりをまぶしたおにぎり。大好物のカボチャの煮物。ビーフン。青のり入りの卵焼き。厚揚げとニンジンの煮物。ホウレンソウ。おかか。料理名人の母ハルノの顔がオーバーラップする。衰弱気味の道子には最上の食べ物と思えた。

「自分でも料理がお上手だから、見た目重視。彩りが豊かだと、『わー』と言って食べてくださる。赤と緑と黄。それに海藻の黒。色が入っているか、いつも確認なさいます。あっ、青野菜といえば、ネギがお好きです。ラーメンを食べる時もセロリとか焼きネギを入れる。幸せですよね、野菜がいっぱいとれて」と言ってLさんは、ベッドの道子と笑みを交わす。笑おうとする道子を難病で硬直した筋肉が邪魔をする。

「ある程度は本などで勉強されたのでしょうが、京二先生は石牟礼さんから教えてもらって料理をするようになったのですよ。作り方は頭に入っていても、材料を使ったことがないと、使い道が分からない。石牟礼さんに、どうやって使う？　どうやって切ればいい？　と教わりながら京二先生は料理の腕をみがいていかれたと思います。京二先生はタケノコが大好きなんです。春になるとタケノコが出てくる。石牟礼さんもタケノコ好きで、朝、昼、晩とタケノコ。小さくても四〇〇円とか五〇〇円するのを買ってきて、鍋でゆでてアクをぬく。炊き込みご飯に凝り出すと毎回炊き込みご飯です」とLさんが続ける。エピソードは尽きることがない。

「京二先生は煮染めを毎日作ります。里芋、ゴボウ、ニンジン、コンニャク、シイタケは定番。全部皮むきからやります。あらかじめ皮をむいてある野菜など絶対使わない。冷凍も使わない。

腕前はプロ級です。煮染めは素材を生かして薄味。主婦はなあ、忙しいからこの手間をはぶく、とおっしゃる。いためて、蒸す。一回火を止める。こうすると野菜の旨みがぐっと出てくる」

「（道子が施設に移る前の時期）泊まりのヘルパーさんが次の日の朝に食べられるように、京二先生はたくさん作られます。煮染めも天ぷらもみそ汁も多めに作る。納豆入れておきました、ネギも入れておきました、と言い置いて、夜帰られる。明朝の準備なんです。夕方のうちから冷蔵庫に入れておく。介護の人たちの手が少しでもかからないようにと、作りおきをされるんです。とてもありがたいことです。泊まり明けの朝の楽しみなんです。逆に言うと、食べ物を残したときが大変です。食べとらん、どうしてだ、だれも手をつけとらんじゃないか、なぜ食べなかった、なぜだ、と大変な騒ぎになる」

「京二先生は卵焼きが上手です。焼き上がると、きれいな黄色なんです。卵が違うのかなと思うくらい。輝くような黄色ですよ。卵は割って入れたあとに、混ぜてはいけない。はしで何回か横に。ちっちゃいヘラを持っておられて、それを使う。ヘラがなくなったら大変なんです。ない、ない、ない、と執拗に探す。そのヘラで卵を返していく。そういえばあのヘラ、柄が折れている。折れて短くなっている。新しいのは買わず、折れたヘラを使うんです。ヘラと卵焼きの四角いフライパンは、京二先生以外の人は使わない、というか、使えなかった。神聖なもののような気がしました。もし私が卵焼き用に使ったとしたら、そんなことは万が一にもないのですけど、もし私が使ったとしたら、だれかが使っとる、いじっとる、とすぐ気づかれて、怒られてしまいます。なつかしいですね。あのヘラ、どこへいったんでしょうね」

　道子の実妹の西妙子にも顔を合わせるたびに話を聞いた。妙子もしばしば渡辺の手料理の恩恵に浴している。「渡辺さんご自身は魚嫌い、好きじゃないですもんね。お肉系ですよ、どっちかというと。年とんなってから魚が増えた。おかずは最低三品は作る。姉ちゃんの食卓には刺身は絶対駄目。渡辺さんが駄目だから。肉とか魚のフライとか、シチュー類とか、そういう凝った料理ばしよんなったです」と話す。

「お寺の脇にいるころ、渡辺さんのカレーをごちそうになった。ひき肉なんかいれてね。なすびも入っていて、うまかった」と西村文子（一九四五年生まれ）。水俣市の隣の津奈木町に住む。道子の古い友人だ。鍼灸師。人付き合いの苦手な、けんかっ早い女性として道子のエッセイにしばしば出てくる。

妙子は「いつだったか、私が行ったときに、渡辺さんが、〝妙ちゃん、あとは任せた〟と、ご自宅にお帰りになったことがあります。ビーフシチューを作りかけていたのです。あとは煮込んで味付けしてね、とおっしゃるのだけど、味付けといっても、どこになにがあるのか、私にはさっぱりわからんですもん。姉ちゃんに聞いてもわからんですもん。結局、渡辺さんに電話して、いちいち教えてもらいながら仕上げました」と言うのである。

「どうして渡辺さんが食事を作るようになったのですか」と私は道子に聞いた。

「なんでかなー。目がわるくなってからかなー」とポツリと言う。

「あうんの呼吸ですか」

「あうんの呼吸ですね。最初から上手だった。いためものですね。お客さんがあると喜んで作る。腕前をみせたい、というお気持ちもあったでしょうね。ウチにみえるたいがいのお客さんは渡辺さんにごちそうになっています。おいしかった、とみなさんおっしゃいますね。お世辞ではありません。実際、おいしいのだから」

「渡辺さんはぶえんずしも自分で作りきると言っておられました」

「ぶえんずしは渡辺さんどうかなー。それはわからんですねー」

「ぶえんずしのポイントは」

「魚が新しいことですね」

亀太郎が長女の道子に手ずから教えたのが「ぶえんずし」である。一三歳になった娘に、包丁の研ぎ方とともにぶえんずしを熱心に指南した。ぶえんずしについて道子に尋ねると、いつも表情が生き生きとしてくる。

「不知火沿岸には〝ぶえんの魚〟という言い方があるのです。ぶえんとは無塩ということ。昔は魚の運搬に塩が欠かせなかった。ぶえん、塩が無い、ということは、塩をしなくても食べられるほど鮮度がいい、ということ。釣ってきて、すぐにこしらえる。この場合、徹底的に新鮮であることが肝心です。サバ、アジ、コノシロとか青魚が合う。まずフライパンで塩を焼く。焼いた塩で臭みを取る。ほんのり色がつく。塩でしめる。お砂糖と酢で味付けをする。身が玉虫色になった頃あいが酒の肴にもすしにもいい」

海の近くにはたいてい井戸があった。『苦海浄土』にも《活きている〈無塩《ぶえん》の魚《いお》〉は、活きている水をかけながら料理しなければ、漁師たちの味覚の中に活きかえらない》との記述がある。魚、水、漁師――生命サイクルとも言うべき結びつきが「ぶえんずし」の名のもとに語られているのだ。

八八年に八四歳で死去したハルノが最期に口にした食べ物は道子の実妹、西妙子が作ったぶえんずしだった。「タイを入れました。白身魚は異例ですが、母の日のお祝いの意味で。お茶碗半分、病人にしては結構な量ですが、おいしそうに食べてくれました」

『苦海浄土』三部作は二〇〇四年に完結した。道子は「渡辺さんがいなければ書けなかった」と『熊本風土記』以来、原稿の清書などサポートを続ける渡辺への感謝を忘れない。渡辺は道子の仕事を支えつつ、『逝きし世の面影』など「近代」を根こそぎ疑う論考を世に問うてきた。「(浮世離れした道子を)放っておけないからね。縁です。私にとっても石牟礼さんとの出会いは大きい。石牟礼さんの世界に接し、歴史・思想家としての自分の表現の仕方が分かってきた」と言う。それぞれ家庭があり、時にけんかしながらも離れない二人。日本を代表する著述家二人の盟友関係は継続中なのだ。

一九九七年ごろからふらつきを自覚した道子は、二〇〇三年にパーキンソン病と診断された。二〇一五年四月上旬の陽光があふれる午後。道子が熊本市の仕事場でエッセイと格闘している。締め切りが迫る。同じ机で原稿をにらむ渡辺は苦い顔をしている。

「あなたの手入れの仕方はね、全体を見て手入れせんで、そこだけ見てするからね、つじつまが合わなくなることが多いんですよ」

「はい」と道子は殊勝に応じる。

「効果が出ることもあるんだけど、ずっと私は悩まされてきた。柳の木が一本立っていた。それだけで次に進めばいいのに、柳といえばこういう植物であって、私の幼い頃にも柳の木があって……。そうやりだしたら元の筋がわからんごとなるでしょうが」

「……」

「もう直さんでくれませんか。でないと仕上がらん。直したかったら赤印をちょっとつけて。私が書き直すから」と渡辺がたたみかける。

「はい」

「赤（ペンを）持っとったらおとろしいから、赤は持たんごとしてくれませんか」

「ハハハ」

「赤は持たんごと。ふたをしてください」

「ふたは、なかです」

黙々と渡辺が清書をする。めどは立った。数行を追加するだけだ。お茶を飲む。渡辺が帽子をつまんで立ち上がる。

「また明日来ます」

「ありがとうございました。お気をつけて」

渡辺が出て行っても、道子は閉まったドアを見ている。

「大丈夫でしょうか。つっこけ（転倒）やせんでしょうか……」

二〇一四年来、体調が芳しくない渡辺を案じているのだ。翌日、「はい、こんにちは」と渡辺が現れる。「さて、原稿」とバトル再開だ。

ある日、道子と渡辺の間で、こんなやりとりがあった。自伝的といわれ、二〇歳の時に書かれた短編「不知火をとめ」（二〇一四年に書籍化）をめぐってである。

「一つ疑問なのは、祖父も父母も非常に粗野で上から押さえつける人に書かれている。反抗期でそう感じたわけ？　それとも小説だからわざと誇張して書いたの？」

「かなり誇張して書いています。改めて読んでみてびっくりした。ちょっとこれはやりすぎばいと思いました」

「創作だからどぎつく書いた？」

「そうですね」

「普通の読者は『不知火をとめ』が実像で、『椿の海の記』（一九七六年）などの自伝作品では祖父や父母が相当上品に美化されていると思いますよ」

「そう思われたら困る。実際のわが家はみやびやかな天草弁でした。言葉遣いは大変きれいでした。隣のおじさんやおばさんの荒っぽい水俣弁に驚いて、『不知火をとめ』にはそれを書いたのですけど……」

渡辺は私に向かって、「今の問答、あなたが書いてくれないか」と言う。私は緊張した。「不知火をとめ」とそれ以降の作品とで、どちらが道子の家族の実像を描いたものなのかは、必ずしも明確ではなかった。本人が初めて明かした事実だ。記録に残さねばならない。

渡辺は石牟礼文学の縁の下の力持ちを長年続けてきた。食材を買って夕食をこしらえ、道子と一緒に食べる。そんな生活が三五年以上続いた。仕事場に台所がなくなって食事作りが必要なくなっても、渡辺はほぼ毎日、タクシーで道子を訪ねる。新聞記事のスクラップをやり終えた渡辺は言う。

「一番肝心なのは、彼女が書いたものを把握して著作年譜に繰り入れていくこと。それはやはり、私が最終的に見ないといけない」

一九六九年の『苦海浄土　わが水俣病』刊行後、道子は水俣病患者の支援組織づくりが急務だと考え、編集者として信頼していた渡辺に相談した。渡辺は加害企業チッソ水俣工場正門前での座り込みを皮切りに、「水俣病を告発する会」を結成。旧厚生省占拠、チッソ東京本社占拠など、四年余りかけて道子の意思を形にした。「水俣病闘争」である。

水俣病は利益偏重の高度経済成長のひずみが生み出した悲劇である。道子は『苦海浄土』などの著作や患者支援運動で、世論喚起や患者救済に尽力した。既に述べている通り、裁判の原告集会などで林立した「怨」の旗や支援者らが胸につけた「死民」ゼッケンは道子のアイディアだ。道子は当時、オーラのように身にまとったカリスマ性から「水俣病闘争のジャンヌ・ダルク」と呼ばれた。

二〇一五年三月一一日、道子は自室で一人黙々と筆を走らせていた。手すきの和紙に「花ふぶき　生死のはては　知らざりき」と書く。自作の俳句だ。三月一一日は東日本大震災が起きた日であるが、道子の誕生日でもあった。普段はペンを使う道子がこの日は筆を手にした。八八回目のお祝いに特別な思いがあるのだろうか。

道子は震災について語る代わりに渚について語り始めた。

「戦後、渚が全部コンクリートになりました。渚は海の呼吸が陸にあがるところ。陸の呼吸が海に行くところ。渚は行き来する生命で結ばれている。コンクリートでは生物は息ができない。断層が、近代文明を抱えきれなくなったのでしょうか」

《春風萌すといえども　われら人類の劫塵いまや累《かさ》なりて／三界いわん方なく昏《くら》し／まなこを沈めてわずかに日々を忍ぶに　なにに誘わるるにや　虚空はるかに　一連の花　まさに咲かんとするを聴く　ひとひらの花弁　彼方に身じろぐを　まぼろしの如くに視れば　常世なる仄明かりを花その懐に抱けり／常世の仄明かりとは　あかつきの蓮沼にゆるる蕾《つぼみ》のごとくして　世々の悲願をあらわせり　かの一輪を拝受して　寄る辺なき今日の魂に奉らんとす／（中略）ただ滅亡の世せまるを待つのみか　ここにおいて　われらなお　地上にひらく　一輪の花の力を念じて合掌す》

東日本大震災のあと、雑誌などに載った道子の詩「花を奉る」である。一読した私は、その迫真性に「巫女」という道子の異名が頭をよぎった。震災後、一気に書いたに違いないと思ったが、違った。実際には「熊本無量山真宗寺御遠忌のために」として一九八四年に書かれている。まだ、人々が繁栄と安楽の夢を追っている時代、破局を予見するような文字を残していたのである。

二〇一一年、震災直後の春、訪ねた私に「近代化が始まって、まず言葉が壊れた。精霊とか魂とか言うと都会の人は馬鹿にするかもしれませんが、近代的な合理主義だけで世界が語れるわけがない。水俣にとって（加害企業の）チッソは近代そのもの。それが水俣病を引き起こした」と道子は話してくれた。

石牟礼文学を高く評価する作家の池澤夏樹は二〇一三年、「水俣・福岡展」の講演で「昔、チッソ。今、東京電力」と語った。原発事故の当事者、東京電力もチッソ同様、行き過ぎた近代化の一翼を担ってきたという意味だ。

二〇一四年の春の日、水俣から道子の実妹、西妙子が遊びに来た。この年の土門拳賞に決まった桑原史成の写真集『水俣事件』を二人で見る。「生ける人形」と呼ばれた美しい患者の少女。

『苦海浄土』に登場する杢太郎少年一家のモデルの家。被写体の多くがなじみ深い。

ほぼ一日、道子と過ごした夕方、妙子が「姉ちゃん、もう帰るよ」と立ち上がった。すると、意外なことに道子が「姉ちゃんも帰る」と言う。

「どこへ帰ると」

「水俣」

言葉に詰まった妙子は道子に顔を寄せた。

「今度、一緒に帰ろう。なあ、姉ちゃん、水俣へ」


『苦海浄土　わが水俣病』の未知の原稿が存在していた——。二〇〇四年、藤原書店の『石牟礼道子全集』（全一七巻、別巻一）刊行開始と同時に『苦海浄土』三部作は完結した。その要となる第一部『苦海浄土　わが水俣病』には、収められていない幻の章があることが渡辺京二の調査で明らかになった。

『苦海浄土　わが水俣病』は、渡辺編集の雑誌『熊本風土記』に掲載された「海と空のあいだに」八回分を中心に成るのだが、同誌の終刊で、執筆済みの第九回が行き場を失った。その後の水俣病闘争の嵐の中、原稿の存在は忘れられた。

第九回原稿の書き出しは《ひと晩中、ねっとりとまつわりつくように漂っていた潮の気配がさらさらとひいて、榛名勝己は、水俣の夜明けとともに、めざめつつあった》。若い男性が主人公だ。ちなみに道子の末弟の名前が「勝巳」である。

都会から来た榛名青年と水俣病患者家族の交流が描かれる。中心となるのは蚊帳のエピソード

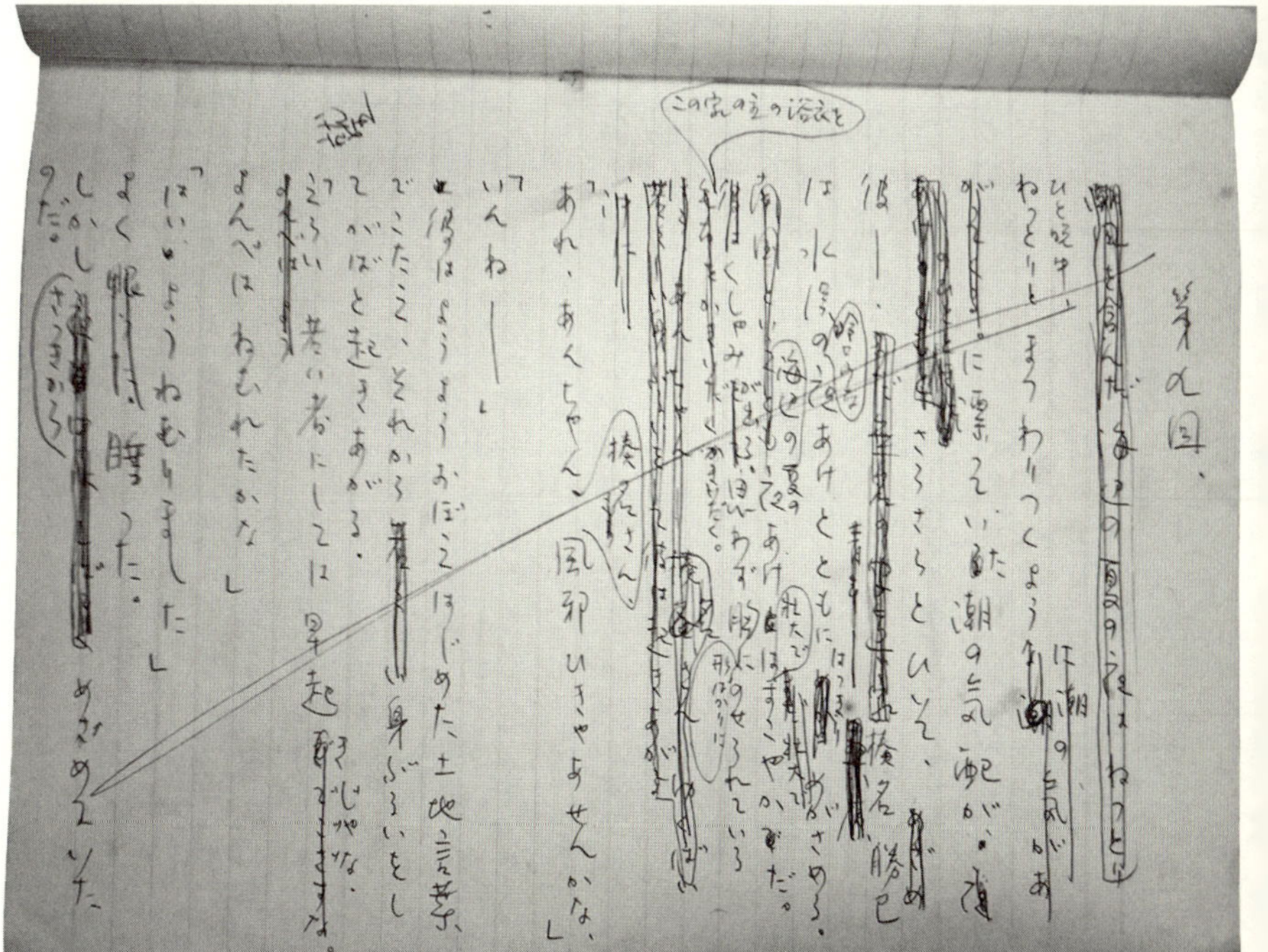

『苦海浄土』第一部におさめられるべきだった、幻の第９回原稿の下書き。1967年。

だ。寝ている間、《パサリ、パサリ》と音がする。一つしかない蚊帳を榛名に使わせ、家族はうちわで蚊を追い払っている。蚊帳を返そうとする榛名に主人は言う。

《蚊帳は我が家にあるもんでござすて。あんたが馴れん土地の蚊に食われて病気にでもなりゃ、あんたげの親御さまに、泊めてあぐるわしどんが顔むけでけん事になるばい。(中略)遠慮は悪ばい。体に毒ばい》

一九六〇年代に水俣病を撮った桑原史成から、蚊帳の話を聞いたことがある。道子は桑原をモデルに第九回を書いたのではないか。桑原に電話で原稿の内容を知らせると、どうもそうらしい。「蚊帳? 道子さんはオレの話を書いたに違いないよ。よく話をしていたからね」と言った。

道子と桑原が初めて会ったのは一九六二年。道子は当時三五歳だった。『苦海浄土 わが水俣病』の前段となる『西南役伝説』を発表し始めた頃だ。桑原は六〇年夏に水俣病患者の家で蚊帳を貸してもらう経験をしている。

二〇一五年五月二日、願ってもない機会が訪れた。水俣病犠牲者慰霊式を取材した桑原が東京への帰途、道子に会うため熊本市に立ち寄る。私はJR熊本駅で桑原をキャッチし、頼み込んで同行させてもらった。

道子はこの日、なじみの美容師に髪を整えてもらうなど、古い友人との再会を心待ちにしていた。「道子さん、お久しぶり」と桑原が顔をくしゃくしゃにしたお得意の笑みで入ってくる。「あなたからお聞きした蚊帳の話を『苦海浄土 わが水俣病』に書きました」と道子は桑原の手を握った。

二人の面会に先立ち、私は道子に蚊帳の話を聞いていた。「一つしかない蚊帳をお客さんに出して、自分たちは蚊をうちわであおぐ。そういうもてなしの仕方は水俣ではよくやります。わが家もそうでした」と言うのだ。「原稿に書いてあるような会話は実際にあったのですか」と私は桑原に聞いた。桑原は「覚えてないが、そんな会話はしてないと思うな」と苦笑した。

道子と桑原の話を総合して考えると、直接のモデルは桑原であり、桑原の話が原稿の核になったのは間違いないが、道子自身の体験に基づいたイメージや会話が細部として全体を支えている。このへんの消息を指して、渡辺は「『苦海浄土　わが水俣病』は石牟礼道子の私小説」と言うのだろう。水俣の人情の厚さ、つつましく義理堅い庶民の感覚を丹念に拾うことで、人と自然が調和していた前近代的世界を破壊した近代工業社会の残酷さが浮き彫りになるのだ。

桑原が水俣で経験したのは漁民の「人情」だけではないことはむろんである。水銀入りと分かっていても魚を食べざるを得なかった人々。桑原は一九六〇年七月、初めて水俣を訪れた。当時はまだ「奇病」と呼ばれた水俣病の恐怖は不知火海沿岸に広がり、漁協は水俣湾内での操業を自主規制していた。〈水俣湾産の魚貝類は市場にこそ水揚げされていなかったようだが、漁民自身は身をもって魚が危険であることを知りながら食べていた〉（桑原史成「水俣病と私」）

桑原も二カ月間の水俣滞在中、ずっと魚を食べていた。漁家に泊りながら、出される食事を、「その魚は水俣病ですから」と拒むことはできない。〈漁民は朝も魚、昼も魚、夜も魚、魚が主食でご飯は副食であるともいえる〉（同）

タチ、チヌ、タコ、コノシロ、グチ、ビナなど。ボラの生づくりのさしみは格別の味だった。ある日――。〈後をふり返ると漁家の破けた障子をへだてて隣りの部屋から異様な視線がじっと私をみつめている。水俣病にかかった患者なのである。視野狭窄といわれる目は、竹の筒をのぞ

くように見える。そのためにやっと見定めた対象物を見失わないように私を見ている〉（同）

老人はどもる。言語障害で言葉にならない。奥さんが通訳してくれる。〈「その魚を食べると奇病にかかるとばい」そういいながら老いた漁師はふるえる手でタチのさしみを口にいれていた〉（同）

日本近代史が専門の歴史学者、色川大吉は〈高度経済成長の時代、こんなことがあっていいのかということが水俣であったわけです。水俣病（闘争）は天下分け目ですよ。運動が成果を上げなければ、企業が勝手なままずっと行っていた。ここで待ったをかける、そういう意味では大きかった〉と話す（NHK・Eテレ「知の巨人たち・第六回　石牟礼道子」）。

告発する会の厚生省占拠後、会に加わり、事務局長も務めた阿南満昭は証言する。

「僕らが最初患者の家に行ったときは悲惨な状況だった。第一次訴訟派の人たちの家にボランティアでよく行きましたが、畳はケバだち、子供たちは服を着ていない。貧乏のどん底です。まだ寝たきりの人もいたしね。いまどきこんな世界があるんかねという感じだった。ひどい症状の人がいるもんだから患者さんたちは自分はまだましだと思うんですよ。だけどよく聞いてみると日常生活に差し障りのある障害はいろいろある。料理しよって指先ちょんぎってもわかんないとかね。味付けがわからん。ちょっと間違えば危険だという人たち。外見からはほとんどわからない。そういう障害をかかえている人は今でも多いです」

「水俣病闘争における、石牟礼さん、渡辺さんの存在は大きかったですか」と私は聞いた。阿南は、当たり前のことを聞くな、という顔をする。「二人が闘争の動力源」と言うのだ。

告発する会のメンバーとして厚生省占拠時の突入部隊に加わった福元満治も石牟礼、渡辺の存在抜きに闘争は成り立たないとみる。福元は言う。

「石牟礼さんがいなければ水俣病事件は〝損害賠償請求事件〟の域を出なかったでしょうね。幻想的詩人でシャーマンの石牟礼さんだからこそ、反近代にとどまらず、人類史的な長い射程で水俣をとらえることができた。事件としては悲惨ですが、思想的には豊かなものがある。石牟礼さんだけでやったのではなく、その思想をディレクション（方向づけ）したのが渡辺さんだった。あの二人がいなければ水俣病闘争はそもそもなかった、と言っていいかと思います」

色川は一九七六〜八五年の約一〇年間、不知火海総合学術調査団の団長として東京から頻繁に水俣を訪れた。調査団の活動は道子の熱心な要請で実現したものだ。道子にしてみれば、「不知火海の風土の根の部分、民衆の生活の基層となる部分を学術的に調べてほしい」という思いがあった。

道子のよき理解者の色川は、辛辣な観察者でもあった。一九八五年二月末に水俣を訪れた色川は石牟礼家を訪問した。当時五七歳の道子は不在である。

〈弘さんがいて相手をしてくれた。弘先生の定年後の放浪人生の話。退職金で舟をつくって、そこで寝られるようにし、港々をされいて歩く――。家には、たまにしか帰らないという。女房の道子は熊本に家を借りて住民票まで移してしまい、月に一、二度しか帰らない。孤独感が滲み出ている。おばあちゃん（道子さんの実母、はるのさん）はそれをわきで聞いていて何もいわない。一人息子は名古屋にいても孫の顔さえめったに見ない〉

文学に殉じた道子。残された家族の索漠たる雰囲気が伝わってくる。

色川の目には道子と渡辺はよほど仲むつまじく見えたらしい。〈外目には恋人同士のように見えるが、道子さんは渡辺夫人への礼節を守って自分を律している。しかし、敬愛しながら甘えていることは歴々だった〉と記している。

私は色川に手紙で取材をお願いし、書面で回答を得た。道子について〈この世を突き抜けた天才的な人だと思います。魂の飛翔力の広さ、強さ、自由さは天分としか云いようがありません〉という。渡辺のことは〈石牟礼さんの才能をさいしょに発見し、世に出してくれた人。独創力のある自信にみちた思想家〉と評する。

二〇一四年暮れ、熊本市・健軍の真宗寺内に「石牟礼道子資料保存会」が発足した。道子や渡辺の講演会を開くなど二人と縁の深い寺が、一室を無償で提供してくれたのだ。

第二、第四土曜の午後、渡辺をリーダーとするボランティアの研究スタッフが集まる。手紙、ノート、発表・未発表原稿の整理・調査を行っている。未発表のうち貴重な文章はパソコンに入力する。未整理の段ボール箱がいくつもあり、「落ち着くまでに五年はかかる」と渡辺が言う一大事業だ。

道子の仕事場。二〇一五年の晩春の午後だ。お茶を飲んだ渡辺が言う。

「このあいだ、私が水俣病闘争の初期にあなたに書いた手紙が二通出てきた。一緒に破滅する覚悟はできとります、と書いてあったよ。ハハハ」

「ほう」

道子が驚いた顔をする。

「水俣病闘争をするのに悲壮な決心をしとったんじゃ、私も」

「はい」

「無事に終わって結構だったたたい」

「そうですね」

郵便物の仕分けが終わる。切り抜いた新聞記事を書棚の資料袋に入れる。茶わんを片付ける。帽子をつまんで立ち上がる。

「また明日来ますからね」

「ありがとうございました」

ドアに頭を下げた道子はノートを広げ、ペンを走らせる。


二〇一五年夏、伊藤比呂美とエッセイストの平松洋子を得意の煮染めでもてなした。〈皮ごと厚い輪切りにしたにんじん、干瓢できちんと巻いた昆布、身の厚いじゃこ、どれも不思議なほど艶々に光っている……この深いこく。何でしょう、しょう油やじゃこのうまみだけとは思えない〉と平松は「じゃこの味、魂の味」というエッセイに書いている。食エッセイの名手だけあって、観察がこまかい。

「お二人にごちそうしてさしあげたんですね。イワシのだし、椿油で……。黒砂糖もお入れになったんですか」と私は、道子に聞いた。

「ごちそうになった……平松さんがそぎゃんおっしゃったですか？　それはうれしかですね。じゃこのはらわたを取って裂いたのを、最初に椿油で炒めた？　はい、はい。その通りです。黒砂糖はおいしかですよ。にんじんば炊いたですね。この電子レンジで炊いた。にんじんと、なんば炊いたかな」と考え込む様子である。「そうだ、にんじんの皮むいて、炊こ」と道子の料理魂が

人参やかぼちゃ、煮干し、酒、醬油、黒砂糖などを素材に、
居室の電気鍋を駆使して食べごしらえ。2016年９月。

突然燃え上がる。

　初秋の平日。午後四時ごろだ。道子は熊本市郊外の老人ホームの個室に入居している。部屋には自炊設備はない。ホームの調理場でプロの料理人が三食作るので、入居者が作る必要はないのだ。きょうも午後五時半には晩ご飯が来る予定である。ヘルパーさんが膳ごと運んでくるのだ。まもなくである。それなのににんじんをむく……。

　私はにんじんを一本出した。道子は「もう一本どこかにあっとです。あ、ありましたか。これで二本ですね。菜切り包丁を買わにゃ……。皮むきはノコギリのようなナイフがあります。どこにやったかな。新聞を敷いてください。はい、はい。だしじゃこば出しといてください。はい、はい。緑色のまな板を出してください。おままごとのような。あ、ありましたか、はい、だしじゃこの頭とワタをとります。骨もとる。そう、骨もとります。はい、とってください。にんじん、硬かですもんね。輪切りにしましょう。あなた、力が強い。どこへいったかなあ、あのノコギリみたいなナイフ。はい、はい、ありましたか。これがよう切れます」とヒートアップする。

「……案の定失敗しました」と私は泣きたい思いで言った。道子は「もうちょっと厚いのがいいですよ、このナイフは。細いからゆがみますもんねー。もう一本のにんじんも同じように、はい。あ、それくらいでいい。はい、はい。あ、うまく切れませんか。どうしてもまっすぐには切れない、はい、はい、どげんですかねー。これは縦に切ってください、はい、はい。四つに。四つじゃなか、三つに。あ、ナイフば向けると危なかです。はい、はい。よか塩梅に切れましたね。これをまた三つに」と言う。

　輪切りにしたのと四角く細かく切ったのと二種類のにんじんができた。道子は「これは混ぜご飯にいれます。昆布ば買うてきとけばよかった。はい、昆布。これは煮染めにします。もう少しにんじんを切ってください。足らんです。厚さは、そうですね、五ミリくらい。あなた、自信ない？　はい、はい。それでよかです。まちっとばっかりだしじゃこばください。はい。それにしても、なんも材料がなかなあ」と残念そうだ。

私はナイフを洗った。新聞を丸めて捨てる。水をやかんに注ぐ。ごしごしまないたをこする。拭いたはしを束ねる。もう帰ろうかと思っていると、

「ご飯を炊きましょうかね」と道子が不意に言った。

「ご飯！」と私は絶句した。下の調理場から晩ご飯がまもなく運ばれてくるのだ。

「食べていきなはらんですか？　一時間あれば、炊けます。餅米ば、炊きましょう」と道子が言う。「餅米、はい。えーっと、どこにありますか」と私は半ばヤケになって探す。道子が「食器棚の下から二段目」と言う。「はい、ありました。何合、炊きますか」「二合。にんじんば入れて」

私は電気釜のふたを開けた。「ミチコボックス」と呼ぶ、三合炊きの電気炊飯器である。道子の食べごしらえには必須の道具だ。「ミチコボックス」の命名者は私である。平松がおもしろがってエッセイなどで〈この小さな道具から魔法のように数々の料理が生まれる〉と紹介してくれている。

「二合……、餅米、計量カップ……ありますか」と私は聞いた。「計量カップがあります」と道子が答える。ザーとプラスチックのカップにコメが入る。道子が「二杯」と指示する。「これに？　つぎきりですか」「はいはい」。ザー、コンコンコン。カラカラカラ。「洗ってくださ

い」「普通に洗えばいいですか、といでから洗いますか」「はい。といでから」。ザーカチャカチャザー。「二、三日前は水ばたくさん入れすぎて、べちゃべちゃになった」と道子がぽつりと言う。「ちょっと濁っていますか」「もうちょっとですね。もう一回洗ってください」。ザーチョロチョロザー、ピチャ。「具がすくなかけん、じゃこも具にしてください」と道子。「包丁はさっきのノコギリ包丁でしょうか」と私が聞く。「はさみがよかです」。道子はじゃこの頭と腹の部分をきれいに取り除く。決して手抜きをしないのだ。

「じゃこはちょっとでよかです。これでだしがでますものね。酒ば持ってきてください、料理酒。はいはい、それくらいで。もうよかです。そして、薄口しょう油を。お塩があるでしょう、びんに。ありませんか？　あ、アジシオがある。アジシオ使いましょう。そして黒砂糖ば入れましょう。はい、黒砂糖。茶色の紙の袋に。輪ゴムでしばってある。黒砂糖はひとかけ？　いや分量によりますね。ふだんは、まったくカンですから。黒砂糖はこの頃使います。コーヒーに黒砂糖入れたらおいしかったですもん。それ以来です。たんに甘いだけじゃないですね。いろんな栄養が含まれていますから」

ポットのコードをはずして電気釜につなぐ。コンセントが限られているのだ。炊飯の準備が終わって、今度は煮物だ。私は煮物の鍋を道子の前に持って行った。「もうちょっとしょう油を入れてください。薄口しょう油がいいのですけどね。もちっと、はい。あ、そうだ、こっちの鍋にも黒砂糖を入れましょうかね。ああ、ちりめんじゃこはこのまえ入れたからよかです。電子レンジにかけてください」「何ワットですか」と私は聞いた。「何ワットかなあ。五〇〇くらいにしましょうか。五〇〇ワットで六分」

ぐわーんとレンジが作動する。私は戸棚を探す。「黒砂糖、新品がありました」と道子に報告する。「これチョコレートですね、チョコレート」と道子はこともなげに言う。レンジが、チン、と止まる。「あら。あ、まだですね」「もうちょっと」「かたいですね」「ふたをかぶせといていいんですか」「かぶせてよか」「もう一回、六分しましょうか」。道子はボリボリおかきを食べている。私は小皿で味をみてもらう。「どぎゃんですか」と尋ねると、「塩を……」と言う。塩を足す。「あと、お酒ば入れてください」。酒をトクトク注ぐ。「もう一回、チンします?」と私は問う。「五〇〇ワットが小さかったのかもしれませんね、あと六分」と道子はお茶をコクリと飲む。ぐわーんとレンジが音をたてる。

「私が一方的にごちそうになったわけじゃないですよ。私もたくさん作って差し上げました」。あまり私が渡辺の料理ばかり聞くので、道子の声が尖ったことがある。確かにそうだ。介護の女性によると、渡辺は、お母さんの作るすしの酢の風味が忘れられず、だれが作るすしにも満足しなかった。しかし、「この味は近い、とおっしゃったことが一回だけあります。石牟礼さんが〝ぶえんずし〟を作ったときです」と言うのだ。しめたサバを刺し身より薄くそいですし飯に混ぜる。父亀太郎から作り方を習い、母ハルノが最期に口にしたぶえんずし。道子入魂の一品である。

道子は電気炊飯器を鍋代わりにしていたが、二〇一六年早春、電気鍋を購入した。もっと腕によりをかけて、と思っているのだ。便利だが、沸騰したら自然に停止するという機能がない。沸騰し過ぎないように気をつけておいて停止ボタンを押さねばならない。にんじん、カボチャの入った鍋に、じゃこや酒を足す。「料理の名前はなんですか」と私が問う。一瞬詰まった道子は

「……創作料理です」と答える。沸騰して五分。小皿に汁をすくって味をみてもらう。「あら、おいしい」と、きれいな貝殻でも見つけた女の子のような顔になる。

ある日、差し出された
道子さんのじゃこめし。

あとがき

「他人の事なんか構わねえで、あんたの魂のことを書くんだよ。描写するんじゃねえぞ」。作家の大岡昇平は第二次大戦後、デビュー作の『俘虜記』を書く際、師匠格の小林秀雄から、こう言われたという。フィリピンから復員してすぐの頃だ。

「魂のことを書く」。少年の頃、目にした言葉が、石牟礼道子の評伝を書くにあたって、思いがけずよみがえった。石牟礼道子という対象のあまりの巨大さに、時々、つい易きについて、皮相で類型的な書き方に走ろうとしたことがある。そのたびに、「魂のことを書くんだよ」とべらんめえ調の甲高い小林の声が咎めるように聞こえてきて（小林秀雄に会ったことはない）、ハッと背筋を伸ばすのだった。

もともと「魂」は、石牟礼文学のキーワードのひとつである。「魂のことを書く」。石牟礼道子を描くのに、これ以上ふさわしい言葉はあるまい。しかし言うは易く、行うは難し。そこに「魂」があるならばそれを書けばよいが、「それ」と明示されるものではない。

ならばどうしたらいいか、と悩むことはない。「魂のこと」を書くつもりでいるならば、「魂のこと」と念じつづけていさえしたら、皮相的な部分はおのずから消滅し、海の中に道ができるように、魂本来の軌跡を追うことができるように思われた。「魂」は私の石牟礼道子伝の羅針盤になった。

方針としてはいたってシンプルである。私の「魂」にぐっとくる事柄だけを書けばよいのだ。「ぐっとくる」という言い方しかできなくて恐縮だ。どんなにドラマチックで大人数がかかわった社会的事件であろうと、民衆の喝采を博したエポックメイキングな英雄的出来事であろうと、書き手である私の「魂」にぐっとこなければ、それは放っておく。「魂」の共振がない限り、私は文章を書くことができない。

しかし、「魂」に先導してもらうにも限界がある。石牟礼道子の肉声をどれだけ文字に起こしてプールしようが、どれだけたくさんの資料を読み込もうが、「魂」の振動に至らず、文章が全然出てこないときがあるのだ。そんなときは道子さんに会いに行った。そうすると必ず書くことが思い浮かぶ。浮かぶというより、降ってくる感じである。私は慈雨に感謝する不知火海の農業者のように、「魂」の目覚めを感じ取ることができた。どんな資料も及ばない作家本人の存在のありがたさをつくづく思い知ることになる。

私は「取材」をなりわいにして三〇年になるが、たいていの取材対象の輪郭は二、三回の面会でつかむことができた。作家の取材もしかりだ。二、三作読んで話を聞けば、だいたいどういう書き手なのかが分かる。それは私に限らず、多くの取材者の実感であろう。

しかし、石牟礼道子の場合は底が見えない。全体像というより、輪郭があるのかないのかが、そもそも分からない。著作をはじめ資料は豊富にある。道子さん本人はいたってオープンな人だから、会う機会は簡単につくれる。読んだり会ったりするうちは、なるほど、と思うこともあるのだが、さて、全体像をイメージしようとすると、まぶしい砂漠で上映する映画のようになんとも茫漠としていて、私は途方に暮れてしまう。渚や、キツネや、「怨」の旗などが断片的に浮かぶのみで、統一的な像をむすばない。道子さんが好んで描くガーゴという正体不明の妖怪みたいでまったくお手上げ状態なのだ。

日本近現代文学というお花畑があるとしよう。AとかBとかCとか、いろんな名前の花が咲いている。石牟礼道子の花はどこかというと、花畑の中にはなくて、ずっと離れた、海に接する岩場のあたりにぷかぷか浮いている。アコウのごとく水辺に根をおろして、あろうことか潮水を養分にしている。お花畑から見ると、異端も異端、ある意味、けしからん存在かもしれない。しかし、洪水や地すべりでお花畑が壊滅したとしても、生き残るのは渚に浮かぶ石牟礼道子なのだ。

本になります——と報告に行った日、仲のよい夫婦のように並んだ道子さんと渡辺さんは「よかったですね」「楽しみだ」と口々に言ってくださった。その言葉は親しみに満ちていて、決してウソではないことが分かるのだが、それで舞い上がってしまうほど私もおろかではなかった。至らなさは分かっている。再三繰り返すように、やさしさに甘えてはいかんのだ。石牟礼道子の著作を、どの本でもよいが、手にするたび、どうやったらこんなふうに書けるのか、どうしたらこんな言葉が出てくるのか……。私はすっかり絶望してしまう。次元の違う文の運びに戦慄し、目を見張る。こんな人を相手にしていたのかと自分の無謀さに驚き、呆れ、私は最終的に立っていられなくなる。鈍重でマヌケなゆえに仲間に尻をつつかれる鶏のように、ワーっと叫ぶしかない。

こんなふうだから、本が出るからといって、終わったという感じは少しもしないのだ。書いても、書いても、石牟礼道子という表現者・思想家・運動家のわからなさは募る一方である。二〇一七年は道子さんの生誕九〇年。メモリアル・イヤーである。ここから始まりだという気もする。渡辺京二さんと約束した。「死ぬまで石牟礼道子を追いかけます」と。道子さんがいなくなったら、話を聞くのはその親族や知人、親族や知人もいなくなったら、そのまた関係者……と、私の道子探求の旅はつづく。終着駅はなかろう。私の命が尽きるとき、少しはマシなものが書けているだろうか。

私の勝手な書きものが本の形をとることができたのは、担当編集者の疇津《あぜつ》真砂子さんのおかげである。厳しくも率直な助言の数々をもらい、書き直しに次ぐ書き直しに励みながら、時々、道子さんに読んでもらう。「よく書けていますね」と言ってもらうと、うれしくてたまらず、有頂天のあまり、つかまえた、と思ったこともある。しかし、それは大いなる勘違いで、別の場所にあらわれた道子さんは「あら」といつものように微笑しているのである。

作家の池澤夏樹さんと道子さんの仕事場で会うことが多くなった。池澤さんは、石牟礼文学が多くの人に注目されるきっかけをつくった人である。「北海道のアニキ」と呼んでかねて畏敬する池澤さんから、この本の帯に推薦文をいただけたのは望外の幸せだった。

逡巡ばかりしていても仕方がない。広い海に飛び込もう。岩の上でモジモジするペンギンの背中を押すように、私は、旅立つ本の背中をそっと押してやろう。

二〇一七年二月

米本浩二

書誌・主要参考文献

●書誌

【石牟礼道子著作】

『石牟礼道子全集・不知火』全一七巻+別巻（藤原書店、表紙デザイン・志村ふくみ）

■第一巻　初期作品集　解説・金時鐘（二〇〇四年）

Ⅰ　エッセイ　タデ子の記／光／短歌への慕情／「変調語」より／沼川良太郎論／可子夫人のうた／白暮／八幡部落を通る／風神通信／いとしさの行方／南九州の土壌／愛情論初稿／詠嘆へのわかれ／妣（はは）たちへの文序章／おもかさま幻想／階層のメタンガス／順々おくり／舟曳き唄／とんとん村／水俣病／ゆのつるの記／水俣病、そのわざわいに泣く少女たち／南九州の女たち――貞操帯／詩と真実／主観の風景化／とうきびが実を組むように／桶屋の発明／石の花／野鍛冶の娘より／海へ／観音まつり／故郷と文体／カツオに躍る夢／氏族の野宴／刺し身のつまの発言／トンカツをどうぞ／高群逸枝さんを追慕する／恥の共有について／未発の志を継ぐ／この世がみえるとは――谷川雁への手紙／底辺の神々／秀島由己男の画／松田富次君とラジオ／孤立宣言／ねばっこい日本的叙情――『負籠の細道』（水上勉著）を読む／パラソル／ふゆじのお大臣／水俣病その後／橋本憲三氏へ／海底からの証言／ボーヴォワールの来日と高群逸枝／「どこで生まれた者かわからんように」／高群逸枝との対話のために――まだ覚え書の「最後の人・ノート」から／まぼろしの村民権――恥ずべき水俣病の契約書／わが不知火／菊とナガサキ／続・菊とナガサキ／阿賀のニゴイが舌を刺す／西南役伝説

Ⅱ　詩　朝／虹／点滅／とのさまがえる／埴生の宿／烏瓜／馬酔木（あしび）の鈴／川祭り／娼婦／連帯／集会／胎教／出生／午睡／卑弥呼／朱い草履／風／木樵り／なすびをたべているおかあさん／七草／虹／野鍛冶の女房／花／花

柴賣りのおつやしゃん／花をあなたに／水影／墓の中でうたう歌／受胎／糸繰りうた／隠亡／背中のうた／便り／瓔珞（ようらく）／とんぼ／いっぽん橋／「初期詩篇」の世界（インタビュー）

III　短歌　友が憶えゐてくれし十七のころの歌／冬の山（二〇首）／満ち潮（五首）／道生（二三首）／泡の声（三六首）／わだちの音（一六首）／白猫（一〇首）／春蟬（九首）／うから（二三首）／春衣（一四首）／木霊（一九首）／白痴の街（一三首）／火を焚く（一二首）／雪（一六首）／氾（あふ）れおつる河（一九首）／藻（一五首）／にごり酒（一八首）／指を流るる川（一四首）／海と空のあいだに（一二首）／鴉（一八首）／廃駅（一六首）／あらあら覚え

■第二巻　苦海浄土　解説・池澤夏樹（二〇〇四年）

第一部　苦海浄土　椿の海／不知火海沿岸漁民／ゆき女きき書／天の魚／地の魚／とんとん村／昭和四十三年／〔資料〕紛争調停案「契約書」（昭和三十四年十二月三十日）

第二部　神々の村　葦舟／神々の村／ひとのこの世はながくして／花ぐるま／人間の絆／実る子

■第三巻　苦海浄土　解説・加藤登紀子（二〇〇四年）

第三部　天の魚　序詩／死都の雪／舟非人（ふなかんじん）／鳩／花非人（はなかんじん）／潮の日録／みやこに春はめぐれども／供護者（くごしゃ）たち

『苦海浄土』をめぐって　わが死民／亡国のうた／自分を焚く／絶対負荷をになうひとびとに／泥の墓／差別に苦しむ水俣病患者（飯沢匡との対談）／水俣病の証言（水上勉との対談）／この世にあらざるように美しく（インタビュー）／判決は命を片づける儀式だ（原田正純との対談）／『苦海浄土』来し方行く末（上野英信との対談）／生民の系譜（荒畑寒村との対談）／患者の等身像につきあう（本田啓吉との対談）／玄郷の世界（中村了権との対談）／患者の肉声に宿る無限の思索（インタビュー）／水俣病関連年表

■第四巻　椿の海の記　ほか　エッセイ 1969-1970　解説・金石範（二〇〇四年）

■第五巻　西南役伝説　ほか　エッセイ 1971-1972　解説・佐野眞一（二〇〇四年）

■第六巻　常世の樹・あやはべるの島へ　ほか　エッセイ 1973-1974　解説・今福龍太（二〇〇六年）

■第七巻　あやとりの記　ほか　エッセイ1975　解説・鶴見俊輔（二〇〇五年）
■第八巻　おえん遊行　ほか　エッセイ1976-1978　解説・赤坂憲雄（二〇〇五年）
■第九巻　十六夜橋　ほか　エッセイ1979-1980　解説・志村ふくみ（二〇〇六年）
■第一〇巻　食べごしらえ　おままごと　ほか　エッセイ1981-1987　解説・永六輔（二〇〇六年）
■第一一巻　水はみどろの宮　ほか　エッセイ1988-1993　解説・伊藤比呂美（二〇〇五年）
■第一二巻　天湖　ほか　エッセイ1994　解説・鶴見俊輔（二〇〇五年）
■第一三巻　春の城　ほか　解説・河瀬直美（二〇〇七年）
■第一四巻　短篇小説・批評　エッセイ1995　解説・三砂ちづる（二〇〇八年）
■第一五巻　全詩歌句集　エッセイ1996-1998　解説・水原紫苑（二〇一二年）
■第一六巻　新作能・狂言・歌謡　ほか　エッセイ1999-2000　解説・土屋恵一郎（二〇一三年）
■第一七巻　詩人・高群逸枝　エッセイ2001-2002　解説・臼井隆一郎（二〇一二年）
■別巻　葭の渚　石牟礼道子自伝　詳伝年譜・渡辺京二／著作年譜（二〇一四年）

『石牟礼道子詩文コレクション』全七巻（藤原書店）
■1　猫　解説・町田康（二〇〇九年）
Ⅰ一期一会の猫／Ⅱ猫のいる風景／Ⅲ追慕　黒猫ノンノ
■2　花　解説・河瀬直美（二〇〇九年）
Ⅰ花との語らい／Ⅱ心にそよぐ草／Ⅲ樹々は告げる／Ⅳ花追う旅
■3　渚　解説・吉増剛造（二〇〇九年）
Ⅰわが原郷の渚／Ⅱ渚の喪失が告げるもの／Ⅲアコウの渚へ――黒潮を遡る
■4　色　解説・伊藤比呂美（二〇一〇年）
Ⅰ幼少期幻想の彩／Ⅱ秘色／Ⅲ浮き世の色々

■5　音　解説・大倉正之助（二〇〇九年）
Ⅰ音の風景／Ⅱ暮らしのにぎわい／Ⅲ古の調べ／Ⅳ歌謡
■6　父　解説・小池昌代（二〇一〇年）
Ⅰ在りし日の父と／Ⅱ父のいた風景／Ⅲ挽歌／Ⅳ譚詩
■7　母　解説・米良美一（二〇〇九年）
Ⅰ母と過ごした日々／Ⅱ晩年の母／Ⅲ亡き母への鎮魂のために

『新装版　苦海浄土　わが水俣病』（講談社文庫、二〇〇四年）
池澤夏樹個人編集『世界文学全集　Ⅲ-04　苦海浄土』（河出書房新社、二〇一一年）
池澤夏樹個人編集『日本文学全集　第24巻　石牟礼道子』（河出書房新社、二〇一五年）
『苦海浄土　全三部』（藤原書店、二〇一六年）
『流民の都』（大和書房、一九七三年）
『潮の日録——石牟礼道子初期散文』（葦書房、一九七四年）
『椿の海の記』（朝日新聞社、一九七七年→河出文庫、二〇一三年）
『西南役伝説』（朝日新聞社、一九八〇年）
『みなまた　海のこえ』（絵／丸木俊・丸木位里、小峰書店、一九八二年）
『あやとりの記』（福音館日曜日文庫、一九八三年→福音館文庫、二〇〇九年）
『句集　天』（天籟俳句会、一九八六年）
『食べごしらえ　おままごと』（ドメス出版、一九九四年→中公文庫、二〇一二年）
『十六夜橋』（径書房、一九九二年→ちくま文庫、一九九九年）
『煤の中のマリア——島原・椎葉・不知火紀行』（平凡社、二〇〇一年）
『はにかみの国——石牟礼道子全詩集』（石風社、二〇〇二年）

『不知火――新作能』（平凡社、二〇〇三年）
『最後の人・詩人高群逸枝』（藤原書店、二〇一二年）
『葭の渚――石牟礼道子自伝』（藤原書店、二〇一四年）
『花の億土へ』（藤原書店、二〇一四年）
『不知火おとめ――若き日の作品集 1945-1947』（藤原書店、二〇一四年）
『石牟礼道子全句集　泣きなが原』（藤原書店、解説・黒田杏子、二〇一五年）
『水はみどろの宮』（平凡社、一九九七年→絵／山福朱実、福音館文庫、二〇一六年）

●主要参考文献

【共著、編著、雑誌】

石牟礼道子編『わが死民――水俣病闘争』（現代評論社、一九七二年）
石牟礼道子、松浦豊敏、渡辺京二編『暗河』第2号（暗河の会、一九七四年）
石牟礼道子、松浦豊敏、渡辺京二編『暗河』第6号（暗河の会、一九七五年）
石牟礼道子編『天の病む――実録水俣病闘争』（葦書房、一九七四年）
石牟礼道子『樹の中の鬼――対談集』（朝日新聞社、一九八三年）
石牟礼道子『石牟礼道子対談集――魂の言葉を紡ぐ』（河出書房新社、二〇〇〇年）
鶴見和子・対話まんだら　石牟礼道子の巻『言葉果つるところ』（藤原書店、二〇〇二年）
島尾ミホ、石牟礼道子『ヤポネシアの海辺から』（弦書房、二〇〇三年）
石牟礼道子、伊藤比呂美『死を想う――われらも終には仏なり』（平凡社新書、二〇〇七年）
石牟礼道子、多田富雄『言魂』（藤原書店、二〇〇八年）
石牟礼道子（対談・講演集）『蘇生した魂をのせて』（河出書房新社、二〇一三年）

志村ふくみ、石牟礼道子『遺言――対談と往復書簡』（筑摩書房、二〇一四年）

【他作家の著作など】

新木安利『サークル村の磁場――上野英信・谷川雁・森崎和江』（海鳥社、二〇一一年）
伊藤比呂美『とげ抜き――新巣鴨地蔵縁起』（講談社文庫、二〇一一年）
井手俊作、田代俊一郎『上野英信――人・仕事・時代』（櫂歌書房、一九八八年）
色川大吉編『水俣の啓示――不知火海総合調査報告』上下巻（筑摩書房、一九八三年）
色川大吉『昭和へのレクイエム――自分史最終篇』（岩波書店、二〇一〇年）
岩岡中正編『石牟礼道子の世界』（弦書房、二〇〇六年）
荒畑寒村『谷中村滅亡史』（平民書房、一九〇七年→岩波文庫、一九九九年）
イヴァン・イリイチ『コンヴィヴィアリティのための道具』（渡辺京二・渡辺梨佐訳、ちくま学芸文庫、二〇一五年）
W・ユージン・スミス、アイリーン・M・スミス『写真集　水俣　MINAMATA』（中尾ハジメ訳、三一書房、一九八〇年）
上野朱『蕨の家――上野英信と晴子』（海鳥社、二〇〇〇年）
上野英信ら編集委員会『サークル村』第3巻第1号1月号（九州サークル研究会、一九六〇年）
上野英信『上野英信集』第1～5巻（径書房、一九八五～一九八六年）
上野英信追悼録刊行会編『追悼　上野英信』（同刊行会、一九八九年）
上野晴子『キジバトの記』（裏山書房、一九九八年）
臼井隆一郎『『苦海浄土』論――同態復讐法の彼方』（藤原書店、二〇一四年）
内田聖子『森崎和江』（言視舎、二〇一五年）
岡友幸編『上野英信の肖像』（海鳥社、一九八九年）
緒方正人『チッソは私であった』（葦書房、二〇〇一年）

蒲池正紀主宰・歌誌『南風』（熊本市、一九五三年六月号、七月号）
鹿野政直・堀場清子編『高群逸枝語録』（岩波現代文庫、二〇〇一年）
河野信子、田部光子『夢劫の人――石牟礼道子の世界』（藤原書店、一九九二年）
川本輝夫『水俣病誌』（久保田好生ほか編、世織書房、二〇〇六年）
菊畑茂久馬『反芸術綺談』（海鳥社、一九八六年）
栗原彬編『証言　水俣病』（岩波新書、二〇〇〇年）
栗原葉子『伴侶――高群逸枝を愛した男』（平凡社、一九九九年）
桑原史成『写真集　水俣病』（三一書房、一九六五年）
桑原史成『水俣病――写真記録 1960–1970』（朝日新聞社、一九七〇年）
桑原史成『水俣事件 The MINAMATA Disaster　桑原史成写真集』（藤原書店、二〇一三年）
佐高信『原田正純の道――水俣病と闘い続けた医師の生涯』（毎日新聞社、二〇一三年）
塩田武史『水俣――'68-'72深き淵より　写真報告』（西日本新聞社、一九七三年）
人間学研究会『道標』第52号（同研究会、二〇一六年）
高群逸枝『高群逸枝全集』第1～10巻（理論社、一九六六～一九六七年）
高群逸枝『恋愛論』（講談社文庫、一九七五年）
高山文彦『ふたり――皇后美智子と石牟礼道子』（講談社、二〇一五年）
武田泰淳『士魂商才』（岩波現代文庫、二〇〇〇年）
田代ゆき企画編集『サークル誌の時代――労働者の文学運動１９５０‐６０年代福岡　２０１１年福岡市文学館企画展』（福岡市文学館、二〇一一年）
田尻久子責任編集『アルテリ』創刊号、第二号（アルテリ編集室、二〇一六年）
谷川雁『原点が存在する――谷川雁詩文集』（松原新一編、講談社文芸文庫、二〇〇九年）
東京・水俣病を告発する会編『縮刷版　告発　創刊号―第24号』（『告発』縮刷版刊行委員会、一九七一年）

東京・水俣病を告発する会編『縮刷版　告発　第25号─終刊号』（「告発」縮刷版刊行委員会、一九七四年）
富樫貞夫『水俣病事件と法』（石風社、一九九五年）
原田正純『水俣病』（岩波新書、一九七二年）
原田正純『水俣病は終っていない』（岩波新書、一九八五年）
原田正純『宝子たち──胎児性水俣病に学んだ50年』（弦書房、二〇〇九年）
久本三多追悼集刊行会編『久本三多──ひとと仕事』（葦書房、一九九五年）
秀島由己男「風の舟」（『魂の詩・秀島由己男展』図録』熊本県立美術館、二〇〇〇年）
平塚雷鳥『平塚らいてう著作集』第1〜7巻（大月書店、一九八三年〜一九八四年）
藤原書店編集部編『花を奉る──石牟礼道子の時空』（藤原書店、二〇一三年）
松原新一『幻影のコンミューン──「サークル村」を検証する』（創言社、二〇〇一年）
松原新一『丸山豊の声──輝く泥土の国から』（弦書房、二〇一二年）
三浦小太郎『渡辺京二』（言視舎、二〇一六年）
三原浩良『昭和の子』（弦書房、二〇一六年）
水上勉『水上勉全集（23）海の牙・火の笛』（中央公論社、一九七七年）
水俣市史編さん委員会編『新・水俣市史』上下巻（水俣市、一九九一年）
水俣病研究会編『水俣病事件資料集──1926-1968』上下巻（葦書房、一九九六年）
宮澤信雄『水俣病事件四十年』（葦書房、一九九七年）
森崎和江『からゆきさん』（朝日新聞社、一九七六年）
森崎和江『まっくら』（三一書房、一九七七年）
森崎和江『精神史の旅　森崎和江コレクション』第1〜5巻（藤原書店、二〇〇八〜二〇〇九年）
夏目漱石『思い出す事など──他七篇』（岩波文庫、一九八六年）
渡辺京二編『熊本風土記』第1〜12号（新文化集団、熊本風土記発行所、一九六五〜一九六六年）

渡辺京二『逝きし世の面影』（平凡社ライブラリー、二〇〇五年）
渡辺京二『渡辺京二評論集成Ⅰ　日本近代の逆説』（葦書房、一九九九年）
渡辺京二『渡辺京二評論集成Ⅱ　新編　小さきものの死』（葦書房、二〇〇〇年）
渡辺京二『渡辺京二評論集成Ⅲ　荒野に立つ虹』（葦書房、一九九九年）
渡辺京二『渡辺京二評論集成Ⅳ　隠れた小径』（葦書房、二〇〇〇年）
渡辺京二『近代をどう超えるか——渡辺京二対談集』（弦書房、二〇〇三年）
渡辺京二『渡辺京二コレクション（1）史論　維新の夢』（ちくま学芸文庫、二〇一一年）
渡辺京二『渡辺京二コレクション（2）民衆論　民衆という幻像』（ちくま学芸文庫、二〇一一年）
渡辺京二『万象の訪れ——わが思索』（弦書房、二〇一三年）
渡辺京二『もうひとつのこの世——石牟礼道子の宇宙』（弦書房、二〇一三年）
渡辺京二『幻影の明治——名もなき人びとの肖像』（平凡社、二〇一四年）
渡辺京二『気になる人』（晶文社、二〇一五年）
渡辺京二『さらば、政治よ——旅の仲間へ』（晶文社、二〇一六年）
山口由美『ユージン・スミス——水俣に捧げた写真家の1100日』（小学館、二〇一三年）
山本巌『山本巌ブックレット03　辺境から』（書肆侃侃房、二〇〇二年）
山本巌『山本巌ブックレット05　熊本・反乱の系譜』（書肆侃侃房、二〇〇三年）
吉田司『下下戦記』（白水社、一九八七年）
吉本隆明・桶谷秀昭・石牟礼道子『親鸞——不知火よりのことづて』（平凡社ライブラリー、一九九五年）
米本浩二『みぞれふる空——脊髄小脳変性症と家族の2000日』（文藝春秋、二〇一三年）

石牟礼道子年譜

『石牟礼道子全集・不知火　別巻』（藤原書店、二〇一四年）収録の「年譜」（一九二七〜二〇一四）と「詳伝年譜」（一九六九〜二〇一四）＝いずれも渡辺京二氏作成＝をもとにして、米本が石牟礼氏の伝記的要素と、水俣病関係の事項を分けて記載（ただし石牟礼氏の活動する水俣病関連の事項は、石牟礼氏の伝記的要素として表記）するなど、編集・加筆訂正した。水俣病については、『石牟礼道子全集・不知火　第三巻』（同、二〇〇四年）収録の「水俣病関連年表」（水俣フォーラムの実川悠太理事長作成）を参照した。

一九〇八（明治四一）**年**

■八月、野口遵らが日本窒素肥料株式会社を設立。水俣工場操業開始。一九五〇年一月に新日本窒素肥料株式会社、一九六五年一月にチッソ株式会社、二〇一一年に事業部門を分社化しＪＮＣと社名変更。

一九一二（大正元）**年**

熊本県葦北郡水俣村、水俣町となる。

一九二七（昭和二）**年**　〇歳／三月一一日、白石亀太郎（熊本県天草郡下津深江村出身）と吉田ハルノの長女として、熊本県天草郡宮野河内（現・天草市河浦町宮野河内）に生まれる。ハルノの父・吉田松太郎は石工の棟梁。道路港湾建設業を営む。亀太郎は松太郎の事業を補佐し帳付けを務めていた。道子が生まれた時、一家は宮野河内に出張中。生後三カ月で水俣町へ戻る。のちに弟四人（一人は生後五日で死去）、妹一人が生まれる。

一九三〇（昭和五）**年**　三歳／水俣町栄町へ転居。

一九三二（昭和七）**年**　五歳

■日窒水俣工場、アセトアルデヒドの生産開始。有機水銀を含む廃液を水俣湾百間港へ無処理放流。

一九三四（昭和九）**年**　七歳／水俣町立第二小学校入学。三三年に入学するはずが役所の連絡ミスで一年遅れる。一歳下の弟・一（はじめ）と同級生になった。

一九三五（昭和一〇）**年**　八歳／松太郎の事業失敗で一家没落。栄町の自宅を差し押さえられ、一家は水俣川河口の荒神（通称・とんとん村）に移る。

一九三六（昭和一一）**年**　九歳／水俣町立第一小学校に転校。

一九三七（昭和一二）**年**　一〇歳／水俣町猿郷に転居。

一九四〇（昭和一五）**年**　一三歳／水俣町立第一小学校卒業。学業優秀。水俣町立水俣実務学校（現・県立水俣高校）に入学。歌作を始める。

一九四一（昭和一六）**年**　一四歳

■日窒、日本で初めて塩化ビニール

製造開始。同工程からもメチル水銀流出。のちに水俣病と疑われる最も早い症例の発生。

一九四三（昭和一八）年　一六歳／水俣実務学校卒業。葦北郡佐敷町（現・芦北町佐敷）の代用教員錬成所に入り、二学期より同郡田浦小学校に勤務。

一九四五（昭和二〇）年　一八歳／八月、終戦を田浦小学校で迎える。

一九四六（昭和二一）年　一九歳／三月、水俣町立葛渡小学校へ転勤。同月、戦災孤児タデ子と出会い、五月まで自宅で保護し、関西行きの復員列車に乗せる。結核のため秋まで自宅療養。

一九四七（昭和二二）年　二〇歳／退職。三月、石牟礼弘と結婚。歌集『虹のくに』（私家版）。七月、霧島山中で三度目の自殺未遂。

一九四八（昭和二三）年　二一歳／一〇月、長男道生を猿郷の実家の広間で出産。

一九四九（昭和二四）年　二二歳／四月、葦北郡水俣町が水俣市になる。人口四万二二七〇人。

一九五〇（昭和二五）年　二三歳／水俣一中の美術教師が開く画塾（無料）で、のちに銅版画家になる秀島由己男と知り合う。

一九五二（昭和二七）年　二五歳／毎日新聞「熊本歌壇」に投稿始める。一〇月創刊の歌誌『南風』（熊本市の蒲池正紀主宰）に入会。

一九五三（昭和二八）年　二六歳／水俣市内日当の養老院下に住む。新日窒水俣工場の組合員や市役所職員らが自宅に出入りし始める。サークル「トントンの会」結成。『南風』に年間七五首、エッセイ二編掲載。

■水俣湾周辺漁村で多数の猫が死ぬ。原因不明の中枢神経疾患散発。一二月、水俣病認定第一号患者、溝口トヨ子が発症（五六年三月死去）。

一九五四（昭和二九）年　二七歳／四月、歌友志賀狂太自殺。『南風』に「志賀狂太に捧げる歌」一〇首掲載。谷川雁を知る。半年ほど水俣市内のレストランに勤務。

一九五六（昭和三一）年　二九歳／『短歌研究』新人五〇首詠に入選。この年より詩を発表。

■五月一日、新日窒付属病院長の細川一が水俣保健所に原因不明の中枢神経疾患四名発生と報告。水俣病発生の公式確認。五月二八日、水俣市が奇病対策委員会設置。七月、奇病対策委、患者八人を隔離病舎に収容。八月、熊本大学医学部に水俣病医学研究班を設置。

一九五七（昭和三二）年　三〇歳

■四月、水俣保健所の実験でネコ発症。水俣湾産魚介類の毒性確認。六月、熊大医学部が「水俣病」の用語を公式に初めて使う。八月、水俣奇病罹災者互助会（のちの水俣病患者家庭互助会）結成。会長は渡辺栄蔵。

一九五八（昭和三三）年　三一歳／谷川雁、森崎和江、上野英信らの「サークル村」に参加。一一月二九日、弟一が鉄道事故で死去。

■九月、新日窒水俣工場、廃液の放流先を百間港から水俣川河口の八幡プールへ変更。以後、津奈木・芦北方面など不知火海全域に被害拡大。

一九五九（昭和三四）**年**　三二歳／五月、日本共産党に入党。『アカハタ』懸賞小説に「舟曳き唄」を応募、佳作となる。

■七月、熊本大学研究班が病因を有機水銀と発表。一〇月、新日窒付属病院の実験でアセトアルデヒド廃水投与の「猫400号」が発症。一一月、不知火海沿岸漁民二〇〇〇人が工場に乱入（漁民暴動）。食品衛生調査会、水俣食中毒部会の結論により「水俣病の原因は湾周辺の魚介類中の有機水銀」と厚生大臣に答申。一二月、厚生省の患者認定制度始まる。患者家庭互助会、新日窒と「見舞金契約」を締結。死者三〇万円など。「今後原因が工場排水と判明しても追加補償を要求しない」という条項を含み、七三年の判決で「公序良俗に反して無効である」と批判される。

一九六〇（昭和三五）**年**　三三歳／『苦海浄土　わが水俣病』第三章「ゆき女きき書」の原型となる「奇病」を『サークル村』に発表。九月、日本共産党より離党。

■七月、桑原史成が水俣の患者専用病棟などで撮影開始。

一九六一（昭和三六）**年**　三四歳／五月、筑豊で大正行動隊の闘いをみる。

一九六二（昭和三七）**年**　三五歳／熊本市の文芸同人誌『詩と真実』へ加入。谷川雁、渡辺京二らの「熊本新文化集団」（渡辺の『炎の眼』と県庁の文学サークルが提携）に参加。新日窒安定賃金闘争起こり、市民向けビラを書いた。『思想の科学』一二月号に「西南役伝説」を発表。同名の連作の第一作。

■一一月、水俣病患者診査会が胎児性患者一六人を初診定。

一九六三（昭和三八）**年**　三六歳／水俣市日当猿郷の両親宅横の小屋へ転居。一二月、赤崎覚らと雑誌『現代の記録』を創刊するが、創刊号で終了。同誌に「西南役伝説」を発表。

■二月、熊大研究班が「原因物質はメチル水銀化合物」と公式発表。

一九六四（昭和三九）**年**　三七歳／水俣市立図書館で高群逸枝『女性の歴史』を読む。逸枝に手紙を送る。逸枝七〇歳で死去。逸枝の夫・橋本憲三が来訪。東京の逸枝の仕事場兼研究所「森の家」に来るよう誘われる。

一九六五（昭和四〇）**年**　三八歳／渡辺京二編集の『熊本風土記』に『苦海浄土　わが水俣病』の初稿「海と空のあいだに」を連載（六六年まで八回）。

■六月、新潟県阿賀野川下流域で第二の水俣病（新潟水俣病）公式確認。

一九六六（昭和四一）**年**　三九歳／橋本憲三の信任を得て、高群逸枝伝の準備のため東京・世田谷の橋本宅（「森の家」）に六月二九日～一一月二四日の約五カ月間滞在。憲三に連れられ、平塚らいてうに会う。

一九六八（昭和四三）**年**　四一歳／一月、元小学校教頭の日吉フミコを会長に「水俣病対策市民会議」を結成。水俣に帰郷した橋本憲三が『高群逸枝雑誌』の刊行開始（八〇年まで三二冊）。編集その他憲三の相談相手となる。創刊号から逸枝の評伝「最後の人」を連載（七六年まで一八回）。妹妙子が岐阜より帰郷し、道子の仕事をサポート。

■五月、チッソ水俣工場がアセトアルデヒド生産中止。水銀流出止まる。九月、政府が水俣病と新潟水俣病を公害病と認定。チッソ社長が患者宅でお詫び。

一九六九（昭和四四）**年**　四二歳／一月、『苦海浄土　わが水俣病』刊行。熊日文学賞を辞退。四月、父・亀太郎死去。同月、渡辺京二の呼びかけで「水俣病を告発する会」が熊本市に発足。夏、高地の石飛に隠棲するが、数日で下山。九月、水俣病研究会発足。

■四月、患者家庭互助会、一任派と訴訟派に分裂。六月、水俣病患者二九世帯が熊本地裁に第一次訴訟を起こす。

一九七〇（昭和四五）**年**　四三歳／『苦海浄土　わが水俣病』が第一回大宅壮一ノンフィクション賞に選ばれる（受賞辞退）。五月、水俣病患者や告発する会とともに上京。同会メンバーらが厚生省補償処理委員会会場を占拠。各地に告発する会ができるきっかけとなる。考案した「怨」の黒旗は水俣病闘争の象徴となる。九月、「苦海浄土・第二部」を『辺境』に連載開始（二〇〇四年に完結）。RKB毎日放送の木村栄文ディレクターのテレビ番組「詩篇・苦海浄土」のシナリオを書く。一一月、チッソ株主総会に巡礼姿の患者らと参加、加害責任を直接追及。

一九七一（昭和四六）**年**　四四歳／『朝日ジャーナル』からの依頼で三里塚闘争を取材。朝日新聞の依頼で足尾銅山と田中正造の足跡をたどり、「天の山へむけて」を連載。筑摩書房の編集者・原田奈翁雄に信頼を寄せる。

■九月、ユージン・スミスと妻アイリーンが水俣へ。一〇月、川本輝夫らが自主交渉闘争開始。一二月、自主交渉派、東京本社でチッソ社長と直接交渉。患者らと座り込み開始。旅館で越年。座り込みは七三年七月まで一年半に及ぶ。

一九七二（昭和四七）**年**　四五歳／自主交渉闘争で東京・水俣間往復。ほとんど東京の共同宿舎で過ごす。三月、自主交渉闘争を描く『苦海浄土』第三部『天の魚』を『展望』に連載（七三年完結）。四月、編著『水俣病闘争　わが死民』刊行。六月、左目の白内障を手術。左目は失明状態に。一一月、妹妙子が西弘と結婚。一二月、『苦海浄土　わが水俣病』文庫版刊行。解説は渡辺京二。

一九七三（昭和四八）**年**　四六歳／一月、熊本市坪井町に仕事場を設ける。三月、『流民の都』刊行、編集者は小川哲生。六月、熊本市薬園町三の仕事場へ移転。八月、「アジアのノーベル賞」といわれるフィリピンのマグサイサイ賞受賞。マニラ訪問、マレーシアを回り九月帰国。同月、渡辺京二、松浦豊敏と季刊誌『暗河』創刊（九二年まで四八冊）。同誌に「西南役伝説」連載。

■三月、熊本地裁で水俣病訴訟判決。原告勝利。「見舞金契約」は無効、慰謝料一六〇〇万〜一八〇〇万円など。訴訟派は上京し、自主交渉派と合流し「水俣病東京交渉団」を結成。七月、東京本社でチッソと交渉開始。「補償協定書」に調印。判決の慰謝料に加え、生活年金月額二万〜六万円や医療費等の手当て。以後認定された患者への適用も明記。水俣病闘争の事実上の終焉。『告発』紙は八月号で終刊。後継紙『水俣』創刊。

一九七四（昭和四九）**年**　四七歳／四月、秀島由己男との詩画集『彼岸花』刊行。一一月、『苦海浄土』第三部『天の魚』刊行。一二月、初期作品集『潮の日録』刊行。

■一月、水俣湾封鎖仕切網設置。四月、水俣病センター相思社完成、以後、患者救済活動を展開。

一九七五（昭和五〇）**年**　四八歳／三月、橋川文三と会う。四月、長男道生が水俣で結婚式を挙げ、以後、名古屋市に住む。一一月、京都での講演をきっかけに熊本・真宗寺との縁ができる。一二月、色川大吉、鶴見和子らに不知火海の学術調査を要請。荒畑寒村の招きで由布院へ。

一九七六（昭和五一）**年**　四九歳／三月、熊本に来た荒畑寒村と会う。同月、色川大吉を団長に「不知火海総合学術調査団」が発足し、水俣来訪。以後毎年水俣で合宿を行い、八三年に報告書『水俣の啓示』（上下二巻）刊行。五月、橋本憲三死去。一一月、『椿の海の記』刊行。

一九七七（昭和五二）**年**　五〇歳／五月、体調不良のため山梨県塩山市の中村病院に橋川文三の紹介で入院、全くの健康体と診断される。約一カ月、静養のため入院。一〇月、熊本市の真宗寺で講演。一二月、筑摩書房より『草のことづて』刊行、編集者は土器屋泰子。

■一二月、胎児性患者、上村智子死去。

一九七八（昭和五三）**年**　五一歳／三月、ル・モンド紙記者が薬院町の仕事場を訪問。同月、熊本市若葉三のアパートに仕事場を移す。七月、熊本市健軍四の真宗寺脇に仕事場を移す。同月、与那国島旅行。一〇月、真宗寺の佐藤咲代より老眼鏡を贈られる。老眼鏡の使い始め。一二月、色川大吉と久高島を訪れ、イザイホーを見る。
■チッソ経営資金の公的支援始まる。
一九七九（昭和五四）**年**　五二歳／一月、水俣市の自宅で「水俣の海と山を語る会」（のちに「不知火海百年の会」を経て「水俣百年の会」と改称）初会合。七月、北九州市で開かれた吉本隆明講演会を聴講。吉本の弟子だった渡辺京二に連れられ挨拶。一一月、水俣に『原爆の図』の丸木位里・俊夫妻を迎える。俊と親しく交わる。
一九八〇（昭和五五）**年**　五三歳／一一月、のちに『苦海浄土　わが水俣病』を英訳するリヴィア・モネ来訪。一二月、橋本憲三の妹静子と『高群逸枝雑誌』終刊号を発行。
一九八一（昭和五六）**年**　五四歳／土本典昭監督の映画『水俣の図物語』制作に参加。朝日新聞社から借金をして母ハルノが住む水俣市猿郷の家を建て替える。道子は水俣に帰った時は隣接の納屋改造の家に滞在した。
一九八二（昭和五七）**年**　五五歳／三月、文学者反核集会に出席のため上京。一〇月、瀬戸内寂聴の依頼で徳島で講演。丸木位里・俊との共著絵本『みなまた　海のこえ』に狐の物語「しゅうりりえんえん」を書く。
一九八三（昭和五八）**年**　五六歳／春頃から江津湖畔を散歩して英気を養う。散歩の習慣は二〇〇二年まで続く。七月、リヴィア・モネによる『椿の海の記』英語版刊行。一一月、『あやとりの記』刊行。一二月、対談集『樹の中の鬼』刊行、編集者は赤藤了勇。
一九八四（昭和五九）**年**　五七歳／三月、真宗寺の親鸞聖人御遠忌に「花を奉るの辞」を奉納。仏衣にて勤仕。六月、『おえん遊行』刊行。一〇月、母ハルノの胃がん発見。
一九八五（昭和六〇）**年**　五八歳／一月、宇井純主宰の「自主講座」閉講の記念講演のため上京。四月、大分市で開催中の染織家志村ふくみの展示会を訪問、親交始まる。
一九八六（昭和六一）**年**　五九歳／五月、上野英信の紹介で知った穴井太の手で句集『天』刊行。七月、夫の弘が水俣市白浜町に家を新築。設計は詩人、岡田哲也。
一九八七（昭和六二）**年**　六〇歳／一一月、上野英信死去。
一九八八（昭和六三）**年**　六一歳／伊藤比呂美と親交を結ぶ。五月、母ハルノ死去。一二月、真宗寺の佐藤秀人住職死去、遺言によって葬儀の導師を務める。
一九八九（昭和六四・平成元）**年**　六二歳／二月、黒の牝猫ノンノ死ぬ。六月、歌集『海と空のあいだに』刊行。
一九九〇（平成二）**年**　六三歳／一月、『苦海浄土』蓬氏のモデル、赤崎覚死去。二月、リヴィア・モネの『苦海浄土』英語版刊行。
■三月、水俣湾のヘドロ処理終了。
一九九一（平成三）**年**　六四歳／九五

年まで天草各地を巡り、島原・天草の乱をテーマとした長編小説を構想。『群像』一一月号に短編「七夕」発表。文壇への実質デビュー作。島尾ミホとの対談「ひと風土・記憶の巡礼」を連載。一二月、一カ月余り飼った子猫チロが車にひかれて死ぬ。

一九九二（平成四）**年**　六五歳／五月、瀬戸内寂聴と対談。『十六夜橋』刊行。

一九九三（平成五）**年**　六六歳／『週刊金曜日』創刊に参加。一一月、『十六夜橋』で紫式部文学賞受賞。授賞式の翌日、「わが先生」と尊敬していた白川静を訪問。手紙のやり取りが始まる。橋本憲三と並ぶ生涯の師となる。

一九九四（平成六）**年**　六七歳／三月、緒方正人ら患者一三人が「本願の書」を発表。同月、『週刊金曜日』編集同人を辞退。四月、熊本市湖東三へ転居。『食べごしらえ　おままごと』刊行。六月、葦書房社長、久本三多死去。

一九九五（平成七）**年**　六八歳／一月、緒方正人、杉本栄子らと「本願の会」結成。会長は田上義春。水俣湾埋立地に手彫りの野仏建立を進める。二月、谷川雁死去。『苦海浄土』ドイツ語版刊行。『梁塵秘抄』を愛読。後白河法皇に関心抱く。

一九九六（平成八）**年**　六九歳／九月、水俣フォーラムが「水俣・東京展」開催（実行委主催）。緒方正人が水俣から打瀬船を回航し、「出魂儀」を行う。

一九九七（平成九）**年**　七〇歳／二月、散歩中、転倒。パーキンソン病の前兆か。一一月、『天湖』、『水はみどろの宮』刊行。

■一〇月、水俣湾の仕切網撤去完了。

一九九八（平成一〇）**年**　七一歳／島原・天草の乱を描く『春の城』を熊本日日新聞など七紙に連載開始。熊日では四月から。挿絵は秀島由己男。

一九九九（平成一一）**年**　七二歳／一一月、京都で白川静と対談。『春の城』を『アニマの鳥』と改題し刊行（全集には原題で収録）。同作を詩人・伊藤比呂美が激賞。

■二月、自主交渉派の水俣病患者、川本輝夫死去。

二〇〇〇（平成一二）**年**　七三歳／七月、土屋恵一郎から能台本の執筆を依頼される。九月、藤原書店から全集刊行の意向を告げられる。

二〇〇一（平成一三）**年**　七四歳／一～二月、新作能『不知火』を書く。三月、三カ月飼った子猫ミョンが行方不明に。七月、義弟・西弘死去。

二〇〇二（平成一四）**年**　七五歳／一月、朝日賞受賞。七月、水俣病患者、田上義春死去。新作能『不知火』東京で上演。同月、熊本市上水前寺二に転居。八月、『はにかみの国　石牟礼道子全詩集』刊行。

二〇〇三（平成一五）**年**　七六歳／三月、『はにかみの国』芸術選奨文部科学大臣賞受賞。五月、島尾ミホとの対談『ヤポネシアの海辺から』刊行。一〇月、パーキンソン病と診断される。新作能『不知火』熊本公演。

二〇〇四（平成一六）**年**　七七歳／四月、『石牟礼道子全集』全一七巻、別巻一刊行開始（一四年完結）。『苦海浄土』第二部の完成で三部作完結。八月、新作能『不知火』水俣奉納公演。一〇月、東京で『不知火』上演。

二〇〇五（平成一七）**年**　七八歳／五月、韓国の詩人・高銀と対談。一一月、町田康夫妻が来訪、親交結ぶ。水俣湯出の産業廃棄物処分場建設計画に市民の反対運動起こる。反対運動に参加し、計画は翌年撤回された。

二〇〇六（平成一八）**年**　七九歳／二月、夫の弘が直腸がんの手術を受ける。四月、本田啓吉（告発する会代表）死去。七月、鶴見和子死去。一一月、白川静死去。

二〇〇七（平成一九）**年**　八〇歳／狂言台本『なごりが原』『紅葉の露』発表。八月、映画監督・河瀨直美来訪。一〇月、詩人・高橋睦郎来訪。

二〇〇八（平成二〇）**年**　八一歳／二月、思想的影響を受けた水俣病患者、杉本栄子死去。五月、熊本市京塚本町一に転居。同月、トルコのノーベル賞作家オルハン・パムクと対談。六月、映画監督・土本典昭死去。同月、多田富雄との往復書簡『言魂』刊行。七月、池澤夏樹初来訪。一〇月、信頼するヘルパー米満公美子の介助を受け、生誕地・天草市河浦町宮野河内を訪ねる。

二〇〇九（平成二一）**年**　八二歳／七月、自室で転倒し、左大腿骨頸部骨折、救急車で熊本市本荘一の熊本大学医学部附属病院に入院。同病院で手術を受け、八月に同市帯山八の熊本託麻台リハビリテーション病院に転院。一一月、退院。一二月、同市黒髪五の特別養護老人ホーム・リデルホーム黒髪へ入所。二〇一〇年五月、退所。京塚本町一へ戻る。

■水俣病被害者の救済及び水俣病問題の解決に関する特別措置法（**水俣病特措法**）**成立。**

二〇一一（平成二三）**年**　八四歳／一月、池澤夏樹個人編集の『世界文学全集』に『苦海浄土』三部作収録される。七月、弟・満死去。『群像』三月号に「石飛山祭」を発表。三〇代の作と推定される。

■水俣病特措法に基づき、チッソ分社化。営利事業を子会社ＪＮＣに譲渡。

二〇一二（平成二四）**年**　八五歳／一月、親友・時枝俊江死去。六月、水俣病患者救済に尽くした原田正純死去、お別れの会で「花を奉る」を朗読。一〇月、『最後の人　詩人高群逸枝』刊行。天草四郎をテーマとした戯曲「草の砦」「沖宮」発表。

二〇一三（平成二五）**年**　八六歳／四月、水俣病闘争の盟友、松浦豊敏死去。同月、「水俣・福岡展」で講演。六月、谷川道雄死去。七月、鶴見和子をしのぶ山百合忌で美智子皇后と初めて会う。一〇月、天皇・皇后両陛下が水俣市で胎児性患者と面会。帰京する両陛下を熊本空港で見送る。美智子皇后と無言で気持ちを交わし合う。一一月、『苦海浄土』を書いた水俣市猿郷の旧宅解体。この年の秋に体調を崩し入院、渡辺京二による道子の食事作りが終わる。

二〇一四（平成二六）**年**　八七歳／一月、熊本市中央区帯山三のサービス付き高齢者向け住宅・春うららに転居。同月、自伝『葭の渚』刊行。五月、同市東区秋津一の介護付き有料老人ホーム・ユートピア熊本に転居。一一月、『不知火おとめ』刊行。一二月、詩集『祖さまの草の邑』で現代詩花椿賞受賞。

二〇一五（平成二七）**年**　八八歳／五月、『石牟礼道子全句集　泣きながら原』刊行。池澤夏樹個人編集の『日本文学全集』第二四巻が『椿の海の記』など一五作を収録。八月、夫の石牟礼弘が死去。

二〇一六（平成二八）**年**　八九歳／四月、熊本地震で被災。施設は半壊。自室の本など散乱。五月、東大安田講堂の水俣病公式確認六〇年記念特別講演会に熊本からインターネット中継で参加。

二〇一七（平成二九）**年**　九〇歳／一月、水俣病闘争の盟友・三原浩良死去。

人名・団体名索引

【サ】

【タ】

初出
毎日新聞の連載「不知火のほとりで　石牟礼道子の世界」（西部本社版、2014年４月６日〜2017年３月５日）の一部、および毎日新聞の記事「ストーリー　近代問う盟友」（全国版、2015年６月14日）の一部を改稿・加筆して収録しました。それ以外はすべて書き下ろしです。

協力
石牟礼道生
石牟礼道子資料保存会
真宗寺（熊本市）
西妙子
認定NPO法人・水俣フォーラム
特定施設入居者生活介護・ユートピア熊本
前山光則
前山桂子
藤原書店
山田梨佐
渡辺京二

図版提供
石牟礼道子／カバー表１（直筆「いのちを荘厳する」『石牟礼道子全集・不知火　別巻』より）、p.1〜3すべて、16、49、75、89、130、152、286
石牟礼道子資料保存会／p.4、30、61、117、120、142、169、228、244、323
宮本成美（『水俣写真集――まだ名付けられていないものへ　または、すでに忘れられた名前のために』より）／p.161、180
桑原史成／p.213
前山光則／p.214
米本浩二／p.330、335

上記はすべて石牟礼道子の個人アルバムおよび石牟礼道子資料保存会に所蔵。撮影者が判明しているものは写真説明にも記した。

評伝《ひょうでん》 石《いし》牟《む》礼《れ》道《みち》子《こ》――渚《なぎさ》に立《た》つひと

著　者………………米本浩二《よねもとこうじ》

発　行………………2017年3月30日

発行者………………佐藤隆信
発行所………………株式会社新潮社
〒162-8711 東京都新宿区矢来町71
電話　編集部 (03)3266-5411
読者係 (03)3266-5111
http://www.shinchosha.co.jp
印刷所………………錦明印刷株式会社
製本所………………加藤製本株式会社

乱丁・落丁本は、ご面倒ですが小社読者係宛お送り下さい。送料小社負担にてお取替えいたします。
価格はカバーに表示してあります。

ISBN978-4-10-350821-2 C0095

狂うひと　「死の棘」の妻・島尾ミホ　梯久美子

島尾敏雄の『死の棘』に書かれた愛人は誰か。日記に書かれていた言葉とは。未発表原稿や新資料で不朽の名作の真実に迫り妻ミホの生涯を辿る、渾身の決定版評伝。

石川啄木　ドナルド・キーン　角地幸男訳

自ら「故郷」と呼んだ渋民村。北海道での漂泊生活。ローマ字日記。金田一京助との類い稀なる友情。現代歌人の先駆となった啄木の壮烈な生涯をたどる渾身の評伝。

ひみつの王国　評伝 石井桃子　尾崎真理子

私のなかには、今でも5歳の時の自分が棲んでるの——。創造力、組織力。卓抜した才能のすべてを、子どもの本に捧げた101年の生涯。児童文学の巨星の初の評伝！

砂浜に坐り込んだ船　池澤夏樹

きみは、ぼくがこの船のように動けなくなったと思っている——。深い哀悼とともに描かれる、生者の同伴者としての死者。人生の底知れなさに触れる最新短篇小説集。

海と山のピアノ　いしいしんじ

山でひとが溺れてから半年、グランドピアノとともに流れ着いたひとりの少女——。命を育み、ときに奪う、水の静けさ、怖さ、温かさ。響きあう九つの「水」の物語。

わかれ　瀬戸内寂聴

「永久圏外に出発です。さよなら、ありがとう」病を越え、90歳を過ぎてなお書かずにいられない衝動に突き動かされ、10年の歳月をかけて紡いだ珠玉の小説集。